Universale Economica Feltrinelli

# MAURIZIO MAGGIANI
# IL CORAGGIO DEL PETTIROSSO

Feltrinelli

Prima edizione ne "I Narratori" marzo 1995
Prima edizione nell'"Universale Economica" aprile 1997

ISBN 88-07-81422-6

*Per Franco F.*

*"Amo le mie ore d'allucinazione e...*
*Anche le mie ore di randagio, d'immaginario*
*perseguitato in esodo verso una terra*
*promessa".*

G. Ungaretti

*Perché tritate il mio popolo,*
*e pestate le facce dei poveri?"*

Isaia 3, 15

*"... un pettirosso da combattimento..."*

F. De Andrè

Prima parte

# IL LIBRO DEL DESERTO

Mi chiamo Saverio e racconto questa storia perché è così che vuole il dottor Modrian.

Difficile capire se è roba interessante, difficile anche supporre se quello che scrivo uscirà prima o poi di qui; per questo mi rivolgerò a una seconda persona plurale alquanto improbabile. Dirò: "adesso state a sentire questa" oppure "voi vi starete chiedendo...", e intanto sarò intimamente preso dal dubbio che non ci sarà nessun voi. Dire così mi aiuta, ecco tutto; mi fa compagnia, e dio sa se ne ho bisogno. Del resto è un atteggiamento a cui sono già per certi versi abituato.

Vedete, a me piace, o perlomeno è sempre piaciuto, preparare cibi, cucinare pietanze. Io che ho vissuto per molto tempo da solo, l'ho sempre fatto pensando a un voi, ad almeno uno tra gli improbabili ospiti della mia cena. Non vale la pena, ve lo assicuro, cucinare per una sola persona, soprattutto quando la preparazione richiede del tempo e delle cure. Peraltro un buon piatto di granchi allo zafferano, o un *ful* di fave, non lo si può preparare veramente bene per meno di quattro commensali; è, io credo, per via dei profumi più sottili che richiedono masse consistenti in cui potersi distendere in tutta la loro magnificenza. Senza contare poi che nessuno al mercato vi venderebbe un unico granchio o un pugnetto di riso: da queste parti la solitudine, almeno a tavola, non è considerata granché. Comunque non è detto che preparare per qualcun altro porti sempre e soltanto a degli sprechi. A me è tornato utile saper preparare razioni abbondanti almeno per tutto il tempo che Fatiha ha accettato i miei inviti a cena: non solo le piacevano le cose che preparavo, ma riusciva a farne fuori una quantità impressionante.

Ma lasciamo perdere il cibo, le meraviglie dei grandi piatti di stagno odorosi delle cose buone; lasciamo perdere soprattutto Fatiha.

Per tornare a questa storia, al fatto che la debba raccontare, pare comunque che io non abbia alternativa: è una grave questione di salute. Il dottor Modrian sostiene che potrebbe essere l'unico modo per guarire dalla malattia che mi tiene dopo mesi e mesi ancora qui, in una piccola stanza quasi lussuosa dell'ospedale per stranieri *Nabe al Maja*, Fonte della Salute, di Alessandria; Alessandria nell'Egitto, si intende. Mi sto sfinendo di una specie di abulia per cui non è stata ancora trovata una cura.

Dunque lo faccio come ultimo tentativo di salvarmi la pelle e vi prego di considerarla una ragione sufficiente. Non ne vedo altre plausibili. Non potrei nemmeno sostenere che quello che scriverò ha il valore di un documento storico. Dire che la mia è una storia vera sarebbe una bugia. In gran parte me la sono sognata; anzi, me la sto ancora sognando. Succede così da quando mi trovo in queste condizioni, ed è una cosa inspiegabile anche per la scienza.

A essere sinceri, non è che in questo posto di scienza ce ne sia abitualmente un gran spiegamento, ma è anche vero che tutte le mattine il dottor Modrian mi dedica una buona mezzora. Ed è molto in un paese dove la gente ha una gran quantità di problemi terribili e assai più visibili, se non addirittura più concreti, dei miei sogni. In effetti la situazione non giova alla mia coscienza: so di essere un privilegiato.

Sta di fatto che ogni mattina alle nove in punto il dottor Modrian entra nella mia camera, si siede sullo sgabello accanto al mio letto con un bel bicchiere di caffè in mano, e mi sorride malignetto.

"Come è andata questa notte, signore? Mi racconti, la prego, gli ulteriori sviluppi. Lei ha irrimediabilmente vincolato il mio interesse, mio signore. Innanzitutto umano, ah, umano e letterario, se così mi posso permettere. L'interesse scientifico, va da sé, è tutto teso alla soluzione del suo caso. Ma purtroppo non si fanno passi avanti, ah, non si fanno passi avanti, purtroppo. Questo nostro antico e rispettato ospedale non ha pane per i suoi denti, se così possiamo dire. Oh, ah! La scienza dei sogni! Forse Vienna, forse Londra, ma non qui. Qui non attecchisce, mio signore. Io stesso, come lei sa, ho consultato fior di colleghi, ma i risultati tardano, ah, tardano. Ma mi racconti, la prego, prima che gli affanni del giorno che avanza le intorpidiscano le facoltà."

Tutte le mattine più o meno così. Il dottor Modrian, un armeno sulla settantina alto e nobile, gran curatore di sifilidi e di febbri malariche, gestisce il suo ospedale per stranieri con scrupolo e pulizia encomiabili in un paese che i suoi stessi governanti considerano ancora sulla via dello sviluppo. Io sono capitato qui perché mi ci hanno portato in stato di incoscienza, ma non avrei potuto scegliere di meglio in tutta Alessandria. Modrian ha quello che gli europei chiamano "stile", quel modo di fare che riesce a ridurre la malattia a niente di veramente serio, qualcosa come un'indelicata interferenza tra un gentiluomo e il suo prossimo impegno mondano. La morte nell'ospedale del dottor Modrian si compie apparentemente molto lontano, forse nel seminterrato dove ai pazienti è interdetto l'ingresso.

Comunque io sogno una storia.

Ma non è a causa sua che sono ricoverato in questo posto. Sono qui perché mi hanno trovato mentre battevo la testa sugli scogli della diga al vecchio porto. Embolia: è strano che fossi ancora vivo.

Non sono un sommozzatore di professione e il mio incidente non ha scusanti. Peggio, merito il giusto scherno di tutti a Ras el Tin, il mio quartiere giù ai cantieri navali, perché la ragione delle mie immersioni è la più stupida tra le molte possibili: stavo esplorando le melme dei fondali alla vecchia diga in cerca del porto sepolto. Certo che c'è l'antico porto, ancora perfettamente conservato, laggiù sotto la sabbia dei bassi fondali. Chi non lo sa? Sono quasi cento anni che circolano addirittura delle mappe con molti dettagli di quello che ci si dovrebbe trovare. Vero è che l'hanno cercato in parecchi già molto prima e nessuno ha portato su qualcosa di veramente interessante.

Fior di missioni archeologiche, voglio dire: inglesi, francesi, italiane. E il fiore dei tombaroli di tutto il Mediterraneo: greci, siriani, e ovviamente gli stessi egiziani. Il porto c'è, lo giuro io che non sono nessuno e lo hanno giurato anche grandi studiosi e illustri delinquenti internazionali. È lì da qualche parte, basta trovarlo. E quando accadrà, Alessandria tornerà al suo antico splendore. Un tale, un vecchio zoroastriano che commercia tela da jeans con la Spagna, mi ha detto una volta che è invece tutta una vendetta di Alessandro come è ridotta questa città, e che quindi bisognava cercare prima la sua tomba e dare pace a lui prima di tutto. Questo è un posto fatto così.

Io comunque non sono un ladro e neppure un archeologo dilettante, men che meno un negromante. Ho solo fatto una sciocchezza; una follia, un gioco.

Da quando mi hanno trovato sugli scogli sono qui, a vegetare nell'ospedale del dottor Modrian. Apparentemente l'embolia non ha lasciato postumi; non al cuore, non ai polmoni, non al sistema nervoso periferico. Hanno portato dall'università anche un modernissimo apparecchio per l'elettroencefalogramma e pare che tutto sia a posto. È che, semplicemente, mi mancano le forze.

Se mi alzo mi accascio, se agito le braccia mi si ripiegano sul petto. Posso fare in un giorno soltanto i pochi passi per smaltire i miei rifiuti e le semplici imprese necessarie ad accumularli. E la notte sogno, e il mattino racconto i miei sogni a un vecchio medico che mi ascolta con elegante pazienza.

Non è granché per un uomo. Non potrò accontentarmi di questo *per ancora molto tempo*. Sempre che non peggiori. Fuori ci sono milioni di *fellah* che farebbero molto volentieri il cambio con me: bighellonare sazi in questa stanza tra il letto e il cesso sarebbe per loro un buon paradiso. Ma io non sono loro.

E veniamo al dunque. Quello che è strano, preoccupante, non è ovviamente che io sogni, ma il fatto che sogno una storia a puntate. Notte dopo notte la riprendo più o meno da dove l'ho lasciata e mi si svolge dentro coerentemente, con personaggi e avvenimenti sempre più complessi. È bellissimo. È veramente una cosa di inimmaginabile emozione.

A volte penso di essermi ridotto a questo stato di larva per il troppo lavoro notturno. L'armeno dice che è una buona scusa ma non una ragione, e che è più "clinico" supporre che sogno molto perché faccio poco. Poi dice che ci sono alcuni santi uomini della religione mussulmana sparsi per tutto il deserto da qui a Siwa che conducono una vita di contemplazione che li porta a possedere una facoltà simile alla mia; e per questo sono ricercati e venerati dai pellegrini. Perché le loro storie provengono direttamente da Dio e sono dunque sacre e fonte di santità. "Non avvenne similmente allo stesso profeta Mohammad, di ricevere in sogno una parte del santo Corano?"

Dice dunque che forse la mia è una via alla santità. Dopodiché fa tremolare la barbetta con il suo inconfondibile ghigno e aggiunge che invece potrebbe essere un effetto del clima asciutto del deserto, poco adatto alla mia complessione che preferirebbe l'umido.

Conosco anch'io le favole sugli anacoreti del deserto, ma la mia è un'anima molto piccola, troppo piccola per contenere un'illuminazione divina, e i miei sogni sono di conseguenza sogni umani e terreni. E per quanto riguarda poi il clima, beh, io sono nato e cresciuto qui, anche se qualche mio cromosoma si ricorda certamente del clima mite e umido dov'è cresciuto mio padre.

Sta di fatto che, su ordine del dottor Modrian, mi sono messo a scrivere questi miei sogni. "Un'ottima terapia, mio signore," mi ha blandito una mattina, accostandosi al mio letto con una vecchia macchina da scrivere Remington e un blocco di fogli, "consigliata dai colleghi dell'università, confermata dalla letteratura specialistica. Una buona cura, ah, eccome. Prima mi racconti di questa notte, ah, che non voglio perdermi niente finché è fresco di illuminato sonno, e poi si metta subito al lavoro di guarigione, ah!". Sospira e squittisce soddisfatto il dottor Modrian. È un ruffiano della vita lui, un buon vecchio medico per le carni e le anime delicate degli occidentali.

Bisogna però che faccia un po' di ordine prima di cominciare. Perché, ad esempio, non è che sia tutto un sogno. Certe cose sono successe e ne hanno fatte succedere delle altre. Anch'io ho una vita, per lo meno ne ho avuta una. Poco interessante che sia, ha pur significato qualcosa.

Dunque mi chiamo Saverio e sono nato ad Alessandria d'Egitto da genitori italiani il 10 agosto del 1947.

Mia madre è morta nel giugno del 1953 perché fu scambiata per chissachi da un gruppo di studenti esasperati che manifestavano contro il re Faruk, gli inglesi e gli stranieri in generale. Stava uscendo da un negozio di stoffe nel Midan Tharir, dove si era indebitata per comprarmi la divisa della prestigiosa scuola Suisse. Aveva deciso che ci sarei dovuto andare a costo di qualsiasi ulteriore indebitamento. In questo suo esagerato intento di promozione ci lasciò la pelle, bastonata a morte come un animale.

Usciva da un negozio elegante, questo sì, ma era una fornaia, moglie di un fornaio, di un esule che non sapeva quello che lei stava facendo, cosa stava trescando contro la sua condizione proletaria. Altrimenti non lo avrebbe mai permesso. Mai, credo, avrebbe accettato l'assurda pretesa di consegnare l'unico figlio nelle mani del finocchismo imperialista. Mai avrebbe permesso che mia madre morisse. Lui le voleva molto bene, così mi ha detto, e io ci ho sempre creduto. E che lei fosse finita in un modo così vergognoso, nell'atto di tradire i suoi indomiti principi, non gli è servito di lenimento a un dolore che, per quello che ne so, non si è mai estinto. Immagino che abbia considerato questa sua ultima una delle piccole follie del carattere che facevano la sua donna più bella e affascinante. Eppure lui stava certamente con gli studenti socialisti e odiava gli inglesi e credeva al destino e aborriva la fatalità.

Ovviamente poi non ho mai messo piede nella prestigiosa scuola Suisse, ma in quella meno nobile della colonia italiana, la stupida scuola Dante Alighieri, e non per scelta oculata o patriottica, che non è mai stato il caso di mio padre, ma per la rassegnazione di un fornaio che doveva continuare a fare il pane tutti i giorni senza più la sua aiutante, materialmente impossibilitato dunque a farsi maestro e professore del proprio erede, come avrebbe voluto.

Lui, mi ha detto una volta fin troppo serio, lui e quei tre o quattro compatrioti con cui faceva vita, loro assieme e quei pochi libri che avevano portato con sé, mi avrebbero potuto insegnare meglio ogni cosa. Meglio certamente dei preti lerci e dei fascistoidi imboscati che erano allora il nerbo della scuola italiana Dante Alighieri di Alessandria nell'Egitto.

Mio padre era scappato dal suo paese subito dopo la guerra. Preciso: subito dopo la *sua* guerra, che finì un poco dopo quella di quasi tutti gli altri. Era fornaio già al suo paese, un giovane e aitante fornaio, e come tutti i fornai anche lui era un libertario, un anarchico. Perché tutti i fornai erano anarchici? Perché di notte c'è modo di avere più coraggio e più libertà, perché il pane è la misura della giustizia, perché l'acqua e il fuoco non fanno rumore e non confondono il cervello, e via discorrendo. E poi perché al suo paese lo erano in tanti. Non ne sapeva dire il motivo, ma era così.

Sotto il fascismo gli squadristi non gli avevano fatto un baffo, perché di giorno lui dormiva e di notte dormivano loro. Quando non dormiva andava a ballare, e siccome era un ballerino di prim'ordine si prendeva tutte le meglio ragazze. Questo faceva ingelosire i fascisti. Questo e la sua motocicletta, una Bianchi con due cilindri che non aveva rivali. Era anche un fornaio di prim'ordine, la qual cosa invece faceva piacere a tutti, anarchici e fascisti.

Quando gli portarono via la motocicletta, per gelosia o per qualche altro vano motivo, lui se ne risentì a tal punto da lasciare il forno spento tutta la notte e i paesani senza il suo buon pane il giorno dopo. E poi sparì, e i suoi seppero solo dopo molti giorni, da certi cugini che a loro volta avevano ricevuto la notizia da amici fidati, che era in montagna con i partigiani e che stava bene e che Camilla non doveva preoccuparsi né della sua fedeltà né della sua salute, casomai ci avesse mai pensato. Camilla era il nome di mia madre.

Andò lassù sui monti del marmo che era poco dopo l'8 settembre del '43 e ce lo tirarono giù molto dopo il 25 aprile del '45. Era arruolato al battaglione Lucetti e c'è una canzone che dice: "*...il battaglion Lucetti son libertari e nulla più, fedeli a Pietro Gori lor scenderanno giù*". Come a dire che sarebbero tornati dalle loro guerriglie solo per l'anarchia e niente di meno. Li andarono a prendere nel rigoglio dell'estate in parecchie centinaia tra carabinieri e badogliani riformati con tanta di quella catena da legarci il Monte Scurone. Altro che anarchia.

Un po' di galera e poi via, levarsi dai coglioni di corsa.

Mio padre aveva poco più di vent'anni quando, dopo averle chiesto scusa per il molto ritardo, si imbarcò con la Camilla su una bananiera francese alla volta di certi parenti di lei che picchettavano le sentine delle navi in riparazione, nei cantieri di Alessandria, da ormai due generazioni. Non me ne ha mai parlato come di una tragedia o di un dolore. Cosa fosse per lui l'Egitto e quella città spaventevole oltre il mare rimane per me un mistero, perché al proposito non mi ha mai raccontato niente di interessante.

A dire il vero a me è sempre parso che mio padre fosse del posto dove l'ho visto vivere; eppure così diverso da tutti gli altri, eppure così separato da ogni cosa, come potevo constatare ogni volta che lo comparavo a qualcuno o a qualcosa.

Sta di fatto che dopo neppure un anno era già di nuovo fornaio. Io sono nato in una stanza sopra un vecchio forno, un antico forno appartenuto per diverse generazioni a panettieri italiani, dove mio padre cuoceva il pane nelle forme che aveva già preparato quando era ragazzo al suo paese. E mia madre vendeva quel pane straniero agli italiani e ai francesi e ai siriani e ai greci e a chiunque lo volesse. Il pane spesso e scuro nelle micche rotonde, grandi come ruote di carriola. Mistero che avesse così tanti clienti, perché a me il suo pane non è mai piaciuto granché. Era troppo mollicoso e pesante in confronto ai pani leggeri e croccanti che gli arabi vendevano per la strada; e per due piastre te ne davano uno, quando per una forma di mio padre ce ne volevano dieci.

Mistero anche come sia arrivato a quel forno; lui non me l'ha mai spiegato, e dubito che si fosse portato da casa i soldi per poterselo comprare. Certamente c'entrano gli amici che si è fatto quaggiù e i parenti di mia madre, che da sudici picchettini, si erano fatti piccoli ras della congegneria meccanica nelle officine di riparazione navale. Il più grande business di Alessandria in Egitto, quello di riparare le navi che si rompevano a centinaia nell'impresa di entrare nel suo porto. Il più grande porto del mondo – si diceva – e il più restio a farsi penetrare.

Mia madre Camilla me la ricordo buona e severa, bella e vestita di rosa, con lo stesso odore di fragranza lattea mentre serve al banco della bottega e passeggia la domenica, tenendomi per mano, lungo la riviera di Montáza. È da lei che ho avuto il dono di un buon naso in cucina: la Camilla aveva una perizia tutta particolare nel saper convincere le antiche ricette di casa sua ad adattarsi senza stridori ai nuovi profumi africani. Quando lei e la nostra domestica, signora Aminah, riuscivano a mettersi d'accordo, nella nostra cucina nasceva sempre qualcosa di straordinariamente buono.

Per descrivere mio padre invece non saprei da dove cominciare. È bello, un bell'uomo alto e massiccio, ma anche peloso e duro. Ora scherza e poi subito s'arrabbia. È sempre lì che litiga con gli arabi, ma l'ho sentito difenderli in diverse occasioni con veemenza, come se li amasse. Non gli ho mai visto portare una *gallabiyya*, neppure per fare un po' di carnevale, ma parlava un arabo fluente e spesso furentissimo, l'arabo micidiale come una mitraglia dei lavoratori del porto.

Noi abbiamo sempre usato l'italiano a casa, ma mai che mi abbia parlato del suo paese, se non incidentalmente. Mai che abbia comprato un giornale italiano, anche se certamente dell'Italia ne parlava con i suoi amici fuoriusciti. Mi ha detto una volta che l'Egitto sotto il re era un bordello in piena libertà e Alessandria il posto più anarchico del mondo, ma quando il generale Naguib ha vinto la sua battaglia e Nasser ha preso il potere, ha dato pane gratis per tre giorni ai combattenti e con i suoi compagni ha fatto la colletta per gli orfani dei martiri. Questo solo pochi giorni dopo la morte di mia madre.

Adesso che ci penso, in un certo senso anch'io sono orfano di una martire, immolata per la causa dell'elevazione sociale e culturale del suo figliolo. Non avesse avuto in mente la scuola Suisse, per una banale questione di ristrettezza di orizzonti, sarebbe stata una ardita nasseriana.

A mio padre è bastato Ras el Tin, il quartiere del porto e di tutti i transfughi del mondo, il Diwan Nabil, il caffè dei compagni, e il suo forno e il suo pane, per rimanere un anarchico fidente nella rivoluzione mondiale? Sembra incredibile, ma pare proprio di sì.

Mi accorgo che qualche volta ne parlo al presente, ma anche lui è morto ormai da un pezzo. Non è stata una cosa terribile come lo fu per sua moglie; no. È stata, se così si può dire di un fornaio grande e grosso e vedovo, una ragazzata, un gioco finito male. Io questa volta ero presente e avevo all'incirca vent'anni. È successo una sera d'estate, calmato il bollore del giorno.

Mi aveva portato alla nostra spiaggia di rena che si è ancora conservata miracolosamente pulita e fina oltre i depositi di cemento, per nuotare assieme, come gli piaceva fare. Avevamo sbracciato con gusto e poi acceso un fuochetto di detriti per farci il caffè che lui si portava sempre dietro. Quella sera aveva voglia di vantarsi, di fare il buffone come non capitava spesso, anche se in certi momenti gli garbava di recitare davanti agli amici. A un certo punto ha voluto ritornare in acqua. "Vieni – mi ha detto – vieni che ti riporto a casa mia."

"Non me ne frega niente di casa tua," gli devo aver risposto, o qualcosa del genere. E con una scrollata di spalle l'ho lasciato andare da solo. Chi poteva immaginarlo che queste sarebbero rimaste le ultime parole tra un padre e il suo unico figlio? Lui s'è buttato e non l'ho più rivisto.

Nessuno l'ha mai ripescato, e questo si spiega con le correnti pazze di quella spiaggia. Forse ha avuto un malore impróvviso, forse ha battuto il capo su uno di quei relitti di legno fradicio che qui viaggiano a mucchi sotto il pelo dell'acqua. Quello che rimane sinistramente incomprensibile sono le sue ultime parole, perché a lui dell'Italia, di casa sua, gliene è mai fregato niente, ne sono certo.

A proposito, non ho ancora detto il suo nome: si chiamava Giovanni, Giovanni Pascale, e un passaporto suo non l'ha mai avuto o, comunque, dopo che se ne è andato, tra la sua roba non l'ho trovato.

Dunque a vent'anni ho ereditato un forno di pane ben avviato senza la minima idea di cosa farmene. Avevo appena incominciato a studiare ingegneria all'università inglese – hai visto mamma? – perché piaceva anche a me come ai cugini della Camilla aggiustare e congegnare. E facevo anche piccoli affari di import-export con certi amici più vissuti di me, e più addentro all'interessante mondo del contrabbando.

Erano i tempi della guerra, ma per la mia città erano i tempi grassi del traffico di ogni sorta di cose pesanti e leggere, pericolose e innocue, peccaminose e celestiali. Benzina e farina, film pornografici e libri in francese e tedesco, pistole italiane o cecoslovacche, a scelta, e mutandine da donna coreane, e chissà che altro ancora.

Mi piacevano le ragazze e andavo pazzo per una greca di Creta, rampolla un po' troppo fiera, a onor del vero, di una famiglia di barcaioli. Giravo per il quartiere anch'io come un giovane ras, e battevo gli alberghi per far ballare le turiste svedesi e tedesche che si passavano la voce l'un l'altra, e aspettavano con ansia il giovane poliglotta e mafiosetto che le faceva godere con giudizio e dedizione.

Facevo una bella vita, se così si può dire. E all'improvviso la musica è cambiata. Cosa ci facevo io con un forno? Cosa ci facevo io senza più nessuno?

Andai dagli amici di mio padre, la gente del Diwan, il caffè dei vecchi libertari. Anarchici o che altro? Chi lo sa cosa erano esattamente. Emigrati, fuoriusciti del '46, del '28, di prima ancora. Alessandrini di seconda e di terza generazione, figli e nipoti dei primi espatriati dei moti anarchici dell'82 e delle sovversioni socialiste dei bei tempi di Bava Beccaris. Ora divenuti mezzosangue, per metà italiani e per metà arabi, cretesi, andalusi, etiopi, libanesi e siriani. Figli e nipoti di agenti infiltrati dell'OVRA, si diceva anche questo di qualcuno, delinquenti banditi, commercianti falliti, poveracci scampati dalle Calabrie, dalla Libia, dalle fabbriche restaurate con i manganelli dei celerini di Genova e Torino. E cosa ne sapevo io dell'anarchia, del vero ideale, di socialismo e libertà?

Figurarsi. Quand'ero bambino, mio padre mi parlava in un certo modo che a me l'anarchia sembrava qualcuno come una zia, una zia lontana e buona. Mi parlava di lei senza intenzione, senza voglia di spiegarmi e convincermi, anche quando ho avuto abbastanza cervello per capirci qualcosa. Gli bastava che io fossi e mi sentissi in qualche modo diverso dagli altri, di un'altra famiglia che non fosse quella perversa della benemerita scuola Dante Alighieri.

Mi ricordo di una sua storiella della buona notte, la favoletta che mi ha raccontato per anni – ricordo addirittura il tono della sua voce, l'inflessione del suo italiano –

per spiegarmi a suo modo come eravamo "noi libertari"; non mi stancavano mai di starla a sentire, e del resto credo che dovesse essere l'unica storiella che sapeva. Ero molto piccolo, si intende, e i miei genitori aspettavano che io mi addormentassi prima di scendere al forno a preparare il pane della notte.

Da dentro il mio letto lo chiamavo, e lui si fermava accanto alla sponda diritto su di me come un grande e ombroso eucalipto. Non aveva mai voglia lui di fare quello che si vede così spesso nei film: di sedere al capezzale del proprio unico figlio: un po' perché il mio letto era assai alto – mia madre era molto preoccupata di tutti gli animaletti, a lei ignoti, che strisciavano, si arrampicavano e saettavano qua e là per la stanza – un po' perché la storia era molto breve e non valeva la pena di sedersi.

"Noi si è i pettirossi, Saverio." Iniziava sempre così, bisbigliandomi dalla sua altitudine questa constatazione che a me suonava insieme misteriosa ed esaltante, non avendo mai visto un pettirosso e immaginandomelo come un uccello meraviglioso. "Noi libertari si è pettirossi, coraggiosi come quell'uccellino di tanto tempo fa che volle andare dal falchetto. Vuoi che te la conto ancora?" Non aspettava mai che io gli dicessi di sì.

"Allora, c'era questo pettirosso, piccolo che lo tenevi nel pugno della mano, ma con le sue idee che nessuno riusciva a togliergliele dal capo. Voleva volare in qua e in là a vedere il mondo, becchettare dove c'era da sfamarsi, e non gli piaceva per nulla che gli avessero assegnato il suo posticino e morta lì. Così che un giorno prese il coraggio a quattro mani e si presentò dal signor falchetto, il re degli uccelli del bosco. 'Vorrei il permesso, signoria, di andare un po' dove mi pare, tanto non darei fastidio a nessuno, piccolino come sono.' Così gli disse, e intanto gli tremavano tutte le penne. Il falchetto s'adombrò immediatamente e fece la voce grossa: 'Questa è una faccenda che non mi piace per nulla. Tu devi mettere la testa a posto e non star a disturbare con le tue pretese. Fila via o chiamo le gazze'. E nel dirgli questo, senza neppure farci caso, gli diede una zampata che gli artigliò a sangue un'ala. L'aveva pagata cara quell'uccelletto la sua smania di libertà. Ma testardo com'era, in due o tre giorni era di nuovo in aria a volare. Certo, alla bell'e meglio, che arrancava dietro alla sua aluccia offesa tutto di sghimbescio. Sembrava diventato un pagliaccio tanto era buffo come si era ingegnato di volare con un'ala sola. E tutti gli uccelli giù a ridere. E ridevano a crepapelle anche il signor falchetto e le sue gazze. Così che dal gran ridere nessuno si accorgeva che a ogni giorno che passava il pettirosso volava sempre un po' più in alto e un po' più in là del posto che gli avevano assegnato. E il giorno che il falchetto se n'è accorto il pettirosso oramai volava così in su che dall'alto prese a bombardare sul capo il re degli uccelli a colpi di cacatine."

Credo che sia tutta qui la documentazione che mi rimane dell'educazione politica e morale che mio padre mi ha impartito. C'eravamo noi, pettirossi libertari, e c'era l'anarchia. Zia Anarchia era lontana, ma i suoi benefici influssi mi avrebbero fatto migliore, più coraggioso e più bello, diverso dalla massa dei servi che non osavano alzare la testa.

A una certa età, aveva cessato di parlamene del tutto, come se avesse raggiunto la quota prestabilita di paterna assistenza e non volesse sprecare tempo in aggiunte superflue. E i suoi discorsi con i compagni si erano fatti sempre più oscuri per le mie doti di comprensione. Come se zia Anarchia si fosse fatta una vecchina stanca di dare buone lezioni a dei nipoti cialtroni e sciocchi e avesse preso la via di una sua elevazione spirituale, dedicandosi a cose aeree appartenenti ormai all'aldilà, il luogo delle sue ultime preoccupazioni.

Del resto, tra i coetanei di mio padre e tra i più vecchi, ben pochi anelavano ancora alla ribellione. Ognuno aveva trovato il suo affrancamento, almeno quello materiale, e tutti si erano ingrassati quel tanto da dedicarsi volentieri alla speculazione astratta. Nella saletta privata del caffè ogni tanto leggevano opuscoli e giornali consunti e discutevano; sembravano una famiglia variopinta e indecifrabile, ma ancora una famiglia libertaria, nel modo che piaceva a mio padre.

A me invece piaceva soprattutto schiamazzare per il quartiere, amare le ragazze e nuotare nella baia, almeno finché lui era ancora vivo per fare il pane e tutto il resto.

Al Diwan Nabil c'erano gli orari dei vecchi e quelli dei giovani, e i giovani il sabato sera ballavano in uno stanzone al primo piano con il juke-box che forse era fuori legge o forse no, a seconda dei miliziani incaricati della sicurezza e di quello che gli si dava da mettersi in tasca. Gli altri giorni gli anziani bevevano granatine con l'uva passa e caffè e i giovani granatine con dentro la Pepsi; gli anziani ascoltavano la radio inglese e i giovani cercavano di vedere qualcosa tra la neve fitta della televisione che Nabil, il druso libanese che gestiva il caffè, si era fatto portare da Aden.

Quando è morto mio padre sono andato a parlare con i vecchi. Erano loro che gli avevano preparato il funerale, con i vessilli delle confraternite operaie, con la banda musicale che era stata forzata a imparare la canzone del battaglione Lucetti. E ancora, nel loro modo libertario, lo piangevano mentre, seduti nei vecchi sofà della saletta privata, si stavano organizzando per dare una risposta adeguata alla mia domanda: "Cosa faccio adesso?".

C'era Guglielmo Dandini, il prete spretato commerciante di lana, grasso e gioviale come il parroco che non è mai stato. C'era Secondo Filippi, capocalafatore ai cantieri navali Mafuh Elj, nero e bellicoso e alcolizzato di *nabit*. E c'erano i fratelli Ruben e Amos Battistini, tipografi figli di tipografi discendenti di tipografi, Ruben anziano e sospirante, Amos più grande di me di una decina di anni e più veloce di me al nuoto e al ballo. E c'era anche Fernando Venturi, con la fissazione di insegnare agli arabi a stagionare il formaggio, vecchio marpione contrito, con più mogli che voglia di tenersele. Tutti delle sperdute parti di mio padre, tutti della stessa fede ideale.

Mi sorridevano con la solita simpatia, ma parlavano soprattutto tra di loro, e dicevano che il forno doveva rimanere degli italiani com'era sempre stato. Ma chi sapeva farlo quel pane? Non certo il figlio di Giovanni. Bevevamo tutti granatine e i risucchi coprivano il gran pensare. Scoprii così che quel forno era molto importante per loro, per via di qualche idea di fedeltà, per via del pane fatto in quel modo. E sì che io gli avevo sempre preferito l'*esh* che mi toccava comprare di nascosto da mio padre. Scoprii diverse altre cose, anche se subito non me ne accorsi.

"Ma ve lo ricordate chi sono stati i primi a prenderlo quel forno?" chiedeva Ruben.

"La famiglia del traditore, ce l'avevano loro per primi," gorgogliò faceto Guglielmo.

"L'hanno venduto prima dell'altra guerra, quando il figlio se n'è andato in Francia. Pare che lui sia ancora vivo. Qui non ci ha più messo piede. Vedi te che feste gli farebbero adesso." Secondo, che sgranocchiava un pezzo di ghiaccio come se fosse stato un trancio di *pack*, aveva spedito un'occhiata di sufficienza a Ruben.

Ruben raccolse la sfida: "Ha tradito l'idea, questo sì. Ma era un ragazzo. Come fai a dare del traditore a un ragazzo? La guerra l'ha guastato; la guerra ne ha guastati tanti".

"Sì, ma in guerra c'è voluto andare lui." – Guglielmo tendeva a sbrodolarsi di ogni cosa e in quel momento la bibita gli stava colando sul mento mentre tentava di assumere il suo tono predicante abituale. "Ci sono stati dei compagni che sono venuti qui dentro alle tanke di carbone per non andare in guerra. Lui ha fatto la strada alla rovescia e l'ha fatta in prima classe, sta sicuro. È andato alla guerra in prima classe e non è sceso più. Quelli che sono rimasti qui, ragazzi come lui, sono quasi tutti morti senza poter più mettere piede al paese. Lui ha rinnegato e ha fatto la sua fortuna. Ci vorrebbe più coerenza nei giudizi e soprattutto non bisognerebbe mai dimenticare."

Guglielmo era uno di quei ragazzi arrivati dentro il carbone, anche se nella circostanza di un'altra guerra, ai tempi di El Alamein. E il carbone erano in realtà tanke di benzina di un convoglio inglese che riforniva le retrovie. Cappellano militare dell'esercito italiano in odio innanzitutto fisico del deserto, e conseguentemente della guerra al deserto annessa, era venuto ad Alessandria in quel modo, portando con sé, travestita da chierichetto o qualcosa del genere, un'eritrea di non più di tredici anni. Le modalità della sua defezione furono così poco ragionevoli, oppure così conturbanti per le menti geometriche degli inglesi, che venne tenuto in caldo all'internamento per tutta la guerra.

Fu in quella circostanza di restrizione e calura che maturarono le sue idee sovversive e l'intenzione di sposare la ragazza che nel frattempo si era sistemata in un ostello per sottufficiali. Questo lo sapevano tutti a Ras el Tin, con in più la certezza che anche nel caso di una rivoluzione mondiale il proletariato non avrebbe avuto modo di affrancarsi dalle sue prediche.

Amos, il tipografo che nuotava più veloce e elegante di me e che dall'età di dodici anni stampava con suo fratello tutti i bollettini di informazione politica che giravano nella città, oltre a gran parte delle partecipazioni funerarie e dei quadernetti per la contabilità commerciale, si stava annoiando e così cominciò a parlare con la cadenza lenta e strascicata che era l'imitazione quasi perfetta di un prete copto.

"Va bene Guglielmo, ma qui Saverio è venuto per una ragione precisa e magari vorrebbe concludere qualcosa. Comunque, per inciso, quello là, il traditore come lo chiami, è bravo, e in più mi piace. È diventato fascista, sicuro, e per quello che ne so potrebbe anche esserlo rimasto fino a oggi o aver rinnegato per la seconda volta. Però è bravo e mi piace, non ci posso fare niente. Ha tradito l'ideale per opportunismo o perché è impazzito o per qualche ragione anche più schifosa, ma quello che ha fatto della sua vita non sono state porcate da fascista. Non è andato in giro a bastonare i compagni, ha scritto solo poesie e si dà il caso che erano molto anarchiche, e molto belle. Forse dentro uno può rimanere anarchico, anzi, non può fare a meno di rimanere anarchico anche se dà il culo a Mussolini. Non è mica stato il solo. Ma le avete mai lette le sue poesie? Bisognerebbe leggerle qui un sabato. E dopo, allora, discutere su chi era veramente. Tu cosa dici, Ruben?"

Per Amos, Ruben aveva un amore che sorprendeva tutti, perché non era logico che due fratelli così distanti di anni fossero tanto rispettosi e fiduciosi l'uno dell'altro. Si diceva che fosse il lavoro particolare che facevano e la sensibilità speciale che ne avevano ricavato. E questo perché in Alessandria, ancora oggi che si contrabbanda tutta la merce elettronica di ogni porto franco del mondo, la stampa di un libro o di una cedolina della lotteria clandestina è per i più un affare di inquietante e incerta natura.

"Io dico che ora c'è da pensare a Saverio. E del vecchio Ungaretti tu lo sai cosa penso. Era pazzo come tutti gli alessandrini che hanno studiato. Guarda un po' quell'altro suo amico, il Pea, pure lui delle nostre parti; non era forse pazzo anche lui, con tutti i suoi discorsi sulla religione? Anarchico e baciapile. Ungaretti era anarchico per sbaglio e fascista per sbaglio, e di giusto era solo poeta. Comunque, qui nessuno è stato così scemo da fidarsi di lui per cose delicate, e quindi danni gravi non può averne fatti. Ma hai ragione che bisognerebbe leggerle le sue poesie. Ai vecchi compagni di Ras el Tin e a qualche ragazzo che capisse ancora abbastanza l'italiano. Io non lo so se ne sono rimasti e se hanno voglia di sentirle."

Si rivolse a me con i suoi occhi delicati: "Tu Saverio avresti voglia di leggere qualche bella poesia?".

Per la verità ne avevo abbastanza di tutte le loro chiacchiere. Io, senza più nessuno, ero in balìa di quelli lì che, eccettuato Amos, mi sembravano delle vecchie statuine di gesso, il presepe libertario di mio padre. Avevo voglia soprattutto di andarmene via, se solo avessi saputo cosa fare l'indomani mattina: "No, non ne so niente di poesie e non so di chi state parlando". L'ho detto in tono molto scocciato, era giusto che fossi scocciato.

Allora si era messo a parlare Fernando, il vecchio caprone *Quattromogli*, convertito all'Islam per potersele godere e infine arrivato alla tristissima convinzione di non aver goduto di niente – parola di mio padre. Parlava sempre con una voce greve, velata di mestizia, così da indurre chi gli stava intorno ad ascoltarlo con il rispetto che si deve a uno che stia dettando il proprio testamento: "Pensa, figliolo, che tuo padre l'ha fin conosciuto quell'Ungaretti lì, quand'era ancora al suo paese, in quanto il fascistone era tornato dall'America, o forse ci stava andando e girava da quelle parti che erano vicine alle sue. Ed è forse per aver parlato con lui che quando è arrivato qui si è dato da fare per trovarsi quel forno. Bisognerà leggerle quelle poesie, prima che mi rincretinisca del tutto. Perché, Ruben, non c'è un libro di quello lì in saletta?". Ruben era il responsabile della bibliotechina che allignava da sempre in un mobiletto della sala privata del Diwan.

Aveva risposto Guglielmo, di slancio: "Perché non sarebbe durato un giorno qui da noi quel libro senza che non diventasse carta da culo per la latrina di sotto, mio caro. Comunque, Saverio, bisognerà vendere quel forno a un bravo compagno e ricavarci il giusto. Bisognerà cercarti un quartierino adatto per te e per le maialate che penserai di farci, trovarti una buona vedova per la casa, giacché Aminah non ci sarà modo di portarla via dalla casa del forno. E poi bisognerà volerti bene, figliolo, volerti bene tutti quanti".

Così si erano messi a pensare alla mia vita, a come rimediarla. Non era quello che mi ero aspettato quando ero andato a incontrarli al Diwan, non credo nemmeno che fosse quello che volevo. Ma li ho lasciati fare.

Era dunque il Sessantasette, il tempo della guerra disgraziata di Nasser.

Mi fu trovato un piccolo appartamento in una vecchia casa del quartiere. Un secondo piano tutto di veneziane, dove si arrivava ancora con uno di quegli scaloni di legno intarsiato che ormai si vedono solo negli edifici pubblici meglio conservati. Era poco distante dalla tipografia dei Battistini, e spesso pranzavo con loro in bottega o loro venivano da me a mangiare il *ful* di fave che mi veniva alla perfezione.

Per il forno non si è mai trovato un italiano, ma fu invece venduto a un cipriota greco, un comunista condannato a morte in contumacia dai colonnelli di Atene, che era gran compagno della colonia italiana. Col tempo si è scoperto che la sua simpatia per noi italiani era regolarmente pagata dai servizi speciali di informazione dell'Unione Socialista. Ma questo ormai non aveva più importanza, e il pane è sempre rimasto quello stabilito, mai più cattivo e, per quello che mi riguarda, mai più buono. Avevo ereditato, avevo i miei affarucci: ero quasi ricco.

E soprattutto ero solo e libero di ogni cosa.

Poi un giorno ho messo mano alle cose lasciate da mio padre e ho trovato il libro di quell'Ungaretti.

Mi pareva che mio padre non avesse niente di suo oltre al necessario per fare il pane. Quando sgomberai le stanze dove vivevamo non ho trovato nulla, oltre i vestiti e la busta dei certificati di credito della Misr Bank. Dalla spiaggia, la sera che lui se n'era andato in quel modo così poco paterno, avevo portato via le sue ciabatte, i pantaloni e la camicia avvoltolati, con dentro l'orologio Perseo e la caffettiera che si era portati dall'Italia. Non aveva neppure un rasoio suo e la barba gliela veniva a fare al forno un vecchio barbiere del quartiere che una volta al mese si intratteneva un poco di più, per spuntargli la chioma sempre nera e riccia e spettinata. Non c'era neppure un'immagine sua o di mia madre in casa, adesso che ci penso. Ricordo solo una fotografia di lui e lei in posa a una festa di matrimonio con i compagni di Ras el Tin. E questa non era in casa, ma era appesa assieme a delle altre a una parete nella saletta del Diwan.

Quando il cipriota prese il forno, mi passò un involto con la roba che aveva trovato nel cassetto del banco di vendita. L'avevo tenuto senza nemmeno darci un'occhiata, e un paio di mesi dopo me lo sono ritrovato per le mani. Così l'ho aperto e tra le carte ne è venuto fuori quel libro.

Era un libro non grande né spesso che mi si è spalancato tra le mani dando alla luce pagine rugose e giallognole. Nella pagina del frontespizio c'era scritto:

Il Porto Sepolto
*Poesie di*
*Giuseppe Ungaretti*

Ma guarda, proprio quello là. Ma guarda, mio padre che si tiene un libro di quello là. E se lo è anche letto. E riletto, a giudicare da come è tutto scivertato. Mio padre al forno che impasta e cuoce e legge le poesie di quel fascista. E ne leggeva una e poi infornava i pani, e ne leggeva un'altra e andava a sciogliere il lievito. Poi arrivava mia madre e nascondeva il libro nel cassetto. No, non è possibile, perché in quel cassetto mia madre ci metteva le mani per tutto il giorno; ci infilava i soldi della gente, ci prendeva il resto, ci segnava i pani a credito e ci nascondeva i regali per me. E allora anche mia madre ha visto quel libro, mia madre che mi voleva mandare alla scuola Suisse. Forse ha letto anche lei le poesie di Giuseppe Ungaretti, traditore del proletariato, rinnegato della fede libertaria. Ma la signora Camilla non ci badava, forse, a queste cose.

Io quel libro l'ho messo da parte e dopo qualche giorno l'ho ficcato in tasca e me lo sono portato alla spiaggia.

Mio padre non c'entrava più niente. Sospetto ora che mi fosse venuto in mente di dargli un'occhiata per vedere se potevo trovarci qualcosa di efficace da dire alle ragazze, qualcosa di romantico sul porto sepolto, il porto fantasma di questa città.

Quando, finiti i bagni e stemperata la calura, ho finalmente aperto il libro, da tempo mi si erano cancellate dalla memoria le melense lezioni della scuola Dante Alighieri. Non avevo conservato il minimo ricordo di una poesia, una che fosse, e ne sono rimasto vagamente stordito e irritato. Della poesia, delle due o tre che ho letto, non del libro. Che mi ha fatto uno schifo immediato, e l'avrei buttato tra le dune se non avesse implicato qualcosa di mio padre e del mio amore per lui.

Dico così perché, nell'aprirlo, la prima occhiata mi era andata a sbattere sulla firma di Benito Mussolini. Già; c'era un saluto del capo del fascismo al poeta. Ho pensato a mio padre che si era tenuto – per quante decine di anni? – quel libro nel cassetto, e ho deciso che io potevo tenerlo almeno in mano.

Sapete cosa c'è? C'è che ci sono certe cose e sono dei muri in cui si va a battere la testa continuamente, senza rimedio. Altre cose sono invece porte sempre aperte, disposte in qualsiasi momento a ospitarti. Cose che portano noia, fatica, struggimento e maledizione; cose invece che sono lì per la gioia e la grazia, l'abbandono e il sollievo. Al primo tipo appartiene per esempio l'elenco telefonico del Cairo – chiunque ci abbia messo mano ve lo può dire – mentre del secondo fa parte senz'altro la spiaggia dove vado io.

Anzi, non tutta la spiaggia, ma quella parte di sabbia rosa, di battigia sbarluccicante e di onda che ancora non approda ma approderà, dove io mi sentivo quella sera principe e padrone. Ora, per quello che ci ho capito io, la poesia è insieme queste cose e quelle altre. È carogna giocosa e ballerina, dispettosa, aspra in bocca come i datteri acerbi, e profumata come l'oleandro rosa del deserto; insopportabile e leggera, cattiveria e nostalgia. Così ho pensato, e non ne ho letto che due o tre.

E quella sera né mai più ho voluto leggerne altre. Un po' perché subito dopo ha cominciato a ronzarmi la testa, e il fondo di quel ronzio me lo sento ancora intasato nei timpani – anche se è facile per il dottor Modrian farmi presente che sono reduce da un'embolia. E poi perché, sinceramente, avevo paura che continuando a leggere sarei rimasto deluso, si sarebbe infranta una specie di subdola tresca accesa tra me e quella roba di parole. Sarebbe cessato quel bordegume – come si dice in italiano? – che mi aveva preso a tradimento tra fegato e intestino.

Ma soprattutto, lo dico con un po' di vergogna, io sentivo e detestavo l'intromissione dentro di me di un uomo – di quello là, mai visto né conosciuto, chi era e chi non era, fascista per di più – che con una trentina di parole e anche meno si era permesso il lusso di schiavardarmi il cervello, o magari l'anima, per strisciarmi nei pensieri e nei sentimenti come fosse casa sua.

Come se ci fosse tra noi due un'amicizia di quelle che ci si può permettere ogni cosa. Chi gliela aveva chiesta tutta quella intimità? Avevo la sensazione di essere stato preso nella trappola di parole di un mago ipnotizzatore. Parole che oltretutto non avrei dovuto capirci niente, ma che invece mi pareva di capire. Oppure di essere capito, se preferite.

Una poesia era intitolata *Finestra sul mare* e un'altra il *Porto sepolto* e un'altra ancora, forse, *Risveglio*, o *Risvegli*. Le so a memoria. Non chiedetemi il perché, visto che le ho lette una volta sola e da allora sono passati parecchi anni.

In questa stanza d'ospedale io ogni mattina le recito come se fosse la mia preghiera. Poi racconto il sogno che ho fatto a quella vecchia mummia secca del dottor Modrian. Ma questo succede molto dopo.

Ora siamo ancora a quando avevo poco più di vent'anni e devo dire alcune cose che mi sono capitate, altrimenti perdo il filo e quel poco di lucidità che potrebbe finalmente aiutarmi a capire cosa mi sta succedendo.

Mi rendo conto che ci ho perso molto tempo dietro tutta questa faccenda della poesia e di quel poeta e tutto il resto. Ho detto delle stupidaggini? Mi sono lasciato andare? E va bene. Ma tenete conto che ero solo un ragazzo di Ras el Tin, una pellaccia di quartiere, senza troppa fantasia di cultura e con l'infarinatura stitica della scuola. Anche se ora, con tutto quello che è successo, sono cambiato parecchio e con i libri, il leggerli e lo scriverli, ho aperto tutta una vicenda che al momento giusto vi dirò.

Ma allora il semplice fatto di leggere sulla spiaggia è stato come il rapimento di un ragazzino, come averlo voluto – come si dice? – plagiarlo, confonderlo. Qualcosa del genere, che ha portato poi la mia vita, senza che me ne accorgessi davvero e, peggio ancora, senza che potessi metterci becco, in una certa direzione, per un certo cammino.

E tra le tante cose è successo che sono partito per andare a vedere il paese di mio padre. Le circostanze che mi hanno fatto decidere sono state a dir poco strane.

Avevo riportato dalla spiaggia quel libro, ma mi pesava trovarmelo in casa: mi dava l'impressione di conservare indebitamente un segreto. Così un giorno me lo sono messo sottobraccio e sono entrato nella tipografia dei Battistini che, nel quartiere dove ora vivevo, era uno dei fondi più vecchi e più stimati.

Stampavano lì gli italiani dai tempi dei tempi, e c'è ancora incorniciato sopra la porta di ingresso una specie di diploma rilasciato dal califfo turco con la data del 1102, anno mussulmano, tre secoli fa. Sopra lo stipite c'è anche il cartiglio con il nome della bottega, un nome che nessuno dei molti proprietari ha mai voluto o avuto voglia di cambiare, il nome con cui è conosciuta ancora oggi: *El Meskin*, il Povero, il titolo con cui si chiamano i venerabili superiori del monastero di Abu Makar nel deserto di Uadi Nairun. Il luogo santo non lontano da qui, dove da più di un millennio i monaci copti copiano e ricopiano i loro misteriosi saperi di Dio e dei profeti.

I fratelli Battistini erano arrivati ad Alessandria dal paese di mio padre prima ancora della guerra assieme al loro genitore, orbati della madre a causa della difterite che se l'era portata via poco dopo la nascita di Amos. Il vecchio aveva con sé un paio di scatole di caratteri tipografici nuovi di zecca mai visti fino ad allora in città, e con quelli in dote era entrato nella vecchia tipografia del quartiere. Nel giro di un paio di anni ne era diventato socio, tanto potente era la sua arte negli arrangiamenti meccanici e artistici del lavoro di stampa. E con lui lavorava il figlio Ruben, mentre il più piccolo lo tenevano tra le macchine a ruzzare con il piombo e le frange di carta quando ancora non sapeva stare in piedi da solo.

Ora che il vecchio se n'era andato, anche lui accompagnato dalla banda e dai vessilli rossi e neri della sua fede, i fratelli sono padroni e io posso dirmi loro amico, se non altro per averli frequentati da quando mi ricordo. Certo è con Amos che avevo più confidenza, per l'età e perché aveva voglia di fare le cose che piacevano anche a me: a Ras el Tin giravamo assieme a far ballare le turiste e assieme cercavamo di farci prestare dai comandanti dei mercantili i film che ci piacevano e altre cose del genere. Ruben non solo era vecchio, ma mi sembrava una specie di prete, un uomo troppo distante e perso nei suoi pensieri per poter fare con lui discorsi normali.

Dunque, un giorno sono entrato nella tipografia e ho dato il libro ad Amos: "Guarda cosa aveva mio padre al forno." Ero inquieto, quasi vergognoso.

Amos ha preso il volume dalle mie mani con noncuranza, soppesandolo prima di guardarlo meglio, come fosse stato un muggine della baia da comprare a un ragazzino, e infine si è messo a sfogliarlo con passione, digrignando i denti e schioccando la lingua: "Bello, molto bello. Altroché".

Si eccitava man mano che faceva scorrere le pagine tra le dita, finché non ne poté più e, come sempre, ebbe bisogno di Ruben. E i due si sono messi a giocherellare con le pagine e a parlottare tra loro e a tirarsi via il libro l'un l'altro, come due ragazzini, senza badare a me che me ne stavo lì imbarazzato come se avessi portato un topo vivo a una nidiata di gatti.

Proprio come capita alla gatta che di scatto smette di far la graziosa con i cuccioli e riprende seria a fare i fatti suoi, d'improvviso Ruben cessò di cincischiare con il fratello e cominciò a parlarmi. È stata quella conversazione che ha definitivamente mandato a gambe all'aria la mia vita, quello che io avevo creduto potesse essere la mia vita nella città, negli studi di meccanica, nei promettenti intrallazzi del contrabbando.

Ruben aveva proprio il modo di parlare da prete arabo. Voglio dire che era ispirato e ieratico, con un tono di voce basso ma tagliente, che faceva ricordare un monaco *sufi* quando parla ai suoi discepoli all'ombra del carrubo nel cortile della moschea di Abu el At.

"È davvero bello questo libro, Saverio. È un'edizione molto rara ed è la prima volta che mi capita di vederla. Io le conosco queste poesie. E tu le hai lette?"

"Qualcuna, l'altro giorno." Non riuscivo a capacitarmi di come continuassi a vergognarmene.

"E ti sono piaciute?"

"Sì. Voglio dire sì, ma anche no. Non lo so bene. Certo che sono particolari. Mi hanno fatto uno strano effetto. Devo dire che ho smesso di leggerle perché mi stavano confondendo."

"Sì, ho capito. Capita anche a me, e non solo con quelle poesie, se devo essere sincero. Eppure sono belle, vero?"

"Sì, certe parole me le ricordo ancora e mi sembrano molto belle. Ma mio padre, secondo te, cosa c'entra con questa roba?"

"Beh, saranno piaciute anche a lui, no? Tuo padre non ha mai parlato granché. Penso che non avesse molta fiducia nelle sue parole. E magari ne aveva invece in quelle di Ungaretti."

"Ma quello lì era un fascista, Ruben. Me lo avete detto voi. Mio padre, figurati, non voleva nemmeno sentir dire la parola. Non credo che ci capisse di poesia da fare dei distinguo. Già mi sembra incredibile che si siano conosciuti, come ha detto *Quattromogli* al Diwan."

"Mi sa, Saverio, che questa non sia una faccenda così semplice. La gente non è mai stata semplice dalle nostre parti. Forse nemmeno dalle altre parti."

A questo punto, con il suo fare pio, il tipografo mi ha preso per un braccio e mi ha spinto in fondo alla bottega, dove su un vecchio piano di composizione Amos stava preparando il tè per il solito spuntino. Sono sempre stati speciali gli spuntini in tipografia, soprattutto per la ricchezza degli stuzzichini. Quei due sapevano dove trovare il meglio delle olive, il formaggio più greco, le acciughe più profumate, il pane più crocchiante. E non c'era caffè in Alessandria dove si poteva star meglio soddisfatti che stravaccati sulle balle di carta del El Meskin.

Ecco, ora mi rendo conto che parlo spesso di loro al passato, e confondo le vicende di quegli anni con la loro esistenza, che non è passata. Amos e Ruben sono vivi e vegeti e sempre bravi a stampare e a fare gli spuntini e – credo – mi vogliono bene ancora allo stesso modo. Hanno anche cercato di venirmi a trovare all'ospedale. Mi ha detto il dottor Modrian che ogni tanto vanno da lui a chiedere notizie. Ma io non li ho voluti mai vedere: non me la sento di farmi compatire, non me la sento di farmi vedere da loro ora che sono poco più che un'ameba. Per questa ragione, nel raccontarli, uso il passato: per tenermeli un po' discosti. Per il momento; poi si vedrà.

Ero rimasto al tè. Sì, Ruben mi invita al tè. Ci sediamo e Amos ci serve come al solito. Lo fa sempre, come se avesse nostalgia di una donna di casa che potesse farlo per lui. Mangiamo, beviamo, facciamo frizzi di soddisfazione con la saliva, accendiamo sigarette americane sbarcate da Singapore. E Ruben ricomincia a parlare.

"Tu non sai niente del paese di tuo padre, perché lui ha chiuso con quel posto il giorno che se n'è andato. Ha chiuso e basta. Per me ha fatto bene. Altrimenti vivere qui sarebbe stata una tortura. Nessuno di quelli di Carlomagno – ma ti ha mai detto tuo padre il nome del nostro paese? si chiama Carlomagno – nessuno di noi, ti dico, è riuscito a vivere bene nel posto dove è andato a fermarsi. Il dramma è che pure nessuno è mai riuscito a tornare indietro e ognuno pena qua e là per il mondo senza stare veramente tranquillo in nessun posto. Deve essere una questione del carattere del nostro paese, una tara nostra. È così anche per me. Amos era troppo piccolo, ma io me lo ricordo dove sono nato, io posso dire di essere uno di Carlomagno. C'è anche una storia su questa faccenda e dopo, se me lo ricordi, te la racconto. Ma ora ti voglio dire dell'altro. Ti faccio un po' di scuola se ne hai voglia. Amos, che una parte di questi discorsi già li conosce, può andare a farsi una nuotata.

"Il mio e quello di tuo padre è un paese di gente strampalata, fatta a modo suo, insomma. Di paesi così ce ne devono essere ovunque nel mondo, ma Carlomagno lo conoscono in tutto il circondario per come è fatta la sua gente. È una tana di anarchici, di presuntuosoni e attaccabrighe. Per quelli di fuori è un paese insieme scostante e seducente. Un posto e della gente molto speciali. Quel poeta non è dei nostri; è di un paese vicino, ma non proprio dei nostri. Nessuno di Carlomagno si sarebbe rimangiato mai una parola, figuriamoci un'idea. Eppure, se dovessi dire, un po' ci assomiglia.

Non lo so bene, anche perché personalmente non l'ho mai conosciuto, ma quelle sue poesie mi dicono qualcosa. Mi risuonano dentro come se ci fosse qualcosa di mio e della mia gente di là. Mah, sarà un'idea stupida, ma è quello che mi è venuto in mente appena le ho lette, parecchio tempo fa; per questo sono stato d'accordo con te quando mi hai detto che ti confondono. Insomma, lui ha avuto qualcosa di profondo – mi capisci? – da spartire con noi. Certamente al paese lui ci è venuto parecchie volte nel tempo e mi sono fatto la convinzione che ci cercasse qualcosa che gli mancava. Credo che lì nessuno abbia mai saputo davvero chi fosse. Tuo padre sì, dato che ha quel libro, e anche mio padre, che aveva la stamperia e se l'è visto capitare in bottega più di una volta. Io l'ho sicuramente incontrato, ma ero troppo ragazzo e non ci ho fatto mai caso, finché non mi ha detto qualcosa mio padre.

Ma se uno qualunque l'avesse riconosciuto, Ungaretti l'amico del duce, cosa vuoi che gliene sarebbe fregato della poesia. Lui lo sapeva benissimo questo e penso che venisse da noi per trovare il modo di chiedere perdono e che quel modo non l'abbia mai trovato. Attento, che questo è solo un mio pensiero strano, chissà cos'era che ci invidiava. Perché qualcosa doveva esserci. Mio padre se lo ricordava bene. Si fermava all'osteria a chiedere ai vecchi di questo e di quello, andava in bottega e teneva mio padre delle ore a leggere certi suoi scritti. Chiedeva consigli, impressioni.

Prova a pensare, il poeta più famoso d'Italia che dà retta a un tipografo di paese; non poteva essere. Lui cercava il suo porto sepolto, come tutti quanti in questa città, e forse, in un certo punto della sua vita, se lo è andato a cercare a Carlomagno.

"Mi immagino Ungaretti e tuo padre. Giovanni era un ragazzo. Bello e sfrontato, senza peli sulla lingua e senza un briciolo di letteratura per la testa. Lui, ormai in su con gli anni. Deve essere passato dal paese prima di andare in America. Aveva già fatto una guerra, era stato in giro per il mondo, era famoso e portato in palmo di mano da Mussolini. Avrà guardato tuo padre e si sarà detto: 'Ecco come sono stato, ecco come non posso più essere. Ho questo e quello, ma non ho la sua motocicletta e la sua anarchia'. Forse è successo così che lui ha attaccato bottone. Giovanni deve essere rimasto lì per lì a bocca aperta. Ma non per molto, se l'ho conosciuto bene. Avrà risposto a modo suo, con poche parole ma deciso e senza vergogna. E alla fine lui gli ha regalato quel libro.

Doveva averlo con sé, perché è un'edizione rara e certamente Giovanni non può averlo trovato da solo. Non c'è dedica, ma si capisce; non era interessato a lasciare tracce al paese. E tuo padre poi l'ha letto. E riletto, si vede bene. Sai cosa ti dico? Ti sembrerà strano, ma per me quelle poesie sono state per tutto il resto degli anni il suo ricordo di Carlomagno."

Era proprio una scuola quella che mi stava facendo Ruben. Aveva davvero il tono di un maestro, un buon maestro di strada che non urla e non picchia perché sa che i ragazzi del quartiere non possono avere niente di meglio da fare che ascoltarlo. Amos era sparito e la bottega era silenziosa e fresca: cosa fare di meglio che stare lì a sentire una storia misteriosa e lontana? In effetti facevo fatica a capire il senso vero, profondo, di quello che Ruben mi andava dicendo.

Glielo dissi e gli chiesi di spiegarmi meglio tutta questa storia del paese di mio padre – davvero lui non me ne aveva mai detto il nome, chissà perché – e lo pregai di non divagare troppo, perché già avevo cominciato a perdermi. E lui riprese la sua scuola.

"Difficile che tu creda a tutto quanto di queste storie. Tu sei nato qui, ed è giusto che te ne senta distante. In fin dei conti è quello che ha voluto tuo padre, e io avrei fatto lo stesso. Avere troppa memoria non fa star bene nessuno. Si diventa malinconici. E si diventa vecchi troppo presto. Lì per lì può sembrare che i ricordi servano a qualcosa, ma non è vero. In definitiva fanno solo danni. Ti consumano dal di dentro, come la silicosi dei picchettini del porto. Ti sembra di star bene fino a che una mattina ti alzi e ti accorgi di non avere più neanche un tocchetto di polmone: dentro sei tutto una polvere di pietra. È così. E poi Carlomagno è davvero dall'altra parte del mondo. Anzi: è, come dire, l'altro mondo.

Sta' a sentire.

Quello che in definitiva separava quel poeta da tuo padre e dal paese era una strada, la Via, come la chiamano. Quelli di Carlomagno stanno *di qua* e tutti gli altri stanno *di là*. È come una condanna. Nessuno di là può davvero attraversare la strada, e se poi lo fa uno di Carlomagno è certo che non può più tornare di qua. Questa è favola. Ma, ovviamente, a modo nostro di vedere è anche la verità.

Carlomagno non era un posto di pazzi. Se c'è ancora, lassù, non penso che lo sia diventato adesso.

Io ci sono nato a Carlomagno, e quando sono venuto via con mio padre avevo più di vent'anni. L'ho conosciuto bene quel paese, il suo paesaggio, la gente, i proverbi e i modi di dire che sbeffeggiano i paesi vicini e gli scherzi dei paesi vicini per sbeffeggiare Carlomagno.

Ma, come ti dicevo, questo non toglie che Carlomagno sia da sempre giudicato un luogo piuttosto speciale e in qualche modo differente. Lo è innanzitutto la gente, che insieme gode e soffre della sua singolarità. Questo vale anche per me e probabilmente vale ancora per quelli che ci sono restati e per quelli che ancora ci nascono. Anch'io sono stato allevato a riconoscere questa specie di separazione tra noi di Carlomagno e gli altri, perché era il sentire che c'era nell'aria. La nostra ragione soggiacente, la chiamerebbero certi studiosi.

Alcuni dicono che è stata la Via a separarci da tutti quanti, dicono altri che invece siamo diversi da sempre, diversi da tutti nella nostra valle, perché siamo i soli resti di quello che è stato il popolo Apuo prima di Roma e del console Aurelio. Dicono pure che siamo stolidi, crudeli e superbi. Tutto questo non è vero, non lo è così. Non siamo pazzi; non fino a quel punto: nessuno a Carlomagno è mai stato abbastanza pazzo da pensare sul serio di essere unico.

Sì, c'è stato una volta il popolo Apuo e fu poi annientato. Lo dice anche Strabone, e se apri l'armadio della saletta al Diwan ci dovresti trovare ancora il suo libro che parla di queste cose. Ma adesso perdonami, perché mi fermo un attimo e vado a pisciare."

Mentre Ruben si alzava, i muezzin incominciavano allora a chiamare la preghiera. Era sera e nella bottega arrivava l'odore dei carretti che andavano vendendo *kabab* e il richiamo dei venditori, lamentoso come un pianto. Come poteva Ruben vivere qua e pensare ancora a quel posto lassù? Aveva ragione: avere troppa memoria non deve essere una cosa riposante.

Come per le altre botteghe, il pisciatoio era la canaletta al bordo della strada e Ruben aveva lasciato la porta aperta, così che era come essere in mezzo al tramestio di Ras el Tin, nell'ora che faceva la strada gonfia di tutta la gente e di tutte le lingue che la rivoltavano dai secoli dei secoli. I discorsi del paese di mio padre mi stavano mettendo addosso una strana sensazione: la strada mi chiamava da una parte e le parole di Ruben mi strattonavano da un'altra. E io nel mezzo dolorante. Ma quando Ruben ha ripreso il suo posto, non mi ha chiesto se volevo per caso andarmene, per lui era inteso che dovevo starlo a sentire. Il suo tono era ancora un poco cambiato, mi parve adesso quello ispirato del *sufi* che parla ai pensieri ribelli che svolazzano sopra le teste dei suoi discepoli. Un *sufi* sa come vederli e trattarli a modo.

Era un popolo quello Apuo che abitava la valle di un dolce grande fiume, con molte fiumane che gli si precipitavano addosso dalle gole profonde di un giogo di montagne aguzze e franose. Le montagne erano bianche, di un marmo morbido e poroso che diventava d'oro scarlatto quando raccoglieva il sole basso del tramonto. La valle arrivava al mare per un'ampia piana, ricca di tutti gli umori necessari a far crescere le piante e gli animali. Erano un popolo di bestie, senza una città e senza una scrittura; per questa ragione non c'è mai stato nulla in nessun luogo che parlasse per loro.

Né hanno mai voluto in qualsivoglia modo parlare direttamente ai rappresentanti dell'impero di Roma in caccia di nuovi possedimenti, quando, è come se li vedessi qui davanti a me, si sono presentati in pompa magna per chiedere il pegno del vassallaggio, cercando di spiegare a quelle teste di pietra il vantaggio che ne sarebbe derivato.

Non hanno mai avuto idea di parlamentare o trattare. E questo lo dicono i cronisti di Roma. E dicono anche che è stata una gran follia non voler capire dove stava tirando il vento; una sciagura da addebitarsi al fatto che quel popolo non era di veri uomini, quanto piuttosto di mostri selvatici e indecifrabili.

Allora si procedette come di consueto in queste faccende di insubordinazione. Le legioni spianarono l'erba grassa della piana, i carri da guerra ararono la valle per tutta la sua lunghezza e i cavalli asciugarono le fiumane con la gran sete dei conquistatori. Perché Roma non la ferma nessuno. Così che gli Apui si fecero ancora più lupi di com'erano e si issarono sulle montagne più impervie e resistettero.

Durarono a guerreggiare duecentocinquant'anni, ed è una cosa inaudita che possa essere successo. Avranno mangiato pane fatto con la farina macinata dalla pietra del marmo per poter durare così tanto; si saranno mangiati tra loro, o avranno sbranato i lupi loro cugini. O forse erano lupi, se è vero quel che dicono i romani. Che un giorno piovvero a branchi da ogni lato del cielo sul grande accampamento fortificato alle pendici del monte Caprione e fecero a pezzi cinquemila tra fanti e cavalieri. Rapinarono cento carri carichi di vettovaglie, e salmeria e bagasce a frotte, con il console Marcello nascosto tra le loro sottane dorate. E si sentivano i buoi mugghiare per il dolore di vedersi mangiati vivi. Cinquemila in un giorno solo: che gran inviperimento al senato di Roma e che rabbia.

E infatti non si badò a spese e di conseguenza gli stolidi Apui, gli abominevoli rigettatori della clemenza di Roma, vennero debitamente sterminati. Furono arsi i boschi, avvelenati i sorgivi, spazzolati i recessi e le tane con la striglia delle ottanta centurie del console Claudio, l'élite delle armi, lo scudo inflessibile della sacra difesa dell'impero. Ogni accorgimento fu approntato perché non rimanesse nessuno, non un bambino, una puerpera, un vecchio, che non fosse stato toccato dalla mano della vendetta. Per chi ne uscì vivo fu organizzato un convoglio in catene per consegnarlo, possibilmente con ancora un po' di fiato nell'anima, alle miniere di rame del Sannio, all'altro capo dell'Italia.

Bisognava averlo visto quel corteo di diecimila semiuomini che attraversa l'Italia tenuto per la catena. Che figliava, che si straziava di dolore, che avvizziva di rabbia, che cresceva e moriva, che forse faceva l'amore. E mangiava, dormiva e cagava sotto la scorta del trionfo di Roma. Spettacolo a imperitura memoria per tutte le genti che lo hanno visto passare per la durata di un anno e forse più, per la lunghezza di mille miglia e forse più.

Quello che si sa è che il senato ci ha speso sopra a quella gita quattromila denari; né più né meno che il costo di una bella città di una provincia corredata di tempio, teatro e foro. Ma sono stati soldi spesi bene, perché mai più nessuna delle genti che aveva assistito al passaggio della carovana dei lupi diventati schiavi, è stata presa dalla perversione di opporre alla clemenza di Roma la follia del rifiuto.

Eppure, partite le legioni, interrotte le cronache, qualcuno era ancora rimasto. Gli storpi, qualche canaglia di pelle dura inebetita e resa pazza dagli stenti, qualche donna graziata dalle sue tenerezze a buon rendere. Costoro si scelsero, per cercare di sopravvivere, un poggio che si sporgeva dalle alture più dure della valle su una vasta landa di acquitrini. È un sito suggestivo che ancora oggi intenerisce a pensarci, ma un recinto stretto e senza scampo di fuga, isolato dalla piana e dal mare dalla palude di gore fangose che il fiume allora si spandeva attorno."

A questo punto mi era chiaro che Ruben non parlava più con me. Guardava con gli occhi appena socchiusi verso la grossa macchina linotype, e la sua voce aveva ora il tono profondo e marcato di uno che recitasse un poema, qualcosa che ha dimenticato di sapere a memoria e gli torna su man mano che lo declama. Intanto Amos era rientrato e armeggiava sul lavabo con un sacco pieno di granchi rossi che gli scappavano da tutte le parti, e che lui tentava di raccogliere muovendosi senza disturbare il racconto di Ruben. Per terra, su un grosso fornello da campo, bolliva una pentola e un poco alla volta ci finivano dentro i granchi ancora ben vivi. Qualcuno ce la faceva a schizzare via, scottando di gocce bollenti Amos, che pure riusciva ancora a non fare il minimo rumore. E Ruben, intanto che i granchi si rassegnavano a bollire, parlava.

"E quando Roma ha voluto regalarsi una comoda via per passeggiare nel suo dominio e legarselo per l'eternità, è arrivato in quei luoghi il console Aurelio. Un console grasso e pieno di ira che spingeva avanti a colpi di gladio, con la sapienza e la crudeltà che hanno come dote naturale i tracciatori di imperi, un'altra immensa carovana cicalante di diecimila e più tra schiavi e picchettini e sterratori e camalli, operai e ingegneri, e puttane e bestie da soma e da sella, tutti quanti a ritmare per la parte che gli toccava l'infinita cantilena della strada che avanza. E la strada avanzava diritta, avendo per limite soltanto il lontano fiume Oceano, oltre tutte le montagne, i fiumi le pianure, oltre tutte le genti e ancora oltre.

E quando arrivò alla valle degli Apui, al console fu fatto notare che affioravano, malsepolti tra i cavezzi e le mortelle della prataglia, i resti dei cinquemila suoi commilitoni e del collega console Marcello. Dolente e furioso alzò lo sguardo al cielo dei suoi dei di vendetta e incontrò quel poggio disperato da dove, a quattro zampe, c'era chi lo stava spiando.

Egli allora fece compiere alla sua Via una complicata manovra a serpente che, deviando dal percorso stabilito, invadesse i bozzi dell'acquitrino, bonificando ogni eventuale traccia di invendicata ferita romana. Ci morirono in parecchi tra i suoi, nel tirar su tra la polta malarica un terrapieno che tenesse l'armatura di una via consolare destinata a durare per l'eternità, ma infine ci riuscì, tronfio e testardo.

Terminata l'opera, fece rifare i calcoli a suo comodo per collocare proprio nel punto che poteva essere visto dalle tane di quel poggio, un bel cippo miliare in pietra bianca di quelle montagne con sopra incise quattro C in maiuscolo monumentale. Mai una strada si era spinta così avanti nel mondo nero dei barbari.

La notte che l'opera fu finita e fu posato il cippo, dall'alto del loro recinto ormai definitivamente inchiavardato, quel poco di gente che c'era, vedeva spandere dalla pietra cavata dai suoi monti una luce più candida della luna, una luce che confondeva il cielo e abbagliava ogni possibile cammino nella valle. E quel bagliore se lo indicavano muti a vicenda."

Ruben si era fermato di botto, come morso da un brutto ricordo. Suo fratello gli teneva una mano poggiata leggera sulla spalla: "Prenditela un po' più comoda, Ruben, hai gli occhi fuori dalle orbite che mi sembri un derviscio in calore. Ci sono i granchi pronti da mangiare e se mi date una mano, mettiamo il tavolo sulla strada e mangiamo al fresco".

Così ci siamo messi a tavola nel vicolo, come tutti gli altri. C'era un cielo stellato altissimo quella sera, pulito dal vento asciutto del deserto che aveva ricacciato i fumi delle fabbriche e dei cantieri lontano sul mare, verso l'Europa.

"Di tutta la merda che ci viene di là, qualcosa riusciamo a mandarne indietro" – diceva sempre Secondo, il più conservatore dei compagni di mio padre – "ma non è mai abbastanza. Dovremmo fare delle fabbriche che moltiplichino per cento quella che ci mandano; merda fine per l'esportazione. E allora forse riusciremo a pareggiare il conto." Mi è sempre sfuggita la logica del suo ritornello, e Secondo non è neppure uno molto simpatico. Ma non mi dispiacerebbe, devo dire, se qualcuno riuscisse in un'impresa così economicamente coraggiosa.

La strada era accesa con discrezione dai lumi che la gente teneva sopra i bassi tavolini. Il brusio dei commensali saliva lento nel vicolo, come il fumo grasso di un *kabab*; ogni tanto arrivava la folata più intensa di una particolare parlata, e si distingueva il greco di Corfù e il dialetto cretese, lo spagnolo andaluso, l'arabo di Somalia e quello di Siria, l'italiano di Genova e di Sicilia, il russo. I due tipografi succhiavano a dovere i loro granchi e io mi beavo di quella che mi sembrava l'armonia del grande caos di Ras el Tin. Un disordine molto composto, quasi grazioso. Gli arabi hanno un senso della compostezza quasi soprannaturale, gli viene dal deserto, dalla sua perfetta stabilità. Non c'è duna del Sahara che si sposti di un millimetro in mille anni, anche se ogni minuto che passa il suo aspetto muta. E l'uomo che viene dal deserto sa ricondurre ogni disordine occasionale al suo principio regolatore.

Finita la cena Ruben ha ripreso a parlare con tono più lento e rilassato, lasciando che ogni tanto le parole incespicassero nel fumo di una sottile sigaretta turca.

"Quel suo nome, Carlomagno, è venuto al paese ovviamente molto dopo queste cose che ti ho detto, anche se il perché e il percome la gente incastrata in quel borgo sciagurato potesse essersi invaghita di un nome così pomposo, non c'è scritto da nessuna parte. Probabilmente non c'entra niente con il re che, pure selvatico come dicono che era, avrebbe trovato sgradevole per la sua tempra transitare da quei colli. Oppure ci è passato per davvero Carlo Magno in anima e corpo, ed è stato così magnanimo da fermarsi abbastanza per lasciare che lo ricordassimo. In fin dei conti Alessandro il Biondo ha assistito di persona alla nascita di tutte le Alessandrie del mondo, anche le più sperdute e inutili.

Pazzi no, nessuno può dire che siamo pazzi, forse tarati. E in una cosa, in un certo qual modo, anche unici. Nel senso di soli, o solinghi, come diciamo nel nostro dialetto. D'altronde la Via consolare, nell'astruso ghirigoro che gli ha voluto imporre la vendetta del console Aurelio, ha isolato il poggio di Carlomagno dal resto della piana; per sempre.

Per il tempo a venire, con tutto quello che è successo, Carlomagno è sempre rimasto *di qua* dalla Via e da ogni altra cosa. Dalla parte *di là*, nella piana ricca e aperta al mare, sulle colline meridiane, lungo i seni grassi del fiume così dolce, tutto il resto del mondo, di qua dalla strada, oltre gli acquitrini e i bozzi, schiacciato sui contrafforti delle montagne di pietra di marmo, Carlomagno. Solo loro.

La Via Romana ha segato in due le genti e ha separato un destino e lo ha reso singolare nei secoli dei secoli. Questo è successo, e da quando ero bambino è stata cura di mio padre indicarmi per prima cosa il metro per misurare le distanze e le differenze. Di qua e di là. Semplice: da una parte noi, i libertari dell'anarchia, i montanari col cuore grosso, i cavatori indomiti, i braccianti senza terra; dall'altra i fascisti, i contadini egoisti e grassi, gli avvocati dei padroni. E se non avevo provveduto io a farmene una ragione, ci pensavano i figli di quelli di là a ricordarmelo, a furia di sassi, di gragnuolate, di prendingiro. E anche se per passare la strada bastava fare otto passi – otto di numero – si sapeva che era un valico.

La Via Romana. Chi l'attraversava doveva pensarci, perché bisognava parlare con gente fatta in altro modo, altre tribù, uomini e donne con mestieri diversi, bambini che non si sa di cosa si divertivano, cani cattivi e maligni. La Via Romana che portava ogni ben di dio caricato sopra tutti i modelli di veicoli del mondo, e veniva dai confini dell'Italia e andava a Roma. E di più non si poteva dire per noi ragazzi, se non che di là dalla Via c'era fino al mare della terra, tantissima terra, con sopra i peri e i peschi squisiti che da noi non venivano mai così succosi; frutta dolcissima quella, che la potevano prendere solo quelli là perché a noi non ci spettava. Di là l'odore del mare, di qua le ossa indurite dai venti di tramontana.

La Via Romana e l'autobus della Brun & Caprini che ci passava sopra. La prima volta che la corriera a motore era arrivata fin davanti al nostro paese, qualcuno gli ha messo davanti al radiatore una balla di fieno per non vedersela imbizzarrire dalla fame in mezzo a tutta la gente. La corriera. Che quando uno del paese si fermava sul ciglio della strada per prenderla al volo, si poteva star sicuri che da qualche parte lontana c'era ad attenderlo un dottore, un ospedale, un avvocato, un colonnello, un padrone: la potenza di Roma che ti tormentava in eterno. La fermata era segnata dal cippo di marmo con sopra incise le quattro grandi C maiuscole. Il blocco di pietra era tutto levigato e lucido per il continuo strusciare della gente, splendente di notte al passaggio dei fari come una cometa che si poteva distinguere anche dal paese. Quando mio padre mi portava sulla Via mi ci faceva sedere in groppa a quella pietra e io ci stavo come un uccellino sopra un picco di montagna.

E lui mi faceva toccare certe piccole scalfitture, ogni scalfittura era la vita di un padre di famiglia o di un bravo ragazzo che il cippo si era preso. Non c'era bicicletta, motocicletta o Balilla del paese che non avesse cercato di conficcarcisi dentro, di strapparlo dalla Via. Ma lo scorticavano appena un po'. Molti di quelli che ci provavano se li portava via la *belùa*. Così la chiamavano al paese la crudele *belùa* che abitava quel marmo sin dal giorno che era stato posato dal console Aurelio. La *belùa*, la faina furba e dispettosa che non voleva farsi vedere da nessuno, ma che confondeva la gente con i suoi occhi e le sue malie. Conoscevo tanti che dicevano di averla vista o intravvista e mi hanno insegnato a riconoscerla la notte e persino di giorno. Anche se bisognava stare molto attenti ed essere furbi come lei, per indovinare un guizzo, a volte d'oro, a volte scarlatto, a volte come di elettricità, che attraversava il marmo e confondeva l'aria d'intorno.

A te, Saverio, sembrerà una favola, e adesso lo sembra anche a me, ma io l'ho vista qualche volta e dunque posso testimoniare che quel cippo ha la sua anima di faina, una bestia cattiva che fa la guardia alla strada e quando gli monta il capriccio e la rabbia si inghiotte le brave persone. È per questo che intorno a quel marmo c'è sempre stato un rigoglio di mazzi di calle e gladioli e biglietti listati di nero con su scritti i nomi di gente del paese che ci ha lasciato la pelle.

Tutto qui. Tuo padre ha attraversato la Via e non c'è stato modo che potesse tornare indietro. Noi abbiamo fatto lo stesso. Mi dirai che sono storie stupide e non dico che hai torto. Ma quello che riguarda la gente non è mai del tutto stupido: basta frugare dentro a dovere e ci troverai sempre il suo senso.

Sicuramente la pensava così quell'Ungaretti, con il suo chiodo fisso che lo faceva venire da noi, anche se apparentemente era così diverso, nato dall'altra parte della Via. Chi è nato di là non poteva essere un buon anarchico, ma magari aveva la nostalgia di quei disgraziati che per forza di cose lo sono. Comunque, ho finito. Io, che quelle poesie le ho lette e rilette, non mi stupisco più di tanto se tuo padre le ha conservate. Anzi, mi sembra quasi naturale, anche se scopro solo ora, ora che se n'è andato, che aveva voglia di leggere. Per il resto sai più o meno le cose che so io. Se vuoi un consiglio, fa la tua vita e aspetta di dimenticartele: non ci troverai mai niente dalle parti di Carlomagno che ti possa aiutare in quello che avrai voglia di diventare."

Dopo la lezione di Ruben forse che la mia vita è cambiata damblé, tutto mi si è rivoltato dentro e il giorno dopo nulla poteva più essere come prima? No, non è stato così, non così semplice.

Quella notte sono tornato a casa e il giorno dopo e il giorno dopo ancora ho continuato a fare le cose di sempre. Andavo a qualche lezione, facevo i miei affarucci al porto, ogni tanto mettevo piede al Diwan Nabil all'ora dei giovani.

Nasser aveva perso la guerra. Non c'erano più dubbi, perché anche in Alessandria stavano arrivando le carovane dei profughi del Sinai. Restavano qualche giorno ai margini della città, poi quasi tutti andavano a disperdersi nelle oasi del deserto. Per cinque dollari o due sterline o dodici ghinee egiziane, a piacere, si poteva avere dai marinai norvegesi o coreani o libanesi o argentini un disco a 45 giri dei Beatles o di Sylvie Vartan per il juke-box del Diwan. Con qualcosa in più si poteva avere Wilson Pickett, stando attenti a non suonarlo troppo alto quando c'era la milizia in giro.

I pozzi petroliferi di Al Katahra avevano bisogno di ingegneri non troppo *yenky* per pompare su il petrolio disperso in guerra, e io avrei potuto già mettermi in tasca il contratto se avessi assicurato una rapida conclusione della mia carriera di studente.

Ma evidentemente non volevo.

Così un giorno ho riempito lo zaino di cose alla rinfusa, ho affittato un asino al mercato e sono partito per il deserto.

Da queste parti non è una cosa straordinaria fare una gita nel deserto, neanche per un periodo piuttosto lungo. Tutti gli arabi ci vanno ogni tanto; fino a poco tempo fa per i giovani della religione copta era addirittura obbligatorio. Ma in genere non c'è bisogno di costringere nessuno. È come una norma igienica, una vaccinazione, e per molti sono gli esercizi spirituali di purificazione.

Il deserto è bello, un posto incredibilmente pulito e puro. Nulla ci può marcire lì: se una cosa muore si mummifica immediatamente e si pietrifica. Il suo silenzio è tonificante e squisita è l'aria asciutta che passa sul corpo come una medicina che raschia via tutte le impurità. E anche il sole è puro e mite, è un padre che insegna, dolcemente severo, a rimanere nell'essenziale e a disperdere tutto il superfluo.

Quel giorno, di buon mattino, me ne sono partito senza particolari mete e senza ansia. Quel poco di arabo bastardo che avevo imparato nelle strade di Ras el Tin mi sarebbe stato più che sufficiente in un posto dove nessuno parla molto, se non tra sé. Non era la prima volta del resto che ci andavo, anche se per la prima volta ero solo. Avevamo già fatto io e Amos una settimana e più in giro per la Valle del Salnitro e poi ancora più in là, verso Giza e il deserto sporco delle grandi piramidi. Ora avrei preso per Siwa e le oasi dell'interno.

Come dicono i bedù, sono rimasto *à la belle étoile* per un mese o poco più. Partendo ero così vuoto che avrei potuto fermarmici un anno, o una vita, per quello che me ne fregava di stare ad Alessandria.

Non c'è modo migliore per andare nel deserto che in groppa a un somaro. L'importante è che la bestia non sia una carogna e che voi la trattiate con un po' di carità e buon senso. Una dolce e robusta asinella vale molto di più di un cammello o di una Land Rover. Io sopra a un cammello non ci ho mai fatto vita, neanche da bambino, quando mio padre cercava di farmi montare uno dei cammelletti castrati che facevano da giostra per i ragazzini nei giardini della villa del re Faruk.

E se qualche vostro amico occidentale si pavoneggia di un viaggio nel deserto in groppa a una bestia così, non gli credete: a un cammello bastano pochi chilometri di pista *sahraui* per sfondare la testa e il culo di chicchessia. A meno che a montarlo non sia un beduino che ci è nato sopra e può minacciarlo soffiandogli nell'orecchio le maledizioni che anche quella bestiaccia gibbosa sa riconoscere. Il cammello – che, sia ben chiaro, da noi ha una gobba sola, come quello delle sigarette – va bene per trasportare carichi inerti, e anche gli arabi, se appena se lo possono permettere, usano un'altra cavalcatura: una bella asina bianca se hanno abbastanza soldi, o un somaro qualunque.

Anche il mulo è preferibile di gran lunga al perfido cammello, e se proprio siete ricchi e sfaccendati potete usare anche il cavallo, pur essendo una bestia troppo pretenziosa e inefficiente. Comunque io di cammelli basta che ne veda ancheggiare uno nei paraggi che mi viene il mal di mare. Della jeep poi neanche a parlarne: le macchine, oltreché scomode, sono troppo costose e troppo delicate. Lungo le piste se ne trovano diverse con gli assali sfondati che aspettano di essere smembrate e risucchiate dai meccanici di tutte le città e i villaggi del Sahara; le fiutano a centinaia di miglia di distanza, e per riuscire a portarsi via qualche ammennicolo sono disposti a risse stupefacenti.

L'asina che avevo noleggiato non era niente di speciale: né troppo vecchia, né troppo rognosa, mansueta quanto bastava per poter essere affittata per qualche viaggio ancora, anche se, gratta gratta, le scoprivi il carattere un po' spigoloso di chi ha avuto a che fare con troppi padroni e troppi diversi modi di intendersi. Però mi ha portato dove volevo, senza mai perdere la strada e senza scalciare per un nonnulla.

Amava i cardi, quei piccoli cardi cesposi che si incontrano quasi dappertutto, ma questo è un vizio di tutta la sua famiglia, e mi sono spesso attardato ai bordi delle piccole *uadi* umide che si incontrano lungo la strada per darle modo di rimpinzarsene. In compenso lei non ha mai cercato di scappare, nemmeno quando le lasciavo la briglia sciolta per andare a fare un po' di acqua tra le dune. Il deserto non ha quasi mai niente che valga la pena di una fuga solitaria. I solitari, un uomo da solo o una bestia da sola, non hanno nulla da guadagnarci dal deserto.

Per arrivare a Siwa non ho preso la nuovissima strada, allora sì che sarebbe andata bene una macchina o un pullman, ma la vecchia pista che collega le piccole oasi che si incontrano prima dell'antica e più famosa città, sfiorando appena le roventi depressioni del El Qattara. Così ci ho messo un bel po' di giorni, prendendomela comoda e arrivando la sera per tempo nei caravanserragli.

Adesso mi dicono che sono un po' cambiati, fatti di muratura e con sopra scritto *snack bar*, *ristoro*, *souvenir*, ma fino a qualche anno fa, al tempo del mio viaggio, erano ancora quelli di sempre: un recinto per le bestie e uno per la gente; una baracca di vecchie assi, o, molto più spesso, un paio di tende beduine per mangiare e ripararsi dal caldo nelle soste meridiane. Si dormiva all'aperto sui tappeti stesi sulla sabbia accostati al recinto: *à la belle étoile*.

Il deserto ha molte cose belle, ma niente dà più pace agli uomini che lo trafficano che starsene supini la notte al cospetto del suo cielo. L'aria asciutta ha perso anche i minimi vapori del giorno e le stelle vengono giù a cascata da un soffitto basso basso colorato di un violetto traslucido come acqua; si direbbe che ti piovano addosso a catinelle. I profumi del deserto con il freddo sono svaniti, e non resiste intorno un rumore più consistente del respiro del tuo vicino steso poco più in là. Il giorno hai camminato, la sera hai guardato a oriente verso il tuo dio e ti sei nutrito di poche cose grasse e buone. Hai bevuto l'acqua pura e dolce pescata giù in fondo al cuore del Sahara, e ora non ti resta che sistemarti al centro del cielo e metterti in pace con ogni cosa. Ed è quello che tutti fanno.

Io cercavo ogni sera di sistemarmi sempre un po' discosto dagli altri, per allenarmi a vincere la paura degli scorpioni che si fanno la cuccia sotto i ciottoli di superficie – non sono mai guarito da quella paura – e stretto nel mio sacco a pelo guardavo in su e immancabilmente mi venivano in mente tre o quattro versi di quelle poesie che avevo letto sulla spiaggia:

*Vi arriva il poeta*
*e poi ritorna alla luce...*
*...sono lontano colla mia malinconia*
*dietro a quell'altre vite perse.*

Quei versi che mi salivano smozzicati alla bocca erano qualcosa come una preghiera; non potrei definirla in altro modo. Io non avevo il mio dio come gli altri. Non potevo cercarmi in mezzo alle dune un posticino, sistemarci il tappeto e alleggerirmi un po' dello stupore del deserto con una confortante nenia da bisbigliare al sole che tramonta. Arrivavo a notte disarmato e solo. E quello là allora – faccio ancora fatica a pronunciare il suo nome – si prendeva la notte desertica e parlava per me al suo cospetto. Diceva che in mezzo a lei, confuso da tutto quello sbarluccicare di stelle in silenzio, io mi scoprivo da qualche parte un dolore, una piccola fitta misteriosa che mi faceva commuovere per qualcosa che non sapevo bene. E mentre cadevo addormentato, mi sembrava di vedere le stelle che mi calavano addosso senza peso e senza bruciare.

Mi svegliavo sempre con la sensazione che uno scorpione stesse frugando tra le pieghe del sacco a pelo. Ma era la prima luce del mattino che cominciava a scaldarmi. Bevevo il latte di cammella e poi il tè molto forte e molto zuccherato, mangiavo galletta cotta sul sasso, e mi rimettevo in viaggio con il mio somaro. Cionc cionc cionc, battevano le mie cosce sulla pancia morbida dell'asinella. E con quel motivetto potevo andare all'infinito, con tutti i miei sensi tranquillamente in attesa di quello che il giorno avrebbe portato.

Nel deserto ci sono molte cose da vedere e sentire e odorare. E ognuna ha un grande spazio attorno a sé. Un cespuglio striminzito di mirto manda un profumo molto intenso, ma è il solo cespuglio nel raggio di molti chilometri, ed è l'unico odore che si può percepire in quel momento. Con lo sguardo puoi abbracciare diverse ore di cammino e molte montagne e depressioni e piste che si perdono oltre l'orizzonte, ma niente è ammonticchiato alla rinfusa, niente si sovrappone e confligge come capita in una città. Così ogni rumore è ben distinto e libero di muoversi all'infinito. Tutto questo è molto riposante, tutto questo dà un senso di grande ordine e pulizia che rende agevole il cammino e lascia liberi di pensare in tranquillità. Così il tempo è una cosa molto opinabile e una marcia di dieci giorni può sembrare una breve e piacevole passeggiata.

Sempre che tu non voglia cambiare le regole. Lo fanno quelli che dal deserto escono malconci e turbati o non ne escono vivi; sembra quasi impossibile, ma ce n'è ancora qualcuno che prova a fare di testa sua. Io viaggiavo deviando ogni volta che avevo voglia di vedere qualcosa o di inseguire un rumore. La corsa di un coniglio, un gruppo meraviglioso di rocce violette, una depressione scavata da fenditure strane e complicate, una pista appena accennata che porta all'invisibile polla d'acqua protetta da un bedù e da una palma nana. Inezie di questo genere.

Nelle ore più calde cercavo un'ombra tra le rocce e mi preparavo il tè con gli stecchetti che avevo raccolto lungo la strada; il somaro aveva il suo orzo e per lui era sempre domenica. Pensavo molte cose, credo in continuazione, ma in modo talmente soffice e leggero che neppure me ne accorgevo. Mi stavo concedendo un lusso: era questa mia marcia, una vacanza da tutto quanto. Così sono arrivato a Siwa. Ci sono arrivato in compagnia di un sacco di gente.

Venivano dal Sinai, ed erano con le donne e i bambini in tutto forse duecento, intruppati sopra i cassoni di vecchi camion militari. Li ho incontrati poco prima della discesa dalla collina di Dakrour, quando oltre la prima barriera di palme già si vedeva la piscina di acqua calda che dicono, ma non è vero, fosse stata costruita da Antonio per Cleopatra. Avanzavano sulla strada molto lentamente, preceduti da una camionetta della milizia, i quattro camion zeppi di gente carica di fagotti, e su ognuno un soldato nero e magro tentava di far sventolare nell'aria greve di polvere bollente la bandiera verde della Jiad. Sulle fiancate dei camion erano appesi dei cartelli ormai scoloriti con sopra scritte a caratteri molto grandi delle frasi che non capivo.

Quando il convoglio mi si è affiancato arrancando in un sorpasso interminabile, un tale con la faccia tutta grigia di polvere mi ha gridato qualcosa di incomprensibile. Gli ho fatto un cenno di saluto e per tutta risposta quello ha intonato un canto, incoraggiando con ampi gesti la gente a fare altrettanto. Ne è venuto fuori un coro stentato che si è affievolito subito in un nenia stonata e piuttosto lugubre. Dovevano essere tutti quanti sfiniti. Ma dopo un poco quel tale si è proteso dal parapetto e mi ha ripetuto urlando la sua domanda: "Ingle?". No. Adesso finalmente capivo. "*Yenky?*" No, alessandrino, alessandrino della *jumhuriya* araba del Misr, gli ho risposto, sicuro che la mia buffa inflessione lo avrebbe intenerito.

E infatti, come tutti gli arabi che hanno una piccola conversazione nella loro lingua con il sottoscritto, anche lui si è messo a ridere. Solo che rideva a crepapelle e tra gli sghignazzi continuava a gridarmi: "Iskandariya, Iskandariya la grassa, Iskandariya la grassa, la grassa puttana, la grassa puttana. Ah, uomo fortunato di Iskandariya!". Scandendo bene le parole, come se intendesse insegnarmi una frase nuova di zecca. E in effetti era la prima volta che qualcuno, rivolgendosi a me, usava il nome arabo di Alessandria.

Intanto la mia asina insisteva a ragliare di dispetto per la polvere che si alzava dai copertoni, avvolgendoci in soffici e asfissianti zaffate di borotalco. Per darmi un contegno cercai di calmarla con un paio di secchi colpi di briglia sul grasso deretano. Era la prima volta che provavo la mia autorità in modo così brusco, e lei se la prese così a male che iniziò a trascinarmi in una folle galoppata giù per la discesa, forse volendo mostrare al vasto pubblico dei profughi la sua indomita asinità. La gente dei camion si rianimò all'improvviso e cominciò a incitarla improvvisamente di buon umore, berciando ogni sorta di insulti. Io non potevo che tentare di restare in equilibrio sulla groppa e cercare di salvarmi la schiena.

Così sono entrato in Siwa inseguito da un'orda motorizzata di arabi acclamanti, mezzo morto di paura, stretto alle briglie di un somaro che ringhiava come uno sciacallo.

Passai una settimana a fare stupendi bagni caldi nelle vecchie piscine, a bighellonare nell'oasi tra le macerie degli antichi monumenti, e a bere vino di tarassaco nel caffè di un piccolo albergo che aveva camere stranamente linde. Siwa era l'Egitto, l'Egitto arabo e africano, l'Egitto di quella sua civiltà troppo vecchia per essere comprensibile, ma che perdurava misteriosamente nelle facce di una razza mai vista in Alessandria: gente che parlava un dialetto di suoni stretti tra le labbra e si vestiva di colori conturbanti. Per me era come essere in viaggio attraverso un tropico che non avevo mai varcato.

Vedevo cose assai notevoli attorno a me, cose strane e esotiche, ma la mia curiosità si affievoliva subito in un nonnulla. Bighellonavo piuttosto che osservare. Camminavo a mezz'aria tra i giardini di albicocchi e gli orti di palme grondanti cento meravigliose qualità di datteri. Giocherellavo con i riflessi chiaroscuri dei ruscelli o tra le grandi pietre istoriate del tempio dell'Oracolo, senza realmente cercare e scoprire nulla che mi scuotesse da un profondo disinteresse interiore.

Insomma, avevo la testa da qualche altra parte. Solo che non sapevo dove, altrimenti mi sarei orizzontato in qualche modo. Ogni tanto andavo a trovare la mia asinella nella rimessa dove era a pensione, e svogliatamente le confidavo che non mi sentivo niente affatto brillante per la mia età e per la mia condizione. Lei, naturalmente, non rispondeva.

Una sera sono andato alla Montagna della Morte. Non che fossi di umore nero o cose del genere, ma il portiere-caffettiere-factotum dell'albergo se ne vantava come di una grande attrazione del posto. È una collina sulla strada per Matrouh che in effetti fa un certo colpo a vedersi, perché è tutta inzeppata delle tombe di Siwa, l'antica necropoli e il cimitero moderno assieme. Proprio una città dei morti che da lontano assomiglia a una scenografia di cartapesta di uno di quei film con Christopher Lee, se rendo l'idea. Un'infinità di monumenti funebri di ogni dimensione, e credo sparpagliati senza ordine o accatastati alla rinfusa, in modo da formare vasti isolati di decrepite catapecchie con piccole chiazze di giardino, inselvatichite per lo più. Alla sommità un boschetto di palme spelacchiate lasciava intravvedere i resti ciclopici di un tempio.

Quando cominciai a salire il viottolo principale, trovai una animazione che ovviamente non mi aspettavo. C'era gente che andava e veniva carica di ogni possibile oggetto e il tipico trambusto, indecifrabile e chiassoso, degli arabi quando si mettono assieme a combinare qualcosa. Lì per lì non riesci a capire bene se stanno litigando così forte che finiranno con l'ammazzarsi a vicenda, o se invece li hai colti nel magico momento in cui si avvia la laboriosa edificazione di una civile fraternità.

Negli stretti passaggi tra le tombe, lungo i vialetti alberati di aranci e palme, in ogni più piccolo interstizio dello sfasciume di pietre e vecchi mattoni, era tutto un turbinare di lamiere ondulate, cartoni sfondati, agnelli legati per le zampe, orci di terra, tanike di latta, frigoriferi senza la spina, panche e sedie spaiate, bambinetti addormentati in panieri di fibra e in bidoni svuotati, galline chioccianti a decine su paglie ricci e tappeti.

Ragazzini e vecchi, uomini seminudi e donne tappate nei loro *chador*, stracarichi di quella roba, si sospingevano l'un l'altro in un vorticoso saliscendi; tutti a ridere, urlare, imprecare e comandare tra i belati, i latrati, i pianti e i coccodè. Sembrava che lassù, sul cucuzzolo della collina, quella strana forma che si agitava nella foschia sollevata dalla polvere fosse l'arca di Noè, che scalpitava per salpare e tutti quanti quaggiù che si davano da fare per non perdere il posto.

Avevo trovato un po' in disparte uno slargo di terra battuta e mi ero seduto a riposare sui gradini di uno strano edificio, forse un mausoleo, dalla vaga forma a cono. Quel tipo di architettura fatta di fango chiaro che dicono risalga all'antico impero del Mali, prima ancora dell'Islam. Non c'era più buona parte del tetto e al posto della porta si apriva una larga breccia. Zufolavo tra i denti per darmi un contegno e intanto cercavo di capire qualcosa di quello che stava succedendo.

Dopo neppure dieci minuti mi si piazza davanti un uomo, scuro, con addosso una camicia militare e un paio di calzoncini corti disegnati a grandi fiori. La faccia coperta di una crosta di sudore impastato alla polvere, si era caricato di un pezzo di lamiera ondulata tutto arrugginito e talmente grande che a malapena riusciva a tenersi in equilibrio dondolandosi sui piedi.

Mi osserva un poco in silenzio e poi gli sguscia fuori da quella sua faccia segnata un gran sorriso: "Iskandariya, eh, Iskandariya, eh!". Con gran sforzo riesce ad appoggiare al muro la lamiera e si siede tutto soddisfatto accanto a me. Era quel tale del convoglio, quello che mi aveva fatto ricordare il nome vero della mia città. Gli offro una sigaretta e lui la prende tra le dita con grande delicatezza, ma non se la fa accendere e la depone con cura, come fosse stata – che so? – una farfalla ancora viva e palpitante, nel taschino lacero della camicia. Gliene ho data un'altra e questa s'è messo a fumarla con gran gusto. Cercava di parlarmi evitando di usare il suo dialetto, e ne usciva fuori una miscela di arabo cairota, inglese arabizzato, francese anglizzato, con in più qualche parola che a me pareva berbero per le assonanze con la lingua che parlavano in molti a Siwa.

Così seppi quello che stava succedendo.

Mi spiegò, prima cosa, che io ero seduto sulla soglia della sua nuova casa e che sarebbe stato un onore per lui se solo gli avessi dato la possibilità di terminarla. Ora era ancora imperfetta, mancava ad esempio il tetto che lui stava giusto portandosi appresso, per sistemarlo prima di notte.

Mi indicò poi suo padre, i tre figli e la moglie accovacciati tra le masserizie. Li chiamò tutti per nome e ognuno fece un cenno di saluto. I bambini erano tutti molto chiari e sottili e il più grandicello teneva tra le braccia il più piccolo, completamente nudo. La moglie, a giudicare dalla soddisfazione con cui lui la guardava, doveva essere molto giovane e molto bella, o molto laboriosa ed efficiente. Dai lembi della veste le spuntavano due mani minute, con i polsi fasciati da una quantità di braccialetti carichi di monetine d'argento che tinnavano a ogni piccolo movimento.

Gli chiesi con cautela – è molto complicato riuscire a non offendere la suscettibilità di un arabo avendo a disposizione una manciata di parole, per una lingua che fa di una sfumatura d'accento una questione di vita o di morte – se tutta quella gente che vedevo darsi da fare attorno stava mettendo sù casa nella Montagna della Morte. Infatti era così, mi rispose tutto fiero. Avevano avuto dal governo il permesso di stabilirsi lì.

Qualcuno nel convoglio aveva preferito spingersi ancora più a sud, verso Farafra, ma la maggior parte aveva intenzione di fermarsi a Siwa, visto che nessuno in vita sua aveva mai visto un posto migliore: Siwa era il giardino di Allah per un beduino del Sinai abituato a risparmiare acqua per mesi per poter fare le abluzioni rituali tutto l'anno. E in quel paradiso il posto più adatto era il cimitero, dove molte case erano praticamente già pronte, dove si poteva stare abbastanza larghi, avere acqua, verde e la benedizione degli antenati.

Poi avrebbero trovato tutti un buon lavoro, perché un bedù del Sinai sa fare tutto dappertutto. Mi spiegò che lui era molto stimato da tutte le famiglie del convoglio e che, piacendo a Dio, avrebbe sempre dato buoni consigli a chiunque, traendone la giusta ricompensa nella vita presente e in quella futura. Mi diceva queste cose ammiccando, come se fosse convinto che io avrei potuto diventare il primo cliente nel suo nuovo insediamento. Il sole era già calato oltre la misteriosa costruzione – l'arca di Noé? – sulla sommità della collina, ma pareva che né lui né la sua famiglia avessero una gran fetta di muoversi. In fin dei conti mancava ormai solo un tetto e una porta per sistemarsi come si deve.

Continuammo a chiacchierare, mentre il resto della famiglia se ne stava cortesemente in disparte, il vecchio lanciando ogni tanto cenni di assenso, come se effettivamente potesse udire e comprendere quello che ci dicevamo, la moglie lavorando qualcosa dentro un vaso, i ragazzini berciando sottovoce tra di loro e sorridendo di soppiatto nella mia direzione. Amin, così si chiamava, *il Fedele*, era di temperamento allegro e curioso; quel tipo di carattere che gli occidentali, quando non sanno acclimatarsi da queste parti, interpretano spesso come iroso e invadente. Ammiccava e gesticolava con grande passione cercando di farmi domande in quel contorto gergo che aveva messo a punto per me. Moriva dalla voglia di sapere tutte le meraviglie di Iskandariya.

Era vero che c'erano più di cento migliaia di puttane bianche come il latte? Era vero che non si poteva mangiare con meno di una ghinea? E c'erano televisioni nelle case, e macchine americane nelle strade, e nessuno aveva rispetto di Dio a tal punto che si osava pubblicamente praticare l'ateismo? Era vero che non si trovava neanche a peso d'oro un *cadì* che amministrasse la giustizia rettamente, perché vi erano cento giudici quanti erano i popoli della città? E dunque nessuno andava in galera perché non si potevano costruire cento prigioni?

Iskandariya la grassa puttana, questo era il suo chiodo fisso, e voleva che glielo confermassi con particolari raccapriccianti e golosi. Perché era proprio goloso di quello che pensava fosse Iskandariya, come se la città con le sue meraviglie fosse il peccato che il pio e saggio Fedele aveva deciso valesse la pena di commettere a rischio dell'inferno. Gli brillavano gli occhi mentre mi chiedeva.

Cercai di spiegargli com'era effettivamente diversa da ogni altra città dell'Egitto e del mondo forse, ma che questa rarità non le veniva soltanto da una gigantesca follia libidinosa, né dalla magnanimità del presidente Nasser, che ancora non si era lasciato andare a raderla al suolo. Ma da molti millenni di promiscuità tra ogni tipo di gente e traffico umano. Certo, quella gente era un po' strana e in giro si dicevano un sacco di storie senza che nessuno si sognasse di contraddirle, perché erano un po' come un muro a difesa della città, un sipario che la teneva distante da tutto il resto. Sapeva Amin che la gran parte degli alessandrini erano stati profughi come lui, gente venuta via da altri paesi e altre città?

E gli dissi quello che mio padre a suo tempo aveva detto a me. Che chi scappa via da un posto non ha nessuna voglia di fermarsi in un altro che gli ricordi troppo da dove viene. Ha bisogno invece di annebbiarsi e intontirsi il cervello per non soffrire la nostalgia, che è la malattia più stupida che possa capitare. Allora si dà da fare a mettere su una giostra, un baraccone che stia sempre in moto e che ti faccia girare la testa. Un posto fasullo come un luna park, ma dove non ti viene mai la voglia di andartene via. Certo, mio padre non intendeva parlare per sé, che si sentiva fuori da questa storia e ci teneva a dirmelo; cercava invece di giustificare i suoi compagni.

C'era tra noi chi si dava agli affari pazzi per mandare tutto in malora il giorno dopo, o chi si faceva mandare le Buick da Beirut e poi andava a scaricare al porto trenta ore al giorno per pagarsi una zuppa di fave; uomini cresciuti sulla strada che si pigliavano quattro mogli e la sera si dimenticavano di andare a casa perché non si ricordavano nemmeno dove le avevano messe. Alessandria era un teatrino che metteva su da duemila anni lo stesso spettacolo di gente sbandata. E la gente così, si sa, è sempre in movimento, sempre a ridere e a piangere.

Lo capiva questo Amin? Cosa dici, Amin, hai capito che la storia delle centomila puttane e delle ghinee d'oro che volano giù dalle finestre è una fandonia che ti sei bevuta solo perché sei un bedù innocente del deserto?

Forse capiva, forse no. Però voleva sapere, e mi pressava roteando vorticosamente sillabe trilingui tra la soddisfatta ammirazione dei suoi.

Ma io chi ero dunque? Cosa facevo? Quale dio pregavo? Perché parlavo in quello strano modo?

Ah, sì? e tu Amin?

Era questa schifezza la lingua ufficiale di Iskandariya?

No, macché, Alessandria non aveva una lingua ufficiale, cioè sì, era l'arabo la sua lingua statale, un arabo un po' diverso magari dal tuo, un po' meno di montagna. Ma chi se ne frega ad Alessandria della lingua ufficiale? Lì parlano come viene, bisogna solo capirsi; e gli arabi parlano un po' di italiano e di greco e di francese e anche di russo, e forse anche lo *swaili* sanno parlare quelli che trafficano in quella porca città. Io, come vedi bene e senti, non sono arabo né cipriota né russo, ma sono un po' di Alessandria e un po' di un paese di Italia. Ecco, nello stesso modo che tu ora sei un po' del Sinai e un po' di Siwa. Beh, la guerra non l'ho fatta io, l'ha fatta e l'ha persa mio padre. No, non contro gli americani, o forse erano gli americani contro mio padre. Sì, figurati se posso spiegarti, Amin. E la tua guerra come è andata?

Ad Amin non piaceva la guerra e la sua allegria s'è tutta adombrata. E damblé si è incupita anche tutta la sua famiglia, come se fosse stata telecomandata da una semplice smorfia della faccia di Amin.

No, un arabo non perde la guerra, non lo vorrebbe iddio, anche se contro ha i sionisti alleati con tutti i diavoli dell'inferno. E gli yenky sono diavoli in carne e ossa, chi li ha visti giura che non c'è nessun dubbio. Ma un buon bedù sa quando deve andarsene da un posto. Il *uadi* dell'Arish era pieno di morti e di ferraglia, come potevi tirare su acqua dalle pozze e farci bere le tue bestie? Le pecore abortivano e c'era chi diceva che l'erba fosse stata avvelenata di notte dai guastatori; il latte si inacidiva appena usciva dalla mammella. I bambini non dormivano più e le donne non facevano che strillare di paura al primo lampo dei cannoni.

Un beduino sa quando deve cambiare posto, e ora questo è un buon posto per le pecore e per i bambini, fino a che non ci sarà un'altra guerra per Sinai, per il monte sacro, il *gebel* Musa dei profeti. Oh, avrebbe pianto Amin, avrebbe pianto a dirotto dalla voglia di vendetta, se non fosse che non era bene farsi vedere dalla moglie piangere. Del resto non aveva detto il presidente alla radio che nessuno doveva piangere né di rabbia né di dolore?

Ma passò in fretta l'ombra scura dalla faccia di Amin, che riprese con vigore a interrogarmi. Voleva innanzitutto che gli parlassi di che cosa era questa parola, la nostalgia, *homiscjckines*, nostalgia insomma, che io non sapevo tradurre in arabo e gliela avevo spiegata con i gesti della mano sul cuore che si invola lassù, verso la casa lontana e gli amici perduti. Speravo proprio che avesse capito, ma insisteva che lui quella cosa non la sapeva o non la capiva. Gli amici lontani si amano, non si ha *homiscjckines*; si amano se sono vivi e si vendicano se sono morti, come i suoi amici, di lui Amin, morti per mano del diavolo americano. Altrimenti si devono lasciare in pace le cose lontane.

Si è fatto tardi, Amin, come vedi è notte ormai e la tua famiglia vorrà riposare sotto il tetto che devi ancora sistemare. Bisognerà che tua moglie cuocia la cena e che io me ne procuri una all'albergo. La nostalgia non so bene come spiegartela, era un piccolo inciso nel discorso. Mio padre me ne ha parlato per dirmi che lui non ce l'aveva, mia madre, lei forse sì, una donna è facile che sia nostalgica; io francamente non saprei di cosa avere nostalgia. Parli bene tu dell'amore; ah, certo, l'amore.

Ma io non mi sbilancio; cosa ne può sapere un ragazzo della mia età? Ad Alessandria ci pareva di essere tutta una nidiata noi italiani, noi compagni: forse quello era amore? Forse; ma ora io mi sento un po' scosso, un po' fuori di casa mia. È per via che mio padre se n'è andato, credo; lui che aveva il compito di tenere la nidiata tutta al calduccio sotto la coda. A proposito: mio padre se n'è andato o è morto? Vieni che ti porto a casa, e pluffete, il mare se l'è preso. E dov'era casa sua? In fondo alla diga vecchia? Dunque Amin, bravo pastore e guerriero sfortunato, affaccendato capo di famiglia, lasciamo perdere questi discorsi che non portano da nessuna parte.

Beh, non ci crederete, ma di tutti quei miei vaneggiamenti trilingui il beduino credeva di averci capito qualcosa, perché annuiva pensoso. E quando io l'ho fatta finita, si è raccolto un momento in silenzio e poi ha fatto un cenno in direzione dei suoi. A nessuno in particolare, ma evidentemente aveva un codice di telecomandi piuttosto raffinato, perché immediatamente i suoi figli, il più piccolo sempre in braccio al più grandicello, gli sono corsi accanto e mi hanno guardato con un sorriso placido e timido. Chissà cosa pensavano di me, forse che ero un babbuino cresciuto spropositatamente.

Lui li ha abbracciati in mucchio, con un gesto virile e brusco, da pastore. Li ha stretti un attimo e poi mi ha guardato duro negli occhi e ha sentenziato più o meno così: "Loro torneranno al *gebel* Musa, questi miei figli pregheranno per me sulla vetta del monte del profeta; è quello che accadrà anche se io non potrò vederlo. Siwa è un buon posto per vivere, un luogo benedetto di cose buone che nessuno di noi ha mai visto. Ma è al monte Musa che torneremo. Non è *homiscjckines* che tu dici, è la vita. La vita non ha nostalgia, la vita ha solo andare e tornare".

E con questo si è alzato molto soddisfatto di sé, e ha dato mano al lamierone poggiato accanto ai gradini del nostro concilio. Tutta la famiglia era in piedi, pronta a varcare trionfalmente la soglia della nuova casa. Io ho salutato ricambiando i sorrisi generali, ho messo quello che mi restava del pacchetto delle sigarette nel taschino sdrucito di Amin perché capisse che avevo apprezzato i suoi suggerimenti, e sono andato in cerca della mia cena, del mio letto e di quant'altro mi mancava.

Era notte fatta e la Montagna della Morte fumava in ogni punto di lumi e lumini, di vapori di fave cotte e agnello arrostito. Dalle tombe più belle e ospitali trapelavano le luci delle lampade a kerosene e i bisbigli serali delle famiglie. I profughi del Sinai finalmente riposavano dopo mille miglia di deserto nelle loro nuove case.

Restai a Siwa ancora qualche giorno, incerto sul da farsi e impigrito dal clima umido e quasi mite. Continuavo a fare bagni nelle vasche messe su da Antonio per Cleopatra, e la sera tornavo a controllare che alla mia asina si desse del buon orzo e paglia fresca. All'albergo andavano e venivano funzionari del governo e qualche turista nordico rimasto intrappolato in Egitto prima che chiudessero le frontiere, o che chissà come era riuscito a varcarle durante la guerra, magari solo per sfizio: gente con cui era impossibile scambiare una parola. Continuavo a bere con la dovuta discrezione vino di tarassaco e a rimpinzarmi di uva e albicocche. Ci sarebbe stata l'attrattiva del bordello, che l'uomo dell'albergo stimava abbastanza succulenta da strabuzzare gli occhi e leccarsi i baffi – se li lisciava tirando fuori e arrotando non meno di dieci centimetri di carne grigiastra e odorosa di tabacco rancido –, ma io non ne ho approfittato; a essere sinceri, non ho avuto voglia fino in fondo di servirmene.

C'ero stato, sì, in quella casetta di fango che il porco mi aveva indicato nella città vecchia, proprio in fondo al buco di un vicolo. E non mi era dispiaciuto l'ambiente piuttosto ben tenuto e pulito, i tappeti non troppo consunti sparsi dappertutto, con sopra dei cuscini che non mi erano sembrati cimiciosi. L'odore era buono, una fragranza di limone e di rose che non veniva da nessuna parte precisa e si diffondeva dappertutto. Ed era stato gradevole sbirciare dal vano della porta il corpo compatto e grassottello di una ragazza, con la pelle lucida del colore viola abbagliante dei berberi, che stava facendo i gargarismi completamente nuda. No, non mi era dispiaciuto per niente l'insieme. E avevo qualcosa come vent'anni, non dimenticatelo, e mi ero sgroppato la schiena sopra un somaro per un bel po' di giorni.

Ma poi è arrivata la padrona e – come ha fatto a capirlo lì per lì? glielo deve aver spifferato l'uomo dell'albergo – mi è saltata al collo senza che io avessi il tempo di dire niente, gridando alla ragazza che avevo visto e ad altre tre che a quegli strilli si erano materializzate da scale e scalette: "Un italiano! Ah, un italiano, che dio ci perdoni tutte quante, un italiano a Siwa! Non c'è posto dove nascondersi dagli italiani!!". E altre frenesie tutte ben scandite nella lingua degli italiani.

Era una donna piuttosto insignificante, avreste detto, una madre di famiglia senza velo, non certo il tipo di donna che ci si aspetta in un posto del genere. Vestita castamente e in modo piuttosto andante – avevo un certo qual ricordo delle mussole e dello shantung di un rinomato bordello alessandrino – non rivelava nessuna dote particolarmente adatta alla sua mansione. Mi gettò, letteralmente, su un tappeto e da quel momento fu tutto un fiume di parole e di racconti alitati quasi con furore.

Era la moglie, ancora legalmente moglie, di un italiano di Genova che l'aveva trovata e presa a Orano, in Algeria. In un anno era stata resa madre di un maschio e più italiana di lui in tutte le sconcezze e i peccati e le bestemmie degli italiani. Dopodiché si era dissolto. Al di là del mare, presumibilmente, da dove era venuto e dove aveva disperatamente cercato di rintracciarlo per posta e con fidati messaggeri. Niente, sfumato nel nulla. E lei ormai non più araba, non più ragazza, non più niente di buono per Orano e per qualsiasi altro posto del mondo.

Ma era dotata di una qualche qualità imprenditoriale e, dopo non più di cinque anni, eccola lì, a quattromila chilometri da casa, ben sistemata per quello che poteva esserlo una donna nelle sue condizioni. Un figlio, a cui non mancava nulla per crescere più delinquente di suo padre, e qualche modesto agio per se stessa. Se non fosse che Siwa era un mortorio, un buco di palme marce in confronto a Orano. Meditava per questa ragione, per godersi qualche distrazione in più, di arrivare ad Alessandria e sistemarsi finalmente in una città che valesse la pena, visto che a causa dei suoi peccati il ritorno nella paterna Orano era inimmaginabile. Io ero mandato dall'iddio protettore delle vedove e degli orfani a spianarle la strada per quella splendida città. Cominciando, lì e subito, con il raccontarle tutto quello che le premeva, e poi precedendola per trovare adeguata sistemazione a lei e alla sua azienda, tutta di ragazze sane e buone.

A meno che – e a questo punto mi aveva assalito brandendomi il bavero della camicia e sputandomi le sue doglianze sugli occhi – non fossi anch'io un traditore e uno spergiuro, e allora come sarebbe finita, lei, una giovane donna con un figlio in tenera età sperduti in una pozza nel mezzo del deserto? Eccetera eccetera.

Non c'era niente di eccitante in tutto questo, ve lo posso garantire. Anzi, mi ero proprio scocciato. Le ragazze poi avevano assunto un atteggiamento da sorelle addolorate, e continuavano a servire e a bere tè con malcelati singulti di commozione, additandomi per giunta ogni qual volta la loro padrona rimarcava con strida laceranti le sue ragioni contro gli italiani in genere e i marinai in particolare, artigliandomi con la sua costernazione; proprio io che in fin dei conti non ero né italiano né marinaio. No, non c'era proprio niente d'eccitante in quella situazione e, appena potei, cercai di tagliare la corda. Lo feci, inseguito dalle ragazze che alla fine avevano deciso di dedicarsi a procurarmi i piaceri del loro repertorio nonostante la commozione e il dolore. Non mi sono fatto raggiungere.

Dopo due giorni sono partito con l'intenzione di arrivare a Dakla, l'oasi più a sud, nel cuore del deserto nubiano, dove le possibilità di incontrare gente interessata alle mie patrie era vicina allo zero. Avrei voluto starmene tranquillo, veramente tranquillo, ridurre al minimo le sollecitazioni di qualsiasi genere per vivere il più lentamente possibile e avere così il tempo di pensare, di fare qualche progetto. Avevo la sensazione, apparentemente immotivata, che qualcuno – certo non avrei saputo dire né chi né perché – volesse farmi fretta.

Avvertivo un fastidio, capite? Quel genere di fastidio che è capace di guastarti una giornata, e poi due e poi tre, e magari una vita intera se non ti muovi con decisione per mettervi fine. Una presenza invisibile che mi alitava sul collo, una mano incorporea che mi spingeva e mi faceva perdere l'equilibrio. Il deserto era il posto giusto per levarmela di torno.

Ma non è stato un viaggio piacevole come quello che mi aveva portato a Siwa. Quel qualcosa continuava a guastarmi il piacere del deserto. È evidentemente un piacere troppo sottile per reggere alla inconsistenza e volubilità di una mente occidentale, non c'è niente da fare. Cominciai ad allungare le tappe, spronando l'asina ad accondiscendere alla mia irrequietezza.

Divenni distratto, sbirciando appena il paesaggio mentre trottavo nervoso senza più riuscire a farmi prendere dalle sue meraviglie, senza lasciarmi andare alla vita intensa di quel silenzio. Mi agitavo troppo e il caldo divenne allora insopportabile, perdendo il suo benefico effetto di depurazione lenta e piacevolmente progressiva. Avevo anche bevuto troppo a Siwa e mangiato fuor di misura, e ora stavo perdendo in modo congestionato tutto quello che avevo accumulato. Altro errore.

L'asina invece era stata tenuta bene e non aveva le mie angosce, per cui intendeva attenersi strettamente alla prudenza e al procedere naturale di un viaggio nel Sahara. Cominciammo a non capirci più alla perfezione: s'era dissolta quella complicità assolutamente necessaria a una cavalcata così impegnativa, e questo mi dispiaceva più di ogni altra cosa. Perché non è che non fossi cosciente dei miei sbagli, solo che non potevo farci niente. Ma l'asina no, l'asina andava trattata bene, soprattutto ora che aveva ragione.

L'ho già detto: in due si va dappertutto nel deserto, da soli da nessuna parte. Consumavamo più acqua del necessario, facevamo meno soste del dovuto, a volte marciando in pieno mezzodì quando anche alle Land Rover scoppiano le gomme sulla pista ardente, giungevamo alla sera nei caravanserragli sfiniti e nervosi, io e lei inutilmente scorbutici. E sotto le stelle basse sciorinate a profusione sopra la mia cucuzza facevo fatica ad addormentarmi.

Poi, a metà strada tra Farafra e Dakla ho perso il mio somaro. Non è stata colpa mia, questo potrei giurarlo. Non lo è stata direttamente, anche se ho avuto le mie responsabilità. Fatto sta che la mia asinella è morta.

È successo per uno scorpione, uno schifoso scorpione traditore di merda. Io gli scorpioni non li sopporto, semplicemente mi fanno paura da morire, e ho ragione.

L'Africa è piena di scorpioni, li trovi dappertutto a milioni di milioni. Piccoli come un mignolo e grossi il palmo di una mano, non te ne liberi, e devi imparare a viverci insieme. Ci sono quelli, di colore bruno, che fanno il nido in casa tua tra le fessure dei muri umidi, e quelli, del colore traditore della sabbia, i più grossi e pericolosi, che vivono da re nel deserto, dove prosperano più e meglio delle vipere. Gli arabi li conoscono bene e sanno come trattarli.

Più di una volta ho visto gruppi di ragazzini cercare i loro nidi tra le pietre e con una canna aizzarli a uscire fuori, per trastullarcisi abbastanza da fargli perdere l'orientamento. E poi schiacciarli con i piedi, piedi praticamente nudi dentro quelle loro ciabattine da niente. Roba da brividi. Ma a parte questi giochi idioti, non ho mai visto nessuno, bestia o umano, che prendesse alla leggera l'eventualità di farsi pungere da quelle bestiacce: nessuno ha voglia di morire nei tormenti del suo veleno.

Nel deserto escono la notte dalle loro tane sotto le pietre per cacciare e fare all'amore. Chi ha visto due scorpioni accoppiarsi, la prima volta che incontra una ragazza non riesce a essere abbastanza naturale da cavarci fuori qualcosa di buono. La scena è troppo sconvolgente e non è facile dimenticarsene. È una faccenda che può durare anche delle ore.

Lui e lei – se si può dire così, ma sono solo orribili macchine per uccidere di un colore e di una misura leggermente diversi – si fronteggiano come due avversari in un film di pistoleri, muovendosi in tondo senza mai abbandonare la guardia delle grosse chele. Ogni tanto attaccano, incrociando le pinze, e allora battono forsennatamente contro il terreno la lunga coda con il pungiglione. Il rumore è agghiacciante, un ritmo serrato di microscopici tamburi di guerra, che ti penetra nelle orecchie come se fosse la personificazione stessa della furia omicida. Tac tac tac tac tac tac tac tac, mentre una stilla di veleno goccia sulla sommità dell'aculeo librata in aria, brillando anche nel buio di un intenso colore ambra.

Dicono gli arabi che i bedù hanno imparato dagli scorpioni il loro grido di guerra, quando vanno all'assalto battendo la sciabola o la canna del fucile contro le borchie della sella dei loro cammelli. E l'urlo lacerante "hajajhajajhajhajahajha", capace di scuotere la terra e di far bagnare le braghe ai loro avversari, simula il grido di dolore di chi è trafitto dalla loro puntura. Ecco, gli scorpioni fanno l'amore così, continuando a minacciarsi finché non sono sfiniti. Allora il maschio depone il suo sperma per terra e la femmina ci caca sopra le uova. Non se la sentono di fare come tutti gli animali, di avvicinarsi abbastanza per penetrarsi.

La mia asinella è stata arpionata al collo, poco sotto la mascella. Fosse stata punta da un'altra parte, penso che forse si sarebbe potuto rimediare, ma così non è stato. Io poi non ho saputo fare niente di buono e invece avrei potuto. Ce ne vuole a uccidere un somaro, anche se lo scorpione è lungo venti centimetri come in quel caso, ci vuole molto più che a uccidere un uomo. Un asino pesa più di due quintali, è forte, ha un cuore grosso il doppio del nostro, e quando si tratta della vita è battagliero, molto battagliero.

Erano le undici di mattina o poco più e stavamo preparandoci alla sosta. Tra l'altro quel giorno eravamo in ottimi rapporti; ci eravamo fermati già lungo la strada al passaggio di un *uadi* che conservava ancora qualche traccia dell'umidità dell'ultima pioggia. Lei si era trastullata con qualche fogliolina verde tra i bassi cespugli ormai secchi del mirto, e io con le tracce di una gazzella o una capra selvatica che aveva provato a scavare un pozzo. C'era un certo qual buon umore tra noi due; avevamo trovato un buon posto all'ombra di una roccetta, e io le avevo scaricato la soma e stavo preparandole il sacchetto con il suo pranzo di avena e orzo.

Come faceva ogni qual volta mi lasciavo intenerire e non le legavo saldamente le zampe anteriori, mi stava dando fastidio. Aveva chinato il suo capoccione, e cercava di portarmi via il sacchetto dalle mani ficcando i suoi grossi denti dappertutto. Fosse stato un altro giorno l'avrei cacciata via e basta, invece mi sono messo a giocare anch'io. Ci contendevamo il sacchetto scalciando e dimenandoci come al ballo degli ubriachi. È stato così che a un certo punto, con il muso a terra e il morso ben stretto sulla tela, lei ha strattonato tanto forte da far schizzare via una grossa pietra. Come un lampo ne è saltato fuori uno scorpione grosso così.

Disturbato nel torpore meridiano ha iniziato la sua corsa di guerra, battendo furiosamente la coda a terra. Tac tac tac tac tac, le è saltato sul muso, e qui si è fermato un attimo sospeso, con il pungiglione proteso a mezz'aria che fremeva. Si era accorta quella bestiaccia di avere qualcosa di morbido e caldo sotto le sue zampe.

In quell'istante noi eravamo immobili. L'asina, la faccia a terra, la bocca spalancata in un raglio che le era gelato addosso prima di uscirle dalla gola. E io, che avevo capito cos'era quell'affare del colore della sabbia solo quando avevo potuto vederlo con le chele distese e la coda arcuata spiccare sul pelo grigio perlaceo: come un tatuaggio in rilievo.

Poi è successo quello che doveva succedere. L'asina ha lanciato un urlo altissimo che non aveva niente di asinino – ogni volta che cerco di ricordarlo mi viene in mente il grido di una bambina – e con un colpo tremendo dei pettorali si è inarcata tutta, balzando in aria e scrollando la testa come una ballerina impazzita. Ma lo scorpione, trovando buona presa alle sue zampe nel pelo compatto, era solo scivolato di pochi centimetri. Io allora ho chiuso gli occhi. Non so, forse mi sono accecato per un secondo o forse per un minuto intero, proprio non so: mi sono letteralmente annullato. Quando li ho riaperti, quando ho ripreso coscienza, lo scorpione stava correndo giù per la groppa e l'asina aveva lo sguardo rivolto verso di me, con i suoi grossi occhi pieni di lacrime.

Piangeva – per quello che ne sapevo gli asini non piangono – invasa dal dolore che le stava montando dal collo alla testa. Io avevo ancora in mano il sacchetto e con un colpo esageratamente deciso ho spazzato via la bestia. Poi ho fatto la cosa più stupida: mi sono messo a inseguirlo tra i sassi. L'avessi almeno preso. Se un falco o il copertone di una camionetta non l'hanno fatto fuori, oggi è ancora lì a giocarsi la vita della gente.

Poi l'asina ha cominciato a contorcersi e a saltare su se stessa scuotendosi in preda ai tremiti. Continuava a ragliare sensa sosta i suoi urli che non davano pace e non mi lasciavano nemmeno la possibilità di pensare qualcosa. Se fossi stato un altro, fossi stato un uomo con un po' di coraggio, fossi stato mio padre, avrei saputo cosa fare e forse – dico solo forse – avrei potuto fare qualcosa di buono. Ci ho pensato molto, e so esattamente cosa sarebbe servito in quella circostanza.

Avrei dovuto darle una mazzata tremenda. Con un pugno, con un sasso, con qualunque cosa, in modo da farla calmare, ridurla immobile il tempo sufficiente per farle un taglio con il mio coltello dove lo scorpione l'aveva trafitta – ci sarei riuscito a trovare quel forellino tra il suo pelo corto, ci sarei riuscito – in modo che le sgorgasse abbastanza sangue da eliminare almeno in parte il tossico.

Questo non sono riuscito a farlo ed era l'unica cosa che il mio ciuco poteva aspettarsi da me. È inutile dire oggi che forse non sarebbe servito, che tener fermo un asino imbizzarrito non è una cosa tanto semplice; in ogni caso quando ho trovato le forze per provarmici, lei era già in agonia.

Il veleno dello scorpione è quanto di peggio in fatto di morire. Ti irrigidisce ogni muscolo in uno spasimo che il fisico non può sopportare e alla fine muori asfissiato o ti si crepa il cuore: a piacere. L'agonia del mio somaro è durata parecchie ore, non so quante, ma sicuramente parecchie, perché quando tutto era finito, l'aria si era rinfrescata e il sole era ormai basso, tanto basso che riusciva a indorare anche il suo pelo diventato irto e grigio più che mai. Per quanto tempo è durata lei se n'è stata abbattuta per terra, immobile e rigida come un tronco di palma, con il muso e il pettorale coperti di bava bianca, gli occhi sbarrati e fissi sul suo dolore.

Le usciva dalla bocca, assieme al filo della bava, un lamento basso e persistente – "ohoc ohoc ohoc ohoc ohoc" – che aveva perso qualsiasi possibilità di sembrarmi umano: era troppo profondo, e troppo, veramente troppo disperato.

L'unica cosa che mi è venuta in mente di fare è stata di mettermi lì con lei, con la presunzione – parecchio stupida – di poterle fare compagnia. Tutte quelle ore le ho passate accoccolato con il corpo appoggiato al suo ventre, senza fare niente di veramente utile, a subire il suo "ohoc ohoc ohoc" e a passarle una mano sul pelo che si ispessiva ogni minuto di più. Il sole andava per la sua strada e faceva caldo, cristo se faceva caldo. Quando io ne sentivo il bisogno, prendevo la pelle di capra con l'acqua e le spruzzavo il muso, dopo essermi bagnato il mio. È morta quando a un certo punto ha smesso di lamentarsi. Non mi è neppure venuto in mente di tastarle la vena grossa del collo, ma era così rigido che non avrei sentito niente in ogni caso.

Quello che ho fatto allora è stato, semplicemente, di spostarmi un poco. Era ormai sera, dicevo, e io ero lungo la pista per Dakla appoggiato a una pietra che si stava raffreddando, spandendomi per tutto il corpo uno sgradevole senso di spaesamento. Me ne stavo lì seduto con qualche bagaglio attorno e una bestia morta poco distante; la mia asinella riversa nella sua bava a ridosso di una roccetta che non faceva più ombra a niente. E amen.

Cosa succede a un uomo, poco più di un ragazzo, se si trova la notte solo in mezzo al deserto vegliando un'asina presa a nolo che gli è spirata praticamente tra le braccia? Prima o poi si addormenta, questo è poco ma sicuro. Ma ancora prima, lo voglia o no, gli viene una paura e uno sgomento che si vomita addosso tutta la dignità che pensava di aver messo assieme nella sua onesta gioventù.

Me ne stavo accucciato lì, paralizzato, senza aver neppure il coraggio di infilarmi dentro il sacco a pelo – se non siete nella disposizione d'animo giusta, un robusto sacco a pelo dell'esercito inglese può diventare ai vostri occhi una insopportabile trappola, ed è facile che vi faccia venire in mente quello strumento di tortura che avete visto da ragazzo in qualche libro illustrato con il nomignolo inquietante di "vergine di Norimberga" – tremavo dal freddo, ma trattenevo il respiro per non fare rumori che potevo non riconoscere.

Stavo in attesa spasmodica che qualcosa venisse a pungermi, a straziarmi, a portarmi via, e a liberarmi così finalmente dal terrore che mi aveva invaso. Questo ho imparato a riconoscere in me quella notte: il terrore nudo e crudo.

Ma poi, dato che nella resistenza di un uomo all'angoscia e al dolore c'è sempre un limite, un punto cruciale in cui la vita – la bestia della vita – si prende quello che le spetta o lascia perdere definitivamente, nel mezzo della notte ho cominciato a sentire fame. Una sensazione elementare e più forte di ogni altra: avevo fame e l'unica cosa che volevo fare era mangiare. È davvero sorprendente come il bisogno fisico sappia prendere il sopravvento su ogni possibile desolazione della mente.

Sono bastati cinque o sei crampi allo stomaco ben assestati, e il terrore che mi aveva aggrinfiato così profondamente da lasciarmi tramortito e indifeso, si è trasformato nel bisogno puro e semplice di mettere sotto i denti qualcosa. Beh, in fin dei conti ero digiuno dall'alba. Feci fuori le provviste che avevo portato con me per la sosta di mezzodì, feci fuori le gallette e i datteri di riserva. Finiti quelli, mi misi a succhiare i semi di cardamomo che mi servivano a profumare il caffè, e quando smisi di succhiare i semi, avevo ancora abbastanza fame da cercare di masticare l'acqua che bevevo. Mi addormentai di colpo con la fiasca di pelle di capra ancora in mano.

Mi ha svegliato un pensiero, o forse un sogno: l'asina, dov'è l'asina? Ho aperto gli occhi e mi sono trovato a stringere la pelle di capra ormai del tutto smunta. E il secondo pensiero, o la fine del sogno, è stato: perché è così flaccida? Allora mi sono svegliato del tutto e ho ricordato all'improvviso ogni cosa con la massima precisione. L'asina era ancora là, a non più di quattro o cinque metri, identica a come la ricordavo. Solo la bava le si era asciugata addosso e aveva lasciato sul pettorale e il muso una certa qual lucentezza. Bene, adesso toccava a me non fare la stessa fine. L'esserle sopravvissuto per tutta una notte, non essermi svegliato con uno scorpione tra le pieghe della camicia, era già un buon segno, l'unico per la verità. Mi sono sciacquato la bocca con le ultime gocce d'acqua rimaste e mi sono messo in piedi con la ferma intenzione di vendicare il mio ciuco incominciando col salvare la mia pelle.

Una pista, e in particolare la pista che porta a Dakla, non è detto che sia sempre frequentata. Lo è "quasi" sempre in modo regolare, ma non sempre. In certe stagioni dell'anno, basta aspettare un paio d'ore per veder passare un camion o un pastore o una squadra dell'esercito sulle sue vecchie autoblinde. Ci sono certi periodi invece che bisogna aspettare mezza giornata, altri che non basta una giornata intera. Non è una questione di stagioni, o non è semplicemente una cosa del genere. I traffici del deserto da millenni seguono calendari che sfuggono a valutazioni che noi occidentali consideriamo di ordine pratico.

Diresti che in piena estate non dovrebbe passarci nessuno sul tavoliere che i bedù chiamano "l'incudine del diavolo", invece non è così. A luglio è facile incontrare i convogli dei sudanesi che salgono a nord ai mercati del bestiame e del contrabbando, e ridiscendono carichi della roba comprata ai pellegrini che ritornano dalla Mecca. Insomma, non è dato sapere, se non a un abituale frequentatore di quelle parti, se ci sarà da aspettare un'ora o una settimana prima di trovare un passaggio. Quello che poi è sommamente incerto è quanto costerà: se sarà un atto di ospitalità noncurante e generosa di un berbero pluriricercato per atti di terrorismo in Ciad, o invece un baratto assai costoso, al limite della rapina, con un ricco venditore di sapone di Luxor. Ma questo è un problema del tutto trascurabile quando sei lì, nel bel sole del primo mattino, sul bordo di una pista, deserta anche delle tracce dell'ultimo passaggio, spazzate via dal vento dell'alba, e ti chiedi se prima di sera e prima di finire disidratato troverai qualcuno che ti porta via.

E mentre il sole si alzava sempre più perentorio e splendente, gli avvenimenti del giorno prima, e di ogni altro giorno e notte e mese e anno, erano talmente lontani da appartenere a un altro mondo e a un'altra persona. La testa e la faccia ben fasciate nella sciarpa di cotone verde, le maniche della camicia chiuse ai polsi per salvare più pelle possibile dalle scottature, mi sono messo in cammino a passo lento e regolare con l'intenzione di dedicarmi all'autostop e solo a quello. Ancora una volta era la vita bestia, quella che non vuole sentir storie ma solo vivere, ad aver preso saldamente in pugno la situazione.

Vedo che sto scrivendo da ormai dieci giorni e ai miei sogni ancora non ci sono arrivato; anzi, di questo passo ce ne vorrà ancora un bel po'. Naturalmente mi sono fatto prendere la mano: c'è sempre qualcosa di consolante nel fatto di ricordare, quando non c'è niente di concretamente impellente che la mattina ti faccia saltare giù dal letto. Proprio così, niente che mi faccia schizzar via da questa stanzetta.

Il dottor Modrian dice che va bene così: "Scriva, scriva, mio signore. Scriva che è tutta salute. Alleni le dita, le fortifichi sui tasti, e vedrà che questo sarà il primo passo verso la completa guarigione. Ah, vedo già dei progressi, la vedo più fresco e vivace. E anche le feci, mi permetta, sono di un colore più consono e più sano. Vada avanti, vada avanti".

E io vado avanti. Ma nel deserto effettivamente qualcosa mi è successo, anche dentro, dico. I profughi del Sinai, Siwa e la puttana, il mio somarello e la fine che ha fatto, sono stati come delle esche di polvere pirica, dei detonatori per tutto il resto che ho combinato. I fatti, presi uno per uno, non significano niente, è quando vanno a sedimentarsi dentro di noi che allora succede qualcosa che sfugge alla coscienza. Come la birra, ecco. La vita ci fermenta dentro; e con poco orzo e acqua fresca viene fuori uno schiumone che ti ubriaca. Andiamo avanti allora; e riprendiamo da quando mi incammino sulla pista per Dakla.

Sono stato tirato su da un geometra – non da un mercante di schiavi o da una banda di beduini – nel tardo pomeriggio, quando ormai non ce la facevo più, ed ero così stanco che non riuscivo *più* a tenere gli occhi fissi sulla nuvola di polvere che annunciava l'arrivo di un mezzo. Non ho agitato le braccia, non ho urlato aiuto. Uno che cammina ai bordi di un pista del Sahara è uno che ha solo bisogno di essere portato via di lì.

Il vecchio camion militare si è fermato e dal finestrino si è affacciato il geometra, un bel ragazzo moro: in quel momento l'avrei sposato se me l'avesse chiesto. Stavano pigiati in tre nella cabina; scesero tutti, mi presero il bagaglio e lo buttarono nel cassone. Mi hanno dato da bere e una manciata di fichi secchi. Il ragazzo parlava un inglese scolastico uguale identico a quello che avevo imparato io alla scuola Dante Alighieri. Mi spiegò che era geometra con un sussiego quasi infantile, e che tutti e tre erano genieri dell'esercito e che stavano tornando a Siwa. Io ho balbettato il mio nome e la preghiera di portarmi con loro. Mi ha dato una coperta, una borraccia di acqua e mi ha spinto sul cassone del camion dove sono atterrato sul mio bagaglio. Avevano fretta e volevano arrivare a Siwa prima del mattino.

A Siwa i miei salvatori non trovarono dignitoso prendere la meritata *bashish*, accettarono solo l'invito a colazione in albergo. Era molto presto e ho dovuto svegliare l'uomo del banco che, con le segrete arti del tuttofare, è riuscito a mettere insieme un tavolo da nababbi. Mai che durante il pasto il giovane geometra o un altro dei suoi abbiano tradito la minima curiosità su quello che poteva essermi capitato laggiù. Ci siamo salutati con molta semplicità, come, appunto, un autostoppista può salutare l'automobilista che gli ha dato un passaggio su un tratto di autostrada. Finalmente me ne sono andato a letto e ho dormito diciotto ore filate.

Mi sono svegliato verso mezzanotte con il ricordo di un sogno dove avevo una malattia alle corde vocali per cui non riuscivo più a parlare, ma solo a ragliare "ohoc ohoc ohoc ohoc ohoc ohoc", mentre intorno gli amici di mio padre mi facevano un sacco di domande sul viaggio nel deserto. Ho mangiato qualcosa che chissà chi aveva messo sul tavolino e mi sono ricacciato a dormire.

L'indomani ho messo la testa fuori dell'albergo: un minuto prima che partisse il convoglio di camion dove il portiere aveva trovato a caro prezzo un posto per me. Destinazione Alessandria. Alessandria nell'Egitto.

Beh, sapete com'è quando si torna a casa dopo un viaggio in cui ve ne sono capitate di tutti i colori. Si apre la porta, si mette piede nel territorio familiare delle proprie stanze, e gli oggetti della vostra vita quotidiana vi vengono incontro come un potente tonificante. Scostare una tenda, alzare la ciambella del water, prendere una camicia dal secondo cassetto dell'armadio, sentire il *greeeck* della porta della camera da letto che nessun olio è mai riuscito a domare, fa tutt'uno con una sensazione di pace e sicurezza che non vedete l'ora di ritornare a godere. Poi ritornerete alle solite beghe e al solito trantran, ma per qualche giorno almeno vi sentite veramente a posto: re appagati nel vostro regno.

Cosa volete che vi dica? Per me non è stato così, punto e basta. Lì per lì mi sembrava di poter trovare pace nella mia casa e nel mio quartiere, ma è stata un'idea di pochi istanti.

Già la sera del mio arrivo ero in giro a cercare qualcosa per calmarmi. Avevo poche faccende da sbrigare e queste le ho fatte subito. Prima cosa, ho sistemato i conti con il trafficante che mi ha affittato l'asino giù al mercato. Ho pagato senza battere ciglio le cento ghinee che sarebbero state sufficienti ad acquistare un puledro da parata, pur di non sottomettermi alla tortura delle domande sul perché e il percome che quel vecchio ladro mi sputava addosso per pura sporca curiosità, per avere la sua da dire, quella sera al caffè, sulla stupidità dei giovinastri abbastanza ricchi da permettersi di far crepare un asino. Aveva intascato il malloppo benedicendo iddio per avermi incontrato: del suo asino non poteva fregargliene di meno.

E poi le solite cose. Un passo al Diwan per salutare la vecchia gente, una riunioncina riservata in un ristorante del porto per riprendere i contatti col contrabbando, un passo all'università, un'occhiata alle ragazze sulla passeggiata per vedere se c'era qualcosa di pronto da mettere sotto i denti, per usare l'espressione che allora era in voga tra la gioventù bruciata di Alessandria.

Non mi restava più niente da fare. Stavo malvolentieri in casa e in qualsiasi altro posto. In capo a una settimana, il tempo di riprendere due chili e di far cessare i dolori alle ossa, postumi delle scottature di sole, avevo deciso di ripartire. Questa volta avevo chiaro dove andare: al paese di mio padre; solo che non sapevo come arrivarci. Quell'idea mi era maturata dentro quasi a mia insaputa, e si era fatta troppo ingombrante per poterla ricacciare da dove era venuta con un semplice atto di volontà. Non mi restava che assecondarla.

La sera che gliene parlai, Amos e Ruben non fecero una piega. Beh, forse era una buona idea. Soprattutto Amos era entusiasta della cosa, lo vedevo dai suoi occhi, dal modo generoso con cui intendeva aiutarmi. Andare in Italia non era fare un viaggio al Cairo, o arrivare ad Assuan: era qualcosa di molto più compromettente e complicato, definitivo. Aveva usato questa espressione: un passo molto lungo che prima o poi valeva la pena di fare, se uno se la sentiva. Lui non c'era mai stato, nessuno di noi c'era mai stato, tranne Ruben e i vecchi, ma solo prima di partire per Alessandria.

Ruben invece stava molto più sulle sue, ma dire che mi avesse sconsigliato o fatto obiezioni di qualsiasi natura, questo no. Aveva preso una carta dell'Italia da una scansia e l'aveva dispiegata sul bancone di composizione. Poi si era messo a ragionare su come arrivare a Carlomagno e da dove. Nella carta, una grande carta abbastanza recente del *Touring* francese, Carlomagno non era segnato, ma Ruben con la punta di uno stilo mi indicava un punto piuttosto in alto nello stivale, tra le ombreggiature marrone intenso di rilievi montuosi che finivano in una strisciolina di verde che si congiungeva con l'azzurro del mare. Erano segnate strade e ferrovie che univano città piuttosto vicine a quel punto, ma nessuna che passasse proprio di lì. C'era un filino blu, che ci passava a fianco, e quello era un fiume.

"Stai tranquillo, la strada c'è. Devi trovare un mezzo in questa città qui vicino, e poi fartici portare; non sono molti chilometri. Puoi prendere gli autobus, c'era la corriera allora, ne abbiamo già parlato. L'unico problema è arrivare in Italia, poi con il treno è facile arrivarci vicino e trovare i mezzi che ti ci portano."

Sulla carta, nel punto in cui doveva trovarsi Carlomagno, lo stilo aveva lasciato un forellino, e io lo guardavo chiedendomi se per caso attraverso quel foro fosse stata inghiottita la vita di mio padre. Non erano state le correnti a portarlo via quella sera davanti alla spiaggia; no: aveva trovato nel fondale un piccolo foro e da lì era passato per tornare a casa.

"Ti porto a casa mia," mi aveva detto. Ecco, era proprio quello che stava facendo. È per questa ragione che voglio arrivare fin lì? mi chiedevo accarezzando con l'indice il buco nella geografia dell'Italia. Non lo sapevo. E intanto Ruben stava ripiegando la carta e bruscamente mi invitava alle questioni organizzative.

A quel tempo – la guerra dei carri armati allora era appena finita, ma ancora non c'era nessun segno di qualche pace – le comunicazioni con l'Italia e con il resto del mondo erano molto difficili. Non c'era ad esempio un volo diretto neppure tra le due capitali. Si poteva scegliere di arrivarci con un giro, facendo tappa prima in un paese amico dell'Egitto e poi di lì in un altro, amico anche dell'Italia, che avesse un volo per Roma. Oltretutto i voli non erano sicuri: la guerra dalla nostra città non si era mai vista davvero, ma il clima era arroventato dappertutto e si diceva che gli israeliani continuassero a mitragliare qualunque cosa gli arrivasse a tiro. Senza contare che si era già cominciato a parlare di terrorismo e dirottamenti.

E poi c'era la questione più importante: i documenti. Io ero un apolide. Mio padre aveva voluto così per sé, per mia madre e anche per me. Non aveva mosso un dito per farmi avere la cittadinanza italiana, ed era impossibile che io avessi quella egiziana. Io possedevo un passaporto rilasciato dal governo egiziano, ma privo di cittadinanza, figlio di rifugiato senza nazionalità. Con un documento del genere era praticamente impossibile passare una frontiera occidentale.

E nel caso in cui fossi riuscito ad arrivare in Italia, era essenziale che non avessi a che fare con la polizia, se non volevo godermi qualche mese di quarantena in galera. Dovevo stare molto attento, ad esempio scegliere un albergo non troppo vistoso e non troppo infame, dove per ragioni opposte erano molto attenti ai documenti. Ruben mi spiegava queste cose con il fervore di un cospiratore all'opera dopo un periodo di forzato riposo.

Una buona idea era trovare un imbarco su una nave sicura, una bandiera di un paese tranquillo, che facesse scalo a Napoli o a Genova. Preferibile Genova, perché era molto più vicina a Carlomagno. Si poteva provare a trovarne uno già l'indomani. C'era poi la questione dei soldi. Le ghinee erano spazzatura fuori d'Egitto. Bisognava con calma, senza farsi strozzare, mettere insieme un mucchietto di lire o di dollari o di sterline sufficienti per il viaggio e per rimanere in Italia.

Quanto tempo? Boh, non sapevo. Una settimana, un mese, quanto sarei rimasto? Era una cosa che era meglio decidere subito. Ruben fu molto perentorio al riguardo. Decidemmo che quindici giorni era il massimo che potevo permettermi. "È il massimo che può farti bene," aggiunse.

Tornai alla tipografia l'indomani e l'indomani ancora, tutte le sere per più di una settimana: non mi piaceva restarmene a casa da solo, né mettermi a fare le solite cose, come se non fossi ormai completamente preso da questa pazza idea del viaggio in Italia. Ruben si era incaricato dell'organizzazione e ogni sera mi aggiornava sui suoi progressi.

Cenavamo nel vicolo davanti alla bottega e poi io e Amos giravamo nei caffè, nei ristoranti e nei casini più eleganti a comperare denaro. Cercavamo gli ufficiali dei mercantili e i grossi commercianti di macchinari, che allora pullulavano negli uffici dei burocrati governativi, per cercare di vendergli ogni genere di roba esotica: papiri, ori e stoffe, falsi reperti archeologici, chincaglieria. Tornavamo all'alba e facevamo i conti con le banconote tutte stropicciate stese sotto il torchio e divise per valuta.

Andavamo a letto all'alba, e più di una volta mi sono fermato a dormire lì, su un sofà sfondato che doveva risalire al tempo dei primi tipografi. Amos prima di salutarmi mi faceva la solita domanda: "Ma cosa pensi che ti succederà lassù?". E io rispondevo sempre la solita cosa, era diventato un gioco: "Vado a prendere la motocicletta di mio padre e me la porto via". Di meglio non pensavo che avrei potuto fare.

In capo a una settimana Ruben aveva trovato il passaggio giusto. Era un bastimento portoghese piuttosto ben messo che ripartiva vuoto per le Azzorre, e avrebbe fatto scalo a Napoli per caricare dei caterpillar. Arrivato lì avrei dovuto fare un lungo viaggio in treno, ma era un'occasione da non perdere perché lo stesso mercantile sarebbe ritornato dieci giorni dopo ad Alessandria, rifacendo lo scalo di Napoli. E, soprattutto, il comandante era un compagno, un oppositore del dittatore Salazar, e mi avrebbe trattato con riguardo al passaggio della dogana.

Per ogni evenienza Ruben contava di affidargli in custodia, prima della partenza, un passaporto con la mia fotografia e le generalità di un ingegnere portoghese; un lavoro fine di stampa e ritocco che faceva di notte quando noi andavamo per soldi. In quella tipografia, eravamo in pieno clima insurrezionale; questo era il piccolo gioco di Ruben.

Dieci giorni. Avevo dieci giorni per salire e ridiscendere quel paese, e riuscire a fare qualcosa che non doveva deludermi. Qualcosa di abbastanza importante da essere raccontato ai fratelli che si stavano facendo in quattro per assecondarmi in quello che, troppo spesso, mi sembrava un capriccio infantile. Eppure, ogni volta che mi costringevo a ragionarci, finiva sempre per apparirmi come l'unica cosa che sentivo intimamente doverosa.

Intanto Ruben mi aveva preparato il suo programma di viaggio. L'Italia non era Carlomagno; dovevo fermarmi almeno a Roma qualche giorno per vedere questo e quello, e poi Firenze, Siena, Napoli di nuovo. Lui non si aspettava che al paese di mio padre potessi stare più di due o tre giorni – a cosa fare? non troverai niente, Saverio, che ti dica qualcosa, dài retta a me. Vacci, è giusto, ma ci sono altre cose più interessanti per un ragazzo come te. L'importante è che tu non ti fissi su qualcosa che non c'è: sarebbe tutto sprecato – e allora valeva la pena che seguissi i suoi buoni consigli.

Avevo anche delle commissioni, comprare libri e inchiostri introvabili qui da noi. E dovevo guardare e leggere e chiedere e capire. Altrimenti, perché non ci mettevo una pietra sopra come tutti gli altri?

Partii la notte del lunedì. Per evitare le infinite discussioni che ne sarebbero seguite, non avevamo informato nessuno dei compagni del Diwan: partivo solo con la fervida complicità di Amos e Ruben. Amos mi ha stretto il braccio e mi ha consegnato la valigia che portava per me, senza dire una parola, Ruben ha voluto lasciarmi il suo viatico:

"Quando passerai la Via per salire su al paese non te ne accorgerai nemmeno. Però ricordati di quello che ti ho raccontato: vedrai lì se senti qualcosa". Ha fatto una pausa come se volesse spiegarmi qualcosa di più, ma ha lasciato perdere. "Mi raccomando la lista delle cose da comprare, ciao."

Il comandante mi aveva preso a bordo con grande cortesia, consegnandomi di persona, come si fa con i passeggeri della prima, la mia cabina, stretta ma pulita, e gli orari dei pasti. In un'ora eravamo fuori dal porto, e dal ponte delle scialuppe me ne sono stato un bel po' a osservare le iridescenze dell'acqua lucente sotto le solite stelle. Come tutti – sempre – non mi sono dimenticato di dare un'occhiata se per caso non si vedesse qualcosa sul fondo. Prima o poi sarebbe pur toccato a qualcuno di avvistare il porto sepolto.

Siamo arrivati a Napoli la mattina del quarto giorno, dopo una traversata lenta e noiosa, riempita da un torneo di dama giocato dall'equipaggio giorno e notte tra i turni dei quarti di guardia. Sono entrato in Italia praticamente senza accorgermene: la stazione marittima di quel porto era la sorella di quella alessandrina, solo meno vasta e con qualche fronzolo in più nei vecchi edifici. Le voci, addirittura, sembravano le stesse, solo un po' più concitate e alte. Ho poi passato la dogana con l'equipaggio senza che nessuno mi chiedesse niente. Nel salutarmi il comandante mi ha infilato in tasca il passaporto portoghese, e mi ha lasciato lì con la valigia tra le gambe, in mezzo alla stessa indescrivibile confusione di uomini e cose a cui ero abituato sin da bambino. Avevo dieci giorni da ben usare; dovevo sbrigarmi.

Italia. L'Italia. I ta li a.

Come mai, dottor Modrian, rievocare questo suono non suscita in me particolari emozioni? C'è sotto qualche problema, che lei sappia? Sono qui che sto scrivendo da un bel po' di giorni e mi viene giù tutto di filato – anche troppo dottore; a volte mi sembra di avere la diarrea nelle dita – e quando oggi arrivo all'Italia, e cerco di ricordare le cose salienti che ho visto e le impressioni che mi sono rimaste, mi inchecco. Ecco, non so cosa dire. Mi sforzo di ricordare dottore, ma non è solo una questione di ricordi: è come non ci fossi neppure stato. Certo, è anche per quello che è successo a Roma, praticamente appena arrivato, ma non posso cavarmela semplicemente così. Tra i miei conoscenti sono stato uno dei primi a fare questo viaggio e non è detto che potrò mai ripeterlo. Ma è troppo lontano quel posto, dico che è troppo lontano da me, se mi intende, e non so se è una cosa buona.

Che cosa mi dice l'Italia? Quell'affare bislungo srotolato sopra l'Africa che alla Dante Alighieri ci tengono tanto a chiamarlo "lo stivale", e se lo guarda bene sopra la carta geografica non può non venirle il sospetto che l'abbiano messo in quel dato posto solo per tirare calci all'Africa, anche se all'Egitto ci può arrivare solo di tacco, per fortuna. Cosa dice a me che parlo questa lingua così simpatica a tutti gli altri popoli di Alessandria, tantò simpatica che non ci penso nemmeno a impararne altre? A me, che sono nato e cresciuto straniero fraterno di questa città, cosa mi rappresenta l'I ta li a?

Nel mio viaggio, per breve che possa essere stato, non ho trovato nulla da vedere e sentire e capire di cui potessi affermare: è mio, mi appartiene segretamente e totalmente mentre lo osservo scorrere dal finestrino del treno, mentre lo calpesto sul selciato della strada, mentre gli parlo per avere un'indicazione. E allora il mio sguardo gli si è rivolto e tuttora gli si rivolge dalla distanza dell'oggettività, di ciò che appare di quel paese facendo scorrere un mappamondo.

E da qui, oggi che possiamo avere giornali non più vecchi di dieci giorni, e la televisione di Sadat ogni tanto ne parla, l'Italia è ancora troppo lontana e imprecisa per dirmi qualcosa.

La verità è che il mondo incomincia dove uno si mette con l'anima, caro il mio dottore, con l'anima o lo spirito o come si chiama quell'affare lì. Quando Ruben ha fatto quel foro con lo stilo sulla carta geografica per indicarmi il suo paese, il suo Carlomagno, era da quel buchetto che si irradiavano le coordinate del mondo. Carlomagno era il cuore nel cuore di quell'uomo. Non era un governo, non era una geografia di strade e case e montagne: era il paese, il tabernacolo, della sua anima intera. Ma se il tuo sguardo interiore non coglie questa intimità, allora si ristabiliscono le giuste proporzioni. E forse gli italiani si credono chissà chi – faranno anche bene, non dico mica di no – ma da questo paese infinitamente più grande, più antico e più doloroso e immensamente più importante per tutti i popoli che ci vivono intorno, l'Italia è un cazzetto che si spinge dentro il mare lassù. E sia ben chiaro, io che sono ancora oggi apolide posso tranquillamente osservare che nemmeno questo è il centro del mondo.

Eppure mi sto convincendo che ciascuno dovrebbe avere il suo paese dell'anima. Ne vorrei avere uno per me, subito, per non consumarmi di solitudine. Altrimenti perché, dottor Modrian, ogni notte io sogno Carlomagno? E sì che nel mio viaggio non ci sono nemmeno arrivato a vederlo da lontano.

Ricordo che ho preso il treno per Roma nel primo pomeriggio. Le ore trascorse dallo sbarco le ho praticamente passate nel tentativo di arrivare alla stazione. Il percorso non è affatto lungo, ma attraversa la parte vecchia della città che è un unico immenso mercato di ogni ben di dio. Cose che ad Alessandria occorrono mesi per avere, lì te le offrivano per la strada come fossero pani.

Mi fermavo molto spesso a chiedere informazioni, e questo era per tutti occasione di una lunga conversazione che solo di sfuggita toccava la ragione della mia domanda: mi venivano offerte cose da comprare, gite turistiche, e molte altre considerazioni, gratuite, sulla vita e sul mondo, circa le quali non potevo avere un'opinione adeguata. Mi sembrava brava gente e avrei speso tutto quello che avevo se mi fossi lasciato andare. Ho mangiato la famosa pizza seduto sui gradini di una vecchia chiesa cadente, in una stradina con cinque o sei ragazzini che mi stavano intorno commentando ad alta voce tra loro, come fossi stato un animale.

A un certo punto li ha cacciati via una donna che aveva da offrirmi qualcosa di confidenziale: non era niente male, anzi, ma aveva un che di inquietante nel modo di fare che mi ha allarmato; ho avuto paura che intendesse picchiarmi, come se il mio rifiuto fosse stato un gesto di imperdonabile immoralità.

Arrancando su per il quartiere di Forcella, ormai finalmente vicino alla stazione, mi è venuto in mente Amin. Eccoti Amin, la tua Iskandariya. Non è Alessandria, la grassa che sogni, ma è Napoli. E tu non ci arriverai mai, temo. Peccato Amin, qui ci sono davvero centomila puttane bianche, oro e argento sparso per le strade, e tutto il resto che tu immagini. O magari è anche questo un teatrino, il sipario che nasconde ciò che i napoletani come gli alessandrini vogliono tenere per sé.

Il viaggio verso Roma è stato breve, veloce e piuttosto comodo. Questo me lo ricordo bene perché chi conosce le ferrovie dell'Egitto e i suoi treni può andare letteralmente in visibilio per un viaggio come quello. Sono arrivato che non era ancora sera. Prima di salire a Pisa e più su, avevo da vedere la città e da comprare le cose per Ruben. Non sapevo come cominciare e all'edicola ho comprato una cartina della città per farmi un'idea. In un riquadro erano segnati gli alberghi; ecco da dove partire. Me ne sono scelto uno con due stelle molto vicino alla stazione, ricordo ancora il nome: hotel Danubio.

Il portiere era un mezzosangue eritreo ossuto, dalla testa ricciuta spropositatamente triangolare. Ha preso i documenti, quelli regolarmente rilasciati dalla *Jumhurija*, tra la punta del pollice e dell'indice come fossero stati pescati nella merda, li ha sfogliati con molta calma dandomi certe occhiate che nessun miliziano di Alessandria si sarebbe mai permesso di rivolgere all'indirizzo del più balordo degli ubriaconi, e si è messo a ricopiare sul suo registro i dati, senza una parola. Per una cifra spaventosa avevo affittato un cubicolo stretto e puzzolente di varechina. Però ero a Roma e dovevo sbrigarmi.

Ho steso la cartina sul letto. La città era grande, sì, ma quello che impressionava non era la sua vastità – Il Cairo era almeno tre volte più grande già allora – ma lo stupefacente cumulo di rovine, chiese, palazzi e ogni altro resto della storia che era riportato con la sua sagoma, ingombrando il tracciato di ogni via e di ogni piazza. C'era disegnato tutto quello per cui i professori della Dante Alighieri andavano in deliquio, c'erano tutti i punti esclamativi della storia dell'occidente, dai due gemelli che tettano alla lupa ai sontuosi ministeri italiani. Eccola qui dunque, la potenza di Roma: come ci si poteva raccapezzare in quel groviglio? Così ho deciso di buttare a mare i consigli di Ruben. Tanto valeva mettersi in strada e girare a caso.

La mattina dopo ero pronto già all'alba. Dovevo però prima sbrigare le commissioni. Trovare gli inchiostri tipografici è stato facile perché la ditta era segnata sull'elenco telefonico, e sono riuscito a farmeli recapitare in albergo entro sera. C'erano i libri da cercare e sull'elenco telefonico le librerie erano centinaia. Ruben voleva libri italiani: Pavese, Silone, Vittorini, Moravia, così c'era scritto nel suo biglietto, e li avrei sicuramente trovati strada facendo.

Ho passato tre giorni per le strade di Roma e avrei dovuto invece fermarmi un giorno solo. Se mi chiedete cosa c'è stato di sensazionale da farmi trattenere, non saprei cosa rispondere. Andavo in giro perdendomi regolarmente dopo pochi passi, muovendomi come se avessi avuto gli occhi immersi in una soluzione di oppio. Tutto aveva un significato e niente ne aveva uno preciso. Credo di essere passato almeno tre volte attorno alle grandi rovine del foro romano senza accorgermi di ritornare sui miei passi. Potrei aver visto tutto il vedibile e potrei non aver visto che poche cose: ero costantemente preda di una sensazione di sovrabbondanza fiabesca. Storie che si innalzavano in pinnacoli di vertiginosa bellezza per poi essere seppellite da un "no, così non va" e da altre successive bellezze, che poi finivano per essere sbagliate e seppellite sotto altre ancora... Come se i romani, o gli italiani, fossero stati per millenni dei bambini mattacchioni e perfidi e pieni di rimorsi, e ora io stessi girovagando attraverso il frutto dei loro giochi dispettosi e delle conseguenti autopunizioni.

Per questo sentivo di avere lo sguardo come drogato: perché in quei cumuli di cose accatastate in modo che le belle e le orribili si riflettessero le une nelle altre, non c'era una direzione, un senso.

Badate che io vengo dall'Egitto e di monumenti e antiche civiltà ne ho visti. Avete mai sentito parlare di Giza, di Luxor, Deitr el Bahari, Karnak, Cairo? Bene, nel ramo delle pietre vecchie ho avuto il mio bel vaccino. Ma non sta qui il punto. Ciò che mi affascinava, e insieme mi faceva perdere l'orientamento, era l'accanimento con cui quella città pareva aver cercato di seppellire se stessa, epoca dopo epoca, secondo le fantasie del momento.

Ero abituato in Egitto a vedere le immensità di certi periodi della storia riposare tranquille accanto a piccole cose, a momenti meno grandiosi o semplicemente diversi. La vita ha una sua cronologia lineare che si snoda quieta da settemila anni. E un tempio della XIX dinastia non si insuperbisce al cospetto di una piramide della terza, come una moschea di quattro muri di fango e un tappeto non è gelosa del monastero di Abu Makar, che ogni mattina risplende sulla collina di fronte. Non so se mi capite, ma il modo degli arabi di sentire la propria storia – e la vita, la vita ovviamente – l'avvertivo più adulto, più equilibrato e ragionevole.

Roma era per me in quei tre giorni una vertiginosa precarietà, uno spettacolo al di là del comprensibile. Una esagerazione e un'angoscia.

Mangiavo per la strada, seduto su una panchina dei tanti giardini che incontravo, o sui gradini delle chiese. Per risparmiare compravo nei negozi il pane – quanti pani fanno a Roma e così diversi dai nostri – e un po' di fette di quell'enorme salsiccione che chiamano mortadella. Non avrei mai immaginato che potesse essere così buona e così profumata da farmi deglutire di piacere già quando il salumiere cominciava a tagliarne una fetta. Camminavo e guardavo e ascoltavo senza mai scendere da quella specie di tappeto volante mentale che mi sosteneva un palmo di stupore sopra la terra.

Quando cominciava a fare buio ero talmente sfinito e sperduto che non riuscivo a immaginare come avrei potuto tornare all'albergo; ci riuscivo chiedendo mille volte, camminando ancora per mille chilometri. Il portiere eritreo mi sbatteva la chiave sul bancone con evidente disprezzo e io mi rinchiudevo nel mio camerino come in una fortezza. Dormivo senza nemmeno far caso al viavai degli scarafaggi.

La sera del terzo giorno mi sono ricordato dei libri per Ruben e ho cercato di entrare in una libreria, una grande libreria con eleganti vetrine da gioielliere, senza però riuscirci. Perché proprio lì accanto sfavillava, molto più banale ma infinitamente più invitante, un negozio di dischi. E io sono entrato.

Non so che opinione voi abbiate della musica, cosa vi piace sentire, cosa vi mette in moto dentro. Per me allora – come oggi, immagino, se solo potessi ascoltarne – era il mare dove i miei sentimenti potevano nuotare all'impazzata, liberi e allegri. Vi ho già detto che mi piace immensamente nuotare; ci sapevo fare già da piccoletto, quando tutti gli altri bambini strillano appena la schiuma della battigia gli solletica gli stinchi. Io non so stancarmi del nuoto: è la felicità del mio corpo, è il mio corpo che si piglia la sua libertà di rotolarsi, di stirarsi, di fluidificarsi, leggero come un uccello.

Non mi dà nessuna soddisfazione l'acqua del fiume o del lago, voglio le onde del mare, il movimento cosmico che abbraccia il mio movimento, un corpo di membra immense che mi prende con sé come una balia tiene tra le pieghe morbide del suo grande corpo un neonato. Bene, la musica fa alla mia anima quello che il mare fa al mio corpo. Io ci nuoto dentro la musica, mi tuffo di testa e di schiena, mi immergo e risalgo, ci vado lontano con il crawl, il dorso e la rana.

Avrei voluto nella mia vita poter cantare e suonare qualcosa, e sono sicuro che ci sarei riuscito molto bene se ne avessi avuto l'occasione. Ma così non è stato e mi accontento di ascoltare tutta la musica che posso e di canticchiare e zufolare tutto quello che mi rimane nell'orecchio. E ho l'orecchio sempre intasato di musiche, ve lo assicuro; onde che schizzano spuma da tutte le parti.

Se dovessi dire quali sono le mie preferenze sarei molto incerto; mi piace praticamente tutta la musica, perché ce n'è sempre di giusta per prenderti dentro. Certo, ci sono state le mode e i momenti particolari, le spiroche per un genere o l'altro. All'epoca stravedevo per quello che si riusciva a sentire ad Alessandria del rock e del rhythmandblues. C'entrava anche la faccenda del proibito e del raro, sicuramente.

Sapete, gli arabi hanno delle idee molto precise sulla musica, e non sono idee facili da capire e condividere se non si è ben dentro la loro testa così fine. Diciamo che noi ragazzi non andavamo pazzi per quella roba che si sentiva alla radio e nei caffè. A me personalmente non dispiaceva ma, via!, c'era dell'altro nell'aria al quartiere del porto. C'erano i marinai con i dischi dei Beatles, di Rod Stewart, dei Byrds, solo per dire i primi che mi vengono in mente. Mettevi su un 45 giri di Wilson Pickett, sentivi il suo uan ciu fri, e poi partivi per la stratosfera con tanto di quel ritmo in corpo da farti schizzare via dal pavimento, come se ci avessi un razzo in quel posto.

D'accordo, non era roba per tutti; alla delicata sensibilità di un arabo non poteva risultare niente più vicino al demonio di quella nostra musica. Ma cosa non facevamo per poterla avere! Un disco ci poteva costare anche cinque dollari, e lunghi appostamenti, ruffianerie, intimidazioni, attaccati come sanguisughe ai marinai che sbarcavano apposta per vendersi il loro tesoro in cambio di due tiri di oppio o di una cassa di birra schifosa, ma che se lo tenevano stretto fino all'ultimo per guadagnarci il più possibile, rotti in culo che non erano altro. Quando volevamo fare una festa come si deve riuscivamo sì e no a metterne insieme tra tutti una ventina di dischi veramente buoni.

Quella sera a Roma avevo davanti ai miei occhi, bene in evidenza tra vetri, formica e specchi, tutto quello che potevo desiderare e tutto il resto che non ero riuscito neppure a sognare di desiderare in fatto di musica. C'era tutto e più ancora. Ciondolavo inebetito tra i banchi e gli scaffali e mi sarei messo a piangere di disperazione: avevo troppo pochi soldi per portare via anche solo un centesimo di quello che mi piaceva.

Poi ho visto il manifesto.

Era appeso a una parete assieme ad altri manifesti; reclamizzavano tutti dei concerti. Questo era diverso, ma ancora non capivo. Ne ho preso nota con il pezzetto di cervello non occupato dai conti su quello che avrei potuto comprare, e sono passato oltre. Ci sono ripassato davanti e mi ha di nuovo colpito quel qualcosa di speciale, un segnale, una diversità rispetto agli altri. Allora mi ci sono piazzato davanti e il manifesto mi ha schiaffeggiato. Proprio così; mi si è rivelato con l'urto secco di un ceffone tirato con precisione dentro la mia mente.

C'era scritto "Giuseppe Ungaretti", c'era scritto il nome di quello là.

Il grande poeta Ungaretti onorava della sua eccezionale partecipazione il concerto dell'amico brasiliano Vinicius de Moraes, re della bossa nova, accompagnato dalla straordinaria formazione di Chico Buarque de Hollanda, Baden Powell, Toquinho, e altri amici ancora, al teatro Argentina. La data era di quel giorno, l'orario, tre ore dopo.

Qualcosa mi stava tornando su dalle cantine dei miei umori, qualcosa che mi costringeva a sospendere la percezione del presente nelle specie dei Rolling, del doppio disco tutto bianco dei Beatles che un attimo prima avevo già deciso di rubare a ogni costo. Qualcosa che mi trascinava indietro fino ad Alessandria, alla mia spiaggia dietro ai depositi di cemento. Già, lui era tornato

*...torna alla luce con i suoi canti...*

e se quel momento e quel luogo fossero stati un film – come in quell'attimo di irresistibile corsa nel precipizio del tempo avrei tanto voluto –, avevo già sulle labbra la battuta giusta da dire:

"Tu, qui?".

Mi sono messo a tremare, lì tra tutta quella gente straniera, come un deficiente. Questo ho fatto, tremare davanti al manifesto, come se gli avessi visto tirar fuori due grosse mani intenzionate a strozzarmi. E qualcuno passandomi intorno nell'angusto passaggio tra i banchi, mi dava spintoni, e qualcun altro mi gettava occhiate antipatiche. Ma io continuavo a restare fermo davanti a quel pezzo di carta e a tremare.

Lui lì, perché?

Tu? Qui? Vivo, a Roma. A cantare la bossa nova?

*il poeta... torna alla luce con i suoi canti...*

Eh, no, caro mio, non ricominciamo con quello scherzo della spiaggia, con quelle parole che mi confondono. Ho altro per la testa, devo riuscire a portarmi via questo disco tutto bianco che potrebbe allietarmi tante di quelle serate, da solo e in compagnia, che neppure te lo immagini. E continuo a tremare, imbecille che non sono altro.

*per appoggiare la mia malinconia*
*stasera*

Io ce l'avevo dentro quell'uomo, ce l'avevo infilato sotto la camicia e ancora più dentro. Serviva a qualcosa starci a pensare? No, serviva solo a tremare di più. Esattamente quello che dovevo smettere di fare. Ma come poteva essere successo che mi ero fatto impallinare a quel modo da una manciata di parole? Era successo. Si è giovani e i furboni se ne approfittano; ecco tutto. Leviamoci di qui Saverio, prima che i commessi ti buttino fuori, fila via.

*In agguato*
*in questi budelli*
*di macerie*
*ore e ore*

Fila via Saverio, prima che ti prendano per matto. Sì; no, prendo questo disco e poi vado là. Dove, là? Come, dove? Là. Vado là a vedere come è fatto il fascistone.

Ero sinceramente convinto che avrei dovuto chiedergli il *perché*. Senza neppure soffermarmi sulla natura di quel perché, mi ero avviato verso il teatro Argentina, convinto che quella sera mi sarei liberato di un vecchio scroccone della mia vita di dentro. In fila davanti all'ingresso, sbirciavo le rovine poco distanti di qualche Foro, dove un paio di vecchie ciondolavano attorniate da greggi svogliate di gatti.

Non tremavo più: a tenermi ferme le mani avevo un sacchetto con il grosso disco dalla copertina bianca e uno più piccolo con una canzone dei Rolling Stones che prometteva scintille: si intitolava "Simpatia per il diavolo".

Ma a dire il vero, non ci pensavo al rock in quel momento.

La fila si muoveva lenta sui piedi di un sacco di ragazzi tutti ben vestiti, tutti pazienti e sorridenti. Non avevo mai fatto una coda in vita mia; se è per questo, non ero nemmeno mai stato al concerto di una celebrità. Le coppie si baciavano, qualcuno rideva e faceva scherzi. L'atmosfera che si respirava nell'ampio marciapiede davanti al teatro era quella di una festa molto educata, che male si accordava con la musica che avevo sentito alla radio della nave, sensuale e coinvolgente, decisamente poco benvestita.

Poi l'ho visto.

La fila a un certo punto si era animata e io quasi avevo perso l'equilibrio per contrastare un forte maroso che mi spingeva verso l'esterno. La coda si stava ripiegando su se stessa al passaggio di un gruppetto di persone. Una ragazza si è alzata, facendo forza con le braccia, sulle spalle di due tizi che stavano chiacchierando con lei e ha lanciato un gridolino di sorpresa: "Ci sta Vinicius, ragazzi. Oh, sta con quel poeta!". L'onda mi aveva portato ormai all'esterno della fila e li ho visti bene, eccome.

Erano in tre. Un tipo piuttosto alto, corpulento, con lunghi capelli brizzolati pettinati all'indietro, la faccia ampia, simpatica, la pancia protesa in fuori a buzzo. Sottobraccio a lui si teneva un vecchio, un vecchietto. Ma no, non rende l'idea. Un *ginn* del deserto, ecco cos'era. Uno di quegli spiritelli dispettosi che entrano nelle tende dei beduini per dare il malocchio, e poi lo levano in cambio di un po' di dolci di sesamo; uno di quei folletti che muovono le fronde delle palme alle sorgenti e si mettono a bisbigliare cose impertinenti alle ragazze che vanno per acqua al tramonto.

Teneva per la vita una giovane donna bruna, più alta di lui un bel po', e si muoveva a scatti ghignando furbesco come ci si immagina che ridano i *ginn*. Rideva con tutta la faccia e anche con le mani, che districava dal corpo di lei facendogliele balenare tutto intorno, come un prestigiatore che agiti l'aria per confondere il pubblico, e cacciare fuori da dietro i pantaloni il suo coniglio bianco. E gli occhi erano quelli astuti e profondi di una poiana, occhi piccoli e appuntiti, protetti da una fronte alta e sporgente con le sopracciglia mobili e arcuate, come è proprio dei rapaci.

Parlava di qualcosa e la donna lo ascoltava chinandosi un po' su di lui, sul suo buffo berretto piatto. Sorrideva beata, e io la vedevo già bella e arrostita sullo spiedo di quel diavoletto della sabbia. Con cosa la stava tentando? Cosa aveva di buono un vecchio satanasso per una bella ragazza? Ma non era nemmeno un satanasso; a guardarlo non ci trovavo niente di torbido o di schifoso, anzi. Non ci crederete, ma mi ispirava la stessa simpatia di un bambino allegro e impudente, un bambino beffardo e divertente.

Il terzetto avanzava lentamente tra la folla che osservava curiosa. Qualcuno applaudiva, qualcuno chiamava. Quello che doveva essere Vinicius stringeva le mani che si protendevano dal mucchio e sorrideva; salutava anche, mandava baci. Quando li avevo ormai di fronte, mi sono accorto che teneva in una mano una bottiglia di liquore: leggevo la marca di un whisky famoso anche da noi.

Il vecchio – ma quanto era vecchio! a guardarlo così da vicino sembrava più vecchio di un sasso – avanzava a passi brevi, saltellanti; mi ricordava, tale e quale, la danza d'amore del martin pescatore. Quando distoglieva lo sguardo dalla donna, lo puntava sulla gente attorno: gli occhi fiammeggianti di un idolo zulu. Avrei potuto toccarlo, avrei potuto senz'altro quando mi è passato accanto. Se non l'ho fatto è perché, tutto sommato, mi sembrava irreale, fatto d'aria come i *ginn*.

Come poteva essere di carne e ossa, lì davanti a me, in quella città dove ero per puro caso, l'uomo che ha parlato a mio padre quarant'anni fa e che dieci anni prima aveva tradito il vero ideale per accompagnarsi con i torturatori e i buffoni? Come poteva essere davvero lì, l'uomo del libro già tanto vecchio da essere quasi sbriciolato, l'uomo della spiaggia? Se lo toccavo e la mia mano lo trapassava, che sarebbe successo?

E poi sentivo un qualcosa che non volevo assolutamente sentire: visto così mi piaceva, mi piaceva proprio. Era simpatico, e inverosimile, e un po' magico. Ecco cos'era in definitiva: più vivo e attraente dei vecchi compagni del Diwan Nabil, come se il tradimento gli avesse fatto buon pro. E in verità, dentro a quel suo ghignetto non ci riuscivo proprio a intravvedere la smorfia di un fascista; stentavo addirittura a credere che lo fosse mai stato, a meno che quello che vedevo non fosse per caso un'illusione.

Ma gli spiriti non esistono. Puoi forse crederci nel deserto, quando covi da solo per giorni e mesi i tuoi sogni e pian piano ti trovi a confondere i rumori di dentro con quelli di fuori, ma è impossibile pensare che esistano mentre stai facendo la coda per entrare in un teatro nella città di Roma. E in conclusione non l'ho toccato, questa è la verità, anche se ne avrei avuto una voglia matta. Anche se, nemmeno due ore dopo, gli sarei stato abbastanza vicino da sfiorargli la giacca e da parlargli sul viso. Visto che a quel punto mi ero proprio intestardito, visto che quel *perché?* avevo deciso di sbattergliela in faccia, alla fine del concerto sono andato a cercarlo, di modo che me ne rendesse conto.

Ah, il concerto è stato stupendo! Non credo che, se riuscirò a togliermi da questo letto, potrò mai vederne uno uguale. Il palco era pieno di musicisti e al centro si vedeva un tavolino con due sedie e la bottiglia del whisky con i bicchieri. Nelle sedie Vinicius e Ungaretti che bevevano e parlottavano, mentre bossa e samba andavano, pompavano dalle percussioni e dalle chitarre ritmi più mori e odorosi e conturbanti di tutta la musica mora dell'Africa che avevo conosciuto. C'era dell'Africa su quel palco, ma c'era anche roba di un altro mondo, roba che non sapevi da dove venisse. Forse, sì, veniva dal Brasile, dal paese di vattelapesca dove la gente doveva essere infinitamente più dolce e triste e allegra che da ogni altra parte a me conosciuta.

Quando la musica era ben avviata; Vinicius iniziava la sua canzone. Aveva una voce piena di fumo e di alcol ma bellissima, mascolina in modo innocente. Cantava rivolto a Ungaretti o a uno dei musicisti, e pareva che stesse dicendo cose molto personali, molto delicate, che non si sentiva di far sapere a degli sconosciuti. Era un'impressione, perché non ci capivo una parola. Ungaretti restava lì a guardarlo beato e batteva il ritmo sul piano del tavolino con dita lunghe e ossute – le dita prensili di un vecchio *fellah*.

Vinicius ha cantato stando sempre seduto, sempre da dentro il suo bar personale. Poi, dopo aver ordinato alle chitarre degli accordi molto leggeri in un tempo baiadero da non dire, ha passato il microfono al suo amico.

E il vecchio si è messo a parlare con un suono catarroso e scuro, con dentro dei sorprendenti trilli acuti, come pagliuzze d'argento in una pozza fonda di acqua.

Diceva cose come:

*Strappati il cuore.*
*Sempre di più saporito, il tuo cuore.*
*Frutto di tanti pianti, quel tuo cuore,*
*strappatelo, mangiatelo, saziati.*

Cose così diceva quel vecchio con l'acqua nera dei suoi polmoni rinsecchiti. Due ragazzi vicino a me si tenevano così stretti che si erano sbiancati.

Alla fine del concerto ero pronto al varco dello stretto corridoio che dal palco porta ai camerini. Ero deciso a fermarlo; se era il caso, intenzionato a dargli due manrovesci, a levargli una buona volta quel suo ghignetto dagli occhi. Sul palco il brasiliano salutava "*Saravá*!" e il pubblico applaudiva. "*Saravá Ungaretti, amigo meu, saravá!*" "*Saravá*!" rispondeva il pubblico, e continuava ad applaudire.

Io ero in agguato. Non li vedevo, ma sentivo i loro passi scalpicciare l'impiantito e scendere i gradini di legno. Distinguevo le voci dei due mentre si avvicinavano tranquilli, attorniati dal brusio dei musicisti e dei tecnici.

Ho visto andargli incontro la giovane donna con cui era entrato, andargli incontro quasi di corsa, inciampando sui tacchi, a braccia aperte gridargli qualcosa di affettuoso. L'ho sentito chiamare un nome strano, come "Duna" o qualcosa del genere. Li ho visti a un passo da me abbracciarsi, lei coprirlo con tutto il suo corpo; da quell'abbraccio spuntava solo il suo buffo berretto nero. E li ho avuti davanti all'improvviso tra sorrisi e flash di fotografi e braccia e teste e soprabiti e odore dolciastro di whisky americano.

L'ho avuto a portata di mano, lui, vicino come dalla mia faccia a questa macchina per scrivere. Mi sono proteso in avanti, ho steso il palmo della mano per strappargli quel ridicolo berretto dalla testa. Però mi sono fermato, ho frenato come un camion, alzando una nuvola di polvere dentro il mio cuore. Ho solo aperto la bocca e gli ho detto: "Lei, lei... lei...".

Mi ha guardato, e i suoi occhi mi hanno interrotto dicendo nel consueto linguaggio degli sguardi: "Di chi sarà mai questa faccia che a me non pare del tutto nuova?". Questo hanno detto i suoi occhi, lo posso giurare perché è impossibile sbagliarsi quando qualcuno ti sta frugando per cercarti qualcosa addosso. Il vecchio ha esitato, sì. Mi ha fissato ancora per qualche secondo con l'aria di aspettarsi qualcosa, che io facessi o dicessi qualcosa. E io: "Ehm, io... lei... io, io voglio dirle..." paralizzato dalla spaventosa stupidità di quello che avrei potuto effettivamente dire.

L'idiozia del mio *perché*? mi era improvvisamente apparsa in tutta la sua enormità proprio mentre avrei potuto fare di lui qualunque cosa. È stata questione di un attimo, poi la donna ha proteso le braccia con l'intenzione di spingermi via; vista da così vicino aveva la bellezza torva di una donnola. Il vecchio l'ha fermata con un breve cenno della sua mano ossuta.

Mi teneva gli occhi addosso e io pensavo a una mangusta che sta puntando la sua biscia del giorno: "*Ebn el ho-*

*mer*, allora deciditi se vuoi dirmi qualcosa". Così, ha detto così. Mi ha parlato in arabo. "Pezzo d'asino," mi ha detto, come se fossimo stati al mercato di Alessandria e io gli avessi sporcato i pantaloni di grasso nel lucidargli le scarpe. Pezzo d'asino. E rideva; sembrava proprio un *ginn* che volesse divertirsi con un povero sciocco.

"Eppure non mi sei nuovo," ridevano sconsideratamente i suoi occhietti, "dov'è che ti ho incontrato, giovanotto?". Da nessuna parte vecchiaccio, tentavano di rispondere i miei, ma invece non dicevano niente. Preso in trappola mi contorcevo come una biscia, inutilmente come una biscia cercavo di allontanarmi dal raggio del suo sguardo. *Ebn el homer*, ero proprio un pezzo d'asino. E mentre cercavo cosa rispondere pensavo alla mia asinella nel deserto di Farafra. Come sarà ridotta adesso? mi chiedevo. E dalla mia bocca stava uscendo l'aria di un raglio: "Lei... lei... Non ci riesco a dirlo, mi dispiace".

La gente intorno aveva preso a ridacchiare. La donna con quel nome così orribile stava tornando all'attacco, le intenzioni delle sue mani erano adesso chiaramente bellicose. Lui, invece, stava usando la pazienza della mangusta. "Come si chiama?", mi ha chiesto mielato. Era abbastanza facile rispondergli, non proprio facilissimo ma con un po' di sforzo potevo cavarmela, almeno in questo: "Pascale, Saverio Pascale, sono di Alessandria, Alessandria nell'Egitto. Lei... lei... mio padre... io ho...".

Lui allora ha spento il suo sguardo sulla mia faccia e lo ha riacceso sulle sue mani, quelle mani grandi di *fellah*. Tutti se ne stavano zitti, ora; come se aspettassero l'ultima sublime profezia dell'oracolo: il vecchio era proprio qualcuno in quel paese. I fotografi tenevano le macchine giù lungo il corpo, morte come scatole di latta vuote. Quando ha ripreso a parlare, aveva di nuovo quel tono di pozza scura di quando recitava sul palco:

"Sì, credo di ricordare. Mi dispiace ma non possiamo parlare ora. Sa, sono un po' stanco. Vede come sono vecchio? Sì, sono un uomo un po' troppo vecchio per certi sforzi. Qualche sforzo posso ancora farlo, eh eh, ma non questo, no. Mi dispiace giovanotto. Vorrei il suo indirizzo però, se vuole usarmi questa gentilezza". Parlava senza smettere di ridacchiare.

"Io, io sono in albergo, a questo albergo, almeno fino a domani, credo di sì, fino a domani." E gli ho dato il bigliettino che l'eritreo mi aveva rifilato perché non mi perdessi nella capitale del mondo. Gliel'ho porto come si offre una *bashish* a uno storpio, con diffidenza e distacco: a quel punto ero terrorizzato alla sola idea di potergli sfiorare il lembo della giacca.

Lui se l'è infilato in tasca, ha preso per mano quella sua donna e ha tirato avanti con tutto il suo seguito. Con me aveva finito. Mentre si allontanava l'ho sbirciato con la coda dell'occhio, sicuro di vedergli pendere dal soprabito lo scandaloso codino peloso che portano i *ginn*. Ero convinto che non l'avrei più rivisto e ho provato qualcosa come un po' di nostalgia. Così è stato, non l'ho mai più visto, né in carne e ossa, né su un giornale o cose del genere. Avevo avuto un'occasione unica per dire o fare qualcosa di straordinario, avrei potuto picchiare un poeta molto famoso, o estorcergli una dichiarazione sensazionale. Così non è stato, e le buone occasioni non si ripetono.

Quella notte all'hotel Danubio il portiere eritreo, buttando la chiave sul bancone, si è premurato di avvisarmi che ero stato cercato. Non era una cosa verosimile, non c'era nessuno al mondo che poteva cercarmi lì, e ho tentato di farmi dire qualcosa in più. Lui si è stretto nelle spalle e mi ha risposto "boh?", sottintendendo con una smorfia di disgusto che doveva trattarsi di gentaccia come o peggio di me.

Ho dormito tanto e male, sognando di me che non riuscivo a parlare. Volevo parlare con Ruben, volevo parlare con Amos e anche con mio padre, ma dalla mia bocca usciva solo – "ohoc ohoc ohoc ohoc ohoc" – il raglio della mia asina. Sono andato al cesso due o tre volte e sulla tazza, mentre orinavo, provavo a parlare, ma anche lì non riuscivo a farmi uscir fuori altre che un fievole "ohoc ohoc ohoc ohoc ohoc."

"Ho lasciato la mia camera a mattino inoltrato, senza una precisa idea di cosa fare dell'ultimo giorno che avevo da spendere in quella città. Prima di mettere piede al burò, ho fatto con molta cautela le prove e ho constatato di aver ripreso la mia voce con dentro delle parole più o meno comprensibili. O così mi pareva.

L'eritreo aveva una busta per me, una grossa busta marrone, di quelle che si usano anche da noi per la corrispondenza commerciale, e l'ha gettata sul banco con disappunto. Ho preso la busta tra le mani e in quell'attimo ho ricapitolato gli avvenimenti del giorno prima: il concerto, il bigliettino con l'indirizzo dell'albergo, qualcuno che mi aveva cercato prima che rientrassi. Il vecchio, evidentemente era il vecchio che aveva cercato di me, e il vecchio mi mandava qualcosa di prima mattina. Avevo freddo alle mani mentre cercavo di aprire la busta, dentro c'era qualcosa che le donava un modesto, soffice gonfiore. Cercavo di aprirla con le unghie stando molto attento a non rovinare il contenuto, quando qualcosa o qualcuno mi ha toccato con delicatezza la spalla. Mi sono voltato, con la busta ancora da aprire stretta nelle mani.

C'era uno sconosciuto. Un tipo piuttosto basso e tozzo, con la testa calva e la faccia liscia di un bambino, mi stava sorridendo. Oltre quel tizio, intravvedevo sullo sfondo un altro sconosciuto.

"Le dispiace accomodarsi un attimo, signor Pascale?" e con una mano mi ha gentilmente spinto verso una poltroncina. L'uomo dello sfondo, un poco più alto e pieno zeppo di peli e capelli, si era già accomodato su un divanetto vicino. Ho ubbidito, non avevo nessuna ragione per non farlo: in tutto questo io e la mia volontà non c'entravamo niente, era uno spettacolino a cui eravamo stati invitati e di cui al momento ci sfuggiva la trama. Dovevamo stare più attenti.

Il tipo ha preso subito in mano la situazione:

"Sono il capitano Cocito, polizia, servizi di sicurezza. Quello è l'appuntato Romano". Dopodiché ha aperto la giacca e ci ha infilato dentro la mano. Un attimo dopo mi sbandierava davanti un documento, aperto su una fotografia che dal mio punto di vista poteva anche essere il ritratto della sfinge di Giza. Ma nei due secondi in cui aveva tenuto la giacca aperta, avevo intravvisto un documento molto più attendibile. Un guizzo nero e brillante tra cuore e ascella. Quella mattina non ero certo troppo sveglio, ma quel particolare non poteva sfuggirmi, se non altro per la sua familiarità. Era l'impugnatura zigrinata e la parte del castello che sporgeva dalla fondina di una bella Beretta 951 calibro nove.

Ad Alessandria si vendevano per cento dollari o quaranta sterline la coppia; era un prodotto più popolare delle sigarette inglesi e più facile da reperire sul mercato. Anch'io, nei miei piccoli affarucci, ne avevo trovato da vendere e comprare; e siccome non funzionavano né troppo bene né troppo male, e soprattutto sparavano qualunque cosa ci mettessi dentro, erano ricercate in particolare da chi non aveva pressanti necessità professionali ma, più umanamente, voleva tenersi a portata di mano qualcosa che desse maggior vigore ai suoi malumori.

I professionisti non avevano problemi di denaro e dimensioni, per loro c'erano le costose pistole spagnole e i kalashnikov cecoslovacchi e russi. Si sapeva in Alessandria che le Beretta erano in Italia le armi di una polizia che non aveva troppo bisogno di sparare diritto.

"Signor Pascale, le dispiace favorirci i documenti?"

Quali documenti, tanto per incominciare? Quelli buoni ma fasulli del governo egiziano, o quelli fasulli ma buoni di Ruben? Sincero apolide o falso portoghese, in nessuno dei due passaporti avevo un visto di ingresso. Ruben mi aveva indottrinato su come comportarmi al proposito, ma ora non riuscivo a ricordare con precisione quello che mi aveva detto. A dire il vero non ricordavo neppure dove tenevo quello portoghese. L'egiziano lo avevo in tasca, ma l'altro?

"Devo salire in camera, se mi aspettate un minuto..."

"Vada tranquillo, siamo qui."

Mi sono alzato cercando di darla a bere: tranquillo, rilassato, un normale controllo, poliziotti gentili, turista comprensivo. Salivo le scale stando ben attento a non inciampare e a non dare nell'occhio con svenimenti o cose del genere, che comprovassero all'istante le mie colpe. E intanto pensavo, pensavo freneticamente senza arrivare a capo di qualcosa; pensavo a troppe cose. Dov'è il passaporto portoghese? Quale è bene esibire alle autorità? Cosa mi ha detto Ruben a proposito del visto? Cosa c'è dentro questa busta? Chi è stato a chiamare la polizia?

In camera ho aperto la valigia. Le mani mi sudavano e facevo fatica con le fibbie; cercavo di fare in fretta, sicuro che me li sarei sentiti alle spalle nel giro di due minuti. L'ho trovato subito: era dentro il libro di mio padre. Strano, non mi ricordavo di aver portato quel libro e nemmeno di averci infilato il passaporto. Sporgeva tra le pagine e l'ho subito notato proprio perché non doveva essere lì.

Ci sono giorni evidentemente in cui succede tutto l'opposto di quello che dovrebbe. Forse ci sono proprio dei posti nella vita di uno dedicati alle incongruenze e alle sorprese, quelle buone e quelle brutte, a scelta, a caso. Anche questi erano pensieri che dovevo rimandare a dopo.

Adesso, giù, dai signori dei servizi di sicurezza. Che sicurezza di preciso, a proposito? Ho messo il passaporto fasullo nella tasca posteriore sinistra dei pantaloni. Nella destra avevo l'altro. Potevo riservarmi un giochetto di prestigio se andava tutto alla malora: dov'è quello giusto, signori? Avevo tutta la discesa delle scale per decidere cosa fare.

Va bene: passaporto egiziano; e per il visto, alla stazione marittima non mi è stato rilasciato per una dimenticanza delle autorità preposte. Era un giorno di grosso traffico e confusione, sa com'è.

I due erano ancora al loro posto; guardavano le stampe alle pareti con tanta concentrazione da sembrare pazzi, o semplicemente addormentati, a piacere. Ho consegnato il documento al capitano. Lui ha dato un'occhiata distratta alla pagina con la mia fotografia e me lo ha restituito, tutto qui. Prima di parlare, si è guardato le unghie come se volesse valutare l'opportunità di tagliarsele seduta stante, o aspettare di aver terminato il colloquio. Ha scelto la seconda ipotesi.

"Bene, signor Pascale. Quali sono le ragioni della sua visita nel nostro paese?". Parlava quasi con dolcezza, come se quelle parole banali avessero su di lui un effetto distensivo. In qualche modo, comunque, lo avevano su di me. Capivo confusamente che il peggio doveva ancora venire, ma che potevo godere di una pausa.

"Sono venuto per turismo. Volevo tornare a vedere il paese dove è nato mio padre, e mi sono fermato a visitare Roma..."

"D'accordo, signor Pascale. Adesso però stia bene a sentire. Purtroppo c'è qualche piccolo problema per il suo turismo. Niente di grave, assolutamente, ma dovrà anticipare la sua partenza. Me ne scuso in anticipo a nome delle autorità, ma vede, credo che alla fine sia meglio anche per lei."

"Come sarebbe?" l'ho interrotto con la giusta quantità di sorpresa e rammarico.

"Signor Pascale, spero che lei si renda conto in che tempi viviamo, nevvero? Non credo che le debba spiegare niente che lei già non sappia. Ha l'aria di aver studiato, beato lei. Non si preoccupi, non le succederà nulla se segue le mie istruzioni. Anzi, si porterà via un bel ricordo dei suoi tre giorni in questa meravigliosa città. Lei adesso fa le valigie e viene con noi. Tra quattro ore parte un aereo per Nicosia. È un po' distante, ma è quello che abbiamo a disposizione. Da lì può decidere come crede. Può ritornare nella sua nuova patria, se lo vuole, in nave o in aereo. O fare il turista nell'isola."

"Ma io... ma perché, cosa è successo?"

"Niente al momento che la riguardi direttamente, per fortuna. Ci rendiamo conto del contrattempo, ma purtroppo è così: lei deve lasciare il nostro paese. A meno che non voglia fare di testa sua. Allora non le sarà facile fare niente, credo." L'altro, quello peloso, annuiva con vigore fissando il suo superiore come se fosse davanti al profeta che stava aspettando. "Vede, anche se è molto giovane, io ho fiducia nella sua intelligenza. Del resto lei proviene da una città cosmopolita, dove si impara presto e bene. Gran bella città Alessandria; sa?, ci sono stato più di una volta e ho sempre ammirato la sua gente, i suoi costumi disimpegnati e tutto il resto. Purtroppo in Italia non ci possiamo ancora permettere tanta disinvoltura. Già le cose stanno prendendo una pessima piega qui da noi, e importare sovversivi dall'Africa, con rispetto parlando, non è proprio il caso. Mi spiego?"

"Ma io non..."

"Lasci perdere, lasci perdere, la prego. Mi sembra una persona simpatica; cerchiamo di non guastarci la compagnia per quel poco che dovremo restare assieme. Le posso assicurare che conosciamo lei, i suoi amici, i suoi nemici, tutto quanto la riguarda, abbastanza bene per parlare a ragion veduta, e comportarci di conseguenza. Guardi che non ne facciamo una questione di idee. Ah, le idee sono una gran bella cosa, ci mancherebbe. Le dirò che se dovessi confessarmi, se dovessi dire proprio la verità, non escluderei di avere simpatie non troppo lontane dalle sue. Simpatie, si capisce, affinità di idee. Ma caro Pascale, io faccio il poliziotto, questa è la mia rovina. E anche la sua," e indicava con un cenno del capo tondo e pelato l'altro, il peloso, che ha mimato a una specie di genuflessione.

"Guardi il mio collega: ci crede se le dico che è un genio? Lo è, sicuro che lo è. Non c'è nessuno bravo come lui in tutta Roma a suonare il clarino; eppure, eccolo lì, a espletare il suo dovere dove la musica non è il caso nemmeno di nominarla. Le idee, lei che è giovane, se le conservi. Le nutra e le difenda. Ma qui la faccenda è che dalle idee si passa ai fatti. E noi siamo al servizio dello stato perché certi fatti non accadano. Almeno quelli peggiori, se ci riusciamo. Faccia il bravo adesso. Vada in camera e prenda le valigie, abbiamo poco tempo. Il viaggio glielo paghiamo noi. Una vacanza gratis a Cipro. Io non ci sputerei sopra di sicuro. Si senta fortunato e faccia un bel sorriso; poteva capitarle di peggio, glielo assicuro."

Non ci crederete, ma io ero quasi grato per quel fiume di parole. Salivo le scale e mi sentivo sollevato, questa è la verità. Mi sentivo tranquillo come dopo una bella nuotata. Sapevano chi ero e tutto quanto, con in più l'idea che si erano fatti di trovarsi tra i piedi un sovversivo, evidentemente pericoloso. Io pericoloso? Ma per chi? A chi potevo dar fastidio, e cosa stava succedendo in Italia da aver paura di me? Domande più o meno vane.

Facevo le valigie e, semplicemente, ero tranquillo e sicuro di aver scampato il peggio. C'era qualcosa in quell'uomo che mi faceva paura e mi induceva a starmene buono; come certi cani dall'aspetto inoffensivo, che non vedono l'ora che tu li accarezzi per staccarti la mano con un morso. E va bene, Cipro. Perché no? E Carlomagno? Carlomagno era lassù. Se c'era ancora, ci sarebbe rimasto per un altro po'. Non avevo nessuna nostalgia di quel posto in sé, avevo invece, mentre scendevo le scale, tanta, tanta davvero, nostalgia di quello che avevo sentito dentro di me quando avevo deciso di andarci.

Spaesamento e malinconia, il latticello un po' dolce un po' amarognolo delle assenze, me stesso fluttuante, a camminare da qualche parte senza esserci davvero; nostalgia di dove non ero mai stato, di chi non avevo mai conosciuto. E per fortuna queste incerte emozioni stavano tornando a consolarmi mentre pagavo il conto all'eritreo, e aspettavo che i due poliziotti mi accompagnassero fuori d'Italia con il dovuto stile.

Nella tasca della giacca avevo la busta marrone. Mi batteva leggera ma insistente contro l'anca. Ma non era davvero quello il momento di aprirla.

La macchina era una grossa berlina Fiat, nera e polverosa. Mi sono sistemato dietro, assieme al capitano Cocito e il peloso è schizzato via, proprio come ci si sarebbe aspettati in un film di poliziotti. Fuori della città era tutta una campagna piatta e incolta, molto diversa da quella più mossa e ricca che avevo visto dal treno venendo da Napoli. C'erano piccole greggi di pecore e vacche che riposavano sotto pini altissimi.

Dopo mezzora di silenzio, appena lasciato alle spalle un grande cartello che annunciava l'aeroporto, il capitano si è raschiato la gola, con tutta l'aria di farmi un discorsetto d'addio. L'ho guardato di traverso: aveva gli occhi liquidi e miti, se avesse fatto bau bau mi sarei messo ad accarezzarlo. Ha preso a parlare lentamente, come se man mano volesse ripassare le parole da dire.

"Le piace la musica, ho visto. Uh, e chi è quel giovane che non ci piace? E fate bene a divertirvi finché ce la fate, ve lo dico io, maledetta pelata. Le piace anche la poesia, bravo. Sono contento che laggiù continuiate a seguire la nostra cultura. E poi Ungaretti è proprio universale, è un uomo da Nobel, lo conosceranno anche gli zulu ci scommetto. Ah, ma lei ha rischiato grosso ieri sera per la sua passione. È andata bene proprio per un pelo, glielo assicuro. Voi giovani avete un modo così, mi perdoni il termine, così casinista di fare il tifo per i vostri idoli! Ma cosa le è passato in mente di andare dietro al palco? A un certo punto, quando si è gettato sul nostro poeta, eravamo ormai certi che volesse fare una sciocchezza. Lo sa che aveva due pistole puntate alla schiena da meno di due metri di distanza? Uh, è andata bene così. Un sollievo, mi creda. Ho visto che poi vi siete messi a parlare. Eh, sì, è proprio un grand'uomo, un genio disponibile con tutti. Cosa ha fatto, gli ha chiesto l'autografo?"

No, non sono trasecolato, non sono sbiancato in viso né altro. Ormai nuotavo in un'altra spiaggia, dove arrivavano attutiti degli spezzoni di sonoro di un film. Non valeva neppure la pena di stare a pensare alle risposte da dare.

"Sì."

"Bene, bravo. Non è per cinismo, ma tra una decina d'anni chissà quanto varrà. Uh, avrei potuto chiederglielo anch'io, fosse stata un'altra occasione, s'intende. Comunque sono proprio contento che le sia restato così simpatico. Oh, lui ama molto i giovani, ma a lei ha riservato proprio un trattamento speciale, diciamo così. Non le pare?"

"Perché? Cosa c'è di speciale?"

"Insomma, la busta, no? Mica una semplice firma. Una lettera, altra roba. Insomma, una cosa speciale per lei. Non si offenda, ma abbiamo dato una guardatina prima che lei scendesse. Sa, già che c'eravamo... Tutto regolare, del resto. Lei è considerato un soggetto potenzialmente molto pericoloso e abbiamo molta libertà di manovra in questi casi. Comunque vedrà lei stesso che non abbiamo manomesso nulla e se non gliene parlavo io, lei non se ne sarebbe nemmeno accorto. Guardi che a questo punto la mia è solo una curiosità personale, da amante della poesia e della cultura. Ma che strano quell'Ungaretti, però! Uh, i poeti! Ma è sempre stato un animo balzano. Un curioso, un ingenuo, uno che ha rischiato parecchie volte di inguaiarsi per la sua generosità, per il suo spirito impulsivo. Un grand'uomo rimasto ragazzino per molti aspetti. Sapesse cosa non ha fatto in America con gli studenti di là. Cose da non crederci. C'è voluta tutta la santa pazienza dei nostri colleghi a non fargli passare dei guai. Droga, politica, ragazze, tutto lo schifume di là. Uh, i vecchi, Gesù mio! Grandi idee romantiche, pim pum pam, un bel coro di inni della rivoluzione e poi tutti a casa. Non capiscono però che i tempi ora sono diversi e le teste pure. Altro che inni: oggi i giovani si sono messi in testa di sparare, tirar bombe, sovvertire a casaccio. Vedremo. E intanto guardi dalle vostre parti cosa sta succedendo. Vogliamo ridurre l'Italia così?"

Aveva la faccia imperlata di sudore e ansimava anche un poco. Io ero in apnea da un bel pezzo. Mi chiedevo se prima o poi sarei soffocato, almeno dentro il cervello. Pensavo di sì. Lui intanto parlava:

"Ma torniamo a noi, Pascale. Io sono certissimo che lei non è venuto in Italia per impiantare la rivoluzione. Ma che, scherziamo? Guardi, sarò sincero: ritengo addirittura eccessiva la misura di sicurezza presa nei suoi confronti. Ma così è la legge, così sono le regole; che ci si può fare, cosa possiamo dire noi? Niente. Bene, lei è un giovane sensibile e intelligente, è in corrispondenza con il più grande poeta italiano. Uh, guardi dentro la busta, vedrà che cose strane. O lo sa già cosa c'è dentro? Forse sì, siete amici o no? Mi sembrava così in confidenza l'altra sera. Personalmente non ci ho capito un'acca. Del resto non è mio compito capire. L'appuntato Romano ha fatto un paio di fotografie, così, più o meno per ricordo. Cosa vuole che ci sia di interessante per i servizi di sicurezza in un documento vecchio di mille anni o giù di lì? Ma non le voglio guastare la sorpresa, vedrà lei. Ma che stupido, lei lo sa benissimo; un documento dei vostri studi comuni, una questione da esperti. Le stavo dicendo, appunto: a lei non passano nemmeno per la testa il terrorismo e schifezze del genere. Ha le sue idee, le idee della sua famiglia, dei suoi amici. Chi può accusarla per questo? Le ho già detto che sotto sotto, se dovessi rifletterci... ma lasciamo perdere. Penso che chi ha le vostre idee e combatte lealmente deve odiare più di ogni altra cosa questa nuova tendenza alla violenza sconsiderata, tutta questa merda, mi perdoni, di idee raffazzonate. Banditi, altro che! Beato lei che parla con i poeti, che ci scambia idee, materiali di studio. Apra, apra pure la busta, e mi dica se non è interessante quello che le ha mandato il nostro genio. Su, coraggio. Fermati un momento Romano".

Eravamo ormai sul grande piazzale davanti agli edifici dell'aeroporto. Laggiù in fondo brillavano al sole le grandi code dei jet. Che belli che sono questi aerei, altro che i Tupoleff a quattro eliche che volano bassi su Alessandria, spandendo olio e kerosene come delle grosse galline con le mestruazioni. La busta mi palpitava nella tasca e chiedeva gentilmente il permesso di prendere un po' d'aria. L'ho presa e ho cominciato a tagliarne il bordo con l'unghia. Un aereo si era alzato in volo e il suo sibilo sotterrava quel poco che era rimasto delle mie capacità di comprensione. Aprivo la busta e guardavo l'aereo: no, non sapevo spiegarmi con precisione come facesse a stare per aria. Ad

Alessandria nell'Egitto si può studiare l'ingegneria e ancora non sapere come funziona un aereo. Forse il prossimo anno, forse.

Nella busta c'era un biglietto piegato in due e un grosso foglio piegato in quattro. Ho spiegato prima il biglietto. C'erano scritte con una penna nera queste parole:

*Mio caro giovanotto*
*mi creda, sono molto dispiaciuto di non poter*
*approfondire la nostra conoscenza.*
*Le allego qualcosa che ella spero*
*sappia usare più utilmente*
*di me stesso.*

*Giuseppe Ungaretti*

La firma era distesa quasi per tutta la lunghezza del foglio. La gambetta della *g* e il trattino della *t* erano due scimitarre, due lame di trebbiatrice, lanciate all'inseguimento di qualcosa che nel biglietto non c'era. Io l'ho ripiegato e risistemato nella busta. Il capitano Cocito mi guardava compiaciuto come se avessi appena spento tutte d'un fiato le ventidue candeline della mia torta di compleanno.

Adesso toccava al foglio grosso.

Era un pezzo di carta molto antico, lo si vedeva. Sbrindellato, macchiato in più punti, consumato e lacerato, lungo le ortogonali, da una piegatura in quattro con cui doveva essere stato conservato per parecchi secoli. Era scritto a mano in una calligrafia difficile da leggere anche se molto grande. C'erano svolazzi e cancellature; l'inchiostro era scolorito, e in alcuni punti pareva che fosse sprofondato nella carta ingiallita, lasciando solo una debole traccia bruna.

Me lo sono tenuto tra le mani per un po', senza cercare di leggerlo, solo per sentire la consistenza pelosa della carta e annusarne l'odore indefinibile di minerale pestato in un vecchio mortaio di legno. E poi, con fatica, ho cominciato a leggerlo. Diceva:

*Domenica sera addì xv maggio ore una incirca di notte sendo stati giamati andammo in tor di Nona dove ra condennato a morte el Pascal d Go il quale era luterano perfido nemmaj se confessarsi ne udire messa nekando ogni Sı ediunio precetto e ramento inquale sua ostinacia restò lunedì mattina addì xvi detto P. fu condotto a ponte dove fu abruciato e si fecero le appresso spese*

| | |
|---|---|
| *A sachrestany e fattori* | *baiocchi 45* |
| *p. un viaggio a fachini* | *baiocchi 15* |
| *p. una foglietta di vino* | *baiocchi 5* |

*La cenere di detto non si ricolse altrimenti.*

L'ho letto e riletto, ho continuato a palparlo, finché non ho trovato nel bordo, in alto a sinistra, una piccola macchia a forma di medaglia che dal colore poteva sembrare di vecchio caffè. Ci ho studiato un po' sopra e poi ho lasciato perdere. Ho guardato il vecchio buon Cocito e i suoi occhi tondi e liquorosi. Adesso mi guardava come se dopo aver spento le candeline, si aspettasse che spegnessi il sole; teneva la punta della lingua stretta tra i denti.

"Beh?"

"Beh, cosa?"

"Mi sembra una cosa molto interessante, no? Non è forse quello che si aspettava di avere?"

"Cosa vuol dire?"

"Mi perdoni, ma è solo curiosità. Guardi, il suo aereo parte tra meno di un'ora. Passerà il nostro controllo speciale, e non guarderanno nemmeno se si porta via il Colosseo. Mi resta solo il peso sullo stomaco di questo pezzo di carta. Per una mania mia, mi creda, per levarmi la soddisfazione e raccontarlo a mia moglie, magari. Cosa vuol dire?"

"Come, cosa vuol dire?"

"Cristo, Pascale. Il biglietto, quel documento... Non prendiamoci in giro. Siamo più amici di quanto lei non supponga, gliel'ho già detto. Un giochino innocente tra studiosi, magari. Qualche segretuccio dei vostri, che avete la mania di queste cose. Qualcosa da discutere con gli altri studiosi di Alessandria, che ne so? Il nostro poeta in fin dei conti viene da laggiù, ha qualche contatto ancora, c'è lei. Mi levi questa curiosità prima che se ne parta tranquillo e beato."

"Non lo so cosa vuol dire. Io non lo conosco Ungaretti."

La sua voce era diventata implorante come quella di una madre apprensiva che cerca di far andare di corpo il figliolino svogliato: "Pascale Saverio... Pascale Saverio... perché dire le bugie gratis? Lei è appena uscito da un brutto pasticcio senza neppure accorgersene, e adesso mi ripaga così? Guardi che di questi tempi anche i giochetti innocenti diventano pericolosi. E il peggio è che voi sarete gli ultimi ad accorgervene e i primi a rimetterci. E poi, glielo giuro sulla testa dei mei figli, è solo per mia soddisfazione. Faccia conto di non averlo detto a nessuno, è la verità".

Cominciavo ad avere una qualche sensazione di quello che stava accadendo. E l'idea di essermi svegliato nel bel mezzo di questa faccenda non mi piaceva per niente, anzi, cominciava a farmi paura sul serio.

"Ma io non so niente di niente. Io vengo da Alessandria, là la gente si fa i fatti suoi. Cosa vuole che ne sappia di tutte le sue storie? Io studio e vado a nuotare, questo è tutto quello che mi interessa. Mio padre faceva il pane e basta. I miei amici... i miei amici, cosa fanno? Niente, non c'è niente di quel che succede ad Alessandria che c'entri con voi, con l'Italia, con tutto quello che ci vuol mettere lei. Speditemi a Cipro. Mi sta bene, non ho più voglia di restare qui, ma almeno lasciatemi andare via in pace."

Non so, ma ho avuto la netta impressione che per un attimo, un attimo soltanto però, lui avesse deciso di strozzarmi, o di staccarmi la testa a suon di schiaffi. Il sudore gli aveva alterato i tratti infantili del viso, la bocca era una buca delle lettere nera e serrata. Teneva una mano stretta sul bracciolo che ci divideva e l'altra un po' troppo vicina alla mia faccia. Poi, all'improvviso, si è raddolcito. Ha pescato un fazzoletto nei pantaloni e si è asciugato il sudore. Come in un gioco di prestigio, quando ha allontanato il fazzoletto, il suo viso era istantaneamente tornato quello bonario e quasi simpatico di prima; solo il tono della voce era ancora un po' mosso.

"Va bene Pascale, fuori di qui. Romano, portalo tu. Forse è vero tutto e forse non è successo niente. In questo mondo non ci si capisce più un cazzo, mi scusi il termine. Le dico solo questo e poi faccia come creda. Stia attento a non infilarsi in storie pericolose. E chi lo sa quando cominciano a diventarlo, anche le più stupide? Chi lo può sapere come va a finire una gita oggigiorno? Uno sciopero, una serata d'opera? E soprattutto, non ci provi nemmeno a rimettere piede da noi e stia ben attento a chi parla e di che cosa parla. Fino a casa sua ci possiamo arrivare ancora quando vogliamo. Ed è solo per il suo bene, se lo ricordi. E per il bene di questa merdaccia di popolo. Ecco, mi ha anche fatto parlare sboccato." E si è voltato dall'altra parte, verso il finestrino da dove si vedeva un orizzonte di prati sconnessi e una grossa scavatrice che ci navigava dentro.

Il volo per Nicosia era il primo volo della mia vita.

Cipro e Nicosia. Cipro sembrava un bel posto visto dall'alto. Spiagge e uliveti, vecchie mura dappertutto. Nicosia, aeroporto, soldati con le mitragliatrici, sacchetti di sabbia davanti al check-in, carriarmati.

Volo Nicosia-Damasco. Aeroporto di Damasco. *L'esercito siriano e le speciali milizie di sorveglianza sono in grado di difendere i signori passeggeri contro qualunque provocazione internazionale, benvenuti a Damasco.* Volo Damasco-Hamman. *Il moderno Fokker delle linee aeree giordane garantisce il massimo comfort in qualunque condizione di volo, saranno serviti rinfreschi.* Hamman dall'alto non esiste, o non si fa in tempo a vederla. *Paga in sterline, signore? Molto bene. Volo Hamman-Alessandria questa notte, se dio lo vuole. Si accomodi nel vano passeggeri verso la coda. L'aereo dovrà compiere un ampio giro prima di sorvolare l'Egitto. No, non vedremo il mar Mediterraneo.*

Alessandria. Bella, grande e molle, spaparanzata nel deserto come una pisciata di cammello che trova la sabbia giusta per diventare una rosa di silice. *Vieni nella mia città, vieni a nuotare con me. Dormirò una settimana prima di capire se sono tornato oppure no.*

A conti fatti, considerando la cosa dal punto di vista di questa camera d'ospedale, posso dire onestamente che non sono mai tornato del tutto. Anzi, il fatto che io sia qui, e che passi il tempo a scrivere quello che scrivo, sta proprio a dimostrare questo dato incontrovertibile: la transvolata Roma-Alessandria non mi ha portato da nessuna parte di preciso.

O meglio, sono tornato a pezzi, come si dice, e non si è ancora trovato il mastice per rimetterli insieme. Ammetterete anche voi che ridotti in queste condizioni sia piuttosto complicato avere una visione d'insieme delle cose. E comportarsi di conseguenza in modo opportuno e razionale. Grazie tante dottor Modrian, molto interessante questa Remingtonterapia.

A proposito del dottor Modrian, ci tengo a precisare che lui sta leggendo queste carte senza la mia autorizzazione. Vero, dottore? E so anche quando lo fa: il mattino tra le otto e le nove, nell'ora in cui, da quando ho cominciato a scrivere, dormo più del solito. Sono anche quasi certo – il quasi lo potrei anche togliere se non fosse per educazione – che il mio sonno prolungato è dovuto a qualche pasticca che lui mi rifila la sera. Qui si apre un caso interessante, dottore.

Sì, lei con tutta la sua prosopopea, con il suo stile old Armeny, si occupa solo e unicamente del bene dei suoi pazienti, vero? Certamente, come no! Per questa ragione si sente in diritto, anzi, in dovere, di mettere in pratica ogni misura atta al conseguimento del suo onorevolissimo compito, compresa qualche spiata mattutina alle mie carte. Ho solo un piccolissimo, immondo e ingrato sospetto.

Ce l'ho da ieri pomeriggio, da quando mi sono tornati in mente con precisione, perché ne ho scritte diligentemente diverse pagine, i discorsi che mi ha fatto un certo capitano Cocito quando ha lasciato che me ne andassi per sempre, per fortuna per sempre, lontano dalle sue cure. E il filo d'aria che mi ha alitato sulla schiena per tutti questi anni, un venticello gelido direi, che ha continuato a sussurrarmi: "Per il suo bene, ricordi, per il suo bene...".

Sarà forse che vi conoscete dottore, lei e quel gentiluomo, che vi siete in qualche modo confrontati? Magari un incontro ideale che ha portato a qualche forma di concreta collaborazione per il bene di tutti? In fin dei conti siamo tutti molto più vicini di quanto non sembri, no?

Ma via, queste sono fantasie malate, mi perdoni dottore. Andiamo avanti.

Il nocciolo del problema è semplicemente questo: arrivato ad Alessandria, quel pezzo di carta vecchia non ha più smesso di palpitarmi sul petto. Non è facile ammetterlo, perché è praticamente una dichiarazione di infermità mentale, con tanti saluti all'amor proprio, ma è la pura e semplice verità: quelle parole mi chiamavano, mi pretendevano, oserei dire. Né più né meno delle poesie lette sulla spiaggia, una manciata di versi che mi sono portato dietro fino a Roma e da Roma fino a qui. Con in più il fatto che ora avevano stretto un'alleanza di ferro tra di loro – il vecchio, ovviamente lui, l'artefice, l'architetto, il burattinaio – e sono diventate la mia ossessione. O la mia menomazione, se preferite. Si può vivere in preda alle parole? Evidentemente sì.

Ci sono persone forti e persone deboli, lasciatemelo dire. C'è gente che quando il mondo cadrà in pezzi starà ancora lì fischiettando su un masso a dare un'occhiata se i cefali quell'anno stanno ingrassando come si deve; darà un'occhiata in su, vedrà esplodere il cielo e tirerà fuori il pacchetto delle sigarette, chiedendosi se c'è ancora tempo per farsi un'ultima fumatina. Potrei anche sbagliare, ma ho l'impressione che Amos sia uno fatto così: sa tutto, capisce tutto in ogni più piccola sfumatura, ma questo non lo soverchia, anzi, lo usa per aggiungere qualcosa in più alla tranquillità che gli serve per preparare il suo tè fenomenale. Non so se mi spiego.

C'è gente invece che non sa sopportare nemmeno i più piccoli terremoti che la scuotono dentro, gente che si abbandona alle sensazioni e alla fine è schiacciata sotto il peso della sua sensibilità. Gente che ha quindi bisogno di costruirsi delle solide impalcature per sostenere quel peso. Io appartengo a questa seconda categoria, cosa ci posso fare?

Da quando mio padre se n'è andato, i miei sostegni hanno cominciato a scricchiolare. I miei sostegni erano Alessandria, Ras el Tin, la spiaggia dietro i depositi di cemento. Ho subito un attacco frontale alle mie difese e ho ceduto. Tutto il resto di questa storia non è altro che un arretramento verso una nuova protezione, in cerca di un posto più sicuro dove tenermi un po' al caldo. E sì che è proprio strano aver bisogno di caldo da queste parti.

E quella carta mi batteva senza sosta sul petto. Il vecchio sperava che io la usassi più utilmente di lui stesso, così aveva scritto, e quest'indebita speranza gocciolava ostinata sulla mia vita, intenzionata a scavarci dentro dei buchi, delle grotte, delle gallerie, dove regnavano i *ginn* dell'oscurità.

E l'unica cosa che mi pareva di capire, di cui ero intimamente e infondatamente sicuro, era che quel nome che ci stava scritto sopra, in antica ma ferma calligrafia, non poteva che essere il mio nome, il nome di mio padre. Pascal, con della roba sporca dopo la *l*, una merda fossile di mosca o la traccia di un'antica caccola di scrivano, che impediva di capire se ci mancava qualcosa o finiva tutto lì. Pascal, che averci avuto il coraggio di grattare via quella porcheria, poteva diventare benissimo Pascale, o rimanere Pascal; che era anche meglio, a ripetermelo in cuor mio.

E la cosa che capivo un po' meno, ma che era certissima – c'era dello stupore proprio nel fatto che fosse un dato inequivocabile – è che si trattava di una morte; di un uomo incendiato, arso vivo. Un luterano, che presto seppi voleva dire semplicemente eretico o, ancor più semplicemente, disobbediente per ragioni di fede o per qualunque altra ragione per cui un uomo disobbedisce a un papa, a un re, a una regola o legge.

Ero chiamato altrove, sul luogo di un incendio, lo sentivo.

Ci ho studiato sopra tutti quegli anni, Cristo se ci ho passato del tempo con quell'affare in mano. Per farmi un'idea di quel rogo e dell'uomo che c'è finito dentro avendo un nome a me familiare, sono stato al Cairo, nelle biblioteche straniere e in quella dell'università islamica. Ho girato per librerie e per le scuole coraniche più venerate. Ho parlato con gli storici di tutte le storie dell'occidente e dell'oriente, mi sono fatto sbeffeggiare dai più insolenti e palpeggiare dai più tradizionalisti. Ho conosciuto tutte le chiese dell'Egitto e confabulato con tutti i preti, *imam*, pastori e monaci. Sono stato più di trenta giorni ad Abu Makar, il monastero del deserto, e ho visto, senza nemmeno poter sfiorare uno solo dei suoi preziosi manoscritti, la favolosa biblioteca.

Ho dormito sul pavimento di una cella quattro ore per notte, nessun trattamento da poltroni per gli ospiti. Pane e datteri, poca acqua, tanto tè, pecora lessata nella cipolla e minestra di fave; nessun obbligo di stare appresso ai loro riti – lagnosi come i canti delle acquaiole nubiane, se devo dire la mia impressione – ma obbligo del silenzio.

Lì ho capito che studiare era un lavoro, non una sciccheria da privilegiati. Un lavoro come aggiustare navi o fare il pane, tanto per intenderci; non più leggero, non più confortante. Un lavoro dove si deve essere robusti e allenati nel corpo non meno che a scavare canali, perché a trafficare con i libri, a sforzarsi di ficcarsi in testa le loro parole per benino, si consuma energia dappertutto, e non solo nel cervello.

Lì ho studiato i libri che sceglieva il mio curatore, libri moderni, ben stampati, in lingua italiana, inglese e francese, le uniche lingue che conoscevo, non le uniche lingue di quella biblioteca. E ho imparato qualcosa della storia dei paesi d'Italia e d'Europa all'epoca suppergiù di quando bruciarono Pascal. E qualcosa del tempo di prima e del tempo di dopo. Mi sono fatto una vaga idea in quel mese di come erano andate le cose lassù, nel corso dei secoli. Un'idea che non mi piace. Non mi piace che quella sia la mia storia – visto che è da lì che vengo, lo voglia o no – la storia delle genti vicine alla mia, la storia dei cristiani d'Europa. Ma lasciamo perdere.

In quel luogo così santo da non ritenersi necessaria per gli uomini che lo abitano neppure l'acqua, ma indispensabile solo quella sufficiente a mantenere l'umidità adatta per i libri che lì si conservano, le lezioni del mio curatore, un giovane monaco dottissimo in svariate branche del sapere e nero di pelle come un tizzone, mi hanno illuminato fino a farmi ardere il cervello come il culo di una lucciola.

Aveva all'incirca la mia età quell'etiope, e si chiamava Azena, come il gran re abissino dell'antichità che conobbe i primi santi di Cristo; magro come una cavalletta prima della stagione verde, pelle lucida che faceva trasparire il teschio, un sorriso di denti aguzzi che lo facevano assomigliare a una tagliola appena scattata. E una tagliola era il suo parlare, sempre inteso a recidere i dubbi, a spezzare le incertezze, a frantumare i problemi fino a renderli digeribili anche alla mia piccola intelligenza.

Gli ero stato affidato, perché non disturbassi la vita del monastero, o almeno facessi meno danni possibile. Abu Makar ha una tradizione di più di mille anni di generosa e tollerante ospitalità e adeguati sistemi per ridurre al minimo le disgrazie che ne derivano. Pensavo che sarebbe stato il guardiano della mia cella e invece è diventato il mio maestro in molte cose. Lui, che era prete davvero, non aveva nessuno dei comportamenti così preteschi di Ruben: aveva il dono di insegnare senza doversi appoggiare a qualche particolare inflessione; senza moine, insomma. Come avesse fatto, alla mia età, a sapere e a capire quell'infinito di cose che sapeva, era uno sgomento che mi prendeva ogni volta che, con fermezza ma quietamente, mi parlava.

È stato quel ragazzo, ad esempio, a spiegarmi finalmente cosa fosse la foglietta di vino. Un grosso bicchiere, ecco cos'era; qualcosa di più di una misura delle nostre per l'acqua. Un bicchierone di vino che è stato offerto al condannato, secondo gli usi clementi dei supplizi di mano cattolica, prima che si desse fuoco alle fascine. Un bel bicchiere di vino alla salute dell'anima che stava per andarsene all'inferno. Così mi ha spiegato il ragazzo di Abu Makar, e mi ha fatto l'esempio di Cristo sulla croce e del bicchiere di vino che è toccato anche a lui. Solo che quello non era neppure buono, ma aveva preso a sapere d'aceto.

Azena mi parlava della sua religione, ma non mi ha mai fatto alcun cenno alla sua fede, né ha mai cercato di approfondire il fatto che io fossi ateo o miscredente o che altro. Mi considerava uno svantaggiato, uno che deve fare più fatica a cavarsi d'impaccio con l'universo; così si è espresso l'unica volta che siamo entrati in argomento.

Quando gli ho mostrato la carta di Pascal, lui l'ha presa delicatamente con due dita per gli angoli e l'ha portata in una piccola sala, una specie di officina dove i monaci riparano i loro volumi manoscritti. Lì c'è un vecchio generatore che tiene in funzione un condizionatore d'aria, cosicché in quello che potrebbe sembrare una sorta di sancta sanctorum non regna mai il silenzio, ma un costante tonfare di motore e un vago sentore di gasolio.

Lì ha disteso la carta su un banco – la carta ha riposato su quel banco per tutto il tempo che se ne è stata con me ad Abu Makar – e mi ha chiesto di dirgli tutto quello che ne sapevo. Parlava l'italiano quasi perfetto di noi immigrati. Gli ho detto di mio padre, del vecchio, dell'anarchia e di tutto, anche di quello che sentivo. Ha aspettato che finissi, poi mi ha chiesto, sempre con quel tono scattante di tagliola:

"Cosa vuoi sapere, con precisione?".

"Pascal, penso che voglio sapere chi è Pascal. Questo, credo."

"Dubito che ci riuscirai, qui o altrove. Forse in Italia, nel posto dove è stato preso questo foglio, ma sarebbe il lavoro di una vita. Sai più o meno quanti eretici, o supposti tali, sono stati bruciati in quegli anni?"

Non lo sapevo.

"Ventimila, forse trentamila, di più ancora. Forse quarantamila. In cinque, dieci anni: nessuno storico è stato interessato a un bilancio definitivo di quella guerra contro i figli illegittimi di Cristo. Donne, bambini, uomini giovani e vecchi. Bruciati o impiccati o sepolti vivi, annegati. E prima torturati in tutti gli svariati modi che potrai vedere per tuo conto nei libri che ti darò. Li hanno bruciati il papa di Roma, l'imperatore d'Europa, i principi suoi vassalli, i santi della chiesa. E qualcuno persino lo hanno bruciato gli stessi fratelli delle vittime di quegli incendi. Il tuo Pascal è soltanto uno dei troppi. Sicuramente non uno che ha fatto qualcosa di importante, perché allora lo conoscerei.

"Pensi che abbia a che fare con la tua famiglia, con il tuo paese? Forse, ma non lo saprai mai, non da un documento, da una storia scritta. Del resto se fossi in te non me ne curerei. Certo, Pascal, che tu lo possa provare o no, ha a che fare con te; tanto a che fare da poterlo considerare un padre di tuo padre. O un tuo fratello, se preferisci. Ma questo non mi voglio dilungare a spiegartelo: fa parte di una predica che non ho in programma con te."

"Ma perché il vecchio ha dato a me questa carta? Evidentemente lui sa che c'è un rapporto tra me e Pascal, che ci deve essere qualcosa di importante tra me e lui. Perché, se no?"

"Ricordati che in ogni caso erano le ragioni di un poeta, di un vecchio, vecchissimo poeta. Le ragioni di un uomo che è abituato alla poesia non possono che essere molto semplici, e per questa ragione sembrano di solito oscure. A un poeta basta una parola, il suono di una parola, il particolare rumore di una sillaba dentro la parola, perché sia acceso da Dio o da qualcosa di altrettanto grande. Dio è la parola; beh, immagino che lo sia anche l'anarchia. È facile che un poeta se ne faccia trastullare. Credo comunque che tu gli sia riuscito simpatico, perché questa carta è un documento importante, chiunque sia Pascal. Un documento che il tuo poeta ha sottratto all'eventuale ricerca degli studiosi. Gran brutto furto, se vuoi la mia opinione."

"Ma insomma, perché?"

"Perché il poeta è l'angelo di Pascal e tu sei l'ultimo dei suoi figli; ti va bene così? O forse lui è addirittura l'angelo di tutti gli eretici e tu pure; due angeli: lui il vecchio e tu il giovane a cui ha passato le consegne. Mi pare che possa funzionare, no?"

Azena sapeva come chiudere i discorsi.

E siccome gli ero simpatico e avevamo la stessa età e, per quello che ci era concesso, potevamo essere amici, lasciava che leggessi i libri che mi consegnava dentro l'officina umidificata, dove l'aria sapeva di mare e gasolio e dove potevo vedere ogni volta che mi pareva la carta di Pascal. E più leggevo e più mi addentravo nella storia impazzita della gente bruciata, più quella carta batteva sul piano di legno dove l'avevamo lasciata a riposare dopo tutti i suoi secoli; e da lì mi chiamava.

Una mattina il giovane Azena mi ha preso per mano – la sua mano era ferma e asciutta come il suo sorriso – e mi ha portato nel piccolo giardino dei mirti, dietro la cappella. Era in realtà niente di più di un cortiletto, circondato da una bassa balaustrata di pietra che serviva da sedile ai monaci quando volevano passare un poco di tempo, dopo il tramonto, a godere del profumo intenso dei piccoli cespugli di quella pianta che tenevano in vita nel terreno sabbioso con grandi arti botaniche.

Non faceva ancora troppo caldo e non c'era nessuno che stesse leggendo o meditando lì intorno. Azena mi ha guidato in un punto della balaustra dove era posato un libro, un volume rilegato in nero.

"Guarda – mi ha detto – guarda sul sedile accanto al libro. Noti qualcosa?"

"No." Non c'era niente di niente accanto al libro.

"Male, molto male. Sei sicuro?"

"Sì che sono sicuro. Cos'è, un gioco?"

"No, è una cosa molto seria. Molto seria per te, non per me. Tocca pure la pietra e dimmi se noti qualcosa."

Era una cosa da idioti, ma Azena sapeva imporsi. Ti veniva naturale pensare, nonostante la sua giovane età, che nulla di quello che diceva o faceva fosse meno che essenziale. Forse era per via della sua estrema magrezza, o per lo scatto secco del suo sorriso. Dunque ho toccato la pietra. "No, non c'è niente e non sento niente. C'è solo questo libro."

"Quello è solo il risultato di un accadimento, solo una traccia; speravo che la tua particolare sensibilità ne avrebbe scovate delle altre. Io, naturalmente non ho notato nulla su quella pietra. E il libro ce l'ho messo io poco fa."

"E allora? Mi stai prendendo in giro?"

"No, ci mancherebbe. Io sono il tuo curatore, l'uomo preposto dai miei venerabili fratelli ad accompagnarti verso la saggezza e la fede, non verso il ridicolo. Volevo solo fare un esperimento. Avevo una mia idea che si è rivelata infondata."

"Spiegami, però."

"Ecco. All'incirca dieci anni fa in quel posto preciso il tuo poeta Ungaretti, l'angelo di Pascal se sei d'accordo, ha passato tre lunghe sere di meditazione leggendo quel libro. Il libro era suo e prima di lasciare il monastero l'ha donato alla nostra biblioteca. Ho pensato che la sua presenza avesse lasciato un segno; per te in particolare. Beh, devo presumere che fosse semplicemente un poeta. Gli angeli di solito lasciano tracce indelebili dove si sono posati: nel Corano come nella Bibbia."

Mi sono seduto accanto al libro. Ero certo che i discorsi di Azena erano tutte fregnacce. Però, devo dire, un qualche istante sono stato in ascolto, all'erta, per captare se la pietra comunicasse qualcosa al mio sedere. Ovviamente non sentivo che la sua particolare consistenza e la temperatura leggermente più fresca del mio corpo.

"Davvero è stato qui? Ad Alessandria gli amici di mio padre non ne sapevano niente; neppure il tipografo Ruben che è il più sveglio tra loro."

"Sì, è stato qui, tre giorni. Me lo hanno detto i fratelli che lo hanno accolto. Si è comportato come un buon pellegrino: non ha disturbato, non ha cercato di rubare libri. Ha letto solo quello che aveva con sé, e prima di andarsene ce lo ha regalato. È un libro interessante. È la Bibbia. Non una bibbia comune. Se il tuo Pascal ha mai letto una bibbia in lingua italiana, ha letto quella, perché è la prima bibbia eretica che si conosca nella tua lingua. Un gran bel libro, molto suggestivo. Tu hai mai letto una bibbia, qualunque fosse?"

Tenevo in mano il volume e ne constatavo le pagine di carta finissima bordata di viola, la loro morbidezza al tatto, i caratteri di vecchio stile incisi alla perfezione. Più o meno nella parte centrale, una macchia che aveva il colore del caffè lo penetrava in profondità; la carta e l'inchiostro erano talmente belli che si potevano leggere le parole anche dove la macchia era più intensa. La rilegatura era di cuoio consunto, ma ancora in qualche modo odoroso della sua materia. O era l'odore del vecchio?

Mentre lo sfogliavo, stando ben attento a non fare troppo rumore, pensavo a quell'altro libro, al libro della spiaggia. Molto più piccolo e molto più sciupato, una carta più rozza e un odore diverso.

"No, non ho mai letto la Bibbia."

"Dovresti farlo. Potresti trovarci delle cose interessanti. Noi, qui, ci continuiamo a trovare cose interessanti da ormai mille anni; cose degli uomini più che cose di Dio. La Bibbia non è un romanzo, come qualche sciocco sostiene per renderla appetibile agli sciocchi suoi simili. La Bibbia è un diario, semmai. È la lunga nota spese del conto aperto tra gli uomini e Dio. La carta che tu hai portato qui, la carta del tuo Pascal, ha molto a che fare con la Bibbia; un teologo un po' ardito potrebbe senz'altro inserirla tra i libri ispirati, forse subito prima dell'Apocalisse. Sì, la vedrei bene lì, un frammento molto breve: Il Libro di Pascal. Un libro profetico e cioè un nuovo conto aperto. Il compilatore ha commesso un errore teologico nell'ultima riga, un grosso errore, ma non è certo il primo nella lunga storia del Libro.

"Perché vedi, Saverio, non è vero che nessuno si sia preoccupato di raccogliere le ceneri di Pascal, quelle le ha raccolte Dio. Dio è il grande spazzino delle ceneri degli uomini, il grande collettore delle fogne umane. Dio è il fiume che cerca di detergere la morte di dosso all'uomo. Il grande mistero è per quale motivo non si sia mai seriamente impegnato a fare l'unica cosa che ci si può aspettare da un dio onnipotente: la chiusura definitiva dei conti con l'uomo. L'uomo non ha altro da offrire all'universo che la morte, questo scopriresti leggendo anche solo un poco della Bibbia.

"A questo proposito devo dirti che la tua storia mi ha incuriosito e in questi giorni ho cercato di aggiornare le mie conoscenze, superficiali purtroppo, sull'anarchia e alcune cose ad essa connesse. Mi ha sorpreso constatare che l'anarchia non è altro che Dio con qualche problema di identità. Voi occidentali siete maestri nel complicare le cose fino al punto di renderle inservibili.

Ma l'anarchia non è troppo complicata, assomiglia a Dio. Gli assomiglia soprattutto nella sua qualità principale: è la vita che chiede conto agli uomini della morte, chiede a loro di rinunciare a ciò di cui pare non sappiano fare a meno. Anche lei poco intelligente, si affanna a tentar di ripulire l'umanità dal suo carico. Non ci riusciranno, non Dio e neppure l'anarchia."

Mi ha tolto il libro che tenevo ancora tra le mani e lo ha aperto a colpo sicuro, come se già tenesse un segno in una certa pagina, un segno mentale, suppongo.

"Ecco qua: 'Venite pur ora, dice il Signore, e litighiamo insieme. Quanto i vostri peccati fossero come lo scarlatto, saranno imbiancati come la neve.' Dio litiga con gli uomini da quando sono nati. Vorrebbe poterli fare candidi di innocenza e se li ritrova davanti rossi di sangue. Non è forse la stessa cosa che si ostina a sperare l'anarchia? Non fanno forse altro i suoi profeti che litigare con gli uomini? Bada, con gli oppressi non meno che con gli oppressori, con le vittime non meno che con i carnefici. Le ceneri di Pascal invocheranno giustizia tra le mani di Dio per l'eternità. Dio e l'anarchia sono gli instancabili – e un po' stupidi – progettisti di quella che voi anarchici chiamate La Futura Umanità. Un'idea piuttosto campata in aria, vista da quaggiù. Noi da molti secoli ci stiamo chiedendo se il nuovo mondo, al nostro Dio così invecchiato da tanti millenni di delusioni, potrà venirgli migliore di quello che ha creato negli anni della sua spensierata giovinezza. L'anarchia, se mai si deciderà, sarà al suo primo tentativo, ma già non si contano le imitazioni e i falsi. Non resta che augurarsi che almeno uno dei due ci riesca."

Mi ha teso la mano per restituirmi il libro; il suo sorriso rettangolare splendeva come la piastra d'argento di una pistola.

"Io non credo di essere anarchico."

"Pazienza, non importa. Qualcosa diventerai prima o poi. Intanto puoi tenerti questo libro finché rimani, nel caso tu ci voglia dare un'occhiata. Immagino che al tuo poeta fosse piaciuto; non si beve caffè mentre si legge una cosa che non si ama in modo particolarmente appassionato."

Così durante la mia permanenza a Abu Makar ho letto assieme a molti altri libri anche la Bibbia, che del resto si intonava bene all'ambiente che mi ospitava. E nel leggerla mi avvicinavo – obliquamente – alle ragioni di Pascal; alla sua faccia, anche, e certamente alla sua lingua. Se Pascal era un eretico, eretico era pure lo scrittore traduttore di quella bibbia, contemporaneo a lui, più o meno. Leggendo qua e là, mi piaceva pensare che la mia fosse la voce di Pascal e quelli che trovavo scritti, i suoi pensieri. Pensieri bellissimi, a volte, pensieri terribilmente umani e tristi e coraggiosi. Non erano, quelle, parole che mi confondevano; non era, quello, il libro della spiaggia.

Molto meno che poesia, era un discorso piano, a volte soporoso come una filastrocca, a volte duro e feroce come un comizio rivoluzionario. Ma sempre stranamente familiare, come se la lingua in cui era scritto, una lingua che avevo fino ad allora ignorato, un italiano antico dalle inflessioni morbide, quasi dolci come un canticchiare di ragazzo, mi rimandasse alla lingua di mio padre e di mia madre. Quella non era davvero la loro lingua, eppure mi ci sentivo di casa.

La Bibbia tradotta dal professore di lingua ebraica Giovanni Diodati pareva al mio orecchio interiore un lungo racconto ascoltato in una sera di grandi infornate, tra le madie piene di pasta in lievitazione, nel forno di Ras el Tin. Avventatamente, mi lasciavo andare a fantasticare che la lingua del Diodati fosse stata in qualche modo matrice della lingua della mia famiglia, che da Pascal risuonava fino a me.

Leggevo quella Bibbia per riposarmi tra una lettura e l'altra. E più imparavo sulla storia d'Europa, più intuivo l'essenza del discorso di Azena nel cortile dei mirti. E sentivo il bisogno di ascoltare Pascal nella mia voce. Seduto sulla balaustra appena appena più fresca dell'aria intorno, senza avvertire l'orma del culo del poeta, ma sentendo che le pagine che mi apprestavo a leggere erano in qualche modo scelte da lui, ascoltavo Pascal profetizzare. Il suo libro l'avevo trovato quasi subito: era il libro di Isaia. Il libro della futura umanità:

*Ed uscirà un rampollo del tronco di Isai, ed una pianterella spunterà dalle sue radici.*
*Giudicherà i poveri in giustizia e renderà ragione in dirittura ai mansueti della terra...*
*E la giustizia sarà la cintura dei suoi lombi, e la verità la cintura dei suoi fianchi.*
*E il lupo dimorerà con l'agnello, e il pardo giacerà col capretto; e il vitello, e il leoncello, e la bestia ingrassata staranno assieme; ed un piccol fanciullo li guiderà.*
*E il libro della rabbia e del dolore:*
*Il Signore verrà in giudicio contro gli anziani del suo popolo, e contro a' principi di esso... Perché tritate il mio popolo, e pestate le facce dei poveri? dice il Signore, il Signor degli eserciti.*

Ma il profetizzare di Pascal era molto lontano, nel volume, da un punto segnato dalla parte più intensa della macchia, una tonda macchia di vecchio caffè. Lì le parole si potevano ancora leggere nonostante la patina bruna, e si poteva vedere anche un circoletto a matita attorno al numero del versetto, il versetto 16 al capitolo 11 del Vangelo di Matteo. Il caffè sottolineava le seguenti ispirate parole:

*Ora chi somiglierò io questa generazione? Ella è simile a' fanciulli, che siedono nelle piazze e gridano a' lor compagni; e dicono: Noi vi abbiamo sonato, e voi non avete ballato; vi abbiamo cantato lamentevoli canzoni, e voi non avete fatto cordoglio.*

Non si riusciva a veder bene, ma sembrava esserci un segno a matita anche sotto la parola fanciulli. Doveva essere quello il libro dove il vecchio ascoltava la sua profezia.

Il giorno che me ne sono andato da Abu Makar, Azena mi ha abbracciato e mi ha benedetto. Ha pregato per me nella sua lingua copta davanti al grande portone del monastero, nella luce e nel calore del deserto. Mi ha chiesto se qualcosa era accaduto nel mio cuore nel corso di quel mese. Gli ho risposto di sì. Qualcosa mi pareva fosse accaduto, anche se, quasi certamente, non ero diventato né anarchico né cristiano. Le ceneri di Pascal continuavano a chiamarmi, ora gridando ora bisbigliando nella lingua di Isaia, nella cadenza del vecchio Diodati. Quel libro, quella bibbia eretica, appartenuta al vecchio del porto sepolto, al latore della carta di Pascal, avrei voluto con tutto il cuore portarmela via; rubarla e ficcarmela sotto la camicia prima di uscire da quel difficile luogo di santità.

Non l'ho fatto per debolezza di carattere, ed è andata bene così, perché il lungo e caldo abbraccio con cui Azena mi ha salutato, avrebbe sicuramente rilevato sul mio petto un grave peccato di gola difficilmente perdonabile. E non volevo per nessuna ragione, e non lo vorrei nemmeno oggi, finire sotto la tagliola d'acciaio del suo sorriso. Quel libro mi è mancato, molto. Non tanto per le sue storie, che lontano da Abu Makar si andavano sbiadendo e sfumando, quanto per la sua tenera lingua, per la sua voce pascaliana. Per quel tono familiare delle profezie di Isaia-Pascal, che continuava a sapere dentro di me del pane di mio padre.

Ho tenuto per tutto questo tempo il foglio di Pascal – così, ho deciso infine di chiamarlo, abbandonando senz'altro la tentazione di aggiungerci una *e* – conservandolo con molta cura dentro una cartella di cuoio che mi ha regalato Azena. Ma si è andato man mano logorando lo stesso. Spariscono in una nebbia di ossido rossastro le parole già consumate, le lacerazioni si accentuano e inghiottono una lettera dopo l'altra. L'ultima volta che l'ho toccato, ho avuto l'impressione che prendesse a sfarinarsi anche il tessuto della carta. L'hanno sfiorato troppe mani, l'hanno guardato troppi occhi, sono stato troppo generoso con tutti quegli sciocchi studiosi, avidi e vanagloriosi, che hanno voluto averlo per le mani prima di emettere le loro sentenze. In compenso, io nel frattempo sono diventato un esperto con i fiocchi, uno dei meglio in tutto il Magreb, oserei dire, per quanto riguarda l'argomento di come si moriva in Italia nel secolo dei rinascimenti. O meglio, di come e perché si faceva morire. Con tutto l'affascinante contorno di vita pittoresca che ne deriva.

A proposito, non ne ho mai parlato né con Ruben, né con Amos, né con nessuno degli altri. Di Pascal, intendo. Ho continuato a vederli i miei amici tipografi, ma sempre di meno man mano che mi inabissavo – se vi sembra un'espressione un po' forte, ricordate che sono redivivo da un'embolia – in quel pezzo di carta. Con loro ho parlato di Roma e del comandante Cocito, ma non del vecchio, né del suo pezzo di carta. Di Cocito ho detto quasi tutto, ma non che me lo sentivo – irragionevolmente – ancora alle calcagna. Amos ha capito quasi subito che la cosa migliore era lasciarmi in pace, Ruben ha continuato per un po' a chiedere resoconti dettagliati, risposte persuasive, impressioni e vedute d'insieme. Lo capisco, certo.

Questa è stata la mia vita in quegli anni. Non ho fatto altro che frugare, frugare e frugare senza venire a capo di niente che già non fosse davanti ai miei occhi: una lista della spesa per un'esecuzione. Non sono venuto a capo di niente che riguardasse me, intendo. Pascal non è mai diventato qualcosa di più di quel nome macchiato nell'ultima lettera. Eppure non ha mai smesso di battermi sul petto. Ho frugato nelle parole come se dovessi scoprirci il mio destino; né più né meno di come fanno i vecchi dervisci con le foglie del tè; ho cercato nei termini antichi e nelle sgrammaticature dell'amanuense chissà quale segreto. Ed è rimasto sempre e solo quel nome. E il suono della voce di Isaia che maledice i principi del suo popolo e sogna l'innocente umanità dei miti e dei giusti.

*La cenere di detto non si ricolse altrimenti*. Esatto, nessuno si è mai fatto avanti, consumato il suo rogo, per raccogliere le ceneri di quell'uomo. Forse era questo il significato di quel *più utilmente* nel biglietto del vecchio? Che qualcuno raccogliesse finalmente le sue ceneri? Ma il vecchio credeva in Dio e aveva creduto anche nell'anarchia; era all'uno o all'altra, se mai, o a tutti e due assieme, se aveva ragione Azena, che andava chiesto conto di Pascal.

Che avrei potuto fare io? Un bravo ragazzo di Ras el Tin, mezzo ingegnere e mezzo storico degli incendi umani, mezzo egiziano e mezzo italiano, o, meglio ancora, mezzo apuo e mezzo niente. E tutto quello che rimaneva del padre di mio padre era una vecchia carta consunta che ormai stava facendosi – anche lei – cenere.

Poi è morto il vecchio.

L'ha saputo tutto il mondo e siamo venuti a saperlo anche noi, ad Alessandria nell'Egitto. C'era la notizia su tutti i giornali che mi sono capitati sotto gli occhi. C'erano le sue fotografie. In un quotidiano francese era veramente bello, con i capelli lunghi e la barba, a capo scoperto, con un maglione scuro con il collo alto, come un vecchio marinaio. La didascalia diceva che era una delle sue ultime immagini, ma a me pareva che lo ritraesse nel pieno della sua vitalità vanitosa di spiritello.

Tutti gli articoli parlavano di un grande poeta, meritevole del premio Nobel, e qualcuno riportava anche una sua poesia. Nessuna però mi sembrava bella come quelle che ricordavo. Il vecchio era morto, e forse non doveva importarmene niente. Non mi sembrava a prima vista che ci fosse un rapporto diretto tra lui in vita e le cose che mi occupavano la mente.

Anzi, lui mi aveva passato Pascal e ora poteva anche sparire, che se c'era qualcosa che andava fatto, semmai sarebbe toccato a me portarlo a termine. *Qualcosa che ella spero sappia usare più utilmente.* Aveva l'aria di essere un bizzarro lascito testamentario, ora, la carta di Pascal. Il vecchio se n'era andato alla sua giusta età, con Dio, con l'anarchia, con chi aveva voluto. Forse con Mussolini? No, non credo, non l'ho mai più pensato da quando l'ho visto quella sera a Roma, quando mi è apparso in tutta la sua maligna innocenza di *ginn*.

Invece per me è stata una cosa molto brutta, una cosa da farmi venire quasi da piangere, se non fosse che non ho pianto neppure quando se ne è andato mio padre.

*Di questa poesia*
*mi resta*
*quel nulla*
*d'inesauribile segreto.*

Avevo perso il compagno di un mio gioco segreto, posso dirlo? Un compagno che non c'era mai, che non era necessario che ci fosse perché ci potessi giocare assieme. Non ho pianto dunque, ci mancherebbe, ma ho ritagliato la fotografia del giornale francese, l'ho messa assieme al suo biglietto e alla carta di Pascal, e ho chiuso tutto in un cassetto. Dall'oggi al domani ho smesso di cercare, ho lasciato perdere tutte le mie scampagnate dentro i libri: pile, montagne di libri che ormai mi stavano asfissiando. E mi sono ficcato in testa l'idea di fare qualcosa; di fare, non semplicemente di leggere o pensare. Di dare una svolta alla mia vita, un mutamento che producesse qualcosa di concreto, che si potesse toccare e che a sua volta potesse essere abbastanza ingombrante da essere vero.

Mai come in quel periodo ho cucinato tanto e bene. Già all'alba ero in giro per Alessandria a cercare cose buone, cose di gusti rari che richiedessero molto tempo e molta attenzione nel prepararle. Questo mi aiutava in qualche modo a trovare ragioni pratiche – a loro modo vere – per passare la giornata, ma non poteva bastarmi.

Avevo in mente qualcosa come uno sforzo fisico, un colpo di reni che mi sradicasse dal senso di incompiutezza e di mestizia che ormai accompagnavano come fratelli siamesi, come pifferi in controtempo, il tenace battere delle ceneri di Pascal sul mio petto. E ho commesso il mio piccolo peccato. Peccato di presunzione. Presuntuoso, ecco cosa sono diventato, inorgoglito da tutte quelle letture, dalla frequentazione delle biblioteche e dei loro clienti rammolliti. Ci si monta la testa con le parole scritte, ti sembrano chissà che cosa.

Bene, presto detto: sono diventato un romanziere.

Ho scritto una lunga lettera ad Azena. Non ho avuto il coraggio di presentarmi da lui per quella che aveva tutto l'aspetto di una confessione. Una privata confessione di colpa e una richiesta di perdono rivolta a un monaco monofisita copto, tenacemente avverso a questo sacramento così tipicamente cattolico. Una confessione non richiesta, un perdono che non è mai arrivato. È arrivata, sì, una risposta dal monastero nel deserto, ma telegrafica e sibillina: "Dio non sopporta più di raccontare le sue storie agli uomini. È venuto suo figlio, ci ha suonato le musiche più allegre e non abbiamo ballato, ci ha cantato le canzoni più tristi e non abbiamo pianto". Evidentemente anche Azena ha trovato il punto più fondo della macchia di caffè lasciata dal vecchio a macerare le parole di Matteo.

Nella mia lettera dicevo ad Azena: perché non un racconto che raccolga quelle ceneri? Perché non io, Saverio Pascale, a comporlo? Non è forse il tuo dio Verbo? Non sono forse le parole quello che ancora resta nelle speranze tra di noi uomini? Perché non provarci? Perché non mettere a frutto tutto quello che ho imparato, tutto il tempo che mi resta, tutto il vuoto che mi ossessiona?

Romanziere della storia di Pascal.

Ho avuto sfortuna: non sono mai andato più avanti di un paio di capitoli. Quello, per la precisione, che sarebbe dovuto diventare l'ultimo e quello che probabilmente sarebbe stato il primo. Questo almeno mi va riconosciuto; non ho insistito oltre un certo limite. Oh, lo so che adesso non sto facendo altro che scrivere. Ma cosa c'entra? In questo modo qui cercano di curare un'abulia estrema. La Remington che mi sta massacrando le dita ha solo una forma diversa, ma la sostanza è quella di una fleboclisi. Glucosio per le mie vene. Nel mucchietto di fogli che le stanno belli tranquilli accanto non si nasconde nessuna intenzione più nobile di quella di sopravvivere. Scrivo nell'ultimo tentativo di salvarmi la pelle, come – onestamente, lo ammetterete – ho tenuto a precisare all'inizio di tutta questa faccenda. Quell'altra era invece una cosa di ben diversa ambizione, un voler mettere il becco in una vita *non mia*, far la parte dell'Occhio di Dio. Superbia, ecco come la vedo io.

Mi sono fatto portare le mie carte da casa e ho qui il capolavoro. Dovrebbe far parte della mia cartella clinica. Una ventina di pagine scritte a macchina. Non da una Remington, una robusta, pesante, rassicurante Remington, ma da una piccola Olivetti portatile che ho comprato da uno scavatore di pozzi maltese per cinquanta dollari, molto per quello che è servita. I tasti erano leggeri e facili a scardinarsi dalla loro levetta, ma non ho mai scritto abbastanza da rovinarmi le dita. Una pagina ogni tre, quattro giorni, una settimana per rileggerla, ritoccarla, rileggerla ancora fino alla nausea. Cercavo di costruire qualcosa che fosse concreto, concreto come un pezzo di pane lievitato, croccante e profumato, e invece costruivo sottili pagine di parole, quasi trasparenti. Questo non mi dava sollievo, non assomigliava per niente a un gran salto verso un'altra vita.

C'è un capitolo A e un capitolo B. Il capitolo A è l'ultimo anche se è stato scritto per primo. Per parecchi mesi ho anche creduto che sarebbe rimasto l'unico: non riuscivo a immaginarmi cos'altro avrei potuto aggiungere alla mia storia di Pascal. In sette pagine ho condensato la summa pascaliana, per così dire; tutto quello che sapevo e credevo di capire di Pascal, nel momento della sua fine, ovviamente. Forse il mio errore è stato proprio cominciare dalla fine; ma che altro potevo fare? Pascal non è niente di più della nota spese della sua morte.

SAVERIO PASCALE

*Storia di Pascal*

## Capitolo A

Il sole ormai declina oltre il colle del Quirinale e il vecchio magistrato Uditore ha deciso di chiudere la faccenda: è troppo stanco e troppo esperto per poter covare anche un'ombra di rimorso. Sa di aver fatto il suo lavoro con coscienza e senza risparmiarsi più del ragionevole.
Sei giorni di interrogatori sguazzando nel viscidume puzzolente del più abominevole tra i carceri romani obliati dalla pietà di Pio IV, potevano considerarsi più che sufficienti a stabilire l'efferatezza del delitto e la congruità della pena. Per altro suffragate e coadiuvate – desiderate, bisognerebbe dire, se ciò non fosse disumano – dalla stolida ostinazione del reo. Fosse dipeso da lui, avrebbe risolto tutto in un giorno, sgravando se stesso, la Chiesa e il delinquente, da inutili bestemmie e patimenti.
Il magistrato volge lo sguardo all'Inquisitore ammiccando con autorità e spezzando lo spazio d'aria fetida tra loro con un gesto breve e decisivo. L'unico punto debole di quella causa a parer suo era lì e solo lì, nella gagliardia sconsiderata dell'Inquisitore.
La prestanza fisica di quel giovane ignaziano lo sconcerta e preoccupa. Come può non sentire la fatica, e soprattutto come può non rendersi conto che tutto è già finito, che non c'è più nulla di buono da cavare da

quel bandito? Forse crede davvero che si possa arrivare all'anima di un uomo – sempre che resti qualcosa di intero in un'anima dopo una vita di azioni perverse – facendosi strada a forza di proposizioni e citazioni e argomenti?

Un cucciolo era quello, senza neppure la pietà di un carnefice. Un cucciolo sconsiderato che non si rende conto che il suo blaterare è più crudele e inutile della tenaglia e della ruota. Facciamola finita, insiste con lo sguardo il vecchio magistrato Uditore.

Il giovane Inquisitore non sa decidersi a raccogliere l'autorevole invito. Ha davanti a sé il fascicolo delle carte processuali e cerca di concentrarsi sui verbali delle ultime ore di interrogatorio. Gioca distrattamente con la penna, si imbratta le mani dell'inchiostro protocollare, viola e spesso. Se le passa sulla pettorina e si accorge troppo tardi che quello è proprio il posto peggiore dove pulirsi; cerca goffamente di riparare peggiorando le cose. Adesso ci sono impronte inchiostrate ovunque sul tavolo tra le carte. Il suo sguardo indispettito si sposta sull'uomo seduto davanti a lui dall'altra parte del tavolo.

Pascal ha sonno. Pascal ha soprattutto un sonno grande e spietato. Non ha sete, non ha fame, da un po' non sente più neppure i dolori che lo hanno tormentato per tutto il tempo che è trascorso da quando hanno cessato i supplizi. Il cerusico gli ha sistemato tutte le ossa del corpo con pochi colpi secchi, gli ha passato aceto finissimo sulle ferite ai polsi e alle caviglie: ora vuole solo mettersi a dormire.

"Xavier – la sua voce è profonda e pacata – Xavier lasciami andare." Non è un'implorazione; la voce di Pascal risuona nell'andito puzzolente come una richiesta di commiato rivolta a qualcuno che potrebbe essere un amico, un commilitone.
L'Inquisitore fissa Pascal con un'espressione vagamente stupita, come se non lo avesse inteso; sta pensando in castigliano. E non c'è tempo per farlo con la coerenza, con il metodo e con la disciplina necessari a trovare una via d'uscita in extremis, una svolta a una vicenda che – lo sa anche lui senza che glielo rinfacci quella vecchia cotica della curia romana – è arrivata alla sua conclusione.
Ripassa le carte. Una confessione completa, circostanziata, sfacciata ovviamente; dettata dal reo in totale coscienza, senza la necessità di ignobili costrizioni fisiche. Ma lui non è lì per avere soddisfazione di un eretico, non basta il rogo di un luterano a soddisfare la sua regola. Lui è stato posto davanti a quell'uomo per capire. È da tre mesi che la Divina Provvidenza lo ha incatenato alla prova intellettuale più dura di tutto il suo noviziato. Tre lunghi mesi che non hanno portato alcun frutto.
Di abiura neanche a parlarne, ovviamente: questo lo ha capito da subito. Solo i morti di fame e i pretonzoli di collegio sanno inchinarsi alla clemenza che gli si porge. Solo gli intelletti abituati alla finezza della speculazione sanno piegarsi alla paura. Quel bandito non conosce la bontà della paura né la pace che segue nell'anima alla remissione dagli errori; la sua follia ha la sovrumana forza di un istinto. La

perseveranza lucida e ostinata in quella follia, è di potenza diabolica. Ma perché, perché rifiutarsi alla ragionevolezza, alla vita, alla salvezza, prima ancora che alla fede? Perché negarsi al dovere della vita?
"Xavier, lasciami andare."
L'Inquisitore dà un'occhiata a Pascal e lì per lì è come se gli fosse sconosciuto. Poi, uno spasimo di dolore gli percorre tutto il corpo. E allora vorrebbe strozzarlo lì, ora, con le sue mani; o, potendo, ricominciare tutto daccapo; o stringerlo a sé e piangere per lui sopra di lui. Nulla di tutto questo è possibile, ora, e il giovane soldato di Cristo comincia a tremare senza ritegno.
Il vecchio giudice Uditore conosce a menadito il pernicioso manifestarsi di una crisi isterica, e sa che è proprio questo che non dovrà accadere. Abilmente, con un'unica mossa aggraziata e avvolgente, si frappone tra i due uomini, nascondendo agli occhi dell'imputato la debolezza dell'accusatore. Raccoglie il fascio di carte sparpagliato sul tavolo e le affastella davanti a Pascal; con gesto lento e dimesso gli porge la penna madida di inchiostro. "È quello che vuoi figliolo?"
Pascal traccia la sua firma sciorinandola comodamente per tutta la larghezza dell'ultima pagina dei voluminosi verbali di interrogatorio.
Allora viene disposta celermente ogni cosa.

Un cancelliere è incaricato di stilare la sentenza di condanna, il giudice per le Cause di Fede sospende la cena e dopo essersi nettato le mani con cura appone il suo sigillo e la firma sull'atto, controfirmato seduta stante dal giudice Uditore e dall'Inquisitore. La sentenza è di morte, l'esecuzione per mezzo di un rogo di fuoco vivo. Il reato confesso è di eresia, lesa maestà divina e terrena nelle persone di Dio Padre, del figliolo Suo Gesù Cristo, della Santissima Trinità, del Pontefice Romano e dell'Imperatore del Sacro Romano Impero. Al cerusico viene ordinato di constatare l'integrità delle facoltà e le buone condizioni di salute del condannato ai fini del luogo a procedere; ai due scabini della Confraternita di san Giovanni che stanno smaltendo da due giorni e due notti la loro attesa sulle panche rognose dell'Oratorio antistante, viene altresì ordinato di prenderlo in consegna per l'estrema assistenza, nonché di predisporre del necessario il luogo del supplizio, di incaricare un esecutore di certa esperienza e di convocare con urgenza un frate confessore. Dal Castello la guardia annuncia l'ora una della notte.

Sopra un nido di paglia fresca Pascal dorme beato per tutta un'ora e più. Sogni o non sogni, ha il respiro pesante e pieno.

E il vino? Era ancora nel carcere di Tor di Nona, e ha chiesto il vino al frate che gli stava sussurrando senza requie le canoniche ragioni per una salvifica confessione? O è stato lungo il breve tragitto che lo ha portato dal carcere alla piazza del Castello? O era già issato sulle fascine, ammanettato al palo, e ha avanzato la sua richiesta ai sacrestani che davanti a lui

stavano segnando con il segno della croce le torce già accese?
Forse è successo proprio così. Il vino lo ha voluto all'ultimo, così come se fino ad allora se ne fosse scordato per il troppo daffare, con voce alta e chiara come si usa alla taverna. Ma non si è rivolto agli inservienti del supplizio, bensì a Xavier, Inquisitore e Indagatore, che a cavallo se ne sta un poco discosto dalle autorità.
"Xavier, voglio del vino. Per carità cristiana Xavier, un poco di vino per la sete di chi si prepara all'inferno. Mi spetta, Xavier." Perché Pascal aveva paura e la sua paura ha aspettato fino all'alba, ha lasciato che le lucciole andassero a dormire, ma poi è arrivata. E allora bisogna bere del vino, perché a quel punto non c'è pianto e non c'è preghiera né strepito alcuno che la faccia passare.
E Xavier ha ordinato che si mandasse un facchino a prendere una misura di vino – che il popolo di Roma chiamava *foietta* – e che la si mettesse nel conto delle spese. Non ci fu da attendere molto, e i sacrestani tennero le loro torce accese, perché lì appresso sugli argini del Tevere era tutto un pullulare di miserabili baracche che tenevano osteria.
Fu portato un vaso di un cattivo vino bianco che l'oste aveva quasi certamente rafforzato con la trementina. E a qualcuno della milizia fu ordinato di salire sulla catasta di fascine, slegare il condannato e lasciarlo bere quanto volesse. A meno che non sia stato lo stesso Xavier, preda del suo turbamento e della sua tristezza, a voler porgere il boccale al condannato.
Se così è successo non fu neppure necessario

liberare le mani di Pascal. Lacerando la sua lunga veste tra i rovi delle fascine, Xavier ha imboccato Pascal del suo lurido vino. Lo ha fatto con delicatezza, perché non gli andasse di traverso, e Pascal ha bevuto a piccoli sorsi, tutto concentrato nell'attesa di uno stordimento, supplicando Dio che gli mandasse una piccola miserabile sbornia. Che non poteva venire subito. E questo può voler dire che i due forse si sono parlati. Poche parole sotto gli sguardi delle autorità severamente in attesa, della gente del popolo che intanto si era radunata attorno alle guardie di città, e parlottava, commentava e sghignazzava su questa faccenda del vino e di chi l'aveva venduto.
"Vattene in pace, se puoi, Pascal."
"Ho una grande paura di tutto il dolore che sta per venire, Xavier, maledetto te."
Infine l'Inquisitore ha forbito con un suo fazzoletto ancora candido le labbra dell'eretico, per qualche istante ha fissato su quelle labbra uno sguardo timido e interrogativo, e senza attendere risposta, in gran fretta ha cercato la sua via di scampo tra la legna secca, incespicando e scorticandosi la pelle dei polpacci sotto le vesti.
L'alba dei mattini di maggio porta sempre con sé un tenero vento di traverso che si insinua oltre gli argini del fiume, e si sparge in refoli diversi e contrastanti nella piazza. Ragion per cui la legna stenta a prendere fuoco nel suo cuore, ma brucia a tratti da un lato, a tratti fumiga e s'ammoscia, quando poi s'incendia improvvisa da un'altra parte. Per questa ragione, prima ancora di sentire il morso del fuoco ai piedi, Pascal s'intossica del fumo,

rantola, cerca scampo alla gola e batte la testa contro il palo del supplizio. La campana del Castello batte il tocco dei morti. La fiamma finalmente è viva e una lingua si allunga fino al petto di Pascal; un urlo fa soffiare di paura il puledro morello di Xavier.
"Strozzalo, strozzalo carogna," grida allora la gente del popolo a cui non piace veder morire troppo male qualcuno che forse è dei suoi, "non è stato condannato al fuoco lento quel disgraziato, strozzalo per carità di Dio." E la gente comincia a urlare assieme a Pascal. E le urla della gente sono bestemmie contro il boia, quelle di Pascal vanno chissà dove.
Poi, d'improvviso, il rogo brucia bene e alto, tanto da non potersi distinguere più nulla, e il suo cuore è solo una macchia appena più rossa.

Fine

Il capitolo B è venuto molto dopo ed è stato ancor più faticoso del primo. Quello che non riuscivo a fare era tornare indietro nella vita di Pascal, vestirlo con qualcosa che non fosse il suo saccone di condannato, dargli – regalargli – una vita da aggiungere alla morte che altri, molti secoli prima di me, avevano provveduto a tramandare. Il capitolo è il tentativo di incominciare la sua vita da qualche parte. E dove, se non da Carlomagno, il paese dei lupi fatti schiavi, il paese di Giovanni Pascale?

## Capitolo B

Erano gli anni di Filippo Imperatore. Brutti tempi per la gente in genere e bruttissimi per i poveri diavoli che avevano la loro sorte troppo vicina al suo udito fino. Carlomagno era ancora lontano da quell'orecchio, ma già si potevano vedere ovunque intorno segni di sorti tremende. Clamori di fatti lontani risuonavano nei silenzi degli acquitrini e intimidivano gli uomini fino nei pascoli della montagna con presagi e voci.
Guerre e travolgimenti, sangue dei giusti colato sopra il sangue dei maiali. Principi e vescovi fatti più crudi del demonio, santi sgozzati e pali di forca per i bambini, fanciulle sotterrate vive: ma dove, ma quando, ma quanto lontano da qui? Sopra i tetti di ardesia di Carlomagno planavano i colombi messaggeri; qualcuno si fermava, ma nessuno nel paese comprendeva la lingua delle loro notizie.
Da molto tempo la Via Romana covava le sue selci sotto il fango e la gramigna, e rari erano i mulattieri e i carradori che preferivano il pantano al facile corso del mare. Chi continuava a passare aveva voglia di fare notte altrove, e poche parole, poca roba, niente simpatia per quelli di là.
Transitavano irregolari le milizie dei regni e delle baronie, i corvi delle decime, i pellegrini romei. Ognuno tirava di lungo.
Quando, randagia e pazza per la troppa preda, una banda lanzichenecca di Carlo imperatore passò raminga sulla Via, e berciando si sparpagliò per più di una settimana tra i covoni dei campi appena mietuti a bere e

russare il vino rapinato ai campagnoli, la gente di Carlomagno non se la sentì neppure di scendere ad accordare un tributo di amabilità agli emissari del sovrano del mondo.
Fu sbarrata ogni casa e le famiglie si dispersero tra le rupi. Troppo orrenda parve quella gente vestita di casacche gialle come la bile, curva di armi troppo grandi per le mani di un cristiano. Orribile il suo acuto vociare che nessuno tra gli spioni venditori di pane e lardo salato riuscì a tradurre in un suono umano.
Ma, al ritorno dai nascondigli, scomparsi oltre la polvere della terra seccata i lanzichenecchi, gli uomini di Carlomagno si incontrarono sotto le querciole dell'antico recinto comiziale e decisero di darsi servi al signore di Bramapane, podestà di altre genti nelle valli di là dalla montagna.
Fu un grande dolore e una grande tristezza, ma parve loro una ragionevole pena da sopportare in previsione di altre più intollerabili. Mai era successo che la gente di Carlomagno facesse patto di servitù ad altro uomo o potestà materiale, da quando, in tempi così lontani che nessuna pietra o tegola o sentiero del paese poteva farsene testimone, fu compiuto atto di fede e sottomissione al Dio del signor Cristo e di Giovanni il suo Battista.

Figli del signor Cristo si sentivano in modo feroce e nostalgico. Di quello scalzo di Palestina amavano il volto opaco e corroso che era venuto loro nella specie di un legno dipinto, scaturito da un grande miracolo accaduto in tempi remoti. Dolce viso senza età su di un ragazzo peregrinante senza

calzari che baciavano una volta l'anno – lievemente uomini e donne per non succhiarlo via dal legno – in augurio per la sua e la loro resurrezione dal letame della vita terrena. Inorgoglivano di quella figliolanza, e si facevano fieri di una predilezione che pareva a loro spettasse per la certezza di esserne figli carnali, eredi diretti proliferati dal torchio del supplizio del Golgota.
Perché avevano per se stessi una minuscola cosmogonia, una canzone della stirpe, un evangelo degli Apui, coltivato da voce a voce, nell'ignoranza di scienza e dottrina, con un'ostinata insensibilità per la plausibilità e le proporzioni. Godevano di un privilegio raro e gratuito: la libertà dei redivivi, garantita dallo sgomento dei potenti per l'oscura forza degli infimi. E quel privilegio, o perlomeno le sue spoglie esteriori, fu riconosciuto per molti secoli dagli emissari stessi del Domineddio di Roma, quei Vescovi Conti di Sarezzana, temuti per tutte le contee del Levante come sommi guerrieri e castigatori della disobbedienza alla discendenza di Pietro. I quali, dal primo in poi, graziosamente accordarono la potestà di Carlomagno sulla propria fede. Per inciso, questo patto di sovranità ebbe un prezzo. E fu assai alto. Quando il primo di questi, preso possesso della sua diocesi, volle stabilire nella città castellare di Sarezzana la sua mensa, a onore suo e della madre del figliolo di Dio Maria, decise di innalzare un tempio di inaudita maestà e bellezza, tale da umiliare i superbi bagliori delle non lontane montagne di marmo. Quel Vescovo dovette di

persona percorrere le forre e le paludi, innalzarsi, stretto al collo del suo cavallo, fino alla sommità del poggio di Carlomagno e chiedere al popolo di cavare per lui la pietra bianca ornata di vene auree, che solo quegli uomini selvatici, tra tutti i popoli dell'universo, sapevano discernere e picconare e lizzare.
L'albagia del Vescovo era esosa, la rarità di quella pietra aveva un prezzo inestimabile di fatica. Furono fatte molte offerte, vagliate e poi rifiutate; alla minaccia delle armi fu opposto un ottuso silenzio e sguardi torvi e cattivi che dovettero ricordargli le vecchie dicerie e le consuete paure circa quella gente. Alla fine in quell'uomo l'astuzia del conte seppe dominare la protervia del prete, così che fu posta sulla bilancia della contrattazione un'offerta furbescamente sensata e che alla gente di Carlomagno parve irrifiutabile.
Questo propose il Vescovo Conte: che delle loro false e peccaminose credenze, la cui notizia aveva turbato le sante orecchie apostoliche, si sarebbe fatta indulgenza straordinaria, impegnandosi l'autorità alla rinuncia della persecuzione di dette usanze. Pertanto, all'adunanza di Carlomagno sarebbe rimasta in eterno la potestà sui curatori delle proprie anime, potendosi scegliere un prete pievano che di lì in poi avrebbe santificato quelle contrade silvane, la pravità delle loro anime e l'immondezza dei loro cuori per licenza del vicario di Cristo sulla terra.
Furono pieni di sorda gioia nel sentire che avrebbero colmato la nostalgia di un padre lontano eleggendo a proprio fratello un uomo

che sarebbe venuto da contrade forestiere carico della grazia e della scienza del Figliolo di Dio. Capirono che avrebbero potuto scegliersi un complice, nutrirlo e custodirlo perché coltivasse la loro segreta fede di uomini prediletti. E, da quegli antedetti in poi, il prete, scelto preferibilmente tra quelli scovati nei castelloni abbaziali delle valli di Garfagnana – che più comparivano forti e cocciuti meglio era – il popolo di Carlomagno se lo eleggeva per suo conto riunendosi in solenne e sovrano comizio.
Due generazioni di ragazzi forti e dei più esperti maestri delle pietre si rovinarono cavando in pozzi lontani e segreti, lizzando per gole senza fondo. Morirono in cento, e cento famiglie vissero della carità del paese prima che un figlio o un fratello crescesse abbastanza per ereditare il piccone e la mazza. Quando fu messa fine a quella lunga corvè e mille buoi si portarono via i cento carri carichi del prezioso marmo, Carlomagno inorgoglì, anche se mai nessuno tra i suoi figli poté vedere la biancodorata meraviglia della Santa Maria di Sarezzana.
Il monsignor Vescovo Conte, ritenendosi prudente, interdisse nella sua città sosta e passaggio agli uomini e alle donne di Carlomagno che non fossero muniti di previa autorizzazione.
Ancora quando questo precetto era già da molto tempo dimenticato, alla rara gente del paese che intraprendeva viaggi abbastanza lunghi da comprenderla, se non altro come tappa di ristoro, pareva cosa naturale aggirare la città per una via che le passava a monte, e che poneva una collinetta tra il

viaggiatore e le bifore dello stupendo campanile.
È risaputo che nel corso dei secoli qualche spia del paese abbia osato valicare la cinta muraria con l'ordine di contemplare la meraviglia. I prodi spioni si fermavano davanti al grande portale, e taluni si erano azzardati a vagare per la navata fino a raggiungere la gloria dell'abside splendente di luce d'oro; ma non hanno lasciato nella memoria di chi li ha ascoltati ricordi stupefatti, memorabili turbamenti o quant'altro potesse giustificare tanta pietra e tanto prezzo.
Tutto questo si sa per la canzone che ne fece quella gente. Il loro era un cantare confuso e frequentemente azzoppato nel verso della logica e del buon senso; e chi di una canzone sapeva il principio molto spesso non sapeva la fine, come pure c'erano molti incominci e molte fini anche per una sola canzone, per un'unica storia. Eppure tutto questo era per loro un gran vanto, motivo di grande superbia.

### Canzone della secchia riempita con il succo della morte del signor Cristo il Figlio di Dio e della resurrezione miracolosa del popolo di Carlomagno dalla carne tribolata dell'antico popolo Apuo. Canzone di altri avvenimenti che successero dopo.

Per mano dei servi di Roma il signor Cristo patì sul Golgota un grande tormento, e alla fine del suo sangue gli sgorgò dal costato un secchio di limpida linfa che fu raccolta ai piedi della croce di legno che era il suo tormento. Maria di Magdala tenne nascosta con sé quella secchia ricolma di liquore

divino, e quando il Figlio si scosse dal corpo il fango della sua morte per volare lontano nel regno della pace, lei era presso la sua tana ad aspettarlo. "Va' – le disse – va' via da questa terra di perseguitati. Salderò io dopo il conto del sangue dei miei fratelli e delle mie sorelle, dei miei figli e delle mie figlie." Maria partì per nave e aveva con sé soltanto la secchia e placava le tempeste del mare stillando una goccia di linfa sull'onda.
E non sentiva mai su di sé la mano del gelo, né la pioggia le toccava le vesti, e nel suo corpo era tenuta lontana la fame e la sete.
C'era con lei san Giacomo e san Giacomo, in piedi sull'alta prora, parlava del Figlio ai delfini e alle balene e alle murene; e i pesci del mare ascoltavano e portavano negli abissi sotto forma di piccole ampolle di aria la storia del signor Cristo. A quelle novelle gli abissi gemevano e la rabbia che buttavano fuori si trasformava in terribili flagelli per le navi di Roma, che si schiantavano sugli scogli e sprofondavano nelle sabbie.
E la nave di Giacomo e Maria navigava e teneva sempre la stella di tramontana davanti al pennone, e sempre la spingeva il maestrale, mentre la sua scia era per le città di Roma e per la sua superbia tormento di fuoco e di pietra, di febbre e di peste, di eserciti e obbrobri.
Un giorno splendente di luce, un delfino si fece avanti tra le onde argentate fino al legno della nave e disse a Giacomo queste parole: "Tu che ci parli tanto di Cristo il Figlio, di quel giovane ce ne hai fatto innamorare. Ora noi in questo abisso di mare vogliamo ricordarlo sempre e sempre tenerlo

davanti a noi, perché dall'avvento del suo reame noi speriamo ardentemente di essere sciolti dal giogo di tenebre che ci avvince da quando il Domineddio spartì la terra e l'acqua. Per questo ti chiedo di lasciare a noi un segno suo che duri anche quando tu sarai lontano da questo mare".

E Giacomo tristemente rispose: "Io sono Giacomo il Boanerge, figlio del tuono, predico con le mani e non ho la sapienza dei miei fratelli che conoscono l'arte di scrivere i pensieri dentro la pelle delle capre. Come potrò accontentarti, delfino? E se anche io avessi quell'arte, chi saprebbe tra gli abitatori degli abissi, meschini e ignoranti delle cose dell'uomo, guardare e capire la moltitudine delle parole segnate?".

Il delfino scomparve e quando tornò aveva tra le fauci una tavola di legno duro, scardinato da una nave di Roma inghiottita dal fortunale e un lungo pennello di setole di tasso e una grande conchiglia. E su quella conchiglia aveva deposto le polveri che riflettono i colori del cielo, della terra e del mare. E nella notte stellata, mentre i marinai giacevano in silenzio e Maria vegliava sulla secchia, il delfino faceva la guardia a Giacomo e guidava la sua mano, mentre ricordava e di nuovo faceva vivo il Figliolo con i leggeri segni del pennello.

Le polveri si impastavano con l'acqua di mare e penetravano nel duro legno, e Giacomo vedeva che dalla sua mano sgorgava un giovinetto di grande bellezza che lo guardava con occhi neri e lucenti, mentre i suoi piedi nudi vagavano nella polvere del mondo. Alla fine della notte, quando il sole

aveva ridato a ogni cosa la sua luce e la sua ombra, Maria di Magdala si avvicinò alla tavola che Giacomo teneva stesa ad asciugare, e con lei tutti i marinai si fecero attorno, e ognuno di loro riconobbe il Figliolo di Dio, il signor Cristo così come lo aveva conosciuto.
E chi diceva: "È lui il giovane che ha placato la mia fame e mi ha dato zoccoli per i piedi e vesti per il corpo. È lui, nudo e scalzo e magrolino". E chi invece: "Ecco quel tale che ha salvato mio fratello dalla tempesta del mare. Sia benedetto quel ragazzo per la vita di mio fratello e per tutte le cose buone che ha fatto". E chi ancora diceva: "Ecco l'uomo che ha sollevato la buona gente contro gli aguzzini. Fu lui che nella nostra terra riscattò i torti sofferti dai deboli con il filo della sua spada forgiata dagli angeli. Dicono che sia stato tormentato e ucciso; che ne è di lui, adesso?". E ancora: "Cos'è questo miracolo che porta davanti a noi un povero giovane che ho visto morire con i miei occhi? Ecco davanti a me il protettore delle vedove angariate, il curatore del male di vaiolo, lo scherzoso che perdonava ogni cosa e sputava la vita sulla faccia della morte!".
E Maria di Magdala vedeva nel giovinetto nudo il Figliolo scorticato dai rovi del Golgota, squartato dalle lance dei soldati di Roma, impalato nei chiodi di una croce. E ricordava il vino avvelenato con il fiele che gli fu offerto di consolazione, e in ultimo il suo altissimo grido di dolore che aveva fatto scendere la notte sugli uomini e le città del mondo. E silenziosa piangeva, mentre le sue lacrime scivolavano sulla tavola e

diventavano patina d'oro sulla figura del signor Cristo. Dopodiché il delfino con un guizzo prese la tavola tra le fauci e sprofondò lontano nel mare.
Infine la nave si arenò su una riva di spiaggia da cui si scorgeva una distesa d'erba e alberi attraversata da numerosi ruscelli, di aria dolce e limpida di cielo.
Lì Maria di Magdala decise di cercarsi una nuova casa e si avviò per la campagna con la sua secchia. La seguiva Giacomo l'apostolo e chi tra i marinai aveva deciso di abbandonare il corso del mare.
Camminarono giorni e giorni per la pianura senza che trovassero mai uomini a lavorare nei campi fertili, né ragazzi che pascolassero le giumente inselvatichite che al loro passaggio fuggivano nella macchia, né casa alcuna che non fosse atterrata e coperta di rovi.
E di giorno bevevano il latte che Maria di Magdala mungeva dalle capre che venivano mansuete ad annusare alla sua secchia, e si cibavano delle erbe tenere e saporite che crescevano nei prati non più arati. Ovunque tra l'alta erba e tra le zolle grasse della terra trovavano ossa di uomini che ancora impugnavano nelle mani spolpate spade e lance, e calzavano sui teschi e nei petti vuoti elmi e corazze. Giacomo, pensieroso, temeva per sé e per Maria e per gli altri uomini al cospetto di una terra piena di morte, ma Maria di Magdala era la prima a rimettersi in cammino, e guardava ogni cosa senza timore.
La notte riposavano sotto una capanna di frasche, e Maria vedeva che la secchia rifletteva tutte le stelle del cielo e

contandole si addormentava. Le stelle prigioniere nella secchia cantavano una dolce musica di nostalgia per il Creatore del cielo, e quella musica inebriava le ossa che non avevano mai avuto quiete; e in pace anche le ossa dormivano.
Un giorno udirono provenire dall'orizzonte un confuso clamore e alzarsi una gran nuvola di polvere. Fu mandato in perlustrazione un marinaio che tornò il giorno seguente in preda a un grande turbamento. Raccontò di aver sorpreso dietro una bassa collina una moltitudine di uomini occupati in molti lavori e fatiche che gridavano in lingue sconosciute, e alcuni anche cantavano, battendo forte mazze e picconi sulla dura pietra che spandeva nel cielo il suo lamento. E dalla polvere che copriva ogni cosa tutti parevano di un solo popolo di pelle grigia. Molti erano legati tra loro con una catena al piede e in file di cento e più trasportavano ceste di terra da un posto all'altro, come se volessero scavare nella pianura nuove valli e poi innalzare nuove montagne.
Ovunque erano sparsi soldati di Roma con gli elmi ornati di folte criniere brune e con lunghi giavellotti tormentavano ora questo ora quello, e sentinelle erano appostate sui cumuli e sulle collinette. E molti gioghi di buoi trasportavano pietre sotto il fischio degli scudisci, e sparse per molte leghe nella pianura ardevano fucine e caldaie con bivacchi di donne che cucivano, tagliavano, battevano, friggevano. Ma queste donne erano anche ovunque tra gli uomini imbrattati di polvere a vendere acqua, mele e frittelle di granoturco.
Disse il marinaio spione che sulla cima di

una collina, sotto un gran telo di stoffa rossa ornata di oro, stava un uomo grande e grosso attorniato dalle insegne del consolato e da non meno di una dozzina di giovani donne ignude. E alle spalle di tutto questo popolo si stendeva, fin dove arrivava l'occhio, una bava di strada selciata, fatta nel modo di quella che lui aveva calpestato con i suoi sandali tra Hebron e Gerusalemme. Allora, per la paura, Maria, Giacomo l'apostolo e i marinai presero a viaggiare di notte, nascondendosi il giorno tra le giuncaie degli acquitrini finché la pianura non finì, e cominciarono ad ascendere una nuova contrada di ripide colline, lungo le gole strette di torrenti freddi e scuri. Maria di Magdala portava la sua secchia sempre con sé e Giacomo discorreva con i marinai delle terre del mondo che avevano visto. Giunsero infine, una notte, in cima a un colle dove tra le alte stipe e le querce si scorgevano capanne di pietra. Tra le capanne brucavano silenziose le capre. Cani magri e grigi, con grandi occhi gialli come i lupi, vennero a leccare sottomessi la mano di Maria che teneva la sua secchia. "Qui ci sarà una casa per me," disse, e si volle sedere nel mezzo di uno spiazzo di terra battuta che la luna illuminava. Vennero allora a lei uomini e donne e pochi, spaventati bambini, orribili a vedersi per le rozze vesti di pelle e di stracci, per le cicatrici in ogni parte esposta del corpo, per lo sguardo e la magrezza e l'andare guardingo somigliante a quello dei loro cani, come i loro cani simili a lupi. Maria di Magdala guardandoli pensò ai suoi fratelli e alle sue sorelle, e rivolse loro parole buone. Gli altri vedevano

sguardi selvatici e grossi bastoni nelle mani degli uomini, ascoltavano una lingua dura e sconosciuta e temevano per la vita. Ma quella gente si radunò tutta intorno a Maria di Magdala e ascoltò le sue parole.
"Siete gente triste e sciagurata," disse, guardando ognuno con pietà. "Sterile è questo luogo e la morte è presente per ogni dove. Vedo le lacrime sotto le palpebre delle donne, e non c'è allegria in questi bambini. Gli uomini soffrono il loro odio e le mani tremano mentre tengono il bastone. Il mio dolce amico il signor Cristo, Figliolo di Dio e fratello di tutti gli esseri che hanno vita, è stato ucciso per mano dei vostri stessi tormentatori, e ha patito un grandissimo supplizio per riscattare il dolore di tutti i tormentati del mio popolo e di tutte le genti della terra.
Se io muoio rinasco, e la mia vita sarà così splendente che tutti i morti rinasceranno con me, perché il mio dolore lenisce tutti i dolori e la mia morte annienta la morte.
Così lui ha detto, così si è avverato, come hanno pronosticato le nostre antiche profezie. Le sue parole erano di grandissimo amore e la sua spada *egli* la spuntò per non offendere la vita dei suoi persecutori; in cambio da loro ha ricevuto solo offese e persecuzione.
Ora la mia terra soffre sotto la coltre di una notte eterna, mentre lui è volato lontano dal dolore di questa vita, e sta preparando per me e per voi un reame di riposo nel paese dove ogni creatura s'acquieterà nella dolcezza e nell'abbondanza. Ora io l'aspetterò qui con voi, perché dove c'è dolore e umiliazione si prepara la venuta del suo regno. Per questo

voglio farvi dono di ciò che lui ha lasciato."
E detto questo battezzò tutto quel popolo disfatto con la linfa divina scaturita dal petto del signor Cristo. E si sanarono le cicatrici e seccarono le piaghe. E la lingua oscura di quella gente fu compresa da Maria di Magdala, dall'apostolo e da tutti gli altri uomini venuti di Palestina, e i figliolini iniziarono a giocare e le donne divenute allegre in viso presero i loro uomini e ne godettero con gran gioia. E dopo i mesi giusti nacquero i figli stillati dal costato del Figliolo di Dio e furono forti e saggi e gioiosi.
E così fu fondato il paese di Carlomagno da quel primo tumulo di capanne, mentre Giacomo il discepolo, dopo aver narrato a tutta la gente ciò che conosceva della vita e delle grandi opere del signor Cristo, partì con i suoi marinai per terre sconosciute, avendo vele di duro cuoio ai piedi. Portava con sé la conchiglia che gli aveva donato dagli abissi il delfino, e con quella coglieva miracolosamente cibi e bevande.
Venuto un certo tempo, gli uomini di Carlomagno costruirono una piccola casa di pietra nella forma delle loro antiche capanne, e dentro fu posta una pietra cava sempre colma di acqua purissima; e di quell'acqua si bagnavano ogni anno in un certo qual giorno, per ricordare l'acqua divina di Maria di Magdala che li aveva fatti risorgere dalle antiche tribolazioni. Un uomo tra loro fu scelto come guardiano di quella casa; quell'uomo era il dispensatore dell'Acqua del Ricordo, e aveva il compito di conservare nel suo cuore la memoria di tutte

le vicende del signor Cristo e del reame che sarebbe venuto. E questo pareva alla gente una cosa assai buona per la fortuna del popolo di Carlomagno.

Poi successe, molto in là negli anni, che un giorno un tale di nome Girò, conosciuto da tutti in paese per essere un uomo buono e stimabile, si recasse di buon mattino negli stagni a fare il suo lavoro che era di pescatore di rane. E avendo egli bisogno di una gran pescata per l'imminenza della festa di san Giovanni, camminò tutto il giorno spingendosi fino alla palude d'oriente che riceve l'acqua del mare. Era il mese di giugno che fa tiepida l'acqua e gonfia d'amore la gola delle rane. Nel gran clamore dei teneri ranocchi, all'imbrunire Girò si addormentò di stanchezza sul ciglio di una gora.

Quando il suo sonno divenne profondo, egli fu preso da mano invisibile e immerso nell'acqua della gora; e dormendo si mise a nuotare. Trascorse tutta la notte mentre egli vagava sul fondo dei canali senza mai risalire a coglier aria, finché giunse al mare quando il sole iniziava a rischiarare le sue acque profonde. Qui fu attirato da un grande bagliore al fondo dell'abisso, e tra innumerevoli pesci e ogni altra creatura abitante del mare gli apparve la figura di un giovane di vivissimo aspetto, che gli sorrideva tra splendori d'oro. Il pescatore di rane Girò ne fu abbagliato e stordito.

Quando rinvenne giaceva sulla riva della spiaggia e aveva al suo fianco una grande tavola di legno durissimo, con sopra dipinta l'immagine del signor Cristo scalzo sulla terra di Palestina, così come la dipinse Giacomo l'apostolo per ordine di un delfino.

Ed egli portò la figura nel paese di Carlomagno, così che ogni gente venne a guardarla e ne fu presa da grande amore. E tutti riconobbero il Figliolo e lo condussero nella casa dedicata al Ricordo, perché riposasse del suo lungo nuotare negli abissi, e perseverasse nel proposito di preparare il regno del riscatto e della pace per tutte le genti tormentate.

Tutte queste cose essi si dicevano e molte altre ancora, per farsi compagnia nel gran caldo e nel gran freddo, nella troppa fatica e nell'ozio indolente. E quando venne a loro la Chiesa di Dio, e il vescovo del papa romano chiese di stipulare un patto nel nome del Figliolo, credettero che il regno del signor Cristo avesse avuto inizio e che fosse compiuta per loro la vendetta contro gli antichi persecutori. Trascorsero molte generazioni e dovettero scegliersi molti preti che con paziente indulgenza spiegarono loro che i tempi non erano ancora quelli nuovi promessi, né vi erano segni nel mondo che palesassero l'imminenza del regno di gioia e riposo.
Se tardarono a capire o rinunciarono a farlo non importa; resta il fatto che fu facile per loro, che nessuno ascoltava, ritornare al Ricordo antico, e il cantare di Carlomagno restò vivo e nel tempo sempre più complicato di storie. E i pievani rotondi e prudenti, se anche finivano coll'intendere qualcosa di blasfemo che poteva turbare dolorosamente la loro dottrina, erano svelti a distogliere l'orecchio.
Così campava di magro Carlomagno, arando le cave di marmo, seminando nei sassi,

pascolando capre acide e spremendo vino agro, ninnando la sua vita da poco nel grembo di quelle sue acquietate follie. Né faceva gola ad alcuno andare a sfrugugliare quei lupi assopiti. A che pro?

Bene, è tutto qua. Non c'è stato modo né di far meglio né di più. Mi alzavo presto ogni mattina, mi mettevo al tavolino con le migliori intenzioni e per prima cosa rileggevo. Questo piccolo testo mi piaceva, Cristo, mi piaceva sempre di più. Lo trovavo, come dire?, all'altezza della situazione. Era né più né meno che il pezzo di carta del vecchio fatto carne, se mi capite. Cambiavo una virgola, sistemavo una preposizione e ricopiavo un'altra volta: usavo la matita per correggere come un bulino da orafo, un orafo che continua all'infinito a rifinire il suo unico gioiello.

L'idea, poi, di aggiungere una canzone, mi era parsa sensazionale. Avevo inventato un personaggio iperbolico, il coro di Carlomagno, che raccontava quello che solo lui poteva sapere e aveva il diritto di dire; un'estensione della storia che la liberava dalle angustie dei singoli personaggi.

Mi mettevo in piedi, con il foglio in mano come uno spartito, e lo declamavo a voce alta verso la finestra sul vicolo. Mi inchinavo al cospetto di quel colpo di genio e mi chiedevo dove sarei potuto arrivare. La risposta non ha tardato: ero arrivato lì e basta. Ero un romanziere appiedato. Perché era successo?

Ho scritto ancora una volta ad Azena e lui, questa volta, è stato più prodigo di spiegazioni. Gli avevo chiesto: perché le storie sono così faticose? perché le parole che uno ha dentro non bastano mai? perché ad esempio non mi bastano per Pascal? dove ho sbagliato? dove mi sono cacciato? E lui ha risposto:

*Mio caro Saverio,*

*ti sei dimenticato (?) di spedirmi il testo di cui mi parli nella lettera.*

*Devi considerarti uno scrittore molto fortunato e molto capace. Ti lamenti di aver concluso solo il primo e l'ultimo capitolo della storia che intendevi narrare. Ebbene? Non trovi che questo sia già un risultato eccezionale?*

*Quante pensi che possano essere le storie umane (per tacere a te – ateo o che altro? – di quelle divine) di cui si è potuto narrare l'inizio e la fine? La gran parte delle storie – e dei destini – sono monche o dell'una o dell'altra parte, di molte si ignorano entrambe. Suppongo che tu sia scontento perché non riesci a congiungere le due parti con – perdonami l'espressione – un ripieno, quello che altrimenti si chiamerebbe la vicenda. Ma questo ripieno non è facile a piegarsi al volere di un giovane e valente scrittore. La vita di Pascal, come la vita di ogni uomo, si è svolta molto lontana dal suo principio e dalla sua fine. La vita non ha solo parole, non si è mai accontentata del Verbo, purtroppo per noi di Abu Makar che solo del Verbo ci intendiamo, almeno un po'.*

*Dalle nostre conversazioni mi è sembrato di capire che tu cercassi il perché di Pascal, il suo destino, le ragioni di ogni cosa che lo riguardasse. Dunque accontentati dei due capitoli; sono l'essenziale. Il resto appartiene a lui e non lo si può avvicinare semplicemente con le parole e le ragioni che le sottendono: bisogna essere molto intimi di un uomo per partecipare al suo ripieno. Occorre qualcosa in più di una seria intenzione anche solo per guardare un uomo vivere; per ciò servirebbe la fraternità. E allora entriamo nel mondo dell'anima, ambiente nel quale tu sei piuttosto impreparato a muoverti con competenza.*

*La tua insoddisfazione è dunque fuori luogo. Sii felice di quello che hai scritto, perché non è affatto detto che un buono scrittore debba fare un grosso libro.*

*Ti saluto e ti benedico nel nome del Signore*

*tuo fratello Azena.*

La lettera di Azena non mi ha confortato, come non può mai essere di conforto la verità. So adesso che, seppure nel suo modo monacale, aveva ragione. Io cercavo di scrivere come se Pascal fosse vissuto per me, per poterlo riconoscere.

Quei due capitoli riletti ora, dalla prospettiva di questo lettino d'ospedale, mi fanno una grande tenerezza, io stesso mi intenerisco per me. Guardo il mazzetto dei fogli e penso: ecco le mutande sporche della mia intelligenza. Resta di buono e di confortante che la lingua dentro quei fogli mi ricorda la lingua così singolarmente familiare della bibbia del vecchio. Qualcosa di quel libro che non ho potuto avere che per pochi giorni, è rimasto a farmi compagnia.

Avevo coscienza della variegata natura dei miei errori quando ho preso la piccola Olivetti e sono andato a rivenderla giù al porto? Forse, oppure mi è mancata semplicemente la forza di andare avanti; o di andare indietro, visto che ero solidamente incatenato al primo e all'ultimo atto. E in questo, nell'impossibilità di avere una storia che congiungesse due punti così distanti tra loro, non potevo non vederci qualcosa che avesse a che fare con il mio destino. Non so dare un corpo alle parole, pensavo, non so dare un corpo alla mia vita come non ci riesco con quella di Pascal. Checché ne pensasse Azena, io ci sono rimasto molto male della mia opera largamente incompiuta, tanto male da non contrattare neppure sul prezzo della macchina per scrivere con un facoltoso studente della scuola coranica, che me l'ha comprata per la metà di quanto avevo speso io pochi mesi prima. Come ho già detto, ci sono persone forti e persone che non lo sono.

Chi ha necessità di arretrare, di sganciarsi come dicono i militari, in nuove e più sicure posizioni di difesa, sa che troppi bagagli non gli sono che di impaccio. Ho cessato dall'oggi al domani di fare – di essere – lo scrittore di un'unica storia incompiuta: senza rimpianti di alcun genere, scordandomi addirittura dopo qualche giorno di come avessi patito e faticato. Evidentemente avevo troppa fretta di trovarmi un rifugio.

Il fondo marino, bisogna ammetterlo, non è niente male come posto dove starsene tranquilli. Ed è fin lì che mi sono spinto, nel fondo del mare di Alessandria.

Quando ho cominciato, pensavo solo che fosse un logico prolungamento del mio nuoto, un nuotare oltre, più intenso e nello stesso tempo più plastico. Uno stile globale di nuoto. In effetti è proprio così nella pratica. Fino al giorno dell'incidente non ho mai usato scafandro e bombole di aria. Preferisco l'apnea, anzi, la considero la regola essenziale delle immersioni.

Si affronta l'acqua ad armi pari, senza trucchi. Vai giù come un nasello o un capodoglio, con quello che ci sta nei tuoi polmoni e basta. Allora puoi dire a ragione: sì, questo è un posto mio. Lo puoi fare solo per due minuti? Va bene, vuol dire che è il tuo *posto dei due minuti*. Per una grossa balena il mare è il suo posto dei venti minuti, per un'acciuga è il suo posto di un anno, ma è solo una differenza di quantità. È l'essenza, è la qualità soggiacente, che conta nella vita, penso io.

Dopo un anno sapevo stare in apnea per quasi tre minuti, un grosso risultato. C'era gente che veniva apposta alla diga per vedermi ritornare su da fondali anche di venti metri. Qualcuno scommetteva, ne sono quasi certo.

Non è facile raccontare quello che provavo. Intanto, quando cacci dentro i polmoni undici o dodici litri di aria, sei realmente, fisicamente diverso. Non solo sei più leggero, ma sei in qualche modo più grande, anche se la cosa non è visibile perché la tua maggiore vastità è interna. Il torace non si può dilatare più di tanto verso l'esterno, ma internamente l'effetto dei polmoni gonfi di aria è molto più di una sensazione: una coscienza di leggerezza e vastità. Non c'è ballerina del ventre, nemmeno la più esperta del Cairo, che possa rivaleggiare con la grazia di un buon apneista in immersione.

La tendenza del corpo umano pieno d'aria a risalire a galla è solo questione dei primi metri, poi la pressione dell'acqua crea un equilibrio perfetto e lo sforzo di discesa è quasi nullo. È a questo punto che fa il suo ingresso in scena qualcosa di straordinariamente bello e terribilmente pericoloso: l'euforia. Così la chiamano i dottori, quelli che studiano queste cose: euforia. Io la chiamo: la mia parte di Dio. O, a seconda degli umori, la mia parte d'anarchia.

C'è una spiegazione fisiologica, ma non è questo il punto. Quello che conta è l'effetto, e l'effetto è che quando sei giù verso i dieci, dodici metri, ed è già passato un minuto buono, tu sei realmente un pezzo di mare, un pezzo provvisorio che solo per volontà molto ferma può cessare di esserlo, perché nulla ti spinge più verso l'alto, verso la terra e l'aria, ma un moto dolce e universale ti impresta le ali di una manta e ti porta piano piano ancora più giù, fino all'altra terra, al continente di sotto.

Ecco, quando questo accade, la riserva d'aria dei tuoi polmoni, ormai povera di ossigeno, si combina con qualcosa che secerni dalle ghiandole o che so io, e ne viene fuori una miscela simile a una droga. Quello che senti è di essere felice e infinito, totalmente felice, totalmente libero. Io avevo l'abitudine di scegliermi un posticino sul fondo, un buon letto di alghe soffici, con qualche sasso dove ancorarmi, e restavo inerte, animato solo dalla leggera corrente che solletica dolcemente i fondali, a osservare il continente di sotto. Guardare in alto, verso la luce che filtra, verso l'altra parte del mondo, con tutto quello che sai che c'è, ti dà la vertigine di una lontananza irrimediabile.

Oh, tu sei solo acqua, il corpo indifeso da tele speciali e gomme si è raffreddato abbastanza da non cogliere più la differenza di temperatura. Il cielo d'aria che hai dentro i polmoni immensi non fa più bene il suo lavoro per nutrire di coscienza il cervello. Sei più stupido dei pesci che guardi passare, e i pesci non ti scansano né fuggono via impauriti: sanno che non sei più un cacciatore carnivoro.

Hai ancora un minuto, cinquanta secondi e nessun orologio per contarli. Ma la tua coscienza è altrove, non è nel tempo. Ogni volta mi sono stupito di questo, di come là sotto non c'è il tempo nostro, ma qualcosa che non ho mai capito: il tempo di Dio, la mia parte del tempo di Dio, e qualcosa del suo essere ovunque e ogni cosa. Immobile, spalmato sul letto di alghe, accarezzi il dorso di una grossa salpa che pascola l'erbetta, fissi gli occhi, di una murena che sporge il muso dalla sua tana e ti mostra fiera la sua dentatura orrenda.

Non so come ho fatto ogni volta a tornare indietro. Non è mai stato spirito di sopravvivenza o cose del genere. Non mi sono mai accorto di pensare: "Ecco, o torno su o muoio e allora è meglio che torni". Se avessi potuto scegliere, credo che ogni volta sarei rimasto; invece qualcuno da qualche parte dentro o fuori di me dava un colpo deciso alle pinne che portavo ai piedi, e il mio corpo iniziava la risalita. Senza fretta, con il rammarico di lasciarmi dietro la mia parte di Dio, la mia parte di anarchia, mentre la dolce incoscienza cominciava a trasformarsi in un sordo bruciore nel petto.

Gli ultimi metri, quando la luce diventava abbastanza forte da farmi male agli occhi, gonfi come quelli di un rospo e pieni di sangue, e i polmoni erano un urlo di dolore che mi svegliava del tutto, avevo già nostalgia di tornare laggiù. E spingevo a più non posso verso la superficie, per non morire lì a mezz'acqua, per potermi riempire di nuovo di aria e rifarmi forte abbastanza per ritornare laggiù. Non mi è mai successo niente. Ho imparato a conoscere i fondali come i vicoli di Ras el Tin e forse anche meglio. Non ho mai trovato niente che non fosse quello che trovano tutti i pescatori. Soprattutto, non ho mai trovato una sola pietra o un pezzo di ferro che potesse far parte in qualche modo del leggendario porto sepolto.

L'incidente mi è successo quando ho voluto cambiare le regole del gioco, quando ho voluto barare con quel mare mite che non mi aveva mai fatto niente di male.

Non so cosa mi abbia preso. Ma mi ero procurato le mappe sottomarine che avevano fatto gli inglesi ai primi del secolo, carte che non erano mai servite per trovare alcunché, e mi ero messo a fare piani di ricerca, calcoli batimetrici; assurdità. Forse volevo semplicemente mettere fine alla storia con un gran colpo di reni, finalmente. Ho preso scafandro e bombole e sono sceso giù. Troppa roba addosso, troppe cose da ricordare, chiavette da tenere sotto controllo, orologio da non perdere di vista. E addio leggerezza.

Scendendo, e poi sul fondo, mi sono reso conto di muovere troppa acqua e di creare con gli scarichi dell'aria turbolenze e rumori che facevano scappare i pesci, mentre le grosse bolle erano tanto pesanti da restare impigliate alle alghe per qualche secondo, fuori luogo lì come festoni natalizi. Anche le murene si rintanavano negli scogli. Certo, una sola di quelle immersioni valeva una ventina di apnee, ma non stavo vedendo niente che già non conoscevo; mi ero solo inimicato le salpe quando ho cercato di toccarne una, e poi un'altra e poi un'altra ancora con la mia mano guantata di gomma.

E l'euforia, la mia parte di Dio, l'ho provata solo un istante, quando ormai mi ero accorto di aver sbagliato la risalita – troppo in fretta, troppo in fretta – e un dolore tanto acuto da lasciarmi senza speranza mi ha squassato tutto il corpo. È stata questione di un secondo o due, poi mi sono risvegliato all'ospedale del dottor Modrian.

E a questo punto la mia storia è finita. Non mi resta ora che svelare l'arcano dei miei sogni.

Seconda parte

# IL LIBRO DI PASCAL

Naturalmente sogno Pascal.

Sogno in pratica tutto quello che non sono riuscito a scrivere nella mia Storia di Pascal. Quello che c'è dentro la vita di Pascal prima della sua morte, quello che c'è di Pascal dentro Carlomagno. Il ripieno, come disse il monaco nero Azena. La cosa è sorprendente anche per me e, soprattutto, mi genera un fastidioso senso di disagio. Ora non è più la vecchia carta a palpitarmi sul petto, ma è lui stesso e Carlomagno e una folla di gente e una vastità di paesaggi che mi ingombrano e sovrabbondano, affollandosi sul mio petto, o sui miei precordi, o dove credete che sia la coscienza. O l'anima.

Sono un indemoniato? Una vittima degli impietosi scherzi dei *ginn* del deserto? In cuor mio, io mi sento libero. Liberato da un vuoto doloroso. I sogni riempiono la mia vita. E nel dirlo so che è un controsenso; da questo deriva il mio disagio. È una vita notturna, nascosta e indifferente ai lati pratici delle relazioni sociali e a quanto c'è di buono nello stare con gli altri, ma è pur sempre qualcosa che mi tiene caldo. È straordinariamente somigliante alle esperienze vissute laggiù, nel mio *posto dei due minuti*, tra i fondali di venti metri della baia.

Posso dire che i miei sogni sono ora la mia parte di Dio? la mia parte di anarchia? Quello stato tra la consapevolezza e qualcos'altro – stato assai pericoloso, lo so – che i medici chiamano euforia? Giudicate voi.

Ricordate Amin, il Fedele, quel tale che ho conosciuto a Siwa? Il profugo del Sinai che con la sua famiglia e i suoi compagni di fuga si stava facendo la casa nei vecchi monumenti del cimitero? Era così soddisfatto della sistemazione! Eppure andavano a vivere tra i morti, facendosi posto, immagino, mettendo da parte le ossa e le mummie delle tombe disfatte. Perché dovrei rattristarmi di tentare la mia vita avendo solo la grande variegata necropoli dei sogni come casa da cui partire? Oh, lo so che è un ripiego. Bello sarebbe sognare a occhi aperti, sognare di giorno, sognare in faccia al mondo. Ma qui, ad Alessandria nell'Egitto, è una cosa che ho visto fare solo ai fumatori di oppio e ai compagni di mio padre, i libertari del Diwan Nabil. Di intossicarsi di oppio nemmeno a parlarne, tanto varrebbe essere restato in fondo alla baia; e per l'altra cosa, per i sogni dell'anarchia – dov'è finita la vecchia zia? Lontano dal fondo marino, a me non parla, da me non si è mai fatta vedere, la cara zietta. Dov'è l'anarchia? Dove si costruisce la futura umanità? Io, qui, non sono anarchico, io non sono la futura umanità.

Posso concedere addirittura che esser contenti dei propri sogni notturni è peggio di un ripiego, è una malattia. Se sto seguendo con tanto zelo la Remingtonterapia, è perché lo so e voglio guarire.

Sogno Pascal, sogno Carlomagno.

I sogni non hanno uno stile come può averlo un romanzo, un film, un quadro; a volte non hanno neppure colori, figuriamoci se possono avere una forma sintattica o qualcosa del genere. E quando li racconti, i sogni non sono più sogni, diventano appunto racconti, storie più o meno bizzarre a seconda di come li ricordi e li ricostruisci con il tuo stile, con la forma della tua coscienza. Rinasco dai miei sogni, in virtù dell'abulia che mi comprime in questa stanzetta, romanziere. Del resto, la prima notte che ho sognato ho visto la gente di Carlomagno sottomettersi al marchese di Bramapane, e cioè adempiere a quello che ho meditato di farle fare nel capitolo B, il capitolo di incipit della mia abortita opera. Significativo, no? Sia come sia, è più ragionevole che io accetti questo dato di fatto e con la maggiore tranquillità possibile racconti i miei sogni, così come mi viene da dettarli alle martoriate dita.

## Prime Notti con Pascal

Il patto di servitù con il signore di Bramapane fu stipulato nel giorno votivo di san Giovanni, nei pressi dell'antica pietra miliare al fondo della valle, in una macchia di vecchi olmi che serviva al baratto del vino e della lana tra i vignaioli e i cardatori dei paesi vicini.

Gli uomini di Carlomagno discussero a lungo dove era giusto incontrare il marchese. Cozzavano assieme nei loro cuori la paura, la vergogna e la diffidenza. Quell'anno aveva potestà sul comizio dei capifamiglia un iroso fabbro a nome Secondo, che teneva per massimo fastidio il fragore della chiacchiera, essendo esausto di una moglie e cinque figlie che gli avevano ormai esaurito la pazienza. Per questa sua contingenza più che compatito era sbeffeggiato, e dunque, per non soccombere su tutti i fronti, aveva dovuto mettere in mostra un temperamento di sbraitone e di volitivo.

Tenne dunque le redini del comizio agghiacciando l'aria del paese con urli che facevano svaporare il cuore. Con il pugno di ferro e la gola di carbone di Secondo, la decisione del patto fu presa in modo insolitamente rapido. Non fu così facile acquietare in un accordo le ansie del poi, quel gravame di turbamenti che prende chi pensa di essersi sbarazzato di un peso solo per aver deciso di affrontarlo. Così l'estetica dei particolari occupò la gente di Carlomagno per molte interminabili veglie, dato che i padri decisero di affrancarsi dall'imperio di Secondo e di investire dei loro dubbi tutte le anime viventi, e no, del paese.

Fu una vendemmia di democratico svagamento, un discorrere senza precedenti che disturbò non poco, nelle notti che precedettero la luna di giugno, le cacce amorose delle civette e dei barbagianni. Nessuno in Carlomagno era pratico di trattative e tanto meno di cerimoniali.

Del Bramapane sapevano che non era un aguzzino dei suoi contadini e che tutti i suoi potevano, al bisogno, parlargli con franchezza. Nonché che era per certo un uomo anziano, alto e scolorito, poiché lo avevano incontrato i due emissari del paese incaricati di trattare la penosa faccenda. Gli stessi uomini riferirono che dopo aver camminato tre giorni di montagna per abboccarlo nel suo casone, erano abbastanza stanchi e confusi da non distinguerlo dai suoi fattori e dai servi di casa.

E alla conclusione dell'abboccamento giudicarono quei fattori assai meno generosi di lui nel trattamento ospitale. Visto che il marchese li aveva accolti a vino di fragola prima di consegnarli a quelle mani sudicie e tirchie che altro non dispensarono ai viandanti se non un po' di carne di pecora vecchia, pane giallo e paglericci pidocchiosi.

Alla fine, dopo molti tormenti, fu scelto il sito vicino alla pietra miliare sulla Via, perché, andando lì per accettare un limite, si facesse in modo di sovrapporlo a un altro. O almeno che così risultasse all'occhio. Con la speranza che questo rinfrancasse almeno un poco il cuore e fosse in qualche modo di buon augurio.

Amen, dopo tutto bisognava pur andare.

Sotto gli olmi, quel giorno, gli uomini di Carlomagno si presentarono vestiti di quello che avevano per le feste, ovverosia in brache e farsetto. Due suonatori portavano la grossa zampogna con cui accompagnavano le feste con uno zufolare e un cinguettare che a loro pareva il canto dell'angelo. Ingobbito nei paludamenti grandi della Pasqua, c'era anche il pievano Villelmo, coartato a far da testimone veridico e da interprete, qualora le lingue delle due parti, come in Carlomagno si sospettava, non si intendessero. Si temeva che il marchese, per darsi maggior pompa, volesse parlare in latino.

Il marchese venne con due fattori e un suo tenente; quel tenente si chiamava Pascal. Nessuno portava un'arma, nemmeno un coltello per sgusciare una nespola. Il marchese era a cavallo, Pascal in groppa a un vecchio mulo.

Il marchese di Bramapane era in effetti molto alto e piuttosto in là con gli anni. I suoi domini non erano ampi e si estendevano per terre di montagna e vallate interne, così che con la signoria su Carlomagno era la prima volta che poteva vedere il mare da qualcosa di suo. In verità non si era mai dato molta pena per espandere le sue proprietà: godeva di ciò che gli era stato lasciato, senza clamore e ambizione.

Aveva studiato e nel suo casone, la cui fabbrica si protraeva da tempi immemori, c'erano libri che egli non teneva più in mano da molti anni, ma che voleva poter ancora vedere e, certe volte, toccare, per constatare se sul polpastrello rimanesse qualcosa di più che la polvere. Rimanevano ricordi a cui non sapeva più dare un peso, vaghe nostalgie. Un paio di quei libri riteneva che non fosse prudente averli acquistati, ma ciò nonostante stavano anche loro con gli altri sopra un cassone nella camera dove dormiva, anche se, a un certo punto della sua vita, aveva provveduto a strapparne il frontespizio inciso nei delicati caratteri delle stamperie ginevrine. A ben vedere, non ricordava che fosse mai entrato nessuno nella sua casa che sapesse leggere, men che meno interpretare.

Abituato a camminare a piedi, il cavallo era ormai soltanto un obbligo cerimoniale che lo indisponeva, incapace com'era, quella bestia delicata e presuntuosa, di sopportare per le scomode strade della montagna la soma di un uomo, anche non robusto. A piedi aveva viaggiato nella sua giovinezza per luoghi assai lontani e stravaganti, e ora a piedi traghettava da una valle all'altra delle sue terre per un itinerario talmente abituale che un albero cresciuto all'improvviso a interrompere la sua consueta visuale, avrebbe potuto renderlo pazzo di incertezza.

Di ogni cosa, di quello che era e di quello che non era, di ciò che aveva e di ciò che vedeva e toccava andando per le sue valli e i suoi borghi, il vecchio marchese moderatamente gioiva. E si sapeva che la successione di quel modesto ben di dio sarebbe toccata a un bastardo, che una certa fattora adeguatamente popputa e benigna stava allevando da qualche parte a latte e polentina. Non era mai stato nel suo carattere arrivare all'estremo di sposarsi.

A suo tempo aveva servito lealmente nelle guerre che avevano lambito la sua signoria, e allo status quo non conosceva principe o granduca che potesse recriminare su di lui. Peccato che lo stato delle cose fosse sommamente mutevole. Vestiva dimesso, con roba vecchia della passata moda di Fiandra, e il suo portamento non faceva neppure giustizia di quei resti di biancheria fina. Solo gli stivali erano di buona, morbida pelle: pareva che ai piedi tenesse più che a ogni altra parte del suo essere. D'inverno era comune entrare nella sala del focolare e trovare nell'ampio locale disadorno lui e i suoi stivali intenti ad asciugarsi al camino, fianco a fianco.

Era segnato sulla mano sinistra da una cicatrice violacea e netta che, a ogni mutare del tempo, gli ricordava una campagna negli stati lombardi dove aveva incontrato il filo di una di quelle sottili sciabole che usano i francesi. Era lì che aveva incontrato Pascal, e se l'era portato con sé.

Il giorno di san Giovanni andò all'abboccamento con quelli di Carlomagno a cuor leggero. Il prevosto e i fattori avevano sistemato ogni cosa a modo, il cancelliere aveva scritto molte carte; tutto era a posto. Restava forse da chiarire il perché di quel passo.

Aveva accolto le offerte di quegli uomini con grande sorpresa: le bestie selvatiche che vengono a chiedere protezione! Gente sfuggita da millenni a qualsivoglia catasto e servitù, in virtù di antefatti che ormai erano leggenda e di una persistente pessima fama di intrattabilità. Gente che, peraltro, aveva ben poco da offrire, non un bastione o una rocca che potesse un giorno esser utile all'offesa o alla difesa di qualcosa di apprezzabile, niente di grasso nelle stalle e sulla terra. Cosa avrebbe potuto cavarne un uomo avveduto da loro, se non liti a non finire in cambio di un po' di buona pietra di marmo?

Agli emissari che scorbutici cercavano di omaggiarlo nella loro dura lingua, disse subito di sì, rispondendo a tono, nel suo dialetto e senza cerimonie. Chiese in cambio poco e niente; il mantenimento in paese di un suo tenente che gli avrebbe fatto da balivo e da ufficiale, e la pietra, quella sì. La pietra che aveva fatto grande Sarezzana nella cristianità sarebbe servita più modestamente a finire la sua casa, finalmente, almeno in tempo perché ne godesse il suo bastardo. Per questo impegno quelli di Carlomagno potevano fare con calma.

Insomma, aveva accettato senza un buon motivo, perché, in fondo, quella gente che nessuno voleva trattare gli faceva un poco intenerire il cuore ora che, si vedeva, aveva paura. E di che? La storia era già passata di lì, cosa mai l'avrebbe spinta a ripassare?

Forse aveva accettato per il mare; se mai avesse avuto voglia di passare da quel suo nuovo possesso, avrebbe potuto vedere il mare. Laggiù, in fondo alla pianura, tra i fumi degli acquitrini, oltre i prativi e i seminati di altre e ben più ricche signorie, l'azzurro dell'acqua del mare. Guarderò il mare – si diceva – e sarò più libero da questa terra.

Il marchese di Bramapane giunse agli olmi un poco in ritardo, e trovò i paesani coricati sotto gli alberi, stanchi per la loro notte di veglia, intenti a sgranocchiare chicchi di frumento raccolti nei campi vicini e abbrustoliti nella brace di pochi legnetti. Appiedato, raccolse con lo sguardo l'intera comitiva e, con un piccolo sorriso e un cenno di inchino, si dichiarò. Loro ricambiarono con occhiate torve e confuse, assai seccati di essere sorpresi in familiarità, senza quel po' di fierezza e dirittura che avrebbe messo in risalto la loro determinazione proprio nel momento più delicato del primo incontro.

Si fece avanti Secondo, mentre dietro di lui Carlomagno si ricomponeva in un quadrato compatto e minaccioso da cui, non senza borbottii, fu espulso il pievano. Mani decise lo spinsero al fianco del fabbro, perché addolcisse con la sua veste e la sua sacra funzione quello che si temeva potesse uscire dall'orribile voce di Secondo. Il quale sapeva a memoria cosa doveva dire, e lo disse cercando di ammorbidire appena la sua lingua, diritto davanti al marchese senza vergogna, non alto come lui ma tre volte più grande. Pascal, con i fattori e il cancelliere, stava dietro di un passo.

"Signore!" – e la voce di Secondo parve scuotere le fronde degli olmi –. "Signore, noi siamo uomini liberi, ma la nostra libertà ora ci è venuta a pesare. Ormai da tempo sappiamo che ci sono re e imperatori che si cozzano tremendamente tra loro. Abbiamo visto eserciti stranieri arare la pianura con la lama delle spade, ci parlano di foreste di forche issate ovunque in attesa della gente buona come noi. Tutti nelle terre qui intorno sanno del nostro valore, anche vostra signoria, con permesso, saprà di certo delle antiche vicende di Carlomagno e di come ancora oggi nessuno osi spadroneggiare nei nostri siti.

Ma, monsignore, noi guardiamo i nostri figli e pensiamo che a loro spetti qualcosa che ancora non siamo capaci di vedere. Il nostro signor Cristo ci ha promesso un regno di pace, e noi lo vogliamo attendere nella giustizia e nella speranza, non nella paura e nel tormento. Tutte queste terre vi conoscono, monsignore, per uomo giusto. Voi offriteci la vostra giusta protezione e noi vi contraccambieremo con la nostra lealtà e il nostro buon lavoro.

Le nostre montagne sono stanche di sopportare la disperazione, noi siamo stanchi. Il nostro impegno con voi sarà per la salute dei nostri figli; vogliatelo rispettare o sarete maledetto nel nostro ricordo, e nel ricordo dei figli dei nostri figli per tutto il tempo che il nostro popolo durerà."

Ciò detto, Secondo voltò le spalle al marchese. Stupefatti per quel lungo, sontuoso discorso, gli uomini dell'adunanza si strinsero tra loro, e ci fu un gran dar di gomito, finché dal gruppo esalò il pivare fioco e ottuso delle zampogne che intonavano un canto di giubilo, l'unico che in Carlomagno si conoscesse abbastanza estatico per un discorso così straordinario: il canto di augurio per la resurrezione dalla vita terrena del figlio di Dio.

Al marchese quelle pive parevano le sorelle della gola di Secondo, ma educatamente ascoltò un poco, prima di fare un cenno perché lo si lasciasse parlare.

"Il mio onore veglierà sul mio giuramento, fratelli."

Così, con poche e ragionevoli parole, rispose al fabbro di Carlomagno, e questo si volse verso i suoi per chiedere consiglio. Ma ricevette soltanto ulteriore stupore, perché nessuno tra loro aveva mai pensato di farsi servo a un fratello, né che il loro futuro padrone avrebbe mai potuto farsi fratello di qualcuno di loro. E non sapevano se questa era cosa buona o cattiva, un trucco della signoria o un bizzarro pensiero di quel vecchio che tutti davano per uomo decente. E ci fu silenzio e scalpiccio di piedi, fino a quando il marchese allungò le braccia, protendendosi un poco in un abbraccio che Secondo dovette ricambiare per non sembrare anche in quell'occasione troppo ignorante.

E il cancelliere e i fattori e dopo anche Pascal batterono le mani e fecero tintinnare i finimenti delle loro cavalcature, e così batterono le mani anche gli uomini di Carlomagno e fecero risuonare tra loro le fiasche che portavano nelle bisacce. E il cancelliere pose nel mezzo tra il marchese e il fabbro uno sgabello, e sopra vi spianò la carta del patto e un calamaio di corno con la sua lunga penna, tutte cose che il pievano asperse di benedizioni, prima che il vecchio signore firmasse con la sua araldica nomenclatura e Secondo incidesse con energia una sigla pressappoco tonda, il marchio dei suoi lavori fini di fabbro. Testimoni sottoscriventi furono per una parte Pascal e per l'altra il pievano; Pascal lo fece distesamente, il pievano con una croce sormontata da un ghirigoro: gli sembrava una segnatura all'altezza della situazione per uno come lui, spinto lontano dalla bella scrittura dal troppo pesante ufficio di una vita laboriosamente cristiana.

Il fabbro ricevette la copia della carta spettante al paese e tutti poterono vederla nella sua vastità e maestà, nei suoi capodilettera ricciuti e nel sigillo color sangue vivo. E senza aprir bocca ognuno la riguardò con comodo, prima che sparisse nella bisaccia del fabbro.

Dopodiché il marchese di Bramapane fu accompagnato a visitare i suoi nuovi possedimenti. In lenta fila il corteo si incamminò per la piana tra i canali, sguazzò la palude e si inerpicò indolente per le rampe della collina. Davanti a tutti il fabbro e il marchese incedevano quietamente, senza niente da dire.

Giunto al paese, sul modesto bastione della vedetta, il Bramapane volle fermarsi a vedere da lì il mondo, e gli parve un gran panorama di dolorosa vastità. Si sporse sulla piana ammirando il fiume, su di lei morbidamente adagiato, e all'orizzonte incontrò il mare, il suo limite azzurro cupo; lo attraversò da oriente a occidente muovendo con lo sguardo tutto il corpo; cercò, aguzzando la vista, di scoprirne il movimento interiore, e gli parve di scorgere una nave. Galera o vinaccera? si chiese. Fu vergognoso di non saperlo, di essere sprovveduto per così tanta parte dell'universo.

"Oggi ho visto il mare" si ripeteva, "ho visto il mare da una mia terra; e tutta questa bellezza dovrebbe consolarmi, e invece mi sgomenta. In che guaio mi sono andato a cacciare?" E mentre si stava voltando per tornare innanzi ai suoi, notò nel mezzo della pianura qualcosa che rifletteva la luce vivida del tramonto, e si chiese cosa poteva essere. Ma avendo riconosciuto, nella macchia scura accanto, i grandi olmi dell'incontro di quella mattina, capì che per un singolare effetto da lì si poteva vedere la pietra miliare dell'antica Via Romana, non più grande di un sacco di avena. Che cosa curiosa, pensò.

Tutti nel paese volevano vedere il marchese, ma ognuno se ne stava ombroso ai bordi delle vie, negli anditi delle strette porte delle case. Additavano Pascal, il balivo che sarebbe rimasto tra loro, e si chiedevano con preoccupazione se avesse aria di chi vuol far da padrone, e appena arrivato si fosse già messo in testa di dar grattacapi. Ma Pascal, notando certi sguardi, metteva su un'aria noncurante, e ai bambinetti che gli correvano appresso per tirargli i lembi della casacca mostrava un certo suo sorriso.

Infine tutti quanti si radunarono davanti alla capanna di pietra che era la chiesa del paese, e fu mostrata l'immagine del Cristo di Palestina e tutti la vollero ardentemente baciare. La baciarono anche il marchese, il cancelliere, i fattori e Pascal, il quale non poté fare a meno di notare che quel bellissimo volto aveva un che di diafano, come se stesse per svaporare, e si chiese se mai qualche particolare cura lo potesse far rinvenire.

Dopo non si fece alcuna festa perché nessuno sapeva mai che festa ci fosse da fare.

Pascal tornò per stabilirsi al paese di lì a pochi giorni, con il suo mulo caricato di un grosso fagotto. Gli era stato assegnato un quartiere nell'abitazione del vecchio casaro Furnà, e lì si sistemò avendo gran cura di non farsi notare. Passò i primi due mesi del suo incarico praticamente senza uscir di casa, dando un'occhiata in giro la mattina presto e la sera prima del tramonto. Si era preso il mal francese, e passava la giornata a farsi impacchi di acqua mercuriale e a imprecare di dolore sottovoce. Dopo i primi giorni di sconcerto la gente prese ad abituarsi alla sua assenza, prima ancora di esser riuscita a farsi una ragione della sua presenza.

La casa che gli era stata data era piccola, angusta e puzzolente; consisteva di una stanza con un letto di assi per il saccone e una cassa di castagno nero, una cucina in gran parte occupata da un grosso camino per la caldaia del latte, e una piccolissima stalla dove il mulo aveva appena lo spazio per buttarsi col ventre a terra quand'era stanco. Furnà gliel'aveva affittata volentieri all'adunanza di Carlomagno, perché era troppo vecchio e troppo derelitto per continuare il suo mestiere di casaro. In quei locali infatti per cinquant'anni aveva preparato il formaggio dal latte delle bestie del paese.

Per questo la stanza che Pascal usava per cucina poteva esser scaldata come una fornace, e la stanza dove dormiva era in ogni giorno dell'anno fredda e buia, per questo persisteva ovunque una patina grassa e puzzolente di affumicatura. Furnà si era ritirato nelle stanze del piano di sopra e lì passava gran parte del tempo meditando sulle ultime tre dita che gli erano rimaste con l'incarico di fare per dieci. Due volte la settimana lasciava davanti alla porta del suo inquilino vino, pane e carne nell'esatta misura che era stata convenuta.

Di sotto Pascal si faceva impacchi e cataplasmi maledicendo il suo pendaglio. Dalla porta socchiusa sbirciava ogni tanto la stretta via acciottolata, e la cosa più interessante che ci trovava era il canale di scolo che le scorreva nel mezzo. Ci passavano spesso dei topi, non dei soliti, ma grandi, grossi e balzani come conigli in primavera, con un pelo che all'apparenza pareva insolitamente morbido; davanti alla sua porta si fermavano annusando l'aria ritti sulle zampe senza timidezza, ricordando chissà quali delizie.

Dopo due mesi le pustole che aveva in quel posto erano scomparse, la pelle era ancora rosa e viva ma nello sfiorarla il dolore si era assai attenuato, e l'orina era tornata limpida. Secondo le istruzioni del chirurgo milanese che gli aveva fornito i rimedi, poteva considerarsi ragionevolmente guarito, anche se non era ancora prudente toccare femmine e mangiare cibi troppo calorosi.

Ora a Pascal non rimaneva che trovare una risposta soddisfacente all'interrogativo che lo aveva tenuto occupato per tutto quel tempo: cosa ci faccio io qui?

Né c'era qualcuno che poteva dargli una risposta confortante. Pascal, che era assieme il pegno, il testimone e la prima inevitabile conseguenza del patto tra Carlomagno e Bramapane, ne era anche il prezzo più visibile: lo si manteneva con la roba che la gente si toglieva dalla bocca per amministrare la giustizia del marchese, e tener ferma la tenenza della signoria. E nessuno aveva una chiara idea di come il suo incarico si sarebbe risolto nella pratica, e nessuno in cuor suo pensava che da quella sua attività ne sarebbe sortito qualcosa di buono per il paese.

Tutto sommato era quello che pensava anche Pascal. In definitiva il marchese se l'era levato di casa, fornendogli, nella sua signorile misericordia, il pane e il letto; per il resto che si arrangiasse.

Innanzitutto lui s'era arrangiato a cercar di capire l'aria che tirava. Quello che sapeva di Carlomagno erano storie, cantilene e fregnacce risapute al casone di Bramapane. Nemmeno dai venditori più astuti, quelli che giravano il mondo con la sola loro faccia per lasciapassare, era riuscito a sapere cose precise. Di Carlomagno ne parlavano tutti malvolentieri perché, come gli riferì in confidenza un grande marpione, esperto nel portar via patacche anche all'orso in cambio di spille francesi e coltelli di Spagna, "non c'è niente di buono da dire di chi non ha niente di buono per comprare, e poi con quella gente a essere curiosi e a voler fare il mestiere del buon venditore, prima o poi c'è da scottarsi con grami affari e qualche danno nel corpo".

Tant'è che per la balzana idea del marchese di prendersi la rogna di quel buco di pietraie, s'erano in molti più che stupiti. Qualcuno s'era anche spinto a segnarsi, scongiurando che l'imbecillità del vecchio, ora che s'era scatenata, non portasse altri danni. Insomma, pareva che a due giorni di cammino dai buoni cristiani ci fosse una terra di antipodi selvaggi, e chi si fosse venturato di conoscerli avrebbe avuto modo di scottarsi senza rimedio.

Alla larga, alla larga. Sì, solo che lui doveva tenerli alla stretta. E mentre si faceva gli impacchi meditava, e a forza di meditare gli venne per la testa che se voleva farsi un'idea, tanto valeva cominciare senza incomodo dalla parte più vicina. E una sera si decise a bussare, per un amichevole colloquio, alla porta del vecchio Furnà in meditabonda contemplazione delle sue ultime dita che con una certa destrezza lo stavano imboccando con le fette scure e succulente di un bel sanguinaccio.

Era costui un vecchione di torso slanciato e corte e scattanti zampe da cinghialetto, collo nerboruto e nervoso con su piantata una gran faccia abitata da una dolcissima bocca di ragazzo, occhi grigi e cangianti come lame sciabolanti al sole, naso corto flesso all'ingiù come da una gran botta. E al culmine di ogni cosa, una spettacolare capigliatura di morbidi e canutissimi capelli, lunghi abbastanza perché l'ultima onda solleticasse la base del collo. E da quella bocca quasi femminile usciva una voce cavernosa, spesso occupata dall'eco di un mugugnare monocorde; il singolare spettacolo dei moncherini era reso meno orrendo, anzi, quasi grazioso, dal loro instancabile moto.

Varcando la porta e rispondendo al goffo cenno di saluto biascicato nel mezzo di una fettona di sanguinaccio, Pascal ne ricevette l'impressione di uno strano animale silvestre le cui forme singolari corrispondevano a un disegno provvidenziale ignoto a chi osservava. Di pessimo umore il casaro accettò l'invito, lasciò da parte la sua cena e scese.

Si parlarono per quella sera e per molte altre ancora. E la notte Pascal mesceva per sé e per il vecchio un gran boccale di legno, di quelli che usano portarsi appresso i soldati per misura, pieno colmo del vino che gli spettava da Carlomagno. E così dava avvio al suo balivato cominciando con l'ascoltare la stupefacente orazione che Furnà gli rivolse, a informazione del suo increscíosissimo stato. Il vecchio disse così.

## Canzone di Furnà formaggiaro, del suo grande onore e della sua grande debolezza

"Signor mio, voi chissà da dove venite e quanto mondo avete visto, di quante cose vi siete beato e di quante spaventato. E se do uno sguardo allo spiedo ben affilato che avete accanto al letto, penso che voi stesso abbiate fatto spavento a più di un poveruomo; come non dubito che qualche malandrino lo abbiate donato alla gloria del Signore, se quella canna di acciaio che adocchio nell'angolo della credenza è compagna alla pietra focaia di un archibugio. Io non ho nulla contro di voi, anche se mi sembrate assai strano. Ma vedo che avete una qualche afflizione, e un uomo dolente, nell'anima o nel corpo, non deve stare troppo solo. Vi terrò compagnia e berrò questo vino con voi perché anch'io ho i miei tormenti, e darvene conto farà del bene anche a me. Qui in Carlomagno nessuno ormai vuol starli più a sentire: sono vecchio e vecchie sono le mie pene.

Il signor Cristo è stato così benigno con me da farmi dono, quando venni alla luce dall'amorevole ventre di mia madre, di due virtù. State bene a sentire: io sono il più grande casaro che queste valli abbiano mai avuto, e questa è la prima. Nel contempo ho un cuore straordinario da cui sgorga perennemente un fiume impetuoso di amore, tale da non potersi arrestare con alcun mezzo; e questa è la seconda mia disgraziata virtù.

Come formaggiaro ho avuto gloria e prosperità. Posso dire che nessuno ha il merito di avermi insegnato quest'arte, men che meno il pastore Piagne mio padre, uomo rozzo e insipido da cui mi allontanai appena ragazzo. Ma ho camminato già da bambino per queste montagne e conosco tutte le pasture; così come ho imparato a conoscere le bestie e cosa dare e volere da ciascuna di loro. Ancora non avevo un pelo in viso che già sapevo esporre il siero agli influssi benigni della luna.

Come fare il formaggio l'ho saputo di per me, venendomi come da pensieri sognati, e sia che fosse una vecchia a portarmi il latte della sua capra rognosa, o il bovaro quello delle sue grasse vacche, sapevano l'una e l'altro che avrebbero avuto da me un formaggio che non ve n'era di eguale né ve ne sarà mai. Questo tutti riconoscevano: che Furnà preparava formaggi divini; con le mie mani mettevo al mondo forme e formelle, tonde e schiacciate, dolci, salate, pepate e forti e leggere, di quella strabocchevole bontà ne poteva godere pienamente il lattonzolo e il cavatore, la puerpera e la sdentata.

Non c'era uno pari a Furnà, signor mio, per tutte le valli e i monti, fino alla piana e al mare. In ogni posto dove si vendevano cose di gran pregio si comprava il formaggio di Furnà, e ci voleva una balla di lana chiara ben cardata dalle ragazze di Cadiparola o un caratello del vino nero pigiato dai più stramaledetti vignaioli di Olmarello, per pareggiare due o tre belle forme di Furnà.

Nelle mie mani stava la virtù, in queste mani che ora sono tronconi schifosi e inutili. Nelle mie mani e nel mio cuore, che discorreva con loro di caglio, di sale, del mestolo e della luna, di aria, del setaccio e della luce del sole, e di come ogni cosa andava combinata perché il buon latte, e anche quello gramo, lievitassero e si rassodassero nel formaggio di questi poveri cristiani di Carlomagno. Che con gran lodi e grandi onori mi hanno ricambiato.

Per ben tre anni sono stato alla testa dell'adunanza dei padri, e mai qualcuno ha avuto modo di negarmi il suo favore, anche quando tutti hanno cominciato a sapere della mia sciagura, anche quando io stesso ho cominciato a portare agli occhi di tutti il fiero segno di questa disgrazia.

La mia rovina è che il mio cuore ha molto amato. E pure adesso, che è vecchio abbastanza da potersi crepare da un giorno all'altro, si darebbe ancora forza di amare se non mi costringessi a starmene chiuso nella mia stanza. Sì, il mio cuore ha amato molto, senza ritegno; ha amato troppo. E da ciò sono nati dolore e desolazione. Come è possibile signor mio? Come è possibile che da una buona e dolce virtù possano nascere disgrazie e dolore? Ho chiesto ai nostri pievani e loro non hanno avuto risposta se non col parlare di peccato. Ma dove può nascondersi il peccato in un cuore che è sempre stato – lo giuro – sincero?

Ho chiesto ai più avveduti tra gli uomini, e loro non hanno saputo che consigliarmi di rivolgere la mia domanda a un chirurgo, un giorno che ne passerà uno sulla Via. Credo che io morirò senza sapere; eppure il mio cuore non è malvagio, neanche nell'errore, questo lo so. Vedete queste mani? Guardate: sono due tronconi con un avanzo di tre dita nella sinistra. Addio mia bella vita, addio casaro benedetto dalla grazia. Con questi monconi riesco a malapena a spezzare un po' di pane e ad abbottonarmi la giubba. È il prezzo che mi sono imposto di pagare per il mio cuore; ma a voi sembra equo? Ho pagato a sufficienza o non ho che la vergogna eterna davanti a me? A diciotto anni ho amato per la prima volta una donna. Che delizia di stupore provai, signor mio!

Non fu l'amore per un amico compagno di venture, né l'amore che si prova per il batter timido di ciglia della cavallina preferita; non l'amore per una valletta di erbe profumate, il luogo segreto che ha confortato i sogni più arditi di un ragazzo.

Il mio cuore d'improvviso scoppiò, e fui come preso per aria, e divenni più grande di tutte le montagne, e una nuova saggezza mi invase, così che d'improvviso credetti di conoscere tutti i segreti delle anime.

E andai presso la giovinetta che mi aveva illuminato e che si chiamava Cerina, l'avvolsi della mia nuova grazia, le parlai all'orecchio con una lingua di dolcezza che prima di allora non aveva mai udito, ed ella stupita ricambiò il mio amore. Giovani e inesperti eravamo e scherzosi come cuccioli. Mettemmo sottosopra i campi di erba medica e le ripe di ginestra di tutte quante le valli che con gli occhi può guardare, signor mio. E ridemmo nell'ombra dei fienili, nei riflessi dell'acqua turbinosa delle gore, nel fondo odoroso delle cantine autunnali. E il nostro riso fece compagnia al cuculo e alla volpe, ai sonni leggeri dei vecchi e al vagolare dei bambocci. Cerina era bella e chiara e morbida, pelo fino come una marmotta e sguardo dolce come latte mielato. Con la solennità dei cuori candidi ci giurammo per la vita; e mi pareva di non poter esser sazio che di questo.

Ma il mio cuore era più grande di Cerina e del mio giuramento, perché conobbi un'altra donna e ne fui preso fino a sentirmi morire. E quasi ne morii di sincero dolore e di giusta vergogna, perché se vedevo crescere inarrestabile la mia passione per la bella Costanza, il mio cuore aveva ancora occhi per Cerina e la sua grandissima pena mi gettava in grande sconforto. L'amore è un letamaio, signor mio, e non c'è modo di uscirne nettati in alcun modo: dove va a posarsi, l'amore fa danno, questa è la verità.

E così successe che se fui immensamente felice con Costanza, vissi anche tormentato dal rimorso per l'abbandono di Cerina, fino a che non decisi di pagare un pegno, dato che non vi era nessunissimo modo di riparare il mio torto verso una dolce creatura amante, che nulla di male aveva fatto se non di credere al mio giuramento. E trovai conforme al dovuto il privarmi del dito indice della mano destra, così che io vivessi menomato nel corpo come vedevo vivere menomata nell'anima Cerina.

Costanza mi volle bene lo stesso, trovando stimabile il mio gesto, e il nostro amore fu teneramente da lei coltivato, e ogni cosa della vita ci sorrideva, anche se ormai non era più gioco di cuccioli. Poi venne Enna, e poi Giovanna e poi Coletta e Bernardina e Raimonda e Veronica, e ora vedete voi, signor mio, che non mi restano che tre sole dita. Ma io ho sempre amato onestamente e perdutamente, e ognuna delle mie donne mi ha creduto, perché nella mia faccia è scritto solo ciò che sono. Così nel vedere le mie mani menomate nessuna di loro ha mai visto la sua futura rovina, ma il segno della mia sincerità e della mia onestà. Del mio onore, signor mio.

E con grande dedizione e con dolce fierezza e femminile coraggio ognuna di loro ha cercato di guarirmi dalla mia disgrazia, sperando ognuna di riuscire nell'intento e di vivere felice per sempre con Furnà il casaro. E ogni volta che io cadevo nel tradimento d'amore speravo di morire, e ogni volta invece mi risollevavo, e una dolce femmina piangeva e con lei versava sangue la mia mano.

Ora, se nella mia vecchiaia vivo tristemente solo e rabbuiato, non è per l'odio della gente, visto che tutti nel paese sanno e mi assolvono per ciò che ho già di mia volontà pagato, né perché mi pesi l'odio delle mie donne, che ognuna di loro, seppure dopo grandi dolenze e ire, ha pur finito per comprendere che alla vastità del cuore non vi è alcun rimedio, ma per ira contro me stesso. Sette amori e sette dita perduti sono bastati a decidermi per una vita di solingo, mentre aspetto di andarmene verso ciò che mi spetta."

Diceva queste cose il casaro standosene seduto davanti a Pascal senza guardarlo, nero in viso e bevendo a grandi sorsi. Pascal non tentò di alleviare l'animo del vecchio parlandogli delle sue disgrazie, che per altro giudicava assai meno interessanti, come infinitamente meno nobile gli parve il suo modo di curarle a base di acqua mercuriale. Era assai allarmato dal presentimento che nel modo di agire di quel vecchio potesse specchiarsi un certo carattere, un'indole comune a tutto Carlomagno. Tutti pazzi, pensava, è vero quello che dicono per i mercati, sono tutti pazzi. La qual cosa rendeva ancor più opache le sue prospettive e ancor più pregiudizievole di quanto già non era il compito che la signoria gli aveva assegnato. Sempre che il marchese un giorno o l'altro si fosse degnato di spiegarglielo in dettaglio, quel compito.

Pascal e Furnà parlarono per molte altre sere di cose diverse, a volte stolide a volte meno, né più né meno di come usano fare due uomini soli che il caso ha posto per molto tempo vicini, fino a renderli familiari l'uno all'altro per certe piccole cose, come cucinare un coniglio o allontanare l'insonnia, o curare la melanconia che disturba chi mangia e beve da solo. Quello che piaceva maggiormente a Pascal era l'apparente assenza di curiosità del vecchio, che non poneva mai domande, come se da tempo avesse già risolto ogni dubbio.

La mite fierezza di Furnà, la sua tetra bonomia, aggiunte a una sottile discrezione, erano qualità che Pascal sapeva apprezzare. Comunque si era fatto un amico, o qualcosa del genere. E se la cosa non lo consolava poi tanto, rimaneva il suo primo sicuro guadagno di balivo.

Intanto l'estate stava passando, asciugando la paglia sui campi del grano saraceno, addolcendo le uve sulle piane esposte all'aria forte del mare, arricciando il pelo agli agnelli novelli che ad agosto irrobustiscono la loro voce, già non riconoscono più la loro madre, pasciuta dell'umido e grasso pascolo d'alpeggio. I pastori nascondono nel fresco delle grotte i formaggi per l'autunno, i cavatori vanno a segnare le vene del marmo dove con il primo gelo si aprirà il taglio preciso, e arrampicano i precipizi invocando da Giovanni il Battista la fortuna con le canzoni.

Nel buio delle stalle il maiale mangia le sue ultime staie di ghianda e non pare che sospetti la lama che già misura il lardo del suo appetitoso collo, i ciuchi ragliano a più non posso per il gran calore che sentono sotto la coda, così come i giovanotti ragliano alto l'amore alle comarelle, appostati alle fontane. L'estate passava e nessuno pareva aver tempo per curarsi del marchese loro signore e di Pascal il suo tenente.

E mentre il marchese taceva, assopito in chissà quale suo personalissimo disegno, venuto settembre, Pascal si rassegnò a essere abbastanza in forze per offrire la sua persona ai risentimenti di Carlomagno. Volle per prima cosa conoscere i luoghi di quella gente e chiese a Furnà di fargli da guida; il vecchio accettò.

A piedi e a dorso di mulo, con villana cortesia cambiandosi l'un l'altro la comodità della sella, i due presero a vagare la montagna e le valli, compiendo ogni volta un ampio e disordinato anello che riportava il loro cammino, puntualmente dopo il tramonto, alla vecchia abitazione del casaro. Pascal riconosceva nella decisione di Furnà di farsi suo compagno un grande gesto di amicizia e di fiducia: era universalmente noto che nessun altro forestiero, da tempi remoti, aveva mai avuto la possibilità di visitare i recessi di quel paesaggio vigilato e protetto, si diceva, da sangue ormai asciugato da una moltitudine di secoli.

Il casaro doveva aver preso quella decisione con grande tribolamento, forse si era consultato con i padri di Carlomagno, forse aveva taciuto. Ma il suo borbottare ignote bestemmie quando la mattina prima dell'alba bussava alla porta con il moncherino, l'indefesso marciare per ore e giorni senza mai deviare davanti al più ardito passaggio, la ruvidezza con cui divideva con equità di orafo il grosso pane, la carne salata e il vino del piccolo otre, il suo silenzio ottuso, rotto solo raramente da un gesto brusco delle tre dita, erano agli occhi di Pascal il segno di una conquista, il suo primo buon lavoro di balivo.

Anche per questo, nonostante la prudenza e l'abitudine lo sconsigliassero, viaggiava senza spada e archibugio, lo splendido archibugio spagnolo che aveva fatto le sue fortune di sopravvissuto, e armato solo del coltello con cui divideva il pane, si peritava di transitare per le case e i campi dove la gente lo osservava con curiosa ostinazione, assumendo un portamento che lo rendesse, nonostante il suo ufficio, invisibile, il più possibile invisibile. Così come sapeva fare Furnà, quando sedeva nella sua stanza, beveva il suo vino, raccontava la sua storia e dava a vedere di non esserci punto.

Viaggiando per le segrete terre di Carlomagno, ciò che colpiva maggiormente Pascal era la concentrazione di tanti e diversi elementi in uno spazio che un uomo poteva circoscrivere in non più di quattro o cinque giornate di buon passo. Lui aveva viaggiato e visto molto, ma nulla che potesse paragonarglisi. Gli venivano tutt'al più alla mente i drappi dipinti che facevano da scena alle pantomime degli attori vagabondi nelle grandi città del settentrione; lì, nello spazio poco più grande di un lenzuolo, era rappresentato tutto il mondo conosciuto e una parte cospicua di quello ignoto.

A ridosso del paese iniziavano i ripidi cammini che portavano alla prima montagna, ai pascoli e ai campi di grano saraceno stretti tra la macchia; da qui procedevano per le gole verso i picchi di pietra bianca o, attraversando valichi invisibili a occhi disattenti, si addentravano, per minuscole e scure contrade, in conche dolcissime e temperate al cospetto di nuove e più ardite pareti di roccia. Torrenti tagliavano fessure nella roccia e scomparivano negli inferi di invisibili orridi per poi riapparire d'improvviso, morbidamente adagiati sui prati gonfi di erba medica.

Boschi di antichissimi faggi felpavano il passo per una lega di blando cammino, ma Pascal non aveva fatto a tempo a compiacersene che arrancava in scarpate di sassaia che parevano infinite, ma che aprivano ancora improvvise a nuovi prativi orlati di cespaie di cardo, alla cui vista il mulo illanguidiva di voglia e scalciava di piacere. E ovunque, sopra tutto, agghiacciava il biancore delle montagne di pietra. Stipa lauro olivastro querciolo castagno leccio ontano faggio betulla ramerino serpillo piperita mirto e genzianella si davano il passo e tornavano a incontrarsi confondendo le loro essenze, condividendo una fratellanza che qui durava come fosse ancora stipata nell'arca del patriarca Noè. E sempre l'occhio si confondeva per i troppo bruschi passaggi da una contrada all'altra, dove assieme abitavano la dolcezza e la durezza, il verde e il grigio, la montagna bianca e il mare indaco.

Sì, perché, dopo una giornata di cammino nella selva, salendo ben oltre i pascoli tra la pietra viva, era frequente incontrare sull'orizzonte il mare. E il mare appariva sempre più tenace di qualsiasi altro colore e ogni altro elemento, anche quando era una fettuccia sottile, una luminescenza appena percettibile, come se fosse la ragione ultima o la causa prima, questo Pascal non sapeva, di tutto quanto il resto di quel singolare universo.

E dove la montagna si faceva più segreta e più dura al cammino, Pascal e Furnà incontravano tracce di un lavoro saturnino che scavava, muoveva, colmava le montagne con muraglie di blocchi di grigia arenaria. Ciclopi dovevano essere i mastri architetti di quelle opere, ed erano invece formicuzze che arrancavano portando sulle spalle corbe smisurate al giogo di un maledetto lavoro di Sisifo.

"Che gente è mai questa – diceva Pascal – che per un raspo di uva o un pugno di olive s'incatena a un'opera che la uccide di fatica?" E Furnà rispondeva: "La paura, monsignore, la paura. Che quando viene è una brutta compagnia, ma quando rimane diventa una buona maestra. La paura ha portato fin qua gli avi dei nostri padri cacciati dalle loro case, e loro hanno imparato col tempo a fare di questi dirupi fortezza e granaio. Quegli uomini laggiù sembrano degli schiavi, ma lo sembrano soltanto. Sicuramente scambierebbero i loro orti di pietre con le ricche chiudende delle colline e con i larghi campi sul mare, ma al mercato di questo baratto ci si va la notte sulla groppa dei sogni dell'asino".

E dagli anfratti delle montagne di marmo risuonava sul loro cammino, quasi piovessero campanelli dal cielo, il tinnare delle mazze di cava, ostinate a cavar massi di pietra come fossero fette di pane.

Così Pascal prendeva possesso delle terre di Carlomagno per conto del marchese di Bramapane, ma più camminava e più guardava, più sapeva che non erano cose sue né del marchese, né lo sarebbero mai state. Tutto era troppo diverso e lontano, nessun altro poteva governare quei luoghi se non chi se li era scelti. Provava ugualmente disagio sia al cospetto dell'accogliente bellezza sia dell'inospitale durezza, e la sera si sentiva assai più stanco di quanto era naturale che fosse, preso da uno sfibramento di precarietà, come avesse proceduto tutto il giorno sull'orlo di un burrone.

Se Furnà sceglieva di accamparsi nella capanna di un contadino o nella grotta di una cava di pietra, osservava in silenzio gli uomini che in silenzio con lui condividevano il pane, privi di curiosità e di domande. E lui non trovava da farne, né gli pareva prudente farsene venire alla mente. Era venuto alla certezza che il suo viaggiare era un privilegio accordatogli, ma il soffermarsi un torto che sarebbe stato rimesso con la lama del coltello.

Accadde un giorno che il mulo di Pascal fosse grandemente infastidito da un serpe mentre zoccolava lungo un sentiero, e di quell'inaspettato disturbo si lagnasse con gran vigore nel suo modo mulesco, tirando grandi calci all'aria e sgroppando a terra il suo cavaliere.

Il mulo in questione era una gran bella bestia, un savoiardo slanciato e di muscolatura possente nel fiore degli otto anni. Pascal l'aveva ricevuto in saldo di una sua militanza in quelle terre – o, per meglio dire, l'aveva estorto con buonissimi argomenti alla taccagneria del signore sabaudo. Da allora lo aveva fedelmente accompagnato, servendolo secondo le evenienze, con la soma e con la sella. Non era bizzoso e scontroso come tanti suoi fratelli e in cambio della sua affabilità aveva sempre ricevuto dal padrone buona biada e orzo fino, se l'opulenza di Pascal poteva spingersi a tanto, oltre ad accurate e rilassanti strigliate; e anche un nome: Baes. Un nomignolo corto e dolce da pronunciare che nel dialetto fiammingo significa "padrone", ma anche "oste". Ed era a un oste che pareva assomigliare quel mulo, per la sua signorilità alla mano, per il buon carattere e la furbizia, per il robusto appetito e perché, in effetti, era padrone senza essere prepotente, sapendo imporsi senza strepito.

Pascal sapeva di dipendere da quella bestia per la sua stessa vita, e più di una volta aveva potuto constatare che, in certi incresciosissimi frangenti, la buona disposizione del suo mulo gli aveva offerto l'unica via di scampo. Dunque Baes, l'oste; l'unico padrone che Pascal sapeva di poter sopportare a lungo.

E Baes quel giorno fu spaventato a tal punto da un serpe che dovette rinunciare alle sue buone maniere. In effetti, a sua giustificazione, nella lunga carriera di soldato viaggiatore non aveva mai incontrato un simile rettile. A Carlomagno lo chiamavano Frustone e anche gli uomini lo avevano in gran dispetto e ne erano parimenti intimoriti. Se ne erano visti di lunghi tre braccia e più. Se nel resto dell'anno trascorrevano la loro strisciante carriera negli anfratti appartati, sul finire dell'estate, entrando nei loro tardivi e feroci amori, tralasciavano la prudenza per accoppiarsi ovunque avessero la fortuna di incontrarsi.

Il loro amore è furioso e incontrollato, un groviglio di vortici sibilanti che si trascina con guizzi potenti per lunghi tratti di terreno. Se per fatalità questa mancanza di ritegno porta le serpi tra i piedi di un cristiano o, per l'appunto, tra le zampe di un mulo, il maschio punta la testa a terra e inizia a vergare terribili staffilate in ogni direzione, e, individuato l'avversario, lo insegue senza cessare di menare frustate che quando arrivano a segno marchiano la carne a sangue. Da qui il nome di frustone e il timore che incuteva tra i boscaioli di Carlomagno e il turbamento di Baes, che lo portò a disarcionare il suo cavaliere.

A montarlo in quel momento era Pascal, dato che Furnà aveva preferito allontanarsi dal sentiero nel folto della macchia in cerca di certi sorboli di suo gusto, e cadendo strepitosamente a terra si ferì il costato contro una grossa pietra appuntita. Tastando il farsetto, la sua mano si ritrasse inzaccherata di sangue viscido e grosso. Riuscì appena a bestemmiare contro il suo mulo che una tremenda vergata al nerbo del collo lo tramortì.

Rinvenne con un sentore dolce di fiordaliso che lo prendeva alla gola. Se ne stette ad annusarlo, si disse che quel profumo così pungente veniva d'Occitania, capì che questo non era possibile perché era altrove da molto tempo, si tastò trovandosi nudo dalla cintola in su, disteso su un giaciglio di pelli morbide e calde. E non c'erano d'intorno fiori, ma un impacco poggiato sopra il petto. Vagò con gli occhi per la piccola stanza sconosciuta e quando il suo sguardo si fermò dinnanzi alla faccia di Furnà, ricordò ogni cosa e cominciò a sentire dolori ovunque dentro il corpo.

"Un brutto scherzo, monsignore, non c'è che dire. I serpi sanno trattar bene solo le femmine," e Furnà gli gettò in grembo la lunga pelle di un serpente. "Tenetevelo per trofeo, se volete. Noi questi frustoni li teniamo in gran conto contro le pellagre; da morti si intende. Il vostro mulo è salvo e acquietato e voi guarirete presto, certamente. Siete in buone mani e in buona scienza." Furnà, per la prima volta sotto occhi del balivo, sorrideva. Sorrideva in modo quasi delicato, come impacciato.

"Dove siamo Furnà?", chiese, cercando di allontanare da sé le spoglie schifose del serpe. Non ci riuscì perché lo prese forte un dolore alla spalla destra.

"In casa di questo buon uomo," e indicò alle sue spalle. Si fece avanti un uomo piuttosto minuto, mani minutissime protese in avanti, pelo rossiccio e rado sulla testa e sulle guance come lanugine di bambino. "Buona salute, signor mio," augurò con voce leggera, ponendo le sue piccole mani su quelle di Pascal, "buona salute a voi." E si ritrasse subito, così che ai sensi ottusi di Pascal sembrò un'apparizione.

"Quest'uomo è Ruben," si mise di mezzo Furnà, "il decano della palude, console dei cacciatori di rane, gran pescatore di ghiozzi e di barbi, conoscitore di ogni acqua, contadino di canne e di giunchi, pastore di gore e di canali. Non pensatelo piccolo come lo vedete, perché è uomo di grandi arti e di molti pensieri. E sua moglie, Cerina, quanto e più di lui. È Cerina che ha raccolto le erbe e pestato e mesticato il balsamo che vi farà guarire. Con quel suo balsamo potrebbe ridar spirito ai morti, e forse l'ha già fatto, sebbene signor mio, sia cosa da tenere tra noi, che il nostro pievano se ne mortificherebbe assai. Siete fortunato a essere entrato in questa casa; siate certo che ne uscirete dalla testa e non dai piedi come siete entrato."

Quindi gli si avvicinò quasi a sfiorargli il viso e rompendo in rossore quel suo sorriso, gli mostrò il moncherino bisbigliando: "Vedrete questa comare Cerina, la vedrete. È stata la mia prima, e ogni volta che la incontro il mio vecchio cuore mi si caverebbe dal petto".

Pascal dormì per tre giorni, uscendo dal suo sonno una volta al giorno al tocco leggero di Ruben che gli cambiava l'impiastro. Al quarto giorno entrò Cerina e lo svegliò con uno strattone mentre gli puliva il costato dall'impiastro. Sentì odore di malva, una massa di capelli contro la faccia e una voce roca ed energica: "Sei guarito, mulattiere. Quando me ne sono andata, puoi metterti in piedi e lavarti le indecenze con l'acqua che è là in fondo. Dopo ti porteremo qualcosa da mangiare". Sul momento vide solo una lunga chioma corvina che stava uscendo dalla stanza. Entrando con il cibo, Cerina lo trovò riverso per terra nudo e fradicio: non si sentiva per niente guarito.

L'indomani invece guarito lo era davvero e poté muoversi in lungo e in largo per la stanza fino ad averne noia, fino a che Furnà lo venne a prendere per portarlo a desinare al tavolo della famiglia. Lì di chiome corvine ne trovò due: due identiche lunghe neroviolette trecce di morbidi capelli che si muovevano per la cucina scotendo l'aria densa di cibo, e avevano ognuna la sua faccia, non troppo diversa dall'altra: certamente una molto giovane e l'altra meno. Così Pascal conobbe Cerina e Sua, la figlia di lei e del rosso decano della palude. Nessuna delle due si volse per dirgli qualcosa.

Mangiarono come lui non aveva mai visto fare nelle campagne, gli uomini e le donne assieme, in silenzio. A Pascal quel silenzio pesava e lo stridore dei cocci lo feriva come lame sulla sua piaga ancora rossa. Furnà lo guardava fissamente di là dal tavolo, e pareva che lo invitasse a un gesto. E lui non sapeva che fare per rimettere il peso di un'ospitalità che gli gravava sulla testa in tacita riprovazione. Alla fine gli fu versato del vino e lui parlò:

"È di molto incomodo curare chi non si ama".

"Nessun fastidio, monsignore, per un po' di carità" – Ruben parlava con voce piana tenendo tra le mani il boccale di legno come una coppa preziosa, gustando il vinello chiaro a piccoli sorsi –. "E nessun debito avete contratto con questa casa. Ma se vi piace la franchezza, vi dirò che non vi amiamo, no. Per questo la pietà è una buona cosa."

"La vostra pietà è stata grande. Avreste potuto lasciarmi nella macchia. Ho conosciuto fin troppi acquitrini che prima o poi trasudano ossa."

"Non vi inorgoglite, mulattiere. La vendetta è contro i forti e ancora voi non la meritate. Siete debole in questa terra, mulattiere; basta un serpe dei nostri a mettervi nelle mani di Dio." Così Cerina, la vecchia, la prima delle due lunghechiome.

Ma era poi vecchia? Pascal guardava un viso tagliente eppure liscio, colmato da palpebre socchiuse su occhi neri che raramente guardavano diritto, ma nel farlo aizzavano una bestia viva assopita dentro. La pelle era olivastra e lucida e il busto scuoteva con brevi agili guizzi la lunga veste scura. Solo le mani erano certamente vecchie, lunghe e ossute, intrecciate di vene violette. E i capelli, quella lunga grande treccia gemella di quell'altra che non aveva ancora avuto la disposizione di guardare senza impaccio, era un prodigio. Cerina contendeva apertamente con lui contro ogni buona creanza. Fu grandemente infastidito da quella donna che lo appellava con voce roca e ferma, e ancor più lo infastidì il sapersi impotente: doveva la vita a questa gente che lo disprezzava.

Cominciava a infuriarsi e sperò di potersi trattenere: "Chi mi ha portato qui non me lo ha chiesto, e io non ho avuto possibilità di chiedergliene ragione; bisognerebbe poter tenere per il collare la vita ogni giorno. Se è la mia persona che vi schifa, chiedete al marchese di meglio; lui avrà come scegliere".

"Perdonate signor mio" – Furnà ora guardava Pascal con condiscendenza – "ma Cerina è comare di grande carattere e per questo è molto apprezzata e molto temuta in Carlomagno. Lei che è levatrice e guaritrice, pensa di poter vantare una sua personale signoria su tutto ciò che vive, e in particolare su tutto ciò che lei ha fatto vivere. Spero che capiate anche voi che in qualche modo le appartenete, perché nessun chirurgo, e di qui ne passano assai di rado, avrebbe potuto salvarvi. Ma Cerina, per qualche ragione che lei conosce, vi apprezza, altrimenti non berreste questo buon vino alla sua tavola."

"Tappati quella tua bocca rotta, tu, parla di chi vuoi, ma non di me." Cerina puntò agli occhi di Furnà, che d'istinto fece una mossa appena percettibile come per difendersi. "Il mulattiere ha ragione: siete voi che lo avete voluto; ora che ve l'ho rimesso a posto, godetevelo."

Ruben aveva posato il boccale sul tavolo di assi grezze e vi teneva posate le mani sopra; a Pascal venne in mente un prete che celebrasse una ignorante eucaristia. Il pescatore gli si rivolse con la sua tenue voce:

"Questa mia donna ha la voce dura anche se il suo cuore è dolce; fa peccato di troppa sincerità. Ma la verità è questa, monsignore: voi siete qui per la nostra paura, e ora la nostra paura ci spaventa. Tutto ciò che abbiamo ereditato dai nostri padri e i nostri padri dai loro, è stato un uso accorto della paura che è in noi da sempre e da sempre è la nostra balia. Il latte di questa nostra balia ci ha reso forti e tenaci alla vita, talché abbiamo saputo far fruttificare l'acquitrino e la montagna, il sasso e la stoppia. Ma tutto questo è potuto accadere perché eravamo stranieri al mondo e al mondo ripugnanti come bestie.

Ora noi abbiamo pensato che il mondo ci invaderà e ci sommergerà, così che abbiamo preso il vostro marchese per nostro argine. Nessuno vi torcerà un capello finché camminerete per queste terre, ma nessuno potrà amarvi di amor fraterno e cordiale perché ci mostrate il segno della nostra debolezza. Anche se la vostra vita sarà, per il suo verso, grama come la nostra". E Ruben uscì dalla cucina per le sue faccende.

Allora Pascal poté guardare, per la prima volta da quando era entrato nella cucina, la figlia di Cerina, la giovane Sua. Le due donne trafficavano assieme spostandosi con rapidità qua e là per la stanza; tra loro non si parlavano ma solo si scambiavano cenni, come fossero in una familiarità straordinaria. Infine si sedettero nell'angolo del fuoco e la più giovane si pose tra le cosce un grosso mortaio; guardò diritta negli occhi il balivo e lui ricambiò lo sguardo.

Non erano gli occhi di Cerina, non tralucevano dalla spessa cortina delle palpebre, ma erano grandi e splendenti di un chiaro colore cangiante; l'iride madre mutava al mutare dello sguardo e della luce che raccoglieva come se fosse immersa in una limpida acquamarina. Il viso, sgombro dai capelli raccolti nella lunga treccia, era più tondo e più chiaro, ma senza pallore, come se quel chiaro gli venisse da un riflesso degli occhi. Le sue fattezze erano più morbide, e quella morbidezza dava una grazia singolare ai movimenti rapidi e raccolti. Indossava come la madre un'ampia e sgraziata veste, senza che neppure per lei fosse di un qualche impedimento o la mortificasse in qualche modo.

Ai piedi portava pesanti zoccoli di legno con un motivo di piccoli fiori inciso col fuoco e ormai consunto; le caviglie che la sua posizione lasciava scoperte erano forti e chiare come la pelle del viso, senza i segni che – ricordava ancora Pascal – solitamente ulceravano le caviglie e i piedi delle villane. Le cosce che nello stringere il mortaio si modellavano sotto i drappi parevano forti e morbide. Se a Cerina non poteva attribuire un'età certa, Sua non poteva avere più di vent'anni.

Dunque la ragazza lo guardò con il suo chiaro sguardo e gli chiese con una voce chiara e decisa, una voce che si sarebbe detto venisse da un corpo più grande, da un petto più profondo: "Come vi chiamate, signore?".

Pascal ne fu sorpreso e, cercando di distogliere lo sguardo dal suo grembo, rispose: "Pascal, io mi chiamo Pascal e altri nomi che vengono dopo di questo. Ma a tutti basta Pascal per ricordarmi".

"Mi ha detto il casaro che voi dovete aver viaggiato molto, signore." Continuava a guardarlo limpida senza imbarazzo e la sua voce era sempre ferma e limpida.

Pascal non si sentiva per niente a suo agio. Da quanto tempo non parlava con una donna, con una giovane donna addirittura? Quella Sua, figlia di un pescatore di palude e di una levatrice, persa in un paese selvatico, gli parlava con una naturalezza che non si sarebbe mai aspettato. La guardava e gli venivano in mente donne che aveva conosciuto. Certe giovani signore incontrate nei saloni dei ricchi borghesi di Brabante, donne abituate a tenere gli uomini per la collottola, capaci di manovrare questioni assai pungenti con la stessa leggerezza con cui tastano un cembalo; donne che hanno libri nelle loro stanze e non solo fogli di musica, donne pericolose come la riverenza di un boia.

Sua non assomigliava per nulla a loro. Ma neppure a quelle contadine ferme sulle vie a vendere pomi tra la polvere, né alle maliziose ostesse appostate in ogni città del continente, le *baesiens* che sapevano parlare di ogni cosa con chiunque, ma con una sola ragione nella testa e tra le cosce: io dò, tu paghi.

Sua pestava nel mortaio e intendeva conversare con uno sconosciuto detestato da tutta la sua gente, sotto gli occhi della sua feroce madre, che assisteva in silenzio. In verità Pascal si era anche dimenticato i modi di una conversazione siffatta, e cercò di non sentirsi in impaccio, provò a distendersi, anche se la ferita aveva iniziato a fargli di nuovo male. Sicuro che aveva viaggiato.

"Ho viaggiato, sì, ho viaggiato molto." E si proponeva di dire di più, ma non sapeva cosa.

"E avete viaggiato anche per mare?"

"Una volta ho corso il mare, un mare del settentrione, molto diverso, mi sembra, da quello che si vede in questo paese."

"E siete stanco ora, signore?"

"Forse sì, forse sono stanco. Non ho viaggiato in carrozza, sapete? E più che cavalcato, ho galoppato e più che camminato, ho corso. E i miei compagni di viaggio non sono mai stati un'allegra compagnia in cerca di sollazzo." Pascal era curioso di sapere cosa avesse per la testa quella garzonetta e quasi cominciava a divertirsi.

"Siete stato sempre soldato nel mondo, questo volete dire?"

"Più o meno. Ma sapete, graziosa? Sono ben pochi gli uomini che viaggiano i paesi per motivi di pace. E non sono uomini comuni come me." L'aveva chiamata graziosa perché non aveva trovato nessun'altra parola per indicarla. Gli era venuto "graziosa", perché così suonava nella parlata di sua madre il modo amichevole di appellarsi tra uomini e donne.

"Ma voi avete visto solo guerre, signore?"

"No, non solo guerre e nelle guerre non ci sono solo battaglie. Ho visto molte cose belle, cose fatte nel tempo antico e bellissime cose che gli uomini fanno ancora. Ho visitato chiese grandi come foreste splendenti di oro e di pietre opaline, ho camminato su strade che tagliano in due il mare, ma non ho mai avuto abbastanza tempo per capire quello che vedevo e spesso, tornando in un luogo, ho trovato le cose più belle ridotte in macerie. Ma la pace, la grande pace di un popolo intero e di un intero paese non l'ho mai vista, né ho mai potuto camminare per tutto un giorno godendo della vista di una campagna tranquilla e di un'allegra città senza dovermi guardare le spalle, neppure quando ero bambinetto." Chissà cosa può capirne questa Sua di tutto ciò, si chiedeva, prendendo gusto a quella singolare conversazione.

"Volete insomma dire, signore, che avete sempre fatto il mestiere della guerra?". Sua non ne sembrava minimamente turbata; ora si rivolgeva a Pascal con voce, forse, un poco più morbida.

"È stato il primo che ho imparato. Forse mi piaceva fare qualchecos'altro, ma non ho mai avuto abbastanza tempo per pensarci. Ecco perché ora sono un po' stanco, ho sempre fatto tutto in gran fretta."

"Anch'io ho visto soldati qualche volta, mentre passavano sulla Via, laggiù in fondo. Qui non piace che questo succeda, perché è molto pericoloso, ma quando accompagno mia madre per le case a levare i figlioli, ci capita anche di passare sulla Via, e a noi non è mai successo niente. Abbiamo visto i soldati dell'imperatore nascosti tra le frasche. Abbiamo sentito canti e spari e c'erano anche donne, e la bandiera dell'imperatore correva innanzi e dava fuoco a ogni cosa. Siete molto malvagi."

"Sì, siamo molto malvagi." Che altro avrebbe potuto dire? La ferita ora gli doleva sorda. Aveva voglia di coricarsi, ma non voleva interrompere Sua, darle l'impressione di averlo sfinito.

"Volete fermarvi qui per tutta la vita?"

Pascal non avrebbe trovato una buona risposta, ma ci pensò Cerina a levarlo d'impaccio.

"Coricatevi, mulattiere. Avete la faccia color del sego e cominciate a balbettare."

Quella notte Sua entrò nella stanza dove giaceva Pascal. Portava un piccolo lume e gli si accostò con mosse felpate di gatto, tant'è che lui si svegliò di soprassalto quando le sue mani già gli sfioravano il viso. Ed ebbe paura di qualche sciocchezza, di una pazzia di ragazza che poteva costargli la vita, e che comunque lui non aveva chiesto e non desiderava. Invece la graziosa gli chiese con la sua solita voce chiara di guardare una cosa che aveva con sé.

Alla luce del lume gli porse un quadretto di spessa carta e Pascal vide un'immagine che già conosceva, un foglio di quegli almanacchi che i soldati come lui portavano nelle loro bisacce per tutto il continente, comprati in qualche fiera di Fiandra o di Palatinato, per divertimento e portafortuna. Era la *sankta kolbmann*, come era chiamata al nord, la donna che fa impazzire gli uomini, disegnata mentre scuote un albero carico di ometti dalle orecchie d'asino ridacchianti e strombettanti. La donna era giovane e bella, alta, le lunghe gambe le tendevano la veste e il grembo sporgeva grande e rotondo nello sforzo; gli uomini che piovevano dai rami e che si rotolavano per terra erano tutti nanerottoli dementi, brutti come scimmie di Canaria.

Pascal notò il pregio di quell'incisione e si chiese con gran meraviglia come fosse capitata in quella palude. Sua lo guardava con aria interrogativa:

"Vi piace, signore?".

"Sì, è molto bella. È tua?"

"Sì, è mia. È la cosa più bella che ho. Ma mi piacerebbe sapere chi è quella donna e cosa sta facendo. Io non ho mai saputo a chi farla vedere. Nessuno sa che ce l'ho, nessuno a Carlomagno ha una cosa simile. Voi lo sapete cos'è questa figura?"

Dunque Carlomagno era troppo lontano dai venditori di almanacchi. "Questa è la donna che comanda gli uomini. Nei paesi del settentrione la chiamano 'la santa picchiauomini'. È una storia antica, credo, perché la conoscono in molte città dove, in certi giorni di festa, si divertono a far comandare le donne. Ma tu da chi l'hai avuta?"

Sua pareva turbata e adocchiava un poco l'immagine e un altro poco Pascal. "E crescono uomini sugli alberi in quei giorni, signore? E in quei paesi è facoltà delle donne di ridurli ciuchi?"

Era una risposta difficile da dare. "No, graziosa, no. Questa storia è una favola. Nel tempo normale le donne non battono gli uomini, né li portano alla pazzia, e gli uomini non crescono sugli alberi in nessun giorno dell'anno. Le figure servono a raccontare storie che non sempre sono storie di verità."

"Che paesi sono quelli dove le storie non sono vere? Che bellezza ha questa figura se è falsa? A che serve raccontare una storia se non è vera? Chi se ne può rallegrare? È così bella questa figura, certamente è vera!"

A Pascal tutto questo sembrava la follia del sonno di un febbricitante, e Sua in particolare un folletto tentatore della mente. Si pose una mano sulla ferita e gorgogliò un breve lamento di dolore.

Sua si scostò e lui vide che stava avvolgendo l'immagine in un drappo. "Vi fa male. Volete che chiami mio padre?"

"Mi fa un poco male, ma ora dormirò e non avrò bisogno di nulla. Ma non mi hai detto dove l'hai presa." E fece cenno al fagotto che ora Sua teneva in grembo.

Lei non rispose subito, ma quando ormai era una piccola luce sul vano della porta: "Me l'ha data un soldato dell'imperatore che ho incontrato lungo la Via un giorno dell'anno scorso. È stata pagata un prezzo molto caro."

Due giorni dopo, di buon mattino, Pascal il balivo e Furnà il casaro si partirono dalla casa del decano della palude, il gentile Ruben, avendo le sue donne già lasciato la capanna nel cuor della notte per sgravare una sposa primaticcia nella contrada Parvotrisia. Nel separarsi il pescatore fece loro dono di un mazzo di pesci seccati e abbracciò l'uno e l'altro senza una vera differenza.

Il mulo Baes trottava di gran lena al tiepido di quei giorni di vendemmia, quando le oche selvatiche provano le ali nei voli stretti e chiassosi che precedono le prime piogge e il vero esodo. Risalirono alla collina e cessarono con quella le loro perlustrazioni nel paese di Carlomagno.

Una notte, poco dopo che Pascal si era congedato dalla sua capanna, Ruben uscì nel frascheto non avendo con sé il necessario per la sua pesca. Camminò a lungo nel buio guidato dalle voci che udiva intorno a sé, finché giunse sulla sponda di un rivo. Qui trovò un minuscolo naviglio di vimine intrecciato, di quelli usati per la piccola pesca con il refe, e con questo attraversò canali e pantani finché giunse a una piccola isoletta, nel centro di un ampio braccio di fiume.

L'isola non era che un piccolo monticello brullo; al suo vertice giaceva una gran pietra liscia, la forma della quale ricordava l'uovo di un gigantesco uccello. Sopra, nella parte che mostrava l'oriente, vi era profondamente incisa una croce, con bracci lunghi ciascuno una spanna. Il decano vi si inerpicò senza alcuna fatica e vi si mise a sedere. Quindi, al cospetto della vasta distesa d'intorno, intonò la sua canzone.

## Canzone di Ruben alla palude

Salve, stelline rotanti nelle lucide sfere celesti, e ancora una notte salve a voi, spoglie sideree della Vergine morente. Buona serata a te, prospera gobba di luna calante, e a te luce d'argento che ti spandi per gli infiniti rivi e pozze e gore e mulinelli e canali e canalette di questa piana vallata. Salute, acqua madre flumina, che inondi l'orizzonte d'occidente, gravida della linfa fredda di tutte le montagne di settentrione, e anche a te salute, mare di mezzogiorno, ch'io ti conosca un giorno e intenda la tua lingua.

E dunque salve a voi, creaturine dello stagno, tenere mie prede, mio docile sostegno, gradite a me e alla bocca dei buoni cristiani. Non temete, popolini mangerecci della palude, questa sera non sono qui per raccogliere il vostro tributo alla pancia del decano, né recherò alcun danno a voi, eserciti degli indigesti. Sono qui a domandarvi, rospi ranocchi e batraci, ghiozzi tinche e lucci, alcioni cornacchie e rondoli, cavedani lasche e trote, orbetti ramarri e serponi, folaghe oche e germani, giunchi cavezzi e canne, sono qui a questionare con voi. Salve, e restate in pace questa sera. E sia pace a voi, vecchie ossa del mio popolo trafitte di lance e di spade, che mal riposate dai tempi dei tempi dei tempi all'addiaccio delle antiche pietre sommerse.

Ora ascoltate. La fiera *belùa* s'è appostata sulla pietra dello scandalo e ha ghignato forte in questi ultimi tempi; io l'ho udita. La faina sibila e reclama la sua soddisfazione. Lei sa che abbiamo valicato i confini che ci furono assegnati e abbiamo guardato il mondo, così che il mondo adesso guarda noi.

Ora che faremo? Sono passati gli archibugieri dell'imperatore, sono passati con le loro bestemmie e il loro fragore, ma non ci hanno visto, e sono transitati oltre. Ora torneranno e ci vedranno: si avventeranno dunque contro di noi? Poi sono passati i venditori di frittelle, di brache e di cervogia; a nugoli come folaghe inseguivano i soldati e non ci hanno visto e sono transitati oltre. Ritorneranno e ci vedranno; subiremo il tanfo delle loro zozze mercanzie? E loro appresso sono passate mille baldracche, che ebbre suonavano i loro zufoli inseguendo i venditori; torneranno e ci vedranno: dovremo subire le loro lusinghe? E sono passati innumeri in processione preti e vescovi e chierici, e cantando le lodi di domine Iddio inseguivano le baldracche; le loro mitrie splendevano d'oro e le loro croci d'argento erano brandite come forche, e i loro canti erano melodiosi. Torneranno e ci vedranno; dovremo patire le loro prediche e sopportare le loro forche?

E verranno cerusici e almanaccatori, notari e legulei, filosofi e letterati, esattori e gabellieri. Verranno e ci vedranno: che sarà di noi? Che sarà, creaturine, di questo popolo? Potrò ancora tornare e parlare a voi, o la mia bocca sarà già chiusa, il mio senno disperso, la mia decania decaduta? Sono qui, decano tra voi, per grazia del signor Cristo e dei miei fratelli, ma questo patto sarà rotto e la fratellanza fatta a brandelli. Torneremo alle nostre tane, creaturine, e come cani rabbiati contenderemo ai lupi le rocche e le selve. E ogni buona cosa sarà dissolta, perché nulla di ciò che siamo è apprezzabile agli occhi del mondo, e nulla di ciò che è nostro parla la lingua del mondo. Come lo scalzo giovinetto di Palestina, così noi torneremo negli abissi.

Confortatemi questa notte, creaturine, perché il mio cuore smania.

E nel pantano si levò alto il pianto silenzioso dei popoli dell'acqua, mentre appostata alla pietra miliare la fiera *belùa* ghignava e aspettava.

Vennero le caligini d'autunno e per le vie strette di Carlomagno si udiva il pianto a morte dei maiali trafitti dal crudele punteruolo del norcino. I tini ansimavano e soffiavano alto sotto la luna di ottobre il mosto novello, e i ragazzetti facevano lotte scherzose intorno alle braci dove addolcivano manciate di castagne, sottratte alla conta dei boscaioli. Le greggi erano tornate in paese al riposo negli stalli di scoglio asciutto, e il loro vello di morbida lana estiva era già tutto in trecce a smaltire la cardatura nei seccatoi. Nella montagna gli ultimi uomini rimasti picchettavano le vene del marmo bianco e spandevano aceto perché le rodesse in tempo per aprire le vie al ghiaccio.

Era stata una stagione di abbondanza e c'era solo da augurarsi che l'inverno non portasse disgrazie di morie tra i cristiani e le bestie. Ma le api avevano presto cessato di ronzare intorno ai fiori tardivi e già da tempo erano nascoste nel loro sonno, e quello era segno sicuro di un inverno clemente.

Il popolo allora decise che si dovesse tenere l'adunanza e i padri furono chiamati a proclamarla.

Era l'anno del boccalone Secondo che, con gran voce, spronò i padri a raccogliere tra il popolo i voti e le richieste, dopodiché ogni cosa gli fosse riferita celermente in modo da tenere con la dovuta solennità l'adunanza nel giorno augurale prescelto: il primo giorno della cova dell'alcione, quando l'aria fredda del settentrione muta in quella tiepida di mezzodì per dar luogo all'estate del martin pescatore.

Quando tutto fu stabilito, si ricordarono del balivo e della sua autorità sull'adunanza, e dell'obbligo che essi avevano di fargliela presiedere al fianco e al pari della potestà del fabbro Secondo. E ulularono. Oh, se ulularono i padri di Carlomagno, e inveirono, e ristettero in conciliaboli e tresche. "E che?", si dicevano nei loro crocicchi, "cosa potrà mai fare uno straniero nella nostra solenne adunanza se non profanarla con chiacchiere vuote e pretese di mutarne il buon modo? Non conteremo noi onestamente in quell'adunanza le decime del marchese e le prebende stabilite al balivo, senza che lui abbia da accecarsi nel contarle con noi? Ma alla fine decisero che era prudente rispettare i patti, e Furnà fu incaricato di istruire il balivo in ogni possibile modo perché l'adunanza dell'alcione fosse condotta a buon fine e senza intralcio.

E una sera Furnà spiegò a Pascal il come e il perché seduto nella sua cucina puzzolente, sbevazzando compunto un boccale di vino che ora preferiva caldo e avvantaggiato di erbe profumate. Così Pascal conobbe le antiche usanze del possesso e della divisione, del contendere e del risolvere, dello sciogliere e del legare.

Fu edotto dei giudizi e delle pene stabilite, del fatto che l'adunanza aveva potestà di giudizio su ogni cosa e su ogni colpa che riguardasse i cristiani, ma nulla poteva dire o fare riguardo le bestie, poiché le loro colpe erano rimesse direttamente al signor Iddio. Ma l'uomo poteva bastonare e trafiggere l'orso e la serpe, e anche il lupo se avesse azzannato più di un agnello, mentre la faina doveva essere scacciata senza ferimenti, per non incorrere nella sua vendetta.

Seppe che chi avesse ucciso un padre di famiglia doveva essere tenuto in vita per il mantenimento perpetuo degli orfani e della vedova e di tutta la famiglia, ma chi uccideva una donna o un fanciullo doveva essere ucciso e poi squartato e la sua testa doveva rimanere senza sepoltura, a meno che qualcuno non la riscattasse al prezzo stabilito dagli offesi. E un furto di pecora valeva due pecore, ma il furto di un asino ne valeva tre a risarcimento del lavoro sopportato dall'uomo in vece dell'asino rubato. E chi danneggiava doveva riparare, più venti vergate di cavezzo sulla schiena.

Seppe che il frutto delle terre comitali e delle bestie che vi pascolavano in ragione della terza parte andava ammassato e poi dall'adunanza equamente spartito nel popolo, e che la divisione equa doveva dare un resto e il resto era per l'ammasso degli orfani e dei disgraziati. E seppe che la montagna non era posseduta da alcuno e che il suo frutto di pietra bianca spettava a chi lo coglieva nella ragione di sette parti ogni dieci e le restanti erano di diritto comune a tutto il popolo che doveva fruttarlo in fabbriche pubbliche per proprio agio e abbellimento dei luoghi abitati; e la natura delle opere era di pertinenza dell'adunanza.

Ma se un masso era reciso perfettissimo dalla cava, questo apparteneva per intero a chi lo aveva reciso, e non veniva considerato nel computo della spartizione. Fatto salvo per un barilotto di vino che era tassa da devolversi al pievano per i comodi suoi, sottinteso che tacesse di quelle perfezioni marmoree all'autorità episcopale; questo in ricordo del rapacissimo vescovo sarezzanese di cui si tramandava memoria nei secoli.

Né da alcuno erano possedute le acque, mobili e immote, chiare e scure, né l'acquitrino e il pantano. I frutti che davano erano di chi li raccoglieva, e due parti ogni quindici di quel raccolto spettavano al pievano e alle opere sue. Pascal venne a sapere che possedere e recingere pascoli e campi di orzo e di frumento era grave peccato verso il signor Iddio e i suoi figlioli, e che tale peccato poteva essere rimesso versando la decima parte all'adunanza perché ne disponesse nell'ammasso dei bisogni.

Furnà gli disse anche che era costume in Carlomagno – e lo disse con modo solenne e tono dolce – che le donne si scegliessero loro l'uomo da avere per marito, diversamente da come era saputo succedesse altrove, e che questo era un modo di fare di cui gli uomini di Carlomagno non si erano mai lagnati. Anzi, sembrava loro il modo naturale di condurre quel particolare commercio, perché era noto all'universo che anche l'uomo più avveduto non possedeva in quell'affare la facoltà di decidere il giusto, e, se mai, la propensione generale era quella di non decidere affatto.

Ovviamente come andassero le cose preliminari tra i due non era dato sapere, ma era comunque usanza che fosse la donna a presentarsi davanti all'adunanza, e pretendere in suo sposo il tale o talaltro marito. Costui era chiamato a profferire la sua opinione avendo per testimoni i padri, i quali, non essendoci generalmente intoppi, accordavano e seduta stante stabilivano il giorno degli sponsali e bandivano la festa e stabilivano la dote che il popolo sottraeva al suo ammasso per benignità verso i suoi giovani.

Di molte altre cose il casaro mise a parte Pascal e non di tutte egli si fece ragione. Solo tenne a mente che per quella adunanza era già risaputo che si sarebbe presentata Sua, la figlia del decano della palude, a pretendere Amos, scalpellino della montagna.

Le donne avevano un gioco, un gioco che era solo affar loro. Lo giocavano in settembre e in ottobre con le noci, quando queste sono ancora ben sode e di polpa compatta e piena. V'era in Carlomagno un posto deputato a quel gioco nella piazza selciata davanti alla chiesa antica del paese dove, per la lunghezza di quaranta braccia e la larghezza di sei, era stato deposto un lastricato finissimo e lucido in forma di un corridoio uniforme, come fosse stato ricavato da un'unica pietra bianca e generazioni lo avessero smerigliato. Ivi al tramonto si radunavano le donne vecchie e giovani e ciascuna deponeva due delle noci che teneva in una saccoccia di tela ricamata finché non si fosse formata lungo il lastricato una doppia fila di tali frutti, ciascuno distante dall'altro un palmo.

Quindi esse traevano a sorte l'ordine del gioco e a ciascuna toccava lanciare dal limitare del campo selciato una sua noce prediletta, che doveva colpirne quante più possibile lungo la doppia fila. Con ciò, più la noce lanciata ne toccava, più la lanciatrice ne raccoglieva, e ciascuna toccata valeva per la coppia. Le donne di Carlomagno erano di questo gioco infervoratissime e nel farlo urlavano, strepitavano e s'accapigliavano. Usavano una loro lingua per le mosse del gioco, una lingua che nessun altro intendeva se non per due parole: *luba* e *cuba*, del cui significato erano al corrente tutti gli uomini del paese.

Succedeva dunque che era abitudine degli uomini sostare per osservare le giocate intorno al limitare del selciato dalla parte opposta a quella deputata per il lancio; perciò molte volte le noci scagliate con molta perizia finivano per colpirli in una parte o nell'altra del corpo. Ora le giovinette usavano colpire con intenzione l'uomo che avevano prescelto per sposo e spesso accadeva che questa intenzione fosse ignota all'uomo finché non era raggiunto dal guscio e la lanciatrice gridava "cuba" che nel loro gergo significava "t'ho preso". Oppure se il bersaglio fosse stato accidentale, il grido era "luba" che valeva dire "non t'ho preso". E questo valeva per legge, e se ambedue erano consenzienti, la cosa veniva riportata dalla donna all'assemblea dei padri e in breve si sarebbero celebrati sponsali. Questo accadeva tra settembre e ottobre così che per l'estate del martin pescatore, nei giorni alcioni, covavano con gli uccelli anche le donne di Carlomagno.

Quell'anno Sua colpì con la noce il giovane Amos, figlio di un perito scalpellino, scalpellino egli pure. Lo colpì nel tergo della schiena perché, avvedendosene in tempo, Amos volle scampare, non intendendo ancora sposarsi giovane com'era. Eppure non ebbe coraggio di rifiutarsi e Sua sarebbe venuta all'assemblea dei padri per notificarlo e per essere dal suo popolo benedetta e dotata.

Pascal ricordava bene la graziosa e le parole che aveva dette quando lui giaceva ferito nella casa di suo padre, così come ricordava il suo stupore per la figura che conservava segretamente. Ripensava a quella giovane strana e bella e in cuor suo ne era intenerito e si chiedeva se questo potesse essere il sentimento di un padre verso una sua figliola molto amata. E dato che la vita non gli aveva portato né figli né figlie, non sapeva come rispondersi; così che tornava a interrogarsi se invece poteva darsi un sentimento di amicizia tra un uomo e una giovane donna così come era tra compagni, e questa non gli pareva una cosa possibile.

Alla fine confidava che la sua confusione fosse dovuta a quel luogo di Carlomagno, alle sue stranezze e singolarità, e quindi si dedicava ad altri pensieri, tralasciando questo, che però gli sobbolliva, specialmente nelle tarde veglie, come un vapore interno che delicatamente spingeva per vedere la luce. E un giorno, poco prima di quello stabilito per l'adunanza solenne, si decise a vedere Sua per portarle un dono in augurio delle sue nozze.

Si arrovellò a lungo nel cercare un presente che fosse adatto, si diede gran manate sul capo sentendolo vuoto di ispirazione e dieci volte fece il giro del paese cercando senza trovare.

Poi aprì la cassa che conservava le sue fortune e trovò. Trovò, ma subito si pentì di avere trovato e richiuse in fretta. E tornò a riaprire e richiudere. Infine prese in mano quello che aveva trovato e lo maneggiò a lungo con cautela. Era un grazioso calendario inciso alla perfezione che aveva comprato da un libraio che, con la sua bisaccia, commerciava sulla strada che da Gand conduceva a Damme, nel paese di Fiandra. Aveva dodici fogli in quarto e ognuno conteneva la grande figura che commemorava il mese con sotto indicate le cifre dei giorni e i segni delle lune. Poi, di lato, nella lingua di Allemagna che lui capiva ma non sapeva leggere, il libraio gli aveva detto che erano scritti tutti i grandi avvenimenti dell'umanità accaduti in quel mese, dalla creazione di Adamo fino ai giorni nostri. Ma le figure ognuno le poteva comprendere ed erano bellissime, incise così finemente che prendevano rilievo dalla carta e parevano vedute di cose vive. E si vedeva l'ignominiosa cacciata di Adamo ed Eva dal paradiso terrestre e l'inizio del genere umano; la grande arca con cui il buon patriarca Noè aveva portato a salvamento le creature del mondo vivente; il re Carlo Magno, attorniato dai suoi cavalieri nella gloria del suo regno di giusto. E la resurrezione del Figliolo di Dio dal suo sepolcro terreno, la fine di Costantinopoli per mano dei saraceni di Maometto il Grande, con i grandi massacri di cristiani corrotti; la famosa città di Atene nei tempi del suo grande magistrato Pericle, la rovinosa donazione di Costantino imperatore alla chiesa di Roma, le meravigliose scoperte delle nuove terre d'Occidente, la coraggiosa protesta di Martin Lutero contro la frode abominevole delle indulgenze.

Era bello sfogliare quelle pagine e avere nitida davanti a sé la storia dell'universo, la mutevolezza delle sorti dell'uomo, le grandi gesta e gli abomini, sentirsi compreso nella gran pignatta della creazione, nella vivida rassomiglianza degli esseri umani tra loro in così diverse e distinte sorti. Quelle immagini avevano un magistero così potente che nessuna scrittura o parola parlata poteva accostarglisi. Sarebbe stato un bel dono per Sua, conosciuta la sua singolare passione per le figure e per la verità delle figure: avrebbe avuto per i suoi occhi le storie più grandi del mondo.

Ma sarebbe stato un danno irreparabile, un dono avvelenato. Avrebbe posto domande, ma a chi? Avrebbe voluto saperne di più, ma da chi? E quel calendario, la verità di quelle figure, erano severamente banditi dalle terre dell'imperatore, che giudicava i popoli a lui sottomessi in nome della verità sua e del papa di Roma. Giudicava con la forca e con il fuoco, niente di più. Ed era un'imprudenza grave che lui l'avesse tirato fuori della cassa, e anche solo pensato di donarlo a una giovane donna ignara di ogni cosa riguardo l'andazzo del mondo.

Se ancora conservava quel volume, era perché lui stesso era stato preso dalla follia di trasgredire, come un ragazzo stolido. Peggio, al modo sfrontato di un lanzichenecco bestemmiatore, aveva voluto irridere ai mille occhi spioni che aveva incontrato sulle sue strade, covando in saccoccia il delizioso demone che spandeva la lebbra del dubbio e dell'insubordinazione tra le genti. Sì, era stata proprio una cosa dissennata, un momento di follia. Lui! Che non professava e che non voleva professare nessuna verità speciale, che neppure sapeva leggere la lingua di quella verità che il libraio di Gand aveva chiamato con sussiego riformata, come se a quella parola corrispondesse una grazia speciale, una bellezza ulteriore di quelle figure così belle.

Ma come sarebbe stata felice Sua di averle, quante cose avrebbe potuto pensare con quella sua testa di capelli neri. Avrebbe visto il mondo, il mondo nelle mani di una comarella che vaga con i suoi pensieri tra i pantani.

Sua sapeva mantenere i segreti, ogni cosa in Carlomagno era un segreto. E pensò che il calendario del mondo, la cosa più bella che aveva, sarebbe stato un ben piccolo segreto tra i molti grandi di quella gente. Così alla fine decise di farne il suo regalo di nozze.

E un giorno andò alla capanna del decano Ruben. Arrivò sotto un piovasco fitto e burrascoso. Gli venne ad aprire Cerina che lo squadrò sorpresa: "Bisognerà che qualcuno vi strizzi, mulattiere, o affogherete nei vostri panni. Entrate, e se non vi fa vergogna, vi strigliero io".

Pascal non ebbe piacere di farsi spogliare da quella donna che aveva il potere di farlo sentire minuto e desolato, ma si sentiva troppo intirizzito per un rifiuto virile e lasciò fare ai suoi modi bruschi e decisi. Fu ridotto in brache e camicia e accostato al fuoco, seduto su una panchetta di ruvide assi. Teneva in mano il fagotto di pelle in cui aveva riposto il suo dono e non sapeva come posarlo da qualche parte: pensava che non fosse bene separarsene.

Per un attimo gli prese la voglia di buttarlo nel fuoco e lasciar perdere quella faccenda pazza, ma Cerina gli porse una grossa tazza colma di una bevanda dal leggero profumo di fragola che lo invogliò. La bibita era calda e amara, dolcissimamente amara al suo palato, e nel berla gli confortava lo stomaco e il cuore e dava tepore alle sue ossa. Così se ne stette quieto e non pensava ad alcunché mentre la donna gli strofinava le spalle e la schiena con una familiarità che non ammetteva contraddetti.

"Potrei essere di casa qui?" si chiese mentre si ristorava e acquistava spirito sotto le mani di Cerina che lo percuotevano senza fargli male. "No," si rispose, "non può essere che questo sia il mio riposo. E questa donna mi vorrebbe senza meno già morto." Chiuse gli occhi e lasciò che le ritmiche frizioni lo cullassero. "Sono molto fortunato," credette di pensare e subito sognò.

Sognò che Cerina lo montava con grande energia e lo scuoteva da capo a piedi come se lo spremesse, e da lui uscivano rivoli di sudore che la donna intingeva con le mani e si portava alle labbra. "Quanta cattiveria hai mulattiere, su, lasciala andare, lasciala andare, lasciala andare...". Sentiva le cosce di Cerina premere sul suo ventre e non era sorpreso di sentirle morbide e fresche come fossero di una ragazza, né gli importava dei suoi occhi fessuranti che lo puntavano incessantemente come se gli volessero cavar qualcosa dalle interiora.

Anzi, dalle sue interiora sentiva far forza per uscire qualcosa di potente che non sapeva dire, ma che gli sembrava potesse essere come un cane o una bestia avvolta a palla attorno ai suoi intestini. E quando si accorse che era il momento, non volle spargere il suo seme dentro la donna e urlò.

E aprì gli occhi e si scosse nel trovarsi supino sulla panchetta mentre Cerina con un panno caldo e umido lo sfregava attorno all'inguine. "Provati a impestare una donna di queste terre con questo tuo pendaglio rognoso, mulattiere, e io ne farò una medaglia da appendermi al collo."

Pascal restò confuso e vergognoso e non seppe che dire. Si divincolò e si sistemò brache e camicia. Ma all'inpiedi si sentiva ancor più ridicolo, tutto vaporoso e molle sotto gli occhi beffardi della donna, mentre il senso di benessere e di tepore continuava a possederlo, privandolo della dignità che invocava per separarsi dal sogno che ancora lo possedeva. Prese i suoi vestiti che fumavano accanto al fuoco e una folata di aria gravida di freddo e di pioggia lo colpì alle spalle. Si voltò e Sua entrò nella cucina accompagnata da un'iradiddio di tempesta. Non aveva mantello ed era completamente bagnata come se fosse stata partorita in quel momento dalla fiumana. I suoi lunghi capelli erano sciolti e le aderivano attorno al corpo così come la veste bigia e il lungo grembiule. Era scalza, con i piedi tutti imbrattati di fango. Mentre cercava affannosamente di coprirsi con i suoi panni, Pascal fissava quei piedi e li trovava belli da non dire; il suo cuore pareva volergli fare un buco nel petto e uscir fuori ad affondare nel pantano.

"Benvenuto, signore. Vedo che mia madre vi ha accudito. Spero che lo faccia presto anche con me, prima che renda l'anima alle tinche." I suoi occhi guardavano Pascal ridenti e quieti, guardavano lui e non le sue brache o il suo impacciato modo di coprirsi, né il suo petto che si mostrava dalla camicia aperta, né un'altra parte di lui; e il cuore di Pascal si acquietò un poco.

E Cerina la spogliò dei suoi abiti e Sua rimase accanto al fuoco con la sola camicia di lino grezzo. Con piccoli brividi cacciava fuori il freddo dal corpo e a Pascal pareva che si illuminasse man mano come un lucignolo che si irrori lentamente di olio fino. La madre la massaggiava nello stesso modo che aveva fatto con lui, e Sua si abbandonava a lei come una vitellina ancora imbevuta della placenta alla lingua della giovenca. Il balivo, stupito, non riusciva a vergognarsi di tutto questo, né sentiva riprovazione per quella libertà di modi. Raccattato l'involto che aveva posato sulla pedana del focolare, lo mise tra le mani di Sua.

"So che vi presenterete all'adunanza per chiedere di sposarvi, spero che vi farà piacere." E se ne stette a guardarla di sottecchi.

Sua tenne un poco l'involto tra le mani palpando la ruvida pelle mal conciata come se volesse ammorbidirla; intanto guardava Pascal, l'intero Pascal, con curiosità maliziosa: "Non si usa in questo paese far doni così presto. Ancora non è accaduto nulla, signore, che meriti un dono. Ma lo accetto volentieri perché il vostro è un gesto buono e gentile". E iniziò con grande delicatezza a svolgere il fagotto.

Pascal si irrigidì, di nuovo pentito per quella sua pazzia, e si rivolse alla ragazza con una durezza che non voleva: "No, vi prego, non guardatelo adesso. Fatelo più tardi, quando non potrete dirmi di esserne delusa". E con un gesto secco si avvolse nel mantello e uscì dalla stanza.

Vennero improvvisi i giorni grati dell'alcione. I lunghi piovaschi avevano ormai disfatto i nidi della cicogna; nei boschi sulla montagna il faggio aveva posato a terra la sua morbida chioma perché lì sotto gli esserini della terra potessero covare la vita, per tutto il tempo che gli spiriti dell'inverno sarebbero stati in caccia dell'anima tiepida del mondo. Gli spiriti con la faccia di neve, gli angeli caduti, infreddoliti per tutti i secoli dei secoli, già perlustravano la macchia e addentavano con le loro zanne di ghiaccio ogni cosa viva. L'orsa ancora rincorreva per le forre i suoi orsacchiotti, ma il passo le si era fatto pesante e svogliato e i figliolini belavano lunghi sbadigli secchi, rincitrulliti dal grasso delle buone cacce estive. Già due volte il nevischio aveva tentato le cime della montagna, ma non si era fermato abbastanza per farsi splendente più ancora della roccia.

Poi, un giorno di bigia nebbia, un garzonetto di palude aveva corso il paese saltando e uggiolando e bussando alle porte, chiamando tutti a gran voce. Ogni casa si apriva al suo richiamo, e il cencio di mantello che teneva aperto tra le mani fu presto ricolmo di noci e castagne e fette di pane giallo al miele. Il ragazzo portava l'annuncio che messer l'inverno si sarebbe un poco ritirato a tirare il fiato, e se anche non sembrava, ci sarebbe stato sole tiepido e aria mite. Perché laggiù, nel pantano, era tutto un volar d'ali azzurre e un gran trambusto di maschi arruffati d'orgoglio sulle buche dei nidi dell'alcione.

Era cominciata la cova, questo era venuto a dire; e di questo bell'annuncio la gente lo ricompensava, e nel farlo sorrideva e già si grattava i calori di sotto le pesanti vesti di lana.

E come sempre veritiero, il martin pescatore portò la sua piccola estate già l'indomani, e il terzo giorno, nel dì di domenica, fu bandita l'adunanza.

Al sole tra i quercioli, accosciata sulle pietre intiepidite, arrembata agli stipiti delle porte di casa, in placido ozio, quella mattina la gente di Carlomagno si godette il passaggio dei bidelli che davano l'annuncio dell'incomincio per voler di ognuno e grazia del signor Iddio. *Gneheee gneheee* pivarono le pive, *scing sceng* sfrigolarono i cimberli, *piru piru* tubarono i pifferi, esalando per le vie l'antico ritornello che si voleva fosse pervenuto dai cherubini medesimi al fiato dei primevi suonatori.

Poi i bidelli si affacciarono al poggio e annunciarono alla piana, quindi si portarono al limite opposto del paese e annunciarono alla montagna, così che tutto il mondo potesse compiacersi di quella musica d'angeli e il popolo accorresse al recinto in tempo per la terza ora del giorno e non più tardi.

Ma il popolo intiero era già radunato. Nello spiazzo attorno al recinto dei quercioli, a chiazze, le famiglie sedevano in compunta allegrezza. I bimbetti razzolavano qua e là arrovellati a succhiar le castagne bollite alla vigilia, mentre le giovinette spidocchiavano compostamente le madri mormorando le ciarle dei loro teneri cuori. E le madri, cantilenando le loro sagge rampogne, spidocchiavano i figli maschi, che scalmanavano sotto le unghie tenaci e sacramentavano, intenti a lor volta a spulciare i botoli di casa. I padri, spidocchiati, strigliati e vestiti a festa già prima dell'alba, sedevano nel recinto, ognuno col suo sussiego, masticando chicchi di grano abbrustoliti e biascicando sottovoce le loro faccende.

Come da uno sciame di zanzare montava il brusio di Carlomagno in adunanza, e l'accordo delle mille voci s'inanellava nell'aria, arricciava le foglie dei quercioli, confondeva il canto agli uccelletti. Sopra tutti il sole gocciolava il suo tepore.

Infine il priore dei bidelli diede d'occhio al pievano, e il pievano a sua volta dié d'occhio all'asta meridiana al mezzo del recinto, e constatò che l'ora era giunta. Si compose la persona infagottandosi ben bene nella gran cotta dorata e arabescata del giorno di festa, poi fece un cenno al priore che diede mano al campanaccio per sette volte. Ai tocchi gravi della campana ogni cosa si astenne dal proseguire, la nuvola delle chiacchiere si disperse nell'aria, sui gradini del recinto i padri si compunsero di solennità, e il pievano intonò un canto sacrissimo per far discendere la sapienza e i suoi doni invisibili sopra la solenne adunanza. La voce del prete era chioccia oltre ogni dire e il suo canto trapanava la volta celeste con un'insistenza che, nessuno dubitava, avrebbe convinto la sapienza a discendere sul più stolido degli asini, pur di levarsi dall'indirizzo di quell'angosciante richiamo.

Il nome del pievano era Villelmo e i padri di Carlomagno se l'erano scelto ormai da più di trent'anni. Era un pretazzo tutto sbrindellato che pellegrinava incessantemente seguendo i tratturi delle transumanze, dove si fermava a celebrare e predicare per i pastori e le loro bestie, in cambio di un po' di pane bagnato nel caglio. Nei villaggi sostava qualche giorno in maggior agio, dato che le sue grandi orecchie a sventola carpivano in tempo le voci che lo portavano a funzioni di maggior reddito: qui da un neonato da battezzare, là da un morto da seppellire o, novella insperata, a una messa da cantare per la grazia di qualche remoto santo patrono, ignoto ai calendari abbaziali, ma non alla sua famelica impazienza apostolica che prorompeva dal grande petto e dal cavernoso ventre. Il quale budellaro, vuoto, risuonava come il tuono nel sacro sterpeto.

Fu egli stesso che si presentò ai padri che ben disposti lo ascoltarono, constatando con soddisfazione quanto fosse robusto, di semplice appetito e ben fornito di calli ai piedi, segno inequivocabile, questo, di solerzia, pazienza e spirito ramingo.

Disse che bambinello, poverino ma dotato, venne ammesso agli studi di una gran cappella di signori canonici, e lì aveva appreso la summa della teologia e ogni altro apparecchio della fede, compreso il sapere corrente di greco e latino. Che giovinetto fu tosato e ordinato al cospetto del Vescovo Conte. E già si apprestava a una serena e grassa cappellania, quando eventi turbinosi di guerra e spoliazione lo ridussero sulla strada, dove tuttora navigava portando il lucignolo della buona novella e la scienza paradisiaca dei sacramenti per le campagne pagane.

A testimoniarlo aveva con sé, nei meandri della grossa sacca di pelle di capra – il cui lezzo, sa iddio, cosa poteva preannunziare di contenuto – un robusto messale, un libro dei santi e una stola bianca e una nera, e tutte assai mal conciate di unti e patacche difformi. Altro di suo, disse, non gli era stato risparmiato dalle numerose rapine subite per via e anzi, quel poco rimasto era stato salvato a costo della sua stessa salute corporale. E mostrò con fervore le numerose cicatrici e pustole e scorticamenti che fittamente lo ricoprivano in ogni sua parte corpacciosa.

Aveva l'occhio umido e la mano nodosa, e accompagnò quella sua perorazione con tal gesticolare e ruggimento e lamentare e dimenare – sapeva con grande perizia suonare le sue corde dal tono di basso fino a quello del castrato – che i padri ne furono intimoriti e ammaliati. Talché lo presero senza indugio a pievano, assai sollevati che quella sistemazione gli fosse così gradita da ridurlo alla quiete del silenzio, almeno per un po'. Non gli fu fatto esame di latino, ma fu visionato al nudo e trovato integro quel tanto da non disperare che un giorno sarebbe anche potuto divenire papa di Roma. E quello fu forse uno scherzo con cui i semplici padri si presero modesto gioco del pretazzone.

E Villelmo crebbe e prosperò in Carlomagno.

Aveva mani d'oro per far crescere ogni specie di verdura e di frutto, così che il beneficio di terra a lui riservato divenne un giardino, a cui invano la ragazzaglia tentava di alleggerire il gravame di mele e pere e sorbole e cotogne e marene, che per tutte le lor stagioni fiorivano e fruttavano con inusitata leggiadria. Non disdegnava di faticare nella sua terra né di dar consiglio sulla terra altrui, e la gente lo prese a ben volere, e correva sempre numerosa ad ascoltare il suo canto stridulo e penetrante, ma così conturbante e misterioso, quando egli chiamava alla funzione della festa.

A Villelmo Carlomagno era parso un paradiso dell'Eden, un asilo più che ragguardevole e un dolce riposo dal suo peregrinare gramo, e non intese mai importunare il popolo che lo aveva preso tra sé con precetti duri e irragionevoli. Il suo ebdomadario era flessibile e mutava col mutar delle stagioni e dei comodi. Teneva un conto a mente delle festività e degli obblighi connessi, e procurava che la sua memoria non confliggesse con le necessità del lavoro dei campi e delle altre faccende umane, di grande importanza per la sua e altrui prosperità. Prediligeva raccogliere i precetti nel periodo invernale, quando i più oziavano, e radunarsi e intiepidirsi a vicenda per ascoltarlo cantar messa e predicare era grandemente dilettevole. In verso, più di una volta sbagliava il conto delle domeniche nel periodo delle grandi faccende estive, così che in Carlomagno le settimane erano molto lunghe d'estate e assai brevi d'inverno.

Tutti, uomini e donne, gustavano le sue prediche. Nel corso degli anni aveva ben appreso che la gente di Carlomagno covava la sua fede in antiche leggende, e di queste andava fiera come di una speciale illuminazione. Di ciò non si lagnò né volle contrastarlo; anche lui aveva la sua di illuminazione, con in più il dono dell'adattabilità. Con il tempo, il suo evangelo divenne molto vicino al costume di Carlomagno, e a ogni anno che passava pareva che avesse qualcosa in più di familiare.

Nella piccola chiesa a forma di capanna, nei giorni della festa Villelmo suonava la sua voce come un organo dai molti registri: ululava ragliava sussurrava blandiva minacciava. Additando la pittura del dolce giovinetto scalzo, parlava del signor Cristo e supplicava di volergli bene per la gran fatica che egli stava facendo di preparare tra le nuvole il regno della pace e della fecondità. Intimava che si credesse alle sue buone parole, perché a tradire tanta dolcezza era come comportarsi da strozzini; conciossiaché, ammoniva, agli avari di speranza era pur certo che si guastasse il raccolto dell'orzo e la maturazione del cacio. Raccomandava la purificazione dell'anima contro la fornicazione, e raccontava di come nei suoi lunghi cammini non avesse mai incontrato due volte un fornicatore che la seconda non fosse già morto stecchito.

Spiegava come la putredine della rogna discendesse dall'abitudine al furto del foraggio, e di come la Madonna madre del signor Cristo seccasse il ventre alle spose dei ladroni. E supplicava ognuno che si portasse bene e rettamente. Perché al villano non toccava la consolazione del purgatorio, che era luogo solo dei ricchi e dei potenti che potevano permetterselo a suon di carlini d'oro, ma solo la beata prosperità del paradiso o la vergogna della eterna inanità.

Nella chiesa senza pulpito muoveva i suoi passi tra la folla, si fermava a questionare con questo e con quello, tornava appresso l'altare e saliva su uno sgabello per farsi sentire ancor di più: "Vanità sopra la vanità", ululava, "tutto se ne va via nel tempo e ritorna pari uguale, tutto c'è e niente c'è più. Lo dico io che ho studiato ogni scienza. La saggezza è cosa di vanità, la ricchezza eziandio è vanità; il dolore resta e il riso vola via".

E quindi imprecava: "La panza enfia si svuota, ma la panza vuota non si enfia. Il giusto è dimenticato e l'empio muore vecchio nel sonno. Questo è l'incomodo dei figli dell'uomo, questo grida vendetta al cospetto di Dio. Chi gioisce si aspetti la tristezza, ma se sarete graziosi al prossimo vostro non vi intristirete". E poi vaticinava: "Conoscere è un grande dolore, chi sa, soffre un grande tormento, questo è il destino dell'uomo, questo il mio castigo di peccatore, vanità sopra ogni vanità".

Infine, sudato e roco, si acquietava e chiamava le donne a raccolta nel corno dell'evangelo dove teneva dei cesti, e lì vendeva onestamente le rape, le cipolle e la cicoria del suo bell'orto.

Non aveva mai portato una donna nella sua casa, ma si sapeva che teneva una nidiata di bastardi, di cui due già in età di mestiere, presso un casale nella contrada della Villeggia. Era risaputo che su di loro versasse gran bene e tenerezza, e quando lo si vedeva caricare il suo asino delle più belle frutta e di pani croccanti e di ogni altra leccornia, questo era il suo peso d'amore per quei figlioli e per la comare che glieli aveva donati. Ma di questo egli taceva, e in timidezza partiva per quel sito prima che facesse giorno, e ne tornava dopo qualche tempo sempre in ora notturna; poi lo si vedeva rallegrato per qualche giorno e ben disposto alla chiacchiera.

Si ingrassò il pievano Villelmo in Carlomagno e il popolo ne fu ricambiato con bei canti, sontuose prediche e il lieve incomodo di mantenerlo di decime non onerose; con in più il sentimento che egli si fosse nel tempo avvezzato alla singolarità di quel paese abbastanza da non distinguersene.

Al tempo dei fatti qui narrati, Villelmo era ormai incanutito, ma sempre ben rotondo e ripieno, e la sua bisaccia di pelle di capra aveva già da molti anni fatto da concime alle sue verzure. Ciononondimeno, come al suo primo giorno, aveva mantenuto l'abitudine di portare in vece dei calzari delle croste di fango ben sodo anche nelle evenienze più confacenti.

E dunque, all'ora terza precisa del dì fu dato inizio al giudizio del popolo.

Nella sua lunga storia Carlomagno ebbe adunanze di cui si tenne memorabile ricordo per molte generazioni. Adunanze protratte notti e giorni, i padri tenuti a pane e birretta perché si mantenessero savi per sciogliere questioni complicate e indigeste, bisognose di finissimo pensare e puntiglioso annoverare.

Al tempo della potestà di Aminto ci vollero due giorni e due notti e un debilitante digiuno totale per giudicare un incomodissimo caso di omicidio. L'adunanza si riunì straordinariamente nell'afa d'agosto, perché un fatto di tanta gravità non poteva attendere aria più mite. Il reo, di nome Moabe, un abitante della montagna, di indole schiva e conosciuto nelle cave per un brav'uomo, fu sorpreso dai compagni di lavoro mentre calava in un pozzo il corpo ancora caldo di sua moglie Bele; senza una parola e una protesta si era poi abbandonato alla prigionia nella cantina della chiesa.

Questa sua moglie aveva più anni di lui ed era di rara bellezza e mitissimo cuore; ma era stata invasata da certi spiriti per cui aveva preso in particolari giorni a stralunare. Allora si levava di casa e andava vagando giorno e notte per le campagne, discorrendo con le bestie e con le pietre e le erbe. E a chi la fermava rispondeva in un deliquio di sogni e vaticini che nessuno comprendeva. Erano solitamente le donne che la soccorrevano e si intrattenevano con lei perché la ritenevano buona e innocente come l'acqua. Nel suo girovagare non distingueva più il tempo, camminava finché aveva forza e poi giaceva dove capitava, ristorandosi di quello che trovava e della carità di chi incontrava. Qualche volta agli uomini chiedeva sfacciatamente di coricarsi con loro e, data la sua bellezza, è certo che non tutti se ne astenessero.

In quei momenti, il giovane marito trascurava ogni cosa per tentare di ricondurla savia. Andava cercandola per le contrade e la riportava a casa sul suo asino spesso priva di sensi, abbandonata sulla groppa come una soma di farina. E Moabe piangeva lacrime di grande vergogna e disperazione, e chiamava le donne più esperte perché con balsami e pozioni la ridestassero, riportandola alla vita che lui sperava ancora di condividere, amandola tuttavia e dicendole all'orecchio le sue parole d'amore. Egli invecchiò precocemente nello sconforto, mentre Bele era tenuta in bellezza e incoscienza dai suoi spiriti.

Quando i padri si adunarono nel giudizio contro Moabe discussero a lungo se il giovane fosse colpevole e in quale misura. Era nota la sua bontà e l'amore che portava a Bele e come l'accudisse nella sua follia. Egli d'altronde si rifiutava di rispondere alle loro richieste di spiegazioni e pareva che si considerasse come morto, abbandonato nell'ombra della cantina. E intanto le donne di Carlomagno sostavano attorno al recinto e attendevano con commozione e ostinazione, addolorate per la morte di quella amica loro.

I padri si domandavano: è stato un atto della volontà il delitto, oppure l'insania della donna era arrivata all'animo del giovane? E passò tutto un giorno, e all'imbrunire i padri si appisolarono nel recinto e all'alba ripresero a chiedersi che fare. E intanto le donne erano di nuovo lì attorno e aspettavano che fosse fatta giustizia a Bele. E l'adunanza si protraeva senza un esito perché a quegli uomini scrupolosi il quesito pareva insolubile. Come poteva Moabe sopportare la sua pena coniugale senza esserne sopraffatto? Quella donna avrebbe potuto portare alla follia ognuno di loro.

Verso il mezzodì si sparse la voce che i padri erano propensi a chiudere il giudizio su Moabe e il suo delitto rimandandolo a casa. Successe allora una cosa inaudita. Le donne di Carlomagno tennero consiglio, e quando il bidello si presentò a ritirare il cibo per gli uomini, gli fu rifiutato e dovette ritornarsene al recinto a mani vuote. I padri non dovevano allontanarsi dalla loro adunanza senza una decisione, e non poterono procacciarsi di che mangiare e bere neppure per la cena. Passarono una notte insonne, sfibrati da fame e sete, negando che qualcun altro al di fuori di loro avesse facoltà di giudizio su quella faccenda, né, tantomeno, di essere forzati dalle loro donne. Che vegliarono anche loro tutte attorno al recinto.

Al vespro del secondo giorno, ormai esausti, addivennero a una sentenza che parve a tutti equa. Moabe fu squartato per il suo delitto, ma la testa non gli fu spiccata via, le membra furono ricomposte e venne seppellito con la benedizione di tutta Carlomagno, di modo che non vagasse per l'eternità senza riposo e speranza, ma potesse attendere in pace il giudizio del Figliolo di Dio. Nessuna fra le donne pretese mai di aver influito con mezzi abominevoli su quella condanna, né lo fecero mai i padri, neppure nel segreto delle loro case, anzi quella sentenza è rimasta nel ricordo come esempio splendente della saggezza di Carlomagno. È da allora che ha preso inizio l'usanza di mantenere per tutta l'adunanza i padri a pane bigio e cervogia acquosa.

Ma non per la gravità delle questioni né per lo squassamento del digiuno, fu notevole la prima adunanza del tempo di Pascal. Venne ricordata, da chi rimase per farlo, per l'eccellenza dello scompiglio con cui si concluse. Nonostante il cruccio di molti per la presenza del balivo, partì bene e continuò meglio. L'anno era grasso e le divisioni accontentarono tutti; d'altronde, per questa ragione, non vi furono né arraffi né rubamenti o sotterfugi da dirimere.

Il trambusto avvenne alla fine, nella rilassatezza degli animi, e la cagione fu tanto inaspettata quanto sconvolgente.

Si fece avanti Sua a chiedere ai padri il suo uomo. La giovane rivolse un breve sguardo franco agli uomini impettiti che le stavano di fronte. Sua avrebbe avuto Amos, e chi poteva sottrarglielo? Mai nella lunga memoria di Carlomagno l'adunanza aveva rifiutato l'uomo alla donna che lo chiedeva. La graziosa si pose davanti a Secondo e con voce chiara disse le parole che erano dell'usanza:

"Padri miei, date alla mia anima e al mio corpo ciò che gli manca, che d'ora in poi possa vivere intera. Chiedo a voi lo sposo della mia casa, l'amico che profumi il mio giaciglio".

Pomposo e ruggente, Secondo rispose:

"Ogni cosa ti sia concessa perché tu sei figlia nostra. Scegli il più bello, il più savio e il più gagliardo dei nostri figli, perché oggi egli sarà pieno di gioia".

Sua puntò gli occhi sul fabbro come se con quelli lo volesse legare. Le sue parole uscirono frammiste a un sorriso luccicante:

"Padri miei, con la vostra dolce condiscendenza io chiedo in sposo l'uomo che ha per nome Pascal, e che siede oggi qui a giudicare con voi".

Il primo a comprendere fu il fabbro. Che lanciò un urlo al cielo così potente che diversi fringuelli caddero storditi a terra dai quercioli. Gli altri uomini si interrogavano in silenzio con sguardi di sconcerto, qualcuno tossì e scatarrò con energia, come se avesse troppa aria nella strozza. Colmo di furente emozione, Secondo pose gli occhi su Pascal, e quegli occhi erano l'eco del terribile urlo appena cessato. Il balivo era al suo posto, gelato sul sedile, le membra fisse e indurite, come se Domeneddio lo avesse graziato di una visione fulminante. Aveva lo sguardo fisso a terra, a qualcosa che si muoveva nella terra a un palmo dai piedi di Sua: un manipolo di rosse formiche che spingeva un chicco del grano abbrustolito avanzato dalle ganasce dei padri.

Nel silenzio che si creò, tutti udirono forte il riso roco di Cerina che sedeva poggiata a un albero poco fuori del recinto. Fu un riso lungo che colpì l'adunanza come aria fredda che fosse scaturita all'improvviso dalla montagna, e tutti si volsero dalla parte da cui spirava, ansiosi di trovare qualcosa a cui appellarsi.

Quel ridere straordinario, così distante dalla pertinenza del momento, parve destare Pascal, che raccolse il suo sguardo da terra e lo portò sulla faccia di Sua. La fissò più a lungo che poté ed ella ricambiò placida lo sguardo. Infine, con un filo di voce le sussurrò:

"Tu mi vuoi morto già per questa sera".

Sua non si alterò, il suo sorriso si fece solo più ampio, e dolcemente rispose:

"No, ti voglio vivo, e se mi vuoi, ti giuro che da questa sera vivrai più felice".

Pascal si fissò a lungo le mani e si chiese per quale ragione non avessero la forza di strozzare quella ragazza.

Per amore e per forza, quella sera il balivo Pascal fu sposo a Sua, la giovane testa pazza.

Qualcuno tra i padri non trovò che la cosa portasse poi con sé tutto lo scandalo che traluceva dagli occhi furenti di Secondo, e con pazienza discorse con lui che sì, infine, poteva esser cosa buona imparentare al paese quell'uomo alieno, di modo che potesse scaldare il suo cuore alle loro buone leggi, e colmare la sua ignorante distanza nella corba di dolcezze della bella Sua. Nessuno ebbe il coraggio di farsi appresso a Pascal per chiedere le sue di ragioni, timoroso ognuno del suo muto imbarazzo. Lo fece alla fine Ruben, che accostandosi al balivo così gli parlò:

"Vedo il vostro turbamento, monsignore, e voi vedete il nostro. La richiesta della mia figliola Sua è un accidente strano e nuovo per tutti noi, e c'è chi tra i padri sta piangendo di afflizione. Io, come ben vedete, non piango né mi addolora ciò che ho udito. Amo di amore tenero la mia unica figliola, ed ella mi ricambia con la dolcezza del suo cuore e con il suo pensare chiaro e onesto.

Io so, monsignore, che se la mia figliola vi ha domandato è solo per motivi eccellenti, non certo per follia sconsiderata o dispetto: io conosco della sua anima quanto mi basta per essere certo di questo. Ora sono qui per interrogarvi sulle vostre intenzioni, per avere nel caso le vostre ragioni contrarie. Non è mai capitato che questo succedesse; nessun uomo in Carlomagno ha mai rigettato la domanda di chi lo ha voluto. Ma questa giornata, come tutti vediamo, sembra venuta dal signor Iddio perché ci ponesse dinnanzi all'eccezione; dunque esprimete senza preoccupazioni quello che intendete, nessuno ve lo rinfaccerà in alcun modo."

Pascal ascoltava il decano della palude parlargli con quel suo tono dimesso e familiare, appollaiato sulle magre gambe come un uccello d'acqua che riposi su una bassa pozza e intanto disquisisca con la propria figura specchiata nell'acqua scura. Le sue parole gli spegnevano pian piano la rabbia nel corpo; non perché gli potessero spiegare il mistero della pazzia di Sua, ma perché quel piccolo uomo gli pareva indifeso come lui al cospetto di quella giovane femmina, solo che di questa debolezza, piuttosto che indispettirsi, pareva compiacersi, come ne cavasse fuori una gioia. Ed era pur tuttavia, nel suo stato dimesso, onorevole e colmo di dignità.

Ma che fare adesso? La faccenda in sé, di un suo matrimonio – Domineddio un matrimonio! – fossanche capitata in circostanze meno complicate, era per lui del tutto inconcepibile, un obbrobrio contro il suo destino. Aveva navigato anni e anni per i mari d'erba, di selce e di rovine di tutta l'Europa e la sua vita era stata ben bene piallata da ogni sorta di avvenimento, così che infine ne era rimasto solo l'essenziale per conservarsi, avendo avuto cura di tenere alla larga l'inutile e il pericoloso, oltreché l'impossibile. Non pensava di essersi ridotto a poca cosa, perché il vivere stesso era già molto.

E sapeva che da molto tempo ormai la sua anima era troppo lisa e stracca per non disfarsi sotto il peso dei sentimenti dell'amore, una bestia che pure lui aveva conosciuto e cercato di addomesticare quando ancora aveva forze sufficienti. *Amor me pena, amor me pena*, cantavano in coro i soldati della dolce campagna francese del mezzodì. Le sue pene erano finite, la sua carne sapeva acquietarsi tanto bene al tepore delle lunghe cosce di una bagascia di Navarra quanto tra quelle più tozze di una comoda ostessa sulla strada savoiarda. I suoi rimpianti stavano smarrendosi nel precordio, tra il grasso che finalmente cominciava a gravargli quietamente sul cuore.

Salvare la vita, questa la grande opera che gli era riuscita. Dare il cuore per morto, il prezzo infine non troppo gravoso che il suo destino gli aveva richiesto per dazio. Sua gli si era parata dinnanzi come una saetta che sgomenti il duro sonno all'addiaccio di un vecchio soldato.

E Ruben continuò a parlargli:

"Monsignore, perdonatemi. Io non conosco i vostri pensieri, né posso avere giudizio su di loro. Come già vi ho detto, voi avete tutta la libertà di accettare o negarvi alla mia figliola; né lei né alcuno tra noi vi chiederà mai conto di questo. Ma se provaste a guardarla con franchezza, capireste quello che io già so: ella, per le ragioni segrete del suo cuore, vi ha scelto con dolcezza e con amore. Vi ha scelto a dispetto di ogni ragione ragionata, per la saggezza del suo cuore che precede tutte le questioni che la vostra mente può contemplare. Se non è schifo quello che sentite, ma solo vergogna, ricordate questo: un'anima che non ha forza di amare, può tuttavia accettare di essere amata. E non ne verrà che del bene".

Pascal decise per la follia e fece a Ruben un cenno di assenso.

E le donne portarono fronde di mirto e di ulivo e pezze di canapa e lino e lumi di sego e di cera, e gli uomini recarono forme di formaggio e otri di vino e pani di frumento e di avena, così che presso il recinto comiziale fu innalzato un trofeo e un altare e presentata una dote augurale. Nell'aria fredda della sera i lumi accesi non davano calore, ma per tutta la gente adunata questo venne dal fiato delle pive che con gran clamore e ruggente melodia sparsero al cielo l'antico cantare degli sponsali.

E il pievano celebrò il suo rito sulla pila dei grossi caci, e benedisse il vino e ne sparse un poco ai piedi degli sposi, cosicché ne fossero piene di allegrezza la terra e le vecchie ossa in essa sepolte. E quindi benedisse gli sposi con il mirto e l'ulivo, si accostò e li abbracciò di sincero affetto, e diede loro da mangiare del pane fino e da bere del vino chiaro. Per il tempo che durò ogni cosa, Sua non aveva mai posato gli occhi su Pascal, ma gli stava al fianco sfiorandolo lungo tutto il suo corpo e il balivo ne era irrimediabilmente addolcito, come fosse stato preda di una lunga e morbida carezza.

Poi furono lasciati soli, e il trofeo di frasche di mirto e ulivo doveva diventare per quella notte la loro capanna, e il fuoco crocchiante il testimone per tutta Carlomagno.

Ma giunse inattesa Cerina, prese Pascal per un braccio e lo portò con sé. Egli per la sorpresa non si oppose e Sua lo lasciò andare. Fu quindi portato a una fonte poco discosto dal paese e la vecchia levatrice lo spogliò tutto, lo immerse nell'acqua gelida e lo sfregò, batté e frustò a lungo con erbe e ramoscelli dall'odore pungente. Finché egli svenne per il grande freddo e l'intenso calore. Quindi, sul far del mattino, Cerina lo ricondusse al recinto dell'adunanza dove Sua aspettava accanto alle braci del falò. Lo consegnò a quel tepore ed egli sentì che diceva: "Ora, se vuoi, puoi toccarla, mulattiere".

E Pascal prese Sua e la portò nella casa di Furnà che Carlomagno aveva destinato al suo balivo.

## Canzone di Cerina per la figlia che si allontana

Han cantato le stelline questa notte, Sua. Han cantato le sfere dei cieli per ninnarti questo ultimo sonno, carne mia, anima mia. Oh, mai più una notte il tuo dormire sarà quieto, mai più. Ci sarà la mano dura di un uomo che ecciterà il tuo calmo respiro, e i suoi piedi pesanti ti calceranno, e il suo ventre ti opprimerà i bei sogni, e la sua faccia sarà sulla tua per chiuderti gli occhi. Ascolta, Sua, la tua milza che grida, il figaretto che canta, il pelo tra le gambe che piange, il rognone che ti ingrava piacere. E riderai della forza dell'uomo tuo, rivolterai in fola la sua saggezza, abbatterai il suo orgoglio. Addolcirai il suo petto, come un gattino di casa blando ti chiamerà a sé il suo furioso pendaglio. Avrai denti di lupa contro i suoi torti e pietra di pomice per dilavare il nero dell'anima sua, tintura di porpora per dare colore d'amore all'amore. Con la furia dell'orsa azzannerai il tradimento, e con la fragranza dell'unguento lenirai la ferita. Avrai forza di bufala, malizia di colomba, mitezza di capriola. La femmina è l'alba e il maschio è il tramonto, e l'una ama l'altro come l'uomo si compiace del bianco nascere del sole e la donna del suo rosso calare. Ma la femmina è prospera e il maschio è secco, l'una è veggente e l'altro offuscato. Sarà tua la facoltà di prosperare, sua quella di distruggere, tua l'allegrezza, sua l'amaritudine. Guida il tuo uomo con la fermezza del tuo dolce cuore come l'allodola guida il potatore, come la cagna porta l'accecato.

Carne della mia carne, io non ti do a nessuno, nessuno sulla terra ha diritto su te. Vattene con fierezza a prendere chi hai voluto.

Terza parte

# IL LIBRO DI SUA

Adesso ho proprio bisogno di prendere fiato. Non è mica così semplice fare un romanzo con i sogni, neanche se questi vengono giù a fiotti una notte via l'altra; non fila mica tutto liscio come quando sto qui a chiacchierare di quello che mi passa per la testa. Per niente.

In questi giorni passati ho faticato come un cane – e non solo con le dita, ma con tutto il corpo – e mi sento sfinito e deluso come un *fellah* che al tramonto ha terminato di arare solo la prima metà del suo campo. Un *fellah* che ha per lavorare solo il duro e rozzo aratro del governo e il suo vecchio mulo. La Remington ha arato un bel mucchietto di carta, ma ha accumulato anche un bel po' di ritardo sugli avvenimenti della notte. I romanzieri fanno una fatica boia, ora lo so.

Il dottor Modrian non sembra particolarmente interessato ai miei scritti. Continua a venire ogni mattina, continua a chiedermi di raccontargli il sogno della notte – è sempre un sogno che incomincia più o meno dove è finito il precedente – poi dà un colpetto alla pila dei fogli dattiloscritti, mi chiede se mi serve qualcosa, e se ne va dicendo: "Bene bene, molto bene. Continui e guariremo in men che non si dica. Ah, che magnifica arte quella di guarire!" Io sto guarendo? Forse. Sono molto stanco, ma lo sono perché sto facendo qualcosa. Dormo anche di più, ma non mi pare il sonno greve delle pillole, a meno che non ne abbiano inventate di nuove, pillole per sonni meno neri.

E devo dire che oggi sono addirittura eccitato. Ieri mattina ho accettato di ricevere la prima visita da quando sono qui. È venuta a trovarmi Fatiha. È stata con me molte ore, fino a quando l'armeno non l'ha letteralmente spinta fuori; abbiamo parlato molto, ha addirittura letto quello che ho scritto. Forse ritornerà.

Non credo di aver mai parlato di lei. No, so che non l'ho fatto. Non ne ho mai avuto voglia, mi sarebbe costata troppa fatica. Fatiha è una donna, una donna di Palestina forte e bella. Lei è nella mia vita, lei non è passata: è presente. Non so se capite cosa intendo e perché, a differenza di tutto quanto il resto non avevo voglia di parlarne. Fatiha esiste, ora, e forse, molto ma molto forse, esisterà anche nel mio futuro. Se saprò togliermi di qui, tanto per cominciare. Ma ieri è stata con me molto tempo, ha penetrato la mia abulia come fossi stato burro: come potrei non parlarne?

Ho conosciuto Fatiha proprio qui ad Alessandria. Nella penombra puzzolente di aglio fritto della biblioteca dell'università islamica, il suo viso brillava come una luna di febbraio, e spandeva un leggero profumo di qualcosa che non si capiva, ma che bastava a cacciar via l'aria pesante di quel venerando luogo di studio. Era a capo scoperto e vestiva all'occidentale, con pantaloni di tela e camicia militare, cosa incredibile per quel luogo. Ma non è stato questo a farmela notare. Era lei e basta, dico, che si notava, che non poteva non richiamare l'attenzione.

Sono entrato nella piccola sala dove lei occupava con le sue carte l'unico tavolo disponibile. Ero accompagnato da Ibrahim, un vecchio inserviente che per una modesta *bashish* svolgeva per me ogni possibile mansione nel perimetro dell'università, dal procurarmi le focacce calde al miele con il tè, al ritirare i libri che andavo consultando ai tempi delle mie ricerche su Pascal. In quel momento stava tenendo sul capo, con grande perizia, una fascina di libri in lingua tedesca sul periodo delle riforme religiose in Europa, scovati in un fondo Eichmann, lascito di un vecchio archeologo o qualcosa del genere. Libri che intendevo solo sfogliare, visto il poco che sapevo di quella lingua.

Il mio fido portatore si era piazzato nel mezzo della stanza, una mano teneva ben saldo il suo carico, l'altra era protesa verso chi stava occupando il posto che spettava a me per sacro diritto di *bashish*. Stava per sbraitarle addosso qualcosa di orribilmente malaugurante, quando lei, senza far mostra di averlo notato, ma come assecondando un moto interiore, si è alzata e ha iniziato a raccogliere le sue cose a partire dalla metà esatta del tavolo. Così l'ho vista.

Non era alta, ma ogni parte del suo corpo era fatta per spingerla in alto, all'altezza di chiunque le si parasse davanti. Le gambe lunghe proprio il loro giusto, il busto eretto in un arco breve e solido, tanto ben teso da porgere al cielo, senza darlo troppo a vedere attraverso la camicia, due puntute mammelle. E il mento, dolce e tondo con una fessurina nel mezzo, portava il viso ovale all'insù. Con l'aggiunta della spinta finale di due occhi da uno strano sguardo aspro, ma che insieme avresti giurato mite: lo sguardo di un monaco di Abu Makar eccezionalmente bello, che arrotondasse la magra questua facendo il tiratore scelto. Le ciglia erano abbastanza lunghe da solleticarle gli zigomi un po' infantili, e le sopracciglia due archi perfetti di cosciente saggezza.

Tutto questo avevo visto mentre in silenzio faceva ordine nelle sue carte, teneva a bada il vecchio con qualche trucco di ipnosi, e mi invitava a prendere posto con lei al tavolo. Nel muoversi si era girata di spalle. Aveva una treccia enorme e corvina che le scendeva fino a frusciarle tra le natiche.

Quel giorno Ibrahim portò tè e focacce per due. Nel mettere la tazza di latta davanti a Fatiha, le diede un'occhiata allarmata, come se temesse di vederla esplodere da un momento all'altro. Non aveva tutti i torti, Fatiha era in confidenza con le esplosioni. Già era riuscita ad accendere un buon chilogrammo di polvere da sparo nel mio stomaco. Ma ben altro era riuscita ad accendere nella sua carriera di esule di Palestina, anche se queste non sono cose di cui venni a sapere quel giorno.

Quel giorno ci siamo scambiati ben poche parole; io troppo occupato a darmi un contegno con la catasta di libri tedeschi, lei intenta nei fatti suoi. Dato che il tè e i dolci ben unti non avevano aperto un granché di breccia nella sua riservatezza, terrorizzato all'idea di un futuro di frustranti appostamenti e solitarie nostalgie, le ho chiesto se le sarebbe piaciuto cenare con me in una famosa bettola greca, alla vecchia darsena. Lei non l'ha escluso: "Vedremo," mi ha detto, "mi piace mangiare".

E ho dovuto appostarmi molte sere nella polvere dei corridoi, all'ombra dei carrubi nei cortili dell'austera e puzzolente università, prima di poterla finalmente ingozzare di pilaf con gamberi e sesamo, servito su una sudicia tavola di vecchio legno marino su cui si erano già appoggiate le mani indaffarate e nervose di molte donne, estasiate dalla cucina piccante di Krhistos e dalle eventuali successive implicazioni.

Devo aver già detto che ho sempre avuto una certa fortuna con le donne, ma così non è stato con Fatiha. Lei non si è fatta prendere nella trappola delle mie mani sbarazzine che le porgevano, assieme a bocconcini di acciughe affogate nel formaggio, le meraviglie della notte stellata, del mare nero e profondo con dentro i misteri del porto sepolto.

Per fare l'amore con lei ho dovuto aspettare che le sembrasse di averne davvero voglia. E così è passato più di un mese e sono state consumate diverse fameliche cene da Krhistos, nonché spuntini e merende di vario genere in ogni luogo di Alessandria e del suo mare e del suo deserto. In quel periodo l'attività principale di Fatiha, prima e dopo essersi saziata, è stata quella di osservarmi e interrogarmi. Per tutto quel tempo di lei non sono riuscito a sapere quasi nulla.

Ma i suoi occhi – così belli, così neri, così acuti da sembrare quelli di una dea iettatrice – non hanno mai cessato di scrutarmi, sempre con un non so che di sorpresa e di attesa; sembrava che avesse una curiosità insaziabile per quelle che dovevano sembrarle le eccentricità della mia figura e dei miei comportamenti. E, come ho detto, non finiva mai di interrogarmi, in un modo a un tempo estenuante e assai particolare.

Aveva una specie di vizio, un'abitudine non saprei dire quanto cosciente. Ripeteva una mia affermazione trasformandola in una domanda, come se volesse fare in modo che io ci riflettessi sopra, e provassi magari a essere più ponderato. Per quanto ne so poteva essere un modo di fare che esibiva con tutti. E io parlavo, Cristo se parlavo. Tanto. Per la prima volta in vita mia ero costretto ad affidarmi alle parole per forzare la riservatezza di una donna.

La mitragliavo, la inondavo, la penetravo – o almeno cercavo di farlo – con tutto quello che sapevo, pensavo, immaginavo del mondo e della mia città e di ogni altra cosa dell'universo visibile e invisibile. I suoi interrogativi, pronunciati in un tono di innocente sorpresa, avevano il potere di rallentarmi, di darle un po' di respiro. Le nostre conversazioni si svolgevano più o meno così.

"Vedi? Guarda il mare come è strano questa sera," dicevo.

"Strano?" rispondeva lei.

Dovevo fermarmi qualche istante a riflettere. Sì, certo, il mare mi pareva strano, ma era poi così particolarmente strano da farsi notare? O forse non era la situazione – io e lei sulla rena della mia spiaggia a giocherellare con dei coraggiosi paguri in caccia delle briciole dei nostri *mesé*, le bottiglie di birra Stella affondate in un secchio di latta pieno di ghiaccio tritato, il suo seno che mi faceva l'occhietto dai tre bottoni slacciati di una nuova blusa militare, io che avrei fatto chissà che cosa, chissà che cosa – dunque, non era forse la situazione al limite della sopportazione emotiva, a rendere strano anche quel poveraccio del mare? E come dire tutto questo a una storica di Palestina?

"Sì, non vedi come sono brillanti le fluorescenze? Guarda le salpe che affiorano sul pelo dell'acqua, anche loro hanno dei colori più vivi. Quando è così, il mare ti parla."

"Parla?"

E dài! Perché devi rendermi le cose così difficili?

"Parla, sì, e questa sera la sua voce sono io. E ora ti dirò..."

Ti dirò che ti voglio baciare? Che voglio levarti quella camicia da sergente e dare finalmente luce alle tue mammelle, che già ora mi sembrano i fari gemelli di leggendaria bellezza celati nel porto sepolto? No, perché tu chiederesti: baciare? luce? e chissà cos'altro ancora.

Così dicevo tutt'altro.

"Ti dirò di un vecchio poeta, delle sue poesie che ho letto qui, su questa spiaggia, davanti al mare che si è preso mio padre. Conosci Ungaretti?"

"Ungaretti?"

Le ho raccontato ogni cosa di me come non ho mai fatto con nessuno. Fatiha sapeva assorbire il mare delle mie parole quietamente, come questo foglio di carta sta facendo adesso. Ma c'era sempre in lei, sotto i suoi interrogativi snervanti come sotto la sua camicetta, una vigilanza attiva e pervicace che non ha mai smesso di considerarmi e valutarmi, così come penso che abbia sempre fatto per ogni altra cosa del mondo. Del resto lei è, o almeno era, una guerrigliera, una bombardiera, una persona dunque necessariamente molto incline alla prudenza e alla curiosità, nonché bisognosa di molto e sostanzioso nutrimento, dato l'alto consumo di energie che un'attività del genere solitamente richiede.

Questo però l'ho saputo parecchio tempo dopo, quando finalmente, dopo un inebriante caffè con la noce moscata e le frittelle al miele, abbiamo fatto l'amore. Molto dopo la sera in cui mi ha domandato dubbiosa e sorpresa, ancora tra le dune di quella stessa spiaggia, questa volta però senza più la camicia da sergente: "Amore?".

"Sì, amore, amore. Immagino di sì: proprio amore."

"Immagini?"

Fatiha è una comunista, o una socialista rivoluzionaria, o tutte e due le cose insieme; non ci ho mai capito molto in questo tipo di distinzioni. È nata a Gerico e quando i sionisti hanno occupato le terre di quelle parti, lei stava studiando a Parigi. Studiava storia antica e i suoi cugini le mandarono una lettera che la informava e le ordinava quanto segue: "Tuo padre è morto, tua madre è morta, i tuoi fratelli ancora vivi sono altrove. Non devi tornare. Lascia il tuo programma di studi e applicati invece nella medicina, meglio se medicina interna. Specializzati il più possibile nella chirurgia, e ogni mattina cerca di correre qualche miglio nei parchi di quella città. Ti cercheremo appena è possibile".

Così lei aveva fatto. Aveva allora vent'anni e ogni volta che entrava in una sala di dissezione cominciava a tremare. Ma non ha mai vomitato, né pianto, perché immancabilmente ogni santo giorno aveva già alle spalle venti chilometri di corsa per gli Champs Elysées e nessuna forza bastante a mettere in moto un muscolo facciale o dell'addome o di qualunque altra parte del corpo.

Se proprio doveva studiare medicina, avrebbe preferito occuparsi di ostetricia; le pareva una cosa molto importante imparare a far nascere i bambini in un paese – il suo, quello che avrebbe dovuto essere il suo – dove era ancora possibile che una donna morisse nel tentativo di farlo da sola, o con l'aiuto delle mani non troppo ferme e pulite di una vecchia di casa. Far nascere dei bambini e far vivere delle madri le pareva un lavoro abbastanza onorevole per rimpiazzare i suoi amati studi sul misticismo arabo agli albori dell'Islam.

Ma sapeva anche che i suoi cugini non erano tanto frivoli da darle consigli che non fossero degli ordini che andavano rispettati con il massimo scrupolo, e intuiva che i soldi che le mandavano con la regolarità inquietante di un bonifico periodico della Schweiz Bank, erano troppo sudati e preziosi per poterli utilizzare in qualcosa di fuggevole e poco pratico come la mistica del deserto. Così aveva aperto e ricucito molti cadaveri senza batter ciglio, cessando ben presto anche di tremare, e si era dedicata con zelo alla conoscenza del corpo umano e di ogni suo osso e budello, imparando celermente e con profitto a riconoscerne ogni eventuale difetto e magagna, e a escogitarne il possibile rimedio. Con tutto ciò, di nascosto, per non correre il rischio di farsi scoprire dai cugini di Palestina, stava diventando pure una brava ostetrica, al prezzo di un paio di ore di sonno per notte e della pausa del pranzo tre giorni alla settimana.

Per tutto il tempo degli studi, le notizie della sua famiglia e del suo paese le poteva avere unicamente dai giornali e dalla televisione francese, e da una brevissima frase che ogni tanto era acclusa sul retro del bollettino di bonifico. Diceva pressappoco: "Applicati negli studi, non occuparti di altro".

Il giorno della sua laurea in chirurgia, a un'ora vertiginosamente mattiniera, si era presentato al pensionato dove viveva un uomo che lì per lì non aveva riconosciuto. Era uno dei suoi cugini, il compagno prediletto di quando era bambina. Silenzioso e austero come uno dei suoi amati eremiti paleoislamici, è stato l'unico testimone del suo brillantissimo esame di laurea. Alla fine non c'è stata nessuna festa, ma un lungo abbraccio e un bacio arrossato dal pizzicore dei baffi ispidi del cugino. Che poi l'ha aiutata a fare i bagagli, a sistemare i conti sospesi e a sfamarsi con una mirabolante cena in un locale delle parti alte, una serata molto chic che ha continuato a usare come pietra di paragone per considerare nella giusta prospettiva le mie cene.

Due giorni dopo era in un accampamento in mezzo al deserto, non molto lontano da dove era nata, e dove, non più di quattro anni prima, c'era ancora la sua casa, sua madre, suo padre e tutta la sua vita. È in quel campo che Fatiha è diventata comunista o socialista che fosse, ed è lì, sotto la guida di un vecchio medico libanese, che è diventata chirurgo militare e terrorista bombardiera.

Quando ha finito di parlarmene – mi ha parlato di queste cose a spizzichi e bocconi, nel corso dei mesi, con l'aria di leggermi pagine del diario di una persona sconosciuta, camminando, bevendo caffè, riemergendo prodigiosamente da un profondissimo tuffo – è toccato a me interrogare:

"Comunista? Terrorista?".

"Sì, è questo che ho detto."

Le erano state offerte due possibilità: o diventare ciò che in effetti è diventata, o andarsene dove avesse voluto. Nessuno l'ha forzata in qualche modo, non ce n'era bisogno; se c'è una cosa che un palestinese sa con vivida certezza è che la frase "vai dove vuoi", è priva di senso: c'è un unico posto dove vorrebbe andare a qualsiasi costo ed è proprio lì che non può in nessun modo andare. Lei dice che l'hanno anche pregata, mentre ci stava pensando, di darsi un po' da fare.

In quel campo fatto di tende beduine e di costruzioni di rozzo cemento seminterrate nella sabbia, ogni giorno arrivava parecchia gente con cui darsi un po' da fare. Gente da intubare, rabberciare, ripulire da ogni sorta di pallottole e di schegge, antibioticizzare e ricucire. Così c'è stato poco tempo per pensare, nessuna vera scelta da fare e dunque ben poco da decidere. Faceva il suo lavoro di chirurgo la sera, la notte e il mattino presto; di giorno, al chiuso di un bunker, seguiva le lezioni per diventare rivoluzionaria. Era il medico libanese che le dava istruzioni per tutto questo vasto raggio di attività. Ho così scoperto che è a lui che si deve la sua ostinata propensione interrogativa.

"Tu chiedi sempre," le bisbigliava nel caldo asfissiante del bunker durante le ore del giorno in cui non potevano fare niente di più utile, "nessuna domanda è mai abbastanza sciocca che non valga la pena di farla. Chiedi continuamente alla gente che viene da te per essere curata. È di vitale importanza per la loro salvezza che tu chieda ogni particolare che ti possa chiarire la situazione. Niente è evidente in un corpo, ricordatelo, e soprattutto niente è veramente chiaro nel danno a un corpo. Se ti portano un uomo che dice di aver male alla pancia, chiedi: dove?, e facci mettere il dito e se il dito si infila in un buco, può essere che la pallottola sia entrata nella schiena e solo uscita di lì. Bisogna essere certi di ogni minima cosa, un uomo potrebbe morire per un tuo errore di comprensione. Senza contare che a un ferito, soprattutto un ferito grave, giova molto essere interrogato: parlare del proprio corpo lo aiuta a non cedere all'idea di morire. Chiedi continuamente: fa male qui? e qui? e qui? Dove fa male c'è ancora un po' di vita.

"E chiedi anche a me, chiedimi continuamente di quello che sto facendo quando stiamo operando: non ti fidare mai di quello che ti sembra di vedere. Potrei utilizzare un dilatatore per fermare un'emorragia solo perché non ho una pinza emostatica a portata di mano. Chiedimi sempre, perché potrei sbagliare ogni volta: qui c'è sempre troppa fretta per ricordarsi di tutto, ma non capire anche il particolare più insignificante è un lusso che non possiamo permetterci, noi chirurghi e noi comunisti. E riguardo a questo ultimo punto, chiedimi a più non posso tutto quello che ti passa per la testa: il comunismo è fatto solo di domande. La rivoluzione è una domanda che non finisce mai di essere formulata. E io credo per inciso che questa sia una fortuna: moriremo, io molto prima di te, senza avere una risposta che, forse, potrebbe anche non piacerci troppo. È bene che tu sappia fin d'ora che come istruttore politico io non valgo granché, quindi non ti stupire se ci saranno da parte mia molti silenzi in risposta alle tue domande."

È stata molto zelante Fatiha a impossessarsi del metodo del vecchio chirurgo; così la vecchia Alessandria si gode il piacere di un interrogativo di smagliante bellezza che passeggia con passo felpato per le sue strade. Ma un'eccezione l'ha pur fatta anche lei. Dice di non aver mai posto domande, per tutto il tempo del suo soggiorno nel deserto, a un colonnello originario di Gaza, un ragazzo di non più di vent'anni, a cui era affidato il compito di insegnarle a sparare e a maneggiare esplosivi.

Sparare e bombardare, almeno dal punto di vista attitudinale, era assai meno impegnativo che usare con precisione e tempismo un bisturi o una *curette*. Per quanto riguardava invece le domande – uccidere? ammazzare? eliminare? – che, come diceva il suo istruttore politico, era indispensabile non eludere mai, beh, a quelle Fatiha riteneva che rispondesse ogni giorno con un buon anticipo tutto l'orrore che capitava alla sua gente a nord a sud a est e a ovest del campo di addestramento. "Poi si vedrà", si diceva, ricacciando giù per la gola le domande che le premeva di fare al ragazzo-colonnello. "Poi si vedrà" e intanto si dava da fare a sparare e a ricucire.

La prima volta che la mandarono in Europa per una missione inerente non il suo lavoro di ricucitura, bensì quello di taglio e squarciamento, Fatiha era finalmente arrivata a quel "poi si vedrà". Ma quando si era trovata a bordo dell'aereo pieno di passeggeri che la guardavano con un punto interrogativo così evidente negli occhi da sembrare inciso con la lama di un coltello – una domanda che sanguinava – davanti a quella gente che istericamente le chiedeva: uccidere? ammazzare? eliminare?, lei non aveva trovato nessuno a cui chiedere a sua volta. Non a quelli che teneva sotto tiro con la sua mitraglietta, non ai suoi compagni che guardavano fissi altrove.

Per questo aveva dedicato una dozzina di secondi a chiedere a se stessa; non un tempo sufficiente per una risposta quale che sia, ma bastante perché la sua ubbidienza all'ordine del comandante dell'operazione, quel colonnello di Gaza, arrivasse con un leggero ritardo. Forse meno di un secondo, ma in quella frazione di tempo l'obiettivo della sua mira, il vetro di un oblò che doveva essere disintegrato per impedire all'aereo di ripartire, era stato occupato parzialmente dal viso di un passeggero. Era il viso terreo e contratto di una giovane donna in avanzato stato di gravidanza.

Non era stata ferita gravemente, e Fatiha ha avuto modo di riparare al suo danno con una sutura e un accurato trattamento di disinfezione, operando nel corridoio di prima classe con il necessario che portava con sé. Ma alla donna per lo spavento e il trauma si erano rotte le acque. Così Fatiha fece nel posto sbagliato e con una persona inaspettata, quello che aveva sempre sognato di fare nella sua terra per la sua gente: ha messo al mondo un bambino. Era un maschio sano, anche se leggermente sotto peso, e il pianto del bambino e della madre, nonché le pretese di Fatiha in fatto di assistenza, avevano non poco danneggiato il buon andamento della missione, il cui esito fu giudicato dallo stato maggiore guerrigliero comunque positivo, anche se concretamente non aveva raggiunto i suoi scopi.

Ne avrebbero parlato tutti i giornali del mondo di quell'avvenimento, e la giovane madre avrebbe fornito molti particolari sull'aspetto fisico, sui modi, sulla psicologia della terrorista ostetrica. Fatiha sarebbe diventata per qualche settimana una curiosità internazionale e per sempre un ritratto segnaletico molto attendibile, nonché il soggetto di diuturne ricerche da parte di tre o quattro servizi segreti. Così era finita la sua carriera di bombardiera: per la sua notorietà e riconoscibilità, e per la diffidenza dei suoi colleghi in fatto di efficienza operativa e fermezza di intenti.

Fatiha mi ha raccontato questo episodio la seconda volta che abbiamo fatto l'amore, più di due estenuanti settimane dopo la prima, come al solito senza che io le avessi chiesto niente in particolare. Me ne parlava mentre strofinava le sue mammelle puntute contro il mio petto, mordicchiandomi il naso e i testicoli, soffocandomi di solletico con la sua enorme treccia nera, tenendosi eretta in bilico sulla mia erezione, giacendo prona nel bagno del mio e del suo sudore, parlando con un filo di voce, senza negarsi gemiti e sorrisi.

Io la so a memoria quella sera; quella sera me la ricordo con particolare vivezza perché dopo il suo racconto le ho detto: "Amore" e lei, forse perché era distratta, forse perché era stanca, ha risposto: "Amore" senza il punto interrogativo. Non è successo mai più.

Così, mi ha detto poi, era arrivata a Tall el Zaatar. Lì si è fermata fino a poco prima di incontrarmi, fino a quando quell'inferno ha avuto modo di esistere. Era stato il medico libanese a chiederle di andare a Beirut. Il vecchio era rimasto incantato dalla tecnica e dalla perizia dimostrate nella risoluzione del parto precoce sull'aereo. Se proprio era così brava a far nascere bambini, il grande campo profughi di Tall el Zaatar era un posto dove poteva capitare di rendersi utili anche per un'evenienza del genere. Lì non si moriva soltanto, qualcuno pure nasceva, e se c'era il fondato sospetto che non sarebbe stato un bambino felice, che almeno ci si preoccupasse di metterlo al mondo con tutta la cura possibile.

Fatiha non mi ha detto un granché degli anni passati a Beirut a curare la gente di Tall el Zaatar. Ad Alessandria sapevamo di quel posto, ma era un inferno sepolto in un mondo molto lontano. Raccoglievamo per loro ogni mese un po' di soldi, e abbiamo pianto di sollievo quando la televisione ha dato la notizia che là era tutto finito. Io avevo fatto l'amore con un superstite, uno dei pochi sopravvissuti, ma lei non ci teneva un granché a quella parte, non le piaceva sentirsi un reduce. Per questo non mi ha detto che poche cose, cose del genere di queste:

"Complicato operare con la mitraglietta che urta continuamente la mano che tiene il bisturi. Complicato operare con il lume a petrolio. Complicato operare se non c'è abbastanza sangue nel corpo per tenerti su, ma se il sangue del chirurgo è quello buono, la cosa più semplice è fare la trasfusione tra lui e il paziente: si fa più in fretta e c'è meno rischio di infettare il plasma.

Complicato tenere i bambini lontano dalla strada. Così i cecchini maroniti uccidono i bambini che giocano per le vie. Ma ne lasciano sempre uno vivo perché qualcuno corra a prenderlo e sperano così di far fuori un uomo armato, per via della paga doppia. Ho fatto nascere più di cento bambini; più della metà sono morti. Un ostetrico che si presenta alle porte di Tall el Zaatar andrebbe fucilato all'istante. Non bisogna nascere, non bisogna nascere più.

Quando i maroniti sono entrati nel campo, io mi sono salvata perché avevo ancora un passaporto francese. Ma prima che quelli della Croce Rossa mi portassero via, sono stata violentata otto volte dai miliziani. Quel giorno avevo le mestruazioni; mentre gli altri si davano da fare, uno di loro è andato a prendere un ragazzo e gli ha tagliato la gola con la baionetta. Allora mi è venuto da piangere e lui mi ha preso a schiaffi, urlandomi addosso che voleva solo sincerarsi che il mio sangue fosse diverso da quello di un palestinese".

Solo queste poche cose mi ha detto, sempre con il tono distaccato e neutro di una studiosa di archivi. Quando l'ho incontrata alla biblioteca, si era da poco più di un mese rifugiata in Alessandria. Aveva avuto l'autorizzazione dalla sua organizzazione a occuparsi, almeno per un po', dei suoi studi di storia antica. Le avevano concesso di riposarsi, ma non di dimenticare.

Se non si faceva vedere troppo spesso all'università, se non riuscivo a trovarla tutte le volte che avrei desiderato, era perché si trovava da qualche parte a ricordare, a tenere sempre aperta e ben pulita la ferita del suo cuore. "Non serve che mi cerchi," mi ha detto una sera che mangiavamo un meraviglioso pollo con i datteri che mi era costato un giorno di fatiche, "sarò io a trovarti. E questo è molto facile: basta che mi venga fame. Non sei un bersaglio difficile da centrare." Forse scherzava. Comunque mi ha visto solo quando ha voluto, mi ha detto di sé quello che ha ritenuto necessario, ha fatto l'amore solo le volte che la sua luna gliene faceva venir voglia.

E io invece le ho detto di me ogni cosa, avrei voluto far l'amore con lei ogni giorno, e ogni altra faccenda che desidera un amante io l'ho desiderata per noi due. Io amo Fatiha, questo lo so. E so anche che se lei mi ama, non può che farlo in quel modo che a me pare imperfetto e monco. Perché lei è monca, lei è mancante di qualcosa: le manca la libertà di essere una buona ostetrica, di aiutare madri felici a mettere al mondo bambini allegri.

Per questo pur avendo un amore, il mio primo amore, signori miei, la mia prima scorpacciata di sentimenti amorosi, io sono sempre stato solo.

Perché Fatiha è una comunista di Palestina e io il figlio di un anarchico di non si sa bene dove. Io mi sentivo già troppo monco per conto mio per comprendere e amare, assieme a Fatiha, anche la sua assenza. Dopo l'incidente alla diga poi, tutto di me è andato a rotoli.

Di queste cose io e lei abbiamo parlato anche ieri.

Ieri, già. Ci ho messo un po' a riprendermi dopo che il vecchio Modrian ha aperto la porta, e lei mi si è parata davanti agli occhi. Com'era bella! Io stavo lì sul letto con la macchina da scrivere poggiata su un'asse e il mucchietto dei fogli accanto, impietrito in una parvenza di dignità, e lei è avanzata nella stanza – ha navigato l'aria chiusa della stanza, se così posso dire, come un mare. Flish flosh, mi pareva persino di sentire il rumore della sua treccia che remigava per approdare al mio letto – e aveva sulla faccia, dentro la vastità dei suoi occhi, il suo prediletto punto interrogativo.

"?"

C'era qualcosa di sensato che io potessi risponderle? No, certamente no. Ho taciuto.

"Spero che tu non abbia niente che non si possa rimediare con i miei vecchi ferri." Mi ha toccato la fronte, come si fa a un bambino che sta poco bene; la sua mano era tiepida e leggera. Lei era leggera. Alta e leggera davanti a me. Ha squadrato a lungo la macchina da scrivere e poi ha posato una mano sui fogli che se ne stavano accoccolati lì accanto pieni di vergogna; si sarebbero volentieri ritratti al suo tocco se solo avessero saputo come fare. Sul suo viso è ritornato ancora più marcato il:

"?"

"Remington – faccio io, posando una mano sulla sua mano che teneva in custodia la mia storia – il medico dice che potrei guarire scrivendo."

Lei non ha detto una parola, ma mi ha sottratto con delicatezza il pacco e si è messa seduta sul bordo del letto tenendosi i fogli in grembo. Ha iniziato a leggere. Sono passate delle ore senza che succedesse niente, se non lei che leggeva e ogni tanto alzava gli occhi per chiedere:

"Anarchia? Zia?"

"Poesia?"

"Italia? Carlomagno?"

"Sogno?"

"Pascal?"

"Sua?".

Non aspettava la risposta; ricacciava la testa nei fogli e riprendeva a leggere.

Poi ha affastellato per benino il mucchio che le si era sparso tutto intorno, lo ha riposto lì dove l'aveva trovato, ed è tornata a guardarmi:

"?"

Purtroppo io continuavo a non sapere cosa risponderle.

"Qui non c'è scritto di me, non parli di tutte le cose che mi hai dato da mangiare. Non è una storia sincera."

"No."

"Forse dovresti essere sincero per guarire."

"Non so, forse."

"Magari mi hai trasformato in un'asina e mi hai fatto morire nel deserto per non doverti più preoccupare di darmi da mangiare."

"Non credo, tu sei ancora viva. Forse non è possibile raccontare delle cose vive, tutto qui."

"Tutto qui?"

"Sì, tutto qui. Semplicemente. Cristo, Fatiha. Una persona viva non ci sta tanto comoda dentro una Remington. Non la puoi strapazzare a tuo piacere per ficcarcela dentro, come fai con una cosa che è già passata, che non c'è più, se non nei tuoi ricordi. Bisognerebbe almeno chiederle il permesso, non ti pare?"

"Se è per guarire, hai il mio permesso. Dunque i tuoi amici sono morti?"

"In un certo senso, sì."

"E tuo padre è morto?"

"Certo, cosa può essere se non morto?"

"E Carlomagno è morto?"

"Sì."

"E Sua e Pascal e gli altri dei tuoi sogni, sono tutti morti?"

"..."

"E le poesie sono morte?"

"..."

"E l'anarchia è morta?"

"...."

"E il mare è morto?"

"..."

"E tu sei morto?"

"Non lo so, non lo so. Tu cosa dici, Fatiha, sono morto?"

"Sembrerebbe di no. In ogni caso i morti non guariscono, questo è sicuro. Non so se sia una buona cura, a me sembra una stramberia messa su da quell'armeno, ma tu cerca qualcosa di vivo in tutti questi tuoi morti, se vuoi venirne fuori. Tu sei vivo, o non uscirai da questa stanza. Pascal è vivo, è vivo anche quel vecchio citrullo del poeta. Tutte le cose che ti possono far vivere sono vive."

"Vorrei essere un comunista."

"Perché?"

"Per essere come te."

"No, non ne hai la stoffa. Mi diceva il mio istruttore che l'attività principale di un comunista è quella di fare domande al comunismo e non smettere mai fino alla morte. Io mi sono sempre attenuta a questo principio; è un modo di pensare e di vivere che dà molta energia questo, ma richiede molto allenamento e disciplina, e una grande dedizione alle speranze e alle incertezze. Tu non ne saresti capace.

Sei un poeta o qualcosa del genere tu. Assomigli molto a quel vecchio, te lo volevo dire già mentre leggevo. Penso anche che saresti un bravo romanziere se scrivessi per vivere invece che per guarire. Sono molto belle le storie dei tuoi sogni, se quelli poi sono sogni; mi ricordano le storie dei teatrini delle marionette che facevano spettacoli in tutti i giardini di Parigi. Ehi, non ti arrabbiare, non lo faccio per sminuirle.

È che i personaggi dei tuoi sogni si muovono tutti un po' legnosi e impacciati; ed è naturale che sia così: le loro storie sono molto grandi, molto più grandi di quello che credono loro stessi. Ognuno di loro porta sulle spalle un grande peso, una grande domanda. A me questo piace: è anche il modo antico della mia gente di raccontare le storie.

Ma quello che ti stavo dicendo è che un romanziere non riesce a fare domande a quello che scrive, lui aspetta solo risposte; la sua è una vita più semplice di quella di un rivoluzionario.

Penso che tu debba stanare l'anarchia da dove l'hanno cacciata i tuoi vecchi compatrioti e diventare un buon anarchico. Potresti esserlo davvero, perché non sei tu che devi farle le domande, è lei che le fa a te. E l'anarchia non smette mai di chiedere, ricordi cosa ti ha detto quel monaco laggiù ad Abu Makar? Così potrai scrivere per rispondere a ogni cosa, per vivere, capisci? Vorrei poterlo essere io un'anarchica e riposarmi un po'."

Non aveva mai parlato tanto e così tutto di fila. Ne ero quasi spaventato, ne sono spaventato anche adesso. Aveva una furia lucida nel mettere l'accento su certe cose che mi riguardavano come se fosse lì per il suo lavoro di chirurgo, e dovesse fare bene e in fretta nelle peggiori condizioni.

Intanto era entrato il dottor Modrian. Ha squadrato Fatiha con una certa preoccupazione, come se avesse origliato e non gli fossero piaciuti i suoi discorsi. Forse non gli piaceva neppure la troppa vivezza dei suoi occhi. Ha molto insistito perché se ne andasse: era la prima visita, ero debole, bastava poco per vederlo, era meglio che la signora tornasse un'altra volta, magari presto.

Dio sa se avrei voluto che restasse – almeno un bacio, un bacio sulla sua bocca, almeno un poco del fresco dei suoi denti per la mia bocca asciutta di malato cronico – ma lei si è fatta trascinare via senza fare resistenza. Sulla porta mi ha dato un'occhiata e mi ha salutato sorridendo. Gaia, mi è parso, gaia quanto poteva esserlo Fatiha.

"Se guarirai, ti porterò via con me. Ho bisogno che tu mi faccia mangiare come si deve."

"Ti amo," le ho quasi gridato dal mio letto.

"Ti amo?" Si era ancora voltata e io vedevo bene che non sorrideva più.

"Io sì, sicuro che ti amo, anche adesso da qui, anche se non sono comunista."

"Beh, se è così, questo non scriverlo. Non è roba per i morti questa." Ed è definitivamente scomparsa oltre la porta.

Ritornerà? Non lo so. Forse mi ama? Non lo so. Ma io l'amo. È il mio primo amore nella città di Alessandria. Alessandria nell'Egitto. Anche se è monca, anche se è prigioniera di ciò che le manca, io ora sono certo di amarla Fatiha, perché ieri la sua presenza, e la sua assenza, mi hanno lasciato meravigliosamente euforico. *La mia parte di Dio* o *la mia parte di anarchia* senza più l'angoscia di me, solo, nei fondali del porto sepolto. Non è meraviglioso? E se fosse anche vero?

Ora però devo finire. Sono eccitato e non so se questa sia una condizione ottimale per rimettermi a scrivere il mio romanzo. Posso chiamarlo così? Può essere davvero un romanzo, questa specie di cronaca che porto via dai miei sogni? Sono sicuro che sia questo che mi ha chiesto di fare il dottor Modrian come ultima possibilità di guarigione? Non lo so, davvero. Ma dopo ieri, molte cose sono cambiate per me.

Quando ho deciso di rivedere Fatiha, nel momento in cui ho permesso che varcasse questa porta, irrompendo, per quanto leggero possa essere il suo passo, nello squallore di questa malattia, ho cominciato dopo tanto tempo a volere delle cose; e a non volerne delle altre. Non è forse questo un sintomo di guarigione, un piccolo segno di vita?

Potenza di Fatiha la levatrice.

"Potenza?" chiederebbe lei.

Oh, sì; voglio Fatiha, ad esempio. E non vorrei più sognare.

Ma i sogni continuano ad arrivare puntuali come la notte, e ci pensa il dottor Modrian a farmeli ricordare ogni mattina per filo e per segno.

## Gli ultimi sogni di Pascal

Passò l'inverno e Carlomagno si raggrinzì tutto attorno ai suoi fuochi, smaltendo giorno dopo giorno il grasso della bella stagione nelle polentine di castagna condite con l'acqua insipida di neve. Nella casa del balivo Sua scaldava il suo uomo e da lui si faceva scaldare. Il fuoco di Pascal era pigra e generosa brace di carboni, quello di Sua era vorace e sconsiderata vampa di fascine. Ogni volta che tornavano ad accostarsi tra loro, Sua imparava e Pascal tornava a ricordare qualcosa, di modo che quell'inverno nella casa del balivo passò senza noia. Nel tepore del giaciglio di paglie altre cose ancora accadevano tra il balivo e la sua giovane sposa.

Quando, finalmente sazi del loro ardere, restavano a giacere l'uno accanto all'altro, Sua prendeva tra le mani il calendario con le grandi figure incise che Pascal le aveva portato in dono quando ancora neppure poteva immaginare che lo sposo sarebbe stato lui; era il calendario con le mirabili storie del mondo comprato sulla strada di Gand.

Sua amava quel libro, e ogni volta che lo apriva lo amava di più; nello splendore di quelle immagini variopinte che sin dal primo momento l'avevano rapita, scopriva ogni volta una nuova figura tra le altre, un nuovo particolare di cui chiedere conto a Pascal. E Pascal le raccontava quel che sapeva, e ben presto imparò a raccontarle anche quello che solo immaginava.

Sua amava quel libro perché la faceva volare sopra l'universo intero con le ali di quella che le pareva l'inesauribile saggezza del suo uomo. Pascal cominciò ad amare le domande di Sua perché ridestavano in lui ricordi, senza il dolore che aveva temuto si sarebbero portati appresso. E forse così Pascal cominciò anche ad amare Sua. Cominciò a farlo forse proprio per quella complicità di fantasticherie, che, più ancora di quella dei loro corpi, stabiliva tra di loro una familiarità profonda e unica.

Nella piccola stanza ancora impregnata del greve odore degli antichi formaggi di Furnà, al lume di una grossa candela di sego, Sua apriva il grande calendario, sceglieva un mese a caso ed esplorava con il dito l'immagine che occupava la gran parte del foglio. Cercava particolari che le fossero sfuggiti, nuove storie dentro le storie già conosciute.

Ottobre era il mese del Nuovo Mondo. C'erano grandi navi cariche di vele e di vento, e soldati in lucenti armature avvolti in bandiere crociate; e c'erano alberi fantastici e animali mai visti: uccelli del colore del tramonto e leoni con zanne come sciabole. Soggiogati da una grande croce di legno, uomini e donne bruni solamente rivestiti di gioielli, si prostravano a venerarla; in disparte ruggivano mostri umani con due teste, e dietro di loro femmine con i capelli intrecciati di fiori allattavano i figli dalle loro quattro mammelle. Ci volle un mese e più perché il dito di Sua, esplorando con minuzia il Nuovo Mondo, non trovasse cose nuove da chiedere e sapere.

E Pascal raccontava di ciò che sapeva, di ciò che aveva ascoltato, del poco che aveva letto. Parlò a lungo degli uomini che erano andati laggiù, dei pochi che ne erano tornati, della loro pazzia. Parlò di uno di loro, reduce da due, forse tre viaggi spaventosi, e di come girovagasse a piedi scalzi per i paesi della Fiandra ridotto a un povero folle disposto a raccontare, per una tazza di birra e una salsiccia, di inimmaginabili massacri e di immense ricchezze. Le narrò di un mostro di cui aveva sentito parlare nelle terre di Francia, con orecchie lunghe fino alle ginocchia e un naso enorme che eruttava di continuo piccoli dardi avvelenati. E altri mostri li inventò lui stesso, così altre terre di meraviglia.

E poi Sua accarezzò a lungo con il suo dito il mese di maggio e chiese di quell'uomo grande, vestito di nero, che pareva intendesse interrogare proprio lei con il suo sguardo severo e mite, e chiese delle molte carte che teneva tra le mani, delle carte che erano inchiodate a un grande portale alle sue spalle, del bellissimo edificio che sovrastava quel portale.

Così Pascal, con grande fatica e circospezione, iniziò il suo racconto di Martin Lutero, di quello che se ne diceva sulle strade insanguinate dalle guerre che quell'uomo – il solo pensiero di quell'uomo – aveva scatenate per la gran rabbia che aveva provocato nei principi e nei papi.

Parlò di quelle guerre perché le conosceva bene, e perché Sua capisse quanto fosse pericoloso anche il semplice fatto di possedere una sua immagine. E le parlò delle donne sepolte vive con i loro figlioletti, dei roghi che appestavano le porte delle città con il puzzo di carne bruciata. Sua si raccoglieva intimorita nel suo grembo. E Pascal le disse quel poco che sapeva dei pensieri di quell'uomo su Dio e sulla chiesa di Cristo, e di come quei pensieri sprigionassero una forza tale da trascinare interi popoli contro le armate dell'imperatore.

E alla fine l'inverno era passato. Venne la primavera. Le donne di Carlomagno avevano spianato al sole marzolino le coltri invernali perché i ragazzetti si sfogassero a batter via i pidocchi. Tutto il paese in camicia si apprestava a tentare di cavar grasso dalle fatiche della montagna e della palude, e nessuno era scontento di provarci una volta ancora. Con l'aria tiepida di mare giunse da meridione il primo stormo di rondini, si posò guardingo sui tetti e ben presto ripartì. Ma ne venne un altro ancora e questa volta piovvero dal cielo le paglie e il fango dei nuovi nidi.

Venne dunque la primavera e tutti videro che Sua non si era ancora ingrossata. Le donne che lavavano alla gora con lei i panni dell'inverno non trovavano che questo fosse un buon segno.

Fine

Sono giorni e giorni che ho smesso di scrivere i miei sogni. Il mio romanzare è bello che finito. Semplice: è successo che una mattina mi sono messo in posizione davanti alla Remington, ho infilato il foglio, ho fatto scrocchiare le dita, e non è venuto giù niente. Dopo un po' ho cominciato a sudare, mi sono torto le mani, massaggiato le tempie, ho chiamato per l'acqua, per qualche stuzzichino. Ho bevuto, mangiato, mi sono concentrato, e non è successo niente. Alla fine della giornata, mi sono addormentato tranquillo; nel sonno ho sognato, ovviamente. Mi sono svegliato e niente. Sapete qual è la sensazione dominante? Che semplicemente non ne ho più nessunissima voglia. Sbadiglio tutto il santo giorno fino a far appannare il bel metallo brunito della macchina da scrivere.

Questa novità il dottor Modrian non l'ha presa molto bene; anzi, ne è rimasto seccatissimo nonostante tutto il suo aplomb anglo-armeno. Credevo che a lui non gliene importasse molto di quanto scrivevo; lui era avido dei miei racconti mattutini, ma ai fogli accumulati accanto alla Remington non dava che un'occhiata sbadata. Mi sbagliavo. Gli è bastato posarci una mano sopra per scoprire l'altra mattina che la crescita del mucchietto si era arrestata. "Ebbene, mio signore?"

Ho alzato le spalle: "Non ci riesco. Ci provo, ma non ci riesco. Tutto qui".

"Tutto qui? E la sua guarigione? Non è a quella che dovevamo pensare? Intende forse rinunciare? Intende forse finire i suoi giorni su questo letto? Avrà denaro sufficiente per pagarsi ancora per molto tempo la retta?"

L'armeno sembrava sinceramente scandalizzato. Irritato, girellava intorno al mio letto con l'aria di un vecchio cane rinsecchito. "Non le ha giovato la visita della sua amica; ahi, non le ha giovato davvero. Non mi pentirò mai abbastanza di averle permesso di riceverla. Ahi, chi meglio di me avrebbe dovuto capire quale errore stavamo commettendo?"

Io tacevo e cercavo di capire, oltre la voce del dottor Modrian, come mi sentissi. Cosa stava succedendo nel mio corpo e nella mia mente di nuovo e di diverso da quando avevo smesso di scrivere il mio racconto? Il medico continuava a biascicare i suoi "ahi ohi" stuzzicandosi la barbetta come se fosse stata lei la sua cattiva consigliera, e ogni tanto mi lanciava un'occhiata torva. Mi mettevano in ansia quegli sguardi: sembrava che non gli restasse altro da fare che prendermi le misure per ordinare una cassa e ficcarci dentro il frutto del suo fallimento terapeutico. Ma io come stavo, veramente? Ho aspettato che finisse di lamentarsi e se ne andasse.

Poi ho fatto quello che andava fatto. Mi sono alzato dal letto – tutto normale, era una cosa che facevo tutte le mattine – sono andato in bagno, e ho fatto i miei bisogni – ancora tutto come al solito; magari un pochino più veloce, più liscio, più piacevole; sì, più facile – sono tornato nella stanza a un passo – questo sì – più deciso, più sciolto – novità! – e sono andato all'asse che mi faceva da scrivania, dove era sistemata la macchina da scrivere e il blocco dei fogli bianchi accanto al mucchietto degli scritti. Ho tenuto a lungo le mani sulla Remington – fresca, piacevolmente ferrosa – poi ho chiuso le mani alle estremità del carrello e ho sollevato la grossa macchina fino all'altezza del petto, l'ho tenuta per un'infinità di secondi premuta contro il corpo – come sono magro! I bottoni dei caratteri mi grattavano le costole senza un filo di carne che ne ammorbidisse il contatto – e poi l'ho lentamente rimessa sul piano.

L'ho rifatto. Una volta, due volte, dieci volte. Ero zuppo di sudore, avevo i muscoli delle braccia e del petto che urlavano di sconforto, gli occhi appannati dalle lacrime. E questo non avrei potuto farlo se fossi stato davvero infermo, d'accordo? E invece ho continuato per altre dieci volte, venti volte, finché ho cominciato a veder nero e a tremare per tutto il corpo. Allora mi sono seduto nella poltrona ad aspettare che mi ritornasse la vista. Non sono tornato a letto, capite? Mi sono semplicemente seduto sulla poltrona, come fanno tutti quelli che sono un po' stanchi. Ho quindi lasciato la poltrona nel modo più regale possibile. Sono arrivato alla finestre ho aperto i battenti.

L'aria calda e la luce mi hanno assalito senza preavviso, senza darmi il tempo di difendermi; per un attimo mi sono sentito perso e mi sono rifugiato tra le pieghe della tenda. Ma solo per un attimo: là fuori c'era Alessandria. Oltre i banani e i cedri del parco, oltre l'alto muro di cinta, c'era la città, bianca e fumosa, c'era il mare grigio perla, c'erano i rumori e gli odori di Alessandria. Sono restato qualche minuto appoggiato al davanzale, incerto, perduto, ma è stato veramente questione di poco.

Sono tornato a prendermi la Remington – dio, come pesava, come era naturalmente pesante tra le mie mani! – l'ho accompagnata alla finestra e, prima che se ne andasse per la sua strada, l'ho baciata sulla f sulla a sulla t e le ho detto semplicemente addio. In tutta quella luce non l'ho potuta seguire che per una frazione di secondo mentre con grande rapidità andava a raggiungere l'ombra profumata di un oleandro rosa. Nemmeno a quel punto mi è venuta voglia di tornarmene a letto. No.

Ho passeggiato per la stanza, mi sono fatto un bagno, ho continuato a passeggiare. Stavo in piedi perfettamente. Ho suonato per l'infermiera. Ho ordinato una colazione di *ful*, una bella zuppa di fave, fredda per favore. L'infermiera mi ha guardato come se le avessi chiesto di mettersi nuda. Non è nella mia dieta il *ful*, non è neppure nel menu dell'ospedale. Ho chiesto qualsiasi altra cosa che fosse una colazione. Dieci minuti dopo è arrivata con un vassoio in mano, la stessa faccia stramba e il dottor Modrian alle calcagna. Nel frattempo, nel trascorrere di quei dieci minuti, ero arrivato alla conclusione che qualunque accidenti di malattia mi avesse tenuto chiuso a fantasticare in quel posto, era arrivato il momento di decidere che io non stavo male. Non ero abbastanza debole da non provare a vivere in qualunque posto – là – fuori da quella finestra, dove la vecchia Remington stava già facendo amicizia con le termiti che dimoravano sotto l'oleandro rosa.

L'armeno non mi ha dato il tempo di aprir bocca; con un cenno severo della mano mi ha intimato di tacere e di accomodarmi. Aveva dato un'occhiata alla stanza, con un moto del sopracciglio aveva rilevato l'assenza della Remington dal suo asse-scrivania, e aveva lasciato che l'infermiera apparecchiasse il brodino della clinica. Per mangiare sono dovuto tornare a letto, non era previsto un tavolino in quella stanza, e la cosa mi ha seccato da non dire. Lui mi si è seduto accanto. Avevo la sensazione di essere agli arresti.

"Ah, il *ful*, il cibo dei poveri che ristora più di un sofisticato menu servito all'hotel Hilton. Ah, i sapori forti come conturbano, come ci corroborano l'animo! È la vita, è la vita che pretende cose semplici e forti. Peccato che non abbiamo potuto accontentarla, peccato. Ma in questa clinica gli ospiti sono di norma inadatti alla forza e alla semplicità della vita. Per questo sono malati, per questo noi tentiamo di curarli. Ma devo arguire che lei ha superato la sua terribile infermità. Sia lodato Iddio. Chi altri, se no? Stavamo disperando, ed eccola qui, a chiedere un *ful*, a scorrazzare per la camera, a compiere chissà quali altre imprese.

A proposito; il nostro povero giardiniere si è preso un terribile spavento poco fa. È venuto a consegnarmi una strana pianta che è spuntata in giardino tanto improvvisamente che lui ha rischiato di rompercisi un piede. Buffa cosa, la nostra vecchia macchina da scrivere è ancora perfettamente funzionante, basteranno piccoli aggiustamenti. Ma temo che non ci sarà più di alcun aiuto. O sbaglio?"

Beh, sì che mi sentivo in colpa, certo che mi vergognavo; ma nemmeno poi tanto, non abbastanza almeno da voler rinunciare a ciò che era successo.

"È stata un pazzia, mi dispiace; ovviamente le pagherò il danno. Ma non ne ho potuto fare a meno. Io credo di non aver più bisogno di stare qui. Forse sono guarito. Riesco a camminare, riesco a portare pesi, ho fame, vado bene di corpo; cosa mi resta per guarire?"

"Ah, oh, se ci fosse un apparecchio per misurare la sanità! La guarigione è una condizione che riguarda il malato e null'altro. Che gioia ascoltare le sue parole, quale soddisfazione. Ma a un vecchio medico è proibito prendere atto di un miracolo. Se la medicina si dovesse ridurre a confidare in Dio per portare a buon fine i suoi compiti, io dovrei provvedere a un troppo drastico ridimensionamento del mio amor proprio. Dunque sia pure lodato Iddio, ma mi permetta di farle una visita accurata e alcuni esami prima di condividere il suo ottimismo."

Era proprio quello che avevo deciso di non fare. Niente esami, niente consensi, niente consigli. Volevo solo essere già fuori di lì a provare di poterci stare. Ho tentato di farglielo capire a Modrian, come potevo, cercando di scusarmi per quella svolta improvvisa. Beh, lui è stato molto severo con me.

"Tutto questo è opera della sua amica. Non ho dubbi: tutto proviene di lì. Non cerchi di mentire o sarà la fine. In lei è ora in piena attività una tempesta ormonale, un putiferio dei sensi. Lei non è guarito, mi creda, lei è esaltato. Mi perdoni la crudezza, ma il suo stato attuale è quello di una decrepita automobile alimentata a nitroglicerina: si sta accingendo all'ultima folle corsa prima di schiantarsi in mille pezzi. Lei è un soldato che parte per l'ultimo assalto rimpinzato di droghe, il suo benessere è solo illusorio, e se lei fosse ancora in sé dovrebbe esserne cosciente. È amore? È passione? Non serve specificare. È semplicemente la maledizione della vita.

Pensa che sia la prima volta che mi capita di averci a che fare? No, la faccenda è fin troppo comune purtroppo: riguarda anche la cavalletta, il babbuino e l'elefante. Quando ho lasciato entrare la sua amica, questa stanza è stata invasa da un poderoso vento ormonale, che ha strappato il suo povero corpo dai fragili ormeggi della nostra terapia, e ora la sta trascinando verso lo scoppio finale. La sua guarigione è truccata da una combinazione di elementi chimici che lei non tarderà a scambiare per sentimenti. Ah, se solo potesse ascoltarmi!"

Ero a dir poco esterrefatto dalla passione oratoria dell'armeno. Sembrava davvero addolorato, afflitto da una tristezza che lo stava soverchiando.

"I suoi sogni, i suoi bei sogni la stavano gradualmente, cautamente, portando alla guarigione. Il suo costante impegno nella trascrizione faceva il resto. Ah, sarebbe stata questione di attendere ancora un poco. La scrittura! Che geniale terapia stavamo mettendo a punto in questa modesta clinica! Quanti colleghi attendevano con ansia i risultati. Un poco ancora di pazienza, e lei stesso sarebbe diventato un simbolo, un mito della medicina moderna. Ora lei seguirà il suo destino. Brucerà quel poco di capitale energetico che ha messo da parte in questi mesi di cura e poi soccomberà nella copula. O, peggio, si consumerà nei sentimenti pre o post copulatori. Bell'affare! E i suoi sogni? E i suoi scritti? Butterà tutto quanto via, immagino. Brucerà ogni cosa per non dover disporre di testimonianze imbarazzanti della sua ignominiosa caduta."

Su una cosa almeno aveva ragione il vecchio Modrian: non lo stavo ascoltando. O, meglio, non ero più lì, non abbastanza vicino per apprezzare i suoi ragionamenti, per accogliere i suoi consigli. Capita, no?, di non sentir ragione, di non averne voglia e basta. Mentre lui si affannava per il mio bene, io cercavo di raccapezzarmi in quella stanza in cerca di ciò che mi apparteneva, quelle cose che mi sarebbero state utili fuori di lì, oltre la finestra.

"Cerchi di ragionare, mio signore: mesi e mesi di sforzi gettati via in un attimo di smarrimento. Spera forse che l'amore di una femmina possa ricostituirle i tessuti lesi? Ne è sinceramente convinto?"

Frugavo un po' qua e un po' là in cerca delle mie robe, voltandogli la schiena a volte, a volte addirittura incespicando sui suoi passi, quasi non ci fosse, poveruomo. Non c'era mica niente di mio lì dentro. Neppure qualcosa con cui vestirmi. In un armadio a muro ho trovato, accasciata per terra come una mummia mal riuscita, la muta da sommozzatore che i soccorritori mi avevano tolto di dosso, lacerandola con un lungo taglio che ora la rendeva inservibile. Del resto che avrei fatto se fosse stata ancora in buono stato, sarei uscito per le strade vestito con quella muta?

Avevo il pigiama della clinica addosso e in un cassetto del comodino una busta con dentro il mio documento di identità egiziano. Nient'altro. Beh, no. Sull'asse-scrivania c'era il mucchietto dei fogli dattiloscritti e, sotto la pila, la cartella di cuoio che mi aveva regalato Azena, il reliquiario dove era conservata la carta di Pascal. Già, Pascal.

"Mi permetta almeno di farle un controllo generale, per non rischiare che schiatti appena uscito da qui," gemeva Modrian.

Ho preso la carta di Pascal tra le mani. L'ho consultata: mi stai ancora chiamando? E poi ho consultato il mio petto, la parte cava, interiore, del mio petto: senti ancora battere questo pezzo di carta? Certo che sì. A suo modo, prepotentemente, Pascal continuava a chiamarmi. Non era il suo rogo che crepitava; non le sue ceneri che sfrigolavano; era lui, quell'uomo, che mi chiamava. E per la prima volta, per la prima volta sveglio e vivo, ho avvertito la dolcezza di quel richiamo, qualcosa come un'intensa familiarità. Un fratello, potrei dire; la voce di un fratello.

"Veda almeno di liquidare il suo conto, prima di scordarsi del tutto che qui è stato sottratto a una morte sicura e si è tentato invano di curarla e accudirla fino a completa guarigione."

L'armeno mi stava soffiando sul collo inviperito, la barbetta sempre azzimata ridotta a furia di strapazzi a un mazzo di cernecchi stecchiti. La voce molto lontana, ma la voce viva di un fratello, questo mi sembrava di ascoltare maneggiando i conti per l'antico falò; una voce tiepida come una consuetudine dell'anima.

Non ho trovato altre cose, così ho involtolato passaporto, fogli e cartella nella muta di gomma; ne è venuto fuori un grosso pacco squinternato e improbabile, ma conteneva tutto quello che in quella stanzetta era ancora mio. Proprio un buffo bagaglio quello che ho portato via, ed ero senz'altro buffo anch'io, mentre varcavo la soglia della camera numero 11 vestito di un pigiama a righe grigio polvere, almeno una misura più grande della mia, calzando pantofole di tela, e tenendo tra le braccia quello che poteva sembrare il cadavere di un orribile animale.

"Grazie, davvero molte grazie" è stato quello che ho detto al dottor Modrian lungo il corridoio. "Sistemerò tutti i conti in un giorno o due" ho continuato a dirgli, mentre lui mi seguiva muto e apprensivo come se avesse dovuto proteggermi da un accidente che poteva capitare da lì a un momento, e io cercavo il modo di uscire da un luogo in cui ero entrato incosciente. "Le sarò grato per sempre, davvero," ho concluso, ormai arrivato a un passo dalla luce di fuori, dal caldo asciutto e luminoso di Alessandria.

"Potrebbe essere un buon armeno, tanto è sciocco e testardo," queste le sue ultime parole mentre mi rifilava una pedata che mi ha aiutato a varcare definitivamente la soglia dell'ospedale per stranieri *Nabe al Maja*, Fonte della Salute.

Oltre il cancello di ferro battuto, lungo i viali che portano ai vecchi quartieri, per chilometri e chilometri fino alle strade del centro, fino al vicolo di casa mia, nessuno mi ha notato, nessuno ha fatto mostra di notarmi. E questo mi ha fatto stare bene, molto bene. Così tanto che ho salito la vecchia scala di legno quasi di corsa, in gran fretta mi sono fatto un bagno, ho trovato qualcosa di meglio di un pigiama da mettermi addosso, e sono tornato giù, per le strade di Ras el Tin.

Non sono rimasto nel quartiere. Le gambe mi portavano quasi senza fatica; le mie gambe, un poco malferme come le lunghe e patetiche zampe di un cammello appena nato, avevano voglia di andare. Mi hanno portato fino ai viali di Gayt al Inab, al porticato del mercato copto. Lì, tra le immaginette smaltate della vita di Cristo, le mussole lavorate a mano e gli orci di olio di sesamo, c'era il ben di dio del contrabbando. Non ho dovuto cercare molto.

Il tizio che chiamano il Turco, un turco davvero, con i baffi spioventi e il ritratto di Ataturk inchiodato sul piano del banchetto dove vende *ftir* al formaggio, è stato via per non più di cinque minuti ed è tornato con quello che cercavo. La marca non la so perché è roba russa con le scritte in cirillico, ma i caratteri sono latini e tutto il resto è a posto; direi che è una copia quasi perfetta della Remington. Non l'ho pagata un granché, non più di due settimane di retta dell'ospedale armeno: la merce russa non va tanto in questa città sempre più sofisticata.

Me la sono portata a casa a piedi, tenendomela in braccio. Ci sono arrivato per un pelo a casa: ero talmente sfinito che ho dovuto poggiarla sul pavimento del pianerottolo. L'ho lasciata lì per un giorno intero. Ora è qui davanti a me, pigio sui tasti e va tutto per il meglio. Non so proprio cosa voglia dire la scritta cirillica in acciaio cromato sul frontale; per il momento la chiamerò Matrioska: è l'unica parola di russo che mi viene in mente. Con la Matrioska sto scrivendo queste pagine, il capitolo della mia guarigione, diciamo così. Dal volo della Remington in poi.

Queste notti ho continuato a sognare. Ma ieri sera non ho sognato Pascal: ho sognato il vecchio, il poeta. Rideva, rideva, rideva, non smetteva mai. Tale e quale come l'ho visto a Roma, quella sera ma, da vero *ginn*, nel sogno lievitava qua e là nell'aria. Strizzava gli occhietti e rideva, rideva.

Non ho più visto Fatiha, o per meglio dire, Fatiha non si è più fatta vedere da me, fino a ieri sera, un mese preciso da quando ho lasciato la clinica del dottor Modrian. Nel frattempo dio sa se l'ho cercata, se ho tentato in ogni modo di evocarla, Fatiha. Dalle finestre della mia casa sempre aperte sul vicolo quanti aromi si sono sparsi intorno all'ora della cena! Ne ho preparati di cibi sopraffini, ne ho perse di giornate a cuocere pesce, a impastare frittelle, a pestare pepe, a inzaccherarmi di latte e miele, a impolverarmi di noce moscata e anacardo. Ho sempre preparato per tre, perché a lei restasse una porzione da gigantessa, e con quei piattoni di delizie ho finito per ingrassarci Giabra e Ramzi, i due vecchi mendicanti che pascolavano per le vie di Ras el Tin prima ancora che io nascessi. Beati loro che si godevano le mie sciccherie; io, per il genere di cibi sostanziosi che cucinavo, ero ancora un po' impreparato, ancora convalescente per così dire, e piluccavo qualcosa davanti alla finestra più che altro per godermi il profumo. E aspettavo.

Per tutto il mese Giabra e Ramzi hanno fatto a gara a chi sceglieva per me il biglietto della fortuna più promettente. Con quei biglietti mi hanno pagato le cene e devo ammettere che è stato un onore per me poter godere della loro magnanimità e venire in possesso delle profezie più propizie. Immagino che nel quartiere si sia creato un grave squilibrio, perché a loro ora sono rimasti quelli sfortunati, che dovranno smerciare a gente che quasi certamente non se li merita.

Io, a dire la verità, ai biglietti della fortuna non ci ho mai creduto; comunque i miei li ho sempre letti, intanto per non offendere la suscettibilità di chi me li ha donati, e poi perché nessuno, davvero nessuno, può tenersi in tasca un biglietto della fortuna senza essere tentato di darci un'occhiata un momento o l'altro.

In ogni caso, nello specifico, non ce n'è stato uno solo che parlasse dell'avvento di una mangiona. Né che accennasse alla sparizione di una giovane chirurga di Palestina. Se è per questo, nessuno dei luoghi della città di Alessandria che poteva averla vista passare mi ha fatto un solo cenno al riguardo. Neppure la bettola del greco, il lercio tavolato dove avevo avuto l'onore di ingozzarla più di una volta con i famosi gamberi allo zafferano, mi ha saputo dire qualcosa al riguardo. E sì, che ci sono passato parecchie volte, e mi sono seduto proprio a quel tavolo, o, a essere onesti, a quello che poteva e non poteva essere quel tavolo – vattelo un po' a ricordare con precisione!

Il tavolo, i gamberi, i biglietti della fortuna... non mi sento per niente stupido a ricordare ciò che ho fatto in questo mese, quello che mi è passato per la testa. Credo che di per sé ogni attesa sia in fin dei conti indecorosa. Chi aspetta, chi aspetta davvero qualcuno non ha tempo per starsi a guardare, per darsi un contegno; né ha voglia di comportarsi con dignità e distacco. Chi aspetta qualcuno cerca ovunque i segni del suo avvento, e se non li trova è portato a sistemare qua e là trappole di ogni tipo in cui l'atteso potrebbe avventurosamente cadere. Così è, credo.

L'altra settimana, per il giorno della Festa del Montone, ho preparato la pecora cotta con le melograne. Pochi mangiari possono starle alla pari, pochissimi sono di uguale difficoltà nell'allestimento. Ho impiegato due giorni interi a cuocere i pezzi ben macellati di una pecorella tenera e grassa che sono andato a scegliermi personalmente al mercato degli animali di Ghayt al-Inab. È stata sgozzata e preparata secondo i comandamenti dell'Islam, perché la Festa del Montone è talmente importante che neppure gli anarchici del Diwan hanno voglia di contraddirne le usanze.

Tutti in Alessandria festeggiano l'*aid ek kebir*: mussulmani, cristiani e atei. Perché è il giorno che ricorda il padre Abramo e di come l'ha scampata suo figlio Isacco grazie al bravo montone che stava nei paraggi del tremendo sacrificio; ma è anche il giorno della fratellanza e dell'uguaglianza, il giorno in cui i poveri rivendicano i loro diritti sull'opulenza dei ricchi. Il giorno in cui tutti mangiano a sazietà, e chi ne ha, deve darne a chi non ne ha. E alla fine è un gran mangiare per tutte le case e tutti i vicoli della città; nessuno deve mancare di qualcosa nel giorno della Festa del Montone.

Io la mia pecora l'ho marinata, speziata, condita e cotta in una grande caldaia nel vicolo, accanto alla porta del El Meskin, la tipografia di Ruben e Amos. Ho fatto festa con loro e con tutti i poveracci che hanno reputato il profumo della nostra caldaia più interessante di altri. C'era dunque quel giorno accanto alla caldaia una grande tavolata, e dal mattino a tutta notte abbiamo mangiato la carne e ogni sorta di *mesé* preparati da Amos, e bevuto tè e caffè e birra e vino greco con tutti quelli che sono venuti a pretendere la loro *zakat*, l'elemosina dovuta.

E ne sono venuti parecchi, perché, non faccio per vantarmi, la nostra pentola doveva avere il meglio profumo di Alessandria. Anche Ramzi l'Iskandar si è fermato da noi. Si è servito con molto sussiego e grande misura di ogni cosa, dilungandosi in apprezzamenti assai fioriti. Prima di andarsene per la preghiera della sera, ha ordinato a Ruben una nuova tiratura di biglietti della fortuna. Ne ha voluti dei soliti tradizionali ma ha chiesto anche di studiarne di nuovi, adeguati a tutto quel parlare pagano di *bisniss* e *lav* che sta impestando le anime dei suoi acquirenti. È stata una bella festa tutto sommato, la Festa del Montone di quest'anno, anche alla tipografia del El Meskin, un posto di atei se ce n'è.

Conta comunque che io sia tornato dai miei amici, perché è da lì che è sgorgata l'incredibile serata di ieri e l'improvviso ritorno di Fatiha. Sì, ieri sera lei è venuta al Diwan Nabil, si è presentata nella saletta al piano di sopra del caffè degli anarchici, l'ultimo posto dove mi sarebbe sembrato naturale di incontrarla, e si è seduta con noi. Lei così bella, sempre bella lei; solo, forse, un po' magrolina. Chissà dov'è che ha mangiato per tutto questo tempo. Chissà dove è stata a esercitarsi a non dimenticare, se in Africa o in Europa, se a cucire o a squarciare.

Ma cerchiamo di andare per ordine.

Sono tornato alla tipografia per la Festa del Montone portando con me oltre alla pecorella, anche l'involto della storia di Pascal.

In questo mese di attesa, di molto cucinare e girovagare, sono un po' cresciuto. Quietamente, senza febbri e scosse, mi sono irrobustito e fatto più grande. Come lo so? Sono capace, ad esempio di aspettare, e l'attesa non è un vuoto e una vertigine, ma un lavoro silenzioso e disciplinato, un apprendistato a vivere come un uomo sano. Mi sveglio piuttosto presto la mattina, e dal tepore azzurrino della prima luce su Ras el Tin guardo avanti verso la mia giornata, e scopro che non sono certo di nulla riguardo a quello che mi potrà succedere. E questa constatazione non mi fa paura.

Non sono felice, no, e allora? Coltivo i miei giorni irrobustendo con pazienza il mio passo, allenando la mia vista tra le merci del mercato, ricapitolando le mie conoscenze meccaniche e ingegneristiche. E ogni giorno di più riesco a camminare diritto, e so ormai portare il mio sguardo fino all'altezza di quello di Fatiha, che è una misura ragguardevole. E troverò un lavoro fra non molto, visto che ne ho bisogno, dopo che ho pagato il conto della clinica di quello strozzino del dottor Modrian. Non c'è nessuna vera felicità in ciò che faccio durante la mia giornata, ma cresco, lo sento. A mio modo guarisco vivendo.

Per questa ragione, perché sto imparando ad aver pazienza, non mi è più venuta voglia di lasciare Alessandria. Non per la via del deserto, non per la via dell'acqua. Tantomeno per la via sottomarina; non mi ci è voluto molto a capire – a parte il fatto che per poco non ci lasciavo la pelle – che hanno ragione tutti quelli un po' più furbi di me che sanno da secoli che il porto sepolto non lo troverà mai nessuno. Per esserci c'è, sicuro che c'è, e allora?

Anche Carlomagno c'è – come potrebbe essere diversamente? – c'è nonostante non sia mai arrivato a vederlo con i miei occhi, anche se ora come ora non saprei dove trovare la voglia per riprovarci.

Nuoto ancora molto in questi giorni, questo sì. Faccio lunghe nuotate davanti alla mia spiaggia, stando ben attento a non spingermi così in là da perderla di vista: sto crescendo ma non abbastanza velocemente da sentirmi al sicuro dai colpi di testa. Come lo scherzo che mi ha fatto mio padre, tanto per capirci. È sulla spiaggia, di solito dopo la lunga nuotata, che mi torna in mente con forza Pascal.

Pascal, mio fratello Pascal, il mio bisnonno Pascale; l'ombra che mi ha per tanto tempo gravato sul petto, l'incendiato che ha reso misteriosamente vive le mie notti d'ospedale.

*La cenere di detto non si ricolse altrimenti.*

Ci vuole molta pazienza per un lavoro così delicato, ora. Anche per questa ragione mi sto ingegnando di crescere: per diventare abbastanza bravo da trovare il modo di raccogliere le sue ceneri. Non certo con i tasti di una macchina da scrivere. No, non così.

Però io non l'ho mica buttata via tutta la storia che ho scritto di Pascal e Carlomagno, il fagotto che ho trafugato dalla clinica dentro la vecchia muta squarciata. Questo coraggio non ce l'ho avuto. È stato in casa per un bel po', buttato da qualche parte, e per la Festa del Montone l'ho portato da Ruben, così com'era. Quando ho bussato alla porta del El Meskin con una muta da sommozzatore, un pacco di fogli e una pecora sgozzata, sapevo in cuor mio che quelle cose erano un tutt'uno: un'offerta di fraternità per essere ancora con i miei amici, parte di loro. La storia di Pascal era il mio Isacco, il figlio prediletto che ero disposto a sacrificare come gesto supremo di lealtà verso la mia gente. Del resto che altro avevo da offrire?

La tipografia non è per nulla cambiata in tutto questo tempo, e sono rimasti pressappoco uguali anche i due fratelli. Sempre più pretesco Ruben, con quel suo porgersi ieratico e allampanato, sempre lo stesso gran nuotatore e ballerino e preparatore di caffè Amos, ingrigito appena nei riccioli fini fini delle tempie. Ma di un grigio come se fosse tinto, per potersi dare più importanza con le turiste, dalla fine della guerra molto più numerose ed esigenti. Mi hanno abbracciato con amore – l'ho sentito – e io li ho ricambiati con tutto quello che avevo.

È stato facile tornare da loro; ero solo stato fuori per un po', come fanno tutti gli uomini di Alessandria prima o poi: chi per mare, chi per terra, chi in galera e chi all'ospedale. Per questo è stato facile anche spiegare, raccontare, omettere e mentire; per fare più in fretta, per non stare troppo a rivangare. L'involto della storia di Pascal l'ho cacciato tra le mani di Ruben, dicendogli semplicemente: "Questa roba la tieni tu, per favore". E lui l'ha preso con naturalezza e l'ha riposto da qualche parte.

Sono certissimo che non più tardi di dieci minuti dopo lui aveva già dato almeno una sbirciatina, e prima degli ultimi saluti alla fine della festa, quando eravamo tutti e tre pieni dei sentimenti del Montone e così satolli di tutto quanto da non avere la forza di separarci, Ruben mi ha rifilato un'occhiata di sottecchi, qualcosa di più incisivo di una semplice domanda a bocca chiusa. Segno che aveva già cominciato a leggere, che forse era anche abbastanza avanti.

Il dono era stato accettato; ora potevo anche rinunciarci per sempre a quelle pagine: c'è una bella differenza tra buttare via una cosa e farne un regalo. Io ho ricambiato quello sguardo cercando di metterne insieme uno altrettanto intenso ma opposto; un esclamativo silenzioso che diceva pressappoco: "Lasciamo perdere, eh!". E così è stato.

Fino a ieri sera al Diwan Nabil, nella saletta privata al piano di sopra, dove c'erano tutti i vecchi libertari e i loro figli e nipoti. Caffè, zibibbo, sigarette americane e Pepsi-cola allagavano l'aria di un intenso appiccicoso sentore: l'odore dei tempi che cambiano e non cambiano mai.

"Ci vediamo tra di noi, vieni," mi aveva imposto Ruben un paio di giorni prima, ma non immaginavo che si trattasse di un'assemblea plenaria. Se non fosse stato per il clima generale di disimpegno, gli sguardi dei vecchi un po' stolidi, i giovani con l'aria di aspettare di fare dell'altro, avrei pensato alla resurrezione di un moto sovversivo, la conta finale prima di assaltare dio sa chi e che cosa. Da che mi ricordavo, non avevo mai partecipato a qualcosa del genere; se era successo ai tempi di mio padre, io ero troppo piccolo per venirlo a sapere.

Saremo stati una trentina quando sono entrato, dato che non c'erano più posti a sedere, mi sono accaparrato uno spigolo del juke-box per potermici appoggiare; l'altro spigolo era già occupato da Amos. Lui m'ha strizzato l'occhio: gli scappava da ridere, si vedeva benissimo. Nel dare un'occhiata attorno per rendermi conto ben bene dell'imponenza di quella riunione, ho percepito la strana sensazione che i borbottii, le chiacchiere, i risucchi e i tintinnii di bicchieri e tazzine si andassero rapidamente affievolendo, come fosse il mio sguardo a imporre il silenzio. Ho rifilato una gomitata interrogativa ad Amos, e per tutta risposta ho ricevuto un'altra strizzata d'occhio. Cominciavo a sentirmi fastidiosamente agitato.

Nell'angolo della sala vicino all'armadio dei libri, Ruben ha interrotto un fitto rimestio di carte tra le mani e si è alzato in piedi. A questo punto il silenzio si è fatto pressoché totale; solo Fernando, il decrepito e infelice marito di quattro mogli, continuava a gemere tra sé: facile che ormai non si rendesse neppure più conto di cosa ci stava a fare lì, vecchio e rimbecillito com'era. Ruben dunque si è sistemato ben ritto, nella sua classica posa predicatoria, ha dato due colpetti di tosse per raschiarsi la gola e, mentre tutti erano finalmente disposti verso di lui in rispettosa attesa, mi ha indirizzato un largo, antipatico sorriso. "Finalmente anche tu sei arrivato."

Preoccupante il suo sorriso, né più né meno quello di un maestro che ha scovato lo scolaro adatto per recitare la lezione al signor direttore; o, mi è venuto da pensare con singolare velocità, il sorriso del dottor Modrian quando si è visto arrivare il paziente abbastanza credulone e remissivo da poter finalmente sperimentare le sue pazze terapie. Non mi c'è voluto più di un paio di minuti per capire quanto c'ero andato tragicamente vicino. Visto che il tipografo è andato subito al sodo.

Mi chiedo se le cose sarebbero andate diversamente se avessi capito subito di cosa si trattava, se avessi intuito, ad esempio, che i fogli che teneva in mano erano nientedimeno che la mia storia di Pascal. Avrei potuto svignarmela prima che lui potesse dare il via alla cosa, costringendomi a restare. Che ne so? A meno che, in definitiva, non fosse proprio a questo che volevo arrivare, fin dal momento in cui ho preso l'involto e me lo sono portato fuori dalla clinica. Già. Sono restato nella saletta del Nabil per irresolutezza, per non scappare davanti a quella che è la mia gente, la mia sola gente comunque sia, o perché quello che sarebbe venuto poi era proprio il gioco che volevo giocare?

Fatto sta dunque che Ruben ha svuotato senza indugio il suo sacco:

"I giorni passati ci siamo incontrati parecchie volte qui con i compagni, e ho letto loro quello che hai scritto. Non ti ho chiesto il permesso, Saverio, perché forse tu non avresti voluto".

Una pausa: proprio come un attore, quel prete anarchico. Una breve pausa per regalarmi uno sguardo dolce dolce. Abramo che fa il solletico sul collo al figlioletto lassù sul monte? No, il vecchio Abramo doveva essere più contegnoso, e più sincero. Logicamente tutti hanno guardato verso di me. Occhi simpatici, quelli un po' stupidi di chi nota per la prima volta in una persona familiare un certo difetto o una qualità insospettata e si sforzi di guardare un vecchio conoscente in una prospettiva tutta nuova.

Ovviamente ciò che Ruben aveva loro letto, che gli fosse piaciuto o no, l'avessero capito o meno, gliene fregasse qualcosa o niente, era da considerarsi roba loro. Succede questo tra gli espatriati di Alessandria, anche tra quelli della seconda e terza generazione: ogni cosa che riguardi uno di loro è solo imperfetta proprietà personale. È successo parecchie volte con il denaro, succede per le nascite e per le morti, per i buoni e i cattivi affari, per le case e i canotti per la pesca nei canali; succede continuamente tra i più giovani con i dischi e le sigarette, e tra gli anziani si dice anche per le mogli, chissà. Evidentemente succede pure per le storie, anche quelle solo sognate.

Ottenuto l'effetto desiderato – come avrei potuto a quel punto obiettare qualcosa? – Ruben ha intonato il registro severo, quello dell'indiscutibile autorità morale e intellettuale della comunità:

"No, non avresti voluto Saverio, se ti conosco, e sarebbe stato un male. Quello che tu hai scritto e io ho letto alla gente qui, è molto importante, e le cose importanti non devono restare inoperose. Non è stato facile, soprattutto all'inizio, perché hai scritto cose a volte complicate da capire".

Brevissima pausa perché tutti potessero fare qualche smorfia e significare: sì, è stato difficile, ma ce l'abbiamo fatta, niente male, eh?

"Ci abbiamo messo un po' di tempo, ma poi tutto è filato liscio e le ultime sere eravamo tutti così presi che ho dovuto fare dei bis."

Amos, lì accanto a me, continuava a darmi gomitate e a sogghignare. Io ero paralizzato come se avessi preso una scarica elettrica dall'impianto difettoso del juke-box.

"Ecco, è una storia molto bella. E anche molto importante, perché è una storia nostra. Nessuno qui aveva mai provato prima d'ora, per una storia raccontata, i sentimenti che abbiamo provato noi queste sere. Non so come tu abbia fatto; chissà come fai a sapere tutte quelle cose che hai scritto. È un mistero che qualcuno che non è neppure mai stato a Carlomagno, possa descriverlo così bene come hai fatto tu. Non dico tanto delle cose che si vedono, i paesaggi eccetera, ma della gente, della gente in particolare. Di quel Pascal e di tutti gli altri. Pascal è esistito davvero, me ne ha parlato addirittura mio padre quand'ero bambino al paese. Non lo chiamava con questo nome, ma era lui. Anche qui tra noi i più vecchi hanno sentito raccontare le storie di quest'uomo, anche se si ricordano storie un po' diverse. Non è vero, Fernando?"

Ma Fernando continuava a gemere piano piano con il fievole sibilo di un pneumatico che si sta lentamente sgonfiando; teneva gli occhi semichiusi e stava sonnecchiando tutto preso dal suo lamento, per cui non poteva dar ragione a Ruben. Ci ha pensato Guglielmo, il prete spretato, a farne le veci: "Come no, come no," ha rassicurato con la giusta gravità. Qualcun altro annuiva. Più di duemila volts continuavano a tenermi schiacciato contro il juke-box.

“Nessuno ha mai pensato a una storia così bella per Carlomagno; te lo dico io, Saverio, dopo una vita in tipografia. Anzi, nessuno ha mai scritto una storia qualunque per Carlomagno. Tu sei il primo. Ancora ci chiediamo, sinceramente, come tu abbia potuto immaginartela. Beh... ehmm...” – colpetto di tosse – “adesso noi abbiamo da chiederti delle cose.”

Chiedere? Chiedere cosa? Il corto circuito che scaricava dal juke-box tutti quei milioni di volts mi stava lentamente fondendo le ossa; di lì a poco, sentivo, mi sarei sciolto in una pozzanghera di membra liquefatte.

Abbiamo da chiedere, abbiamo da chiedere, come no; annuivano soddisfatti i compagni del Diwan Nabil.

“Innanzitutto la domanda più importante che ci siamo fatti tutti noi: perché non l’hai finita la storia? Perché?”

“Mbeh? Perché non l’hai finita ’sta faccenda?”

Secondo, il mastro calafatore dei cantieri Mafuh Elj, s’è alzato in piedi, invero piuttosto barcollante, e per dare più slancio al suo rimprovero, minacciava di scagliarmi contro il suo bicchiere di *nabit*.

“Già che c’eri...”, ha bisbigliato dentro la sua Pepsi il più giovane dei figli di Fernando il rimbambito, che, nel sentire la voce del figlio, si è ridestato dai suoni tormenti di pneumatico e ha provato a dire la sua: “Eh, perché?”.

“Sarà meglio che gli dici qualcosa a ’sti qui,’” mi ha sussurrato Amos.

Il suo tono fraterno ha funzionato in qualche modo da isolante tra me e la potente corrente del juke-box. Nello sforzo di darmi una posizione più eretta, mi sono fatto venire il singhiozzo; Crescentino, lo chiamava mia madre, perché i bambini crescono così, a singulti.

“Puoi anche non dirci nulla, Saverio” – Ruben non aveva nessuna intenzione di mollarmi – “ma per noi sarebbe un grande dolore. Dovremo rinunciare a qualcosa che appartiene al nostro cuore ormai.”

Il vostro cuore? Che posso fare per il vostro cuore, io? Che cosa posso aver fatto? Posso immaginare a malapena quello che sta succedendo al mio, figurarsi. Perché ve la prendete con me se siete a corto di storie? Amos ha premuto leggermente il gomito sul mio fianco: "Dài, Saverio, di' qualcosa, per favore".

E allora diciamo qualcosa: "Non l'ho finita la storia perché non me la sono più sentita. Stava diventando troppo difficile raccontare perché Pascal fosse destinato al rogo. Era una storia troppo strana e complicata".

"Ah!"

"Oh!"

Delusione nella sala. E sospetto. Che dice questo qui? Ci prende in giro? Ma senti, troppo difficile, eh? E fino adesso cos'era, la cronaca dei matrimoni della Gazzetta di Alessandria?

"E poi cosa volete di più? La fine si sa dall'inizio: è il bruciamento di Pascal."

"Che stupidaggini sono? Tutti muoiono, ma la morte di quello lì è di quelle speciali; bisognerà pur sapere come ci arriva a fare quella fine. Altroché se bisogna saperlo!"

"E tu lo sai come va a finire, vero?". Grande e grosso com'era, Secondo si agitava sulla sedia come se fosse sul punto di balzare su di me e strapparmela direttamente dal cervello la conclusione della storia. "Però è da vigliacchi non finire una cosa cominciata."

"Smettila di fare il prepotente." – Guglielmo si è messo a supplicare con la sua voce fessa, resa ancor più stentata da un grosso boccone di frittella che cercava di sistemare in una guancia – "Con i tuoi modi, Secondo, non si arriva mai a niente di buono. Vedi figliolo," e mi ha guardato con i suoi occhi tondi e liquidi, gli occhi del confessore "la verità è che ci piacerebbe a tutti che tu in qualche modo portassi a termine questa storia. Sarebbe un gesto di grande rispetto e di solidarietà libertaria nei confronti di tutti noi. Vorrei che tu capissi, figliolo, quanto ci ha fatto bene ascoltare la tua storia e quanto bene potrebbe ancora fare il suo prosieguo."

Ruben ha cominciato allora a sventolare il malloppo dei fogli per vedere di riconquistare il podio. Roteava gli occhi affranto perché fosse chiaro quanta fatica gli costava compatire tutti quei dilettanti della persuasione. Era stato evidentemente lui a organizzare quella messinscena e ora se la vedeva sfuggire di mano.

Ma qualcuno nella sala, uno dei giovani che non conoscevo, l'ha interrotto: "Ma sì, perché non ce la racconti? Se non ce la fai a scriverla, almeno raccontacela".

"Dài!"

"E provaci, no?"

C'era dell'agitazione tra la gente del Diwan. E pensare che non credevo potessero agitarsi per qualcosa purchessia, e invece si agitavano per una storia. Per una storia sognata, inventata di sana pianta, una storia di cinque secoli fa in un posto perso nel mondo.

"Provaci Saverio, provaci e andrà tutto bene." Amos mi parlava tenendomi una mano sulla spalla, come se volesse accompagnarmi da qualche parte.

"Fatti coraggio!"

"Sì, mica è un'operazione!"

Sembrava che stessero incitando un pugile in una di quelle palestre caserecce che ancora si trovano dalle parti del quartiere di Moharambei.

A me invece dava proprio l'idea che ci dovesse essere un'operazione, qualcuno da fare a fette lì, al centro della sala, nel punto dove adesso avevano messo una poltroncina vuota. Già; quando da piccolo mi hanno tolto le tonsille, è venuto un medico in casa e mia madre ha messo una poltroncina uguale identica in mezzo alla cucina. E quello me le ha tolte lì, mentre mia madre mi teneva ferme le braccia. Così ho finito col sedermici di nuovo nella sedia operatoria, e si vedeva che non stavo troppo in me, perché mi hanno subito messo in mano un bicchiere di liquore di zibibbo. Ho cercato di berlo a piccoli sorsi, se non altro per far passare un po' di tempo, ma il tuono della voce di Secondo che mi urlava a non più di un metro ha rischiato di farmici strozzare.

"Allora? Com'è che quella lì non s'è fatta ingravidare?"

Ruben cercava di sistemare la gente attorno a me in modo che avessi un po' di spazio: "Racconta, stiamo tutti a sentire. Poi scriverai; poi, quando ti sentirai".

Silenzio.

Lo zibibbo era finito, anche quello che mi era rimasto in bocca, anche l'ultima goccia aggrappata nel mezzo della lingua.

Così mi sono messo a dire la mia.

"Sua non è rimasta incinta di Pascal perché non voleva."

"Come non voleva, gli piaceva o no quell'uomo?"

"Silenzio!"

"Sì, gli voleva bene. In quel modo suo selvaggio, gli voleva bene, molto bene. Ma non voleva avere un bambino da lui, non in quel momento almeno, voleva fare dell'altro che un bambino."

"Come, dell'altro."

"E fate silenzio, dio bono!"

"Sì, voleva fare altre cose. In particolare voleva imparare a scrivere e a disegnare. Tutto quell'inverno passato a sfogliare il grande calendario che le aveva portato Pascal, ricordate? Beh, Sua era molto più che incuriosita da certe cose. Sua era convinta che in quella materia di figure e parole si nascondesse qualcosa di grandioso. Già quando Pascal l'aveva conosciuta, passava ore a ragionare su una pagina di almanacco che si era procurata sulla Via, non si sa bene come.

Sua si era fatta l'idea che le cose raffigurate e descritte in quel modo così intenso e convincente avessero un potere maggiore della realtà stessa. Pensava che si potesse esercitare sulle cose, descrivèndole, un potere immenso. Non era la sola in quei tempi a pensare pressappoco in quel modo; gran parte della gente semplice era soggiogata dal fascino delle poche immagini che poteva vedere nell'arco dell'intera vita. Solo che Sua aveva deciso di essere lei stessa l'autrice di un libro.

Sentiva da molto tempo, in modo prepotente e confuso, un bisogno straordinariamente eccitante: come di cantare, la sua vita e la vita della sua gente. E quando Pascal le dona il primo vero libro che abbia mai visto, anche se si tratta di un libro molto semplice come un calendario, si fa strada in lei la decisione di imparare a fare qualcosa del genere. Quella che Sua ha in mente di scrivere è l'intera canzone del suo popolo, la *Storia del popolo nato dalla secchia di Maria di Magdala*. Una storia così grande che non riesce nemmeno a contenerla tutta dentro di sé.

Di questo non aveva mai parlato a Pascal durante il primo inverno del loro matrimonio. Sua era una donna molto giovane ma anche molto avveduta, e sapeva di non dover allarmare il suo uomo con dei proponimenti che ancora non le erano chiari. Quello che doveva fare era usare il tempo molle e fermo dell'inverno e il tepore del matrimonio per capire meglio, per entrare il più possibile in intimità con i libri. Non sapeva leggere, ma di questo non si preoccupava molto: voleva imparare a scrivere, lei. C'era Pascal a cui chiedere, e al suo uomo, si era accorta, non dispiaceva rispondere e andare anche più in là di quello che lei chiedeva.

Bastava aspettare che facesse buio, che lui tornasse dalle sue scarse faccende di balivo, tenere in serbo un po' di brace di legno che durasse tutta la notte, e nel letto scrocchiante e scompigliato si apriva la scuola di Sua. E per questo non le bastava il calendario, anche se in quei dodici fogli c'era tutta la storia del mondo: aveva bisogno di molto altro ancora per farsi un'idea precisa di cosa l'attendeva. Quanti saranno i libri del mondo? si chiedeva. E quanto sarà grande il mondo? E che stanno facendo in questo momento le genti che lo abitano? La curiosità le faceva crepitare i capelli e le metteva la febbre nelle guance; Pascal la vedeva diventare sempre più bella.

E quando accompagnava la madre Cerina nelle case ad assistere le partorienti o a curare i bambini con la tosse canina, Sua si chiedeva innanzitutto: che figure dovrò cercare per tutto questo? Quali parole dovrò scovare per raccontare queste cose così complicate? E si interrogava allo stesso modo, e anche con più accanimento, quando ascoltava dal pievano Villelmo le storie del loro signor Cristo e dei miracoli di Maria e di Giacomo, le antiche novelle del popolo resuscitato.

E vedeva l'inverno avanzare e i lupi scendere dalle rupi fino al limitare delle case, le volpi dal manto bianco frugare appena prima dell'alba nei letamai in cerca di qualunque cosa che fosse carnosa, e diceva tra sé: anche questo dovrà esserci, e non mi dovrò dimenticare nemmeno della primavera e del resto. Aveva assolutamente bisogno di vedere altri libri per rendersi conto di quale fosse il più bello, perché era sua intenzione fare il suo più bello ancora.

Così Pascal un giorno partì per andare a fare rifornimento dal marchese di Bramapane. Vi ricordate di lui, no?"

"Ma sì, il padrone di Pascal, quello magro con gli stivali. Dài, vai avanti!"

D'accordo, sarei andato avanti. Perché no, in fin dei conti? Veniva così facile raccontare; la storia camminava praticamente per conto suo, i sogni ormai vecchi di mesi uscivano fuori dai cassetti della memoria frusciando lisci e puliti come calzini e camicie. E se non fosse stata proprio tutta farina dei miei sogni, pazienza. Chi se ne sarebbe accorto?

Qualcuno mi ha messo in mano una caraffa di birra, ho dato due lunghe sorsate e un gran fresco mi ha colmato la gola. Stavo bene, si poteva andare avanti.

"Siccome era pieno inverno e c'era neve dappertutto, ci mise quasi una settimana ad arrivare al casale del marchese. Era voluto partire da solo, solo con il suo mulo, nonostante il vecchio Furnà avesse molto insistito per accompagnarlo. Sapeva che il viaggio sarebbe stato lungo e lento, l'ideale per farsi qualche domanda e rispondersi con comodo. La domanda che veniva per prima e dai cui discendevano le altre era: che mai sto facendo?

Pascal era un vecchio gatto selvatico. Aveva molto vissuto, per questo era stanco Pascal, ma rimaneva un vecchio gatto in gamba, sempre all'erta. Sapeva che se era rimasto in vita nonostante gli orrori e i tradimenti di quattro guerre combattute sui campi di tutta Europa, lo doveva alla sua saggezza istintiva, alla capacità di stabilire ogniqualvolta fosse necessario le giuste misure. Non poteva influire se non in maniera minima sulla realtà del mondo, ma poteva insinuarsi nelle sue fessure mal sorvegliate, continuando a vivere nonostante tutto. Questo aveva fatto per tutti gli anni della sua giovinezza, scampando sempre la morte per un soffio, come un felino aveva dalla sua lo scatto ultimo, l'estremo guizzo che lo salvava.

A Carlomagno le cose non erano andate secondo questa logica, era difficile essere prudenti e saggi in un posto del genere. Un paese di folli. E anche lui si era concesso così una pazzia, l'ultima. Aveva sposato Sua, aveva accettato che un mondo estraneo e incomprensibile, e illogico secondo il metro della prudenza e della saggezza, irrompesse nella sua vita e in qualche modo la condizionasse.

Si stava innamorando di Sua, bisognava pur ammetterlo, e non era per niente bene che questo succedesse. Aveva più del doppio degli anni della ragazza, aveva ferite che non si sarebbero mai cicatrizzate; ma non era questo il punto. L'amore richiede molte energie, energie del cuore, del corpo e della mente, e chi si avventura in un'impresa del genere non può stare all'erta come dovrebbe. Questo era un fatto, e lui avvertiva il pericolo di questa situazione, ma aveva preferito per quell'inverno addolcirsi al tepore piuttosto che temprarsi nel gelo: era proprio un vecchio gatto che si era avviato alla sua ultima caccia.

Sua era pazza, come tutti gli altri, come Furnà, come il pievano, come suo padre e sua madre. Anche di più, forse, perché aveva una forza interiore tremenda, ed era meravigliosamente bella. Voleva vedere dei libri e lui stava andando a cercarglieli. Era impazzito anche lui? Peggio; era riuscita, lei, a cavargli dalla profondità delle caverne dell'anima il piacere di parlare, il gusto di leggere e ragionare. Cose che uccidono: chi poteva saperlo meglio di lui, che per queste cose aveva ammazzato dalla Fiandra al Pinerolo?

Cosa si era messa in testa Sua? Forse niente, forse solo giochi di ragazzetta. Ma bastava guardarla sfogliare il calendario, bastava fare l'amore con lei, per sentire la sua smania ed esserne soggiogati. Era prepotente Sua nell'imporre di sé ciò che neppure sembrava avvertire: la forza divina della vita quando è ancora intatta. A Pascal sembrava sinceramente un miracolo poter assistere e partecipare a quello spettacolo. Era per questo che stava andando a cercarle i libri: per non sciupare la bellezza di quello spettacolo, per fare in modo che non finisse mai? Forse. O era diventato tanto sciocco da aver voglia di rimettersi a leggere qualcosa?

Faticoso era il cammino per Bramapane, ma Pascal non se ne lagnava. Il freddo rinvigorisce e pulisce, sussurrava all'orecchio del mulo Baes. Amava il suo mulo e addolciva le notti all'addiaccio facendosi accosto al suo ventre caldo; il mulo lo ricambiava e gli era grato della vicinanza perché la notte sentiva l'odore del lupo. La mattina pensava a svegliarlo di buon'ora alitandogli sul collo.

Il marchese ricevette il suo balivo nella sala del camino, l'unica sala del casale che lui abitasse d'inverno. Lo accolse a piedi nudi com'era solito stare quando si scaldava. Sedettero il vecchio e il soldato uno accanto all'altro sulla panca davanti al fuoco; alla sinistra del marchese stava Pascal, alla destra crogiolavano ben ritti i suoi stivali. Il marchese faceva domande guardando fisso nel fuoco, e Pascal doveva stare molto attento a capire quando si rivolgeva a lui e quando ai suoi stivali. Bramapane voleva sapere del suo nuovo possesso, del colore del mare che si vedeva da lassù, dei vascelli che vi transitavano, di eventuali disordini e dei raccolti. Poi chiese perché mai fosse venuto nel pieno dell'inverno.

'Mi sono sposato.'

'Ah.'

'Con la figlia del decano della palude. Sua. È molto giovane.'

'Ah.'

'Non ho chiesto il suo permesso.'

'Non importa, hai fatto bene. Un matrimonio aiuta in queste circostanze. Sarai accettato più volentieri.'

'Non lo so: è gente strana.'

'È vero, ma i matrimoni sono uguali dappertutto a te fa bene, si vede. Hai un bel colore nel viso e la tua voce non è invecchiata. La mia invecchia giorno dopo giorno, ormai faccio pena anche al mio cane.'

'Non direi.'

'Ma lo pensi, e se non lo pensi tu, lo penso io. Forse una nuova donna gioverebbe anche a me. O forse mi toglierebbe il fiato e non potrei più sentire la mia voce. In un caso o nell'altro, non mi lascerebbe in pace e io ho bisogno soprattutto di stare in pace.'

'Vorrei qualche libro se lei ne avesse.'

'Per farne che?'

'La mia donna vuole che glieli legga.'

'Impossibile.'

'So che lei ne ha.'

'No. Sono andati persi, li ho bruciati, sono marciti. Impossibile.'

'Forse un libro d'ore, un piccolo vangelo?'

'Libri per donne? Non ho mai avuto donne in casa, io. Tu invece te ne sei presa una che vuole leggere libri. Una ragazzetta di quel paese di mezze bestie che vuole le si leggano libri. Non ci credo.'

'Un almanacco, un bestiario.'

'Sciocchezze. Non ti ho nemmeno sentito. Vediamo se riesco a farci portare qualcosa da bere, piuttosto: hai preso troppo freddo là fuori.'

Pascal era un testardo e sapeva che al marchese dispiacevano di più gli irresoluti dei caparbi.

'Non è solo per la mia donna. Anche a me farà comodo qualche libro. Ho molto tempo finché è inverno e spero di averne parecchio anche dopo: è meglio che non succeda niente laggiù. Leggere mi aiuterà a non inselvatichirmi.'

Il marchese si alzò e cominciò a urlare finché non venne un vecchio con una fiasca e due tazze. Bevvero, dopodiché il marchese prese tra le mani uno dei suoi stivali e si mise a studiarlo per bene. Trovava con rara maestria granelli di polvere e di fango rappreso e li grattava via con un'unghia. L'unghia non era molto curata per essere l'unghia di un marchese. Distolse per un attimo gli occhi dai suoi amati stivali e li fissò con franchezza in quelli di Pascal.

'Prima di Ognissanti è venuto qui da me un tale Xavier, uno di Castiglia, un ragazzotto. Prete per di più, uno dei preti di quell'altro pazzo di Loyola, il basco. Mi ha fatto una gran bella predica. Mi ha detto che le mie terre vanno rivangate ben bene con la parola di Dio, quella veridica e salvifica, non la merda che si blatera in giro. Mi ha fatto notare che ci sono, radicati nelle mie pievi, casi scandalosi di errori di fede, che per lo più i preti non sanno nemmeno leggersi il breviario, che bisogna scuotere il popolo dall'ignoranza e così via. Mi ha detto che i tempi sono cambiati. Non è lui solo a pensarla così, e nemmeno semplicemente il suo superiore, ma l'imperatore in persona. Non c'era bisogno che me lo dicesse, lo sapevo già di mio, ma il fatto che abbia voluto dirmelo non è stato cavalleresco da parte sua. Aveva con sé più carte di concessione e di autorizzazione imperiale e papale di un abate di Notre-Dame. Comunque ha ragione, non ho mai curato abbastanza questo aspetto della mia podestà. Gli ho dato il permesso di aprire una missione. Andrà dappertutto, li conosco quelli lì, sono già arrivati più in là di Alessandria. Verrà anche a Carlomagno prima o poi.'

'Non ora.'

'No, non ora, ci vorrà del tempo. Ma prima o poi verrà, ed è bene che non trovi gente troppo istruita: ci rimarrebbe male.'

'Vorrei almeno una Bibbia. Finito di leggerla, la brucerò se è meglio così.'

'Forse mi sbaglio, ma devo avere conservato una Bibbia da qualche parte; se è così, è una di quelle che non avrei dovuto nemmeno toccare; dunque, in verità, non l'ho mai toccata né la toccherò. Se te la porti via è un pensiero di meno per casa mia, ma un pensiero di più per te.'

'La porterò via perché l'avrò trovata in un sacco lasciato per la strada.'

'Giusto, ma non una strada delle mie.'

Il marchese andò in camera sua e tornò con un libro non troppo grande, rilegato in ruvida pelle di capra, lo avvolse in una tovaglia e osservò Pascal riporlo nel fondo della bisaccia. Fuori nevicava e Pascal sentiva il mulo Baes sotto la tettoia che singhiozzava per il freddo. Se ci fosse vera giustizia, pensava, Baes sarebbe in questa stanza a scaldarsi assieme a noi e agli stivali.

Accettò di restare per la notte.

Quando l'indomani mattina si preparò per partire, il marchese di Bramapane uscì nella corte e volle baciarlo: 'Non essere da meno della tua donna, se lei tarda a prender sonno la sera,' gli sussurrò all'orecchio, mentre i suoi baffi grigi raspavano la guancia del balivo come per fargli penetrare ben dentro il concetto, 'ma non voler essere di più della tua vita. E della sua, se ci tieni.'. E gli mise tra le mani il suo dono di nozze, un paio di scarpine quasi nuove, foderate di pelliccia folta e morbida. 'Servono per quando leggerai: viene sempre freddo ai piedi.'

Pascal si inoltrò per la strada con fatica: il mulo Baes era molto irritato per la notte passata all'addiaccio e non intendeva perdonare troppo facilmente."

Avevo bisogno di prendere un po' di fiato. Sul tavolino davanti a me riuscivo a contare quattro caraffe per la birra e due o tre bicchieri a calice per lo zibibbo, tutti vuoti. Stavo ubriacandomi. Intorno a me solo colpi di tosse e schiocchi e sorbimenti. Mi sono guardato in giro e ho supplicato che mi lasciassero perdere, che non ce la facevo più.

"Dacci un'ultima botta Saverio, che poi ti riposi per tutta la vita."

Qualcuno ha aperto tutte le finestre e le porte per fare un po' di corrente, qualcun altro mi ha messo davanti dell'altra birra. Ma quando mi sono alzato per sgranchirmi un po' almeno le gambe, mi hanno dato appena il tempo di muovere un passo e mi hanno ricacciato sulla poltroncina. Era la sedia delle tonsille, non ho il minimo dubbio: tale e quale.

Dov'ero rimasto? La Bibbia.

"Sì, la Bibbia. La bibbia del marchese era scritta in lingua italiana, la lingua che Pascal conosceva meglio di tutte, ed era stata stampata a Ginevra a cura di un lucchese riformato, seguace di Calvino, il famigerato sovvertitore della fede. Pascal sapeva di avere in saccoccia il libro più pericoloso dell'impero; cionondimeno tornava a casa contento: il vecchio gatto aveva sgraffignato per Sua il più bel libro del mondo. Poi si vedrà, pensava, poi si vedrà.

Per tutto il resto dell'inverno e per buona parte della primavera, Sua si fece leggere ogni sera da Pascal alcune pagine del Libro. Non riusciva a credere che il mondo avesse avuto così tante storie e che qualcuno avesse potuto raccontarle in quel modo così stupefacente. Siccome non c'erano figure con cui orizzontarsi, Pascal era costretto a leggere molto lentamente, perché lei potesse avere tutto il tempo di immaginare le sue di figure; spesso, nondimeno, voleva toccare le parole scritte; si dilungava ad accarezzarle in modo che le potessero trasmettere i loro pensieri soggiacenti.

Sua si abbandonava la notte tra le braccia del suo uomo, ma non riposava. Pensava a come avrebbe trovato la forza e la saggezza per scrivere tutto quello che in quel libro meraviglioso mancava. Man mano che Pascal andava avanti nella lettura, riconosceva molte cose che il pievano predicava; giunti all'evangelo di Cristo singhiozzò a lungo di stupore e di commozione nel trovare rappresentate, in modo mirabile, cose che già rozzamente conosceva. Pianse a lungo per la passione del signor Cristo come se ne avesse avuto notizia solo allora.

Ma in quello che le veniva letto mancava la parte più importante: l'evangelo di Carlomagno, la storia stupefacente della miracolosa secchia di Maria di Magdala, la vita, i patimenti, la morte e la resurrezione del suo popolo a opera della linfa vitale del figlio di Dio. Mancava il Cantare di Carlomagno. E avrebbe dovuto pensarci lei, se solo ne avesse avuto la forza.

Come poteva Sua pensare a farsi ingravidare? E così per tutta la primavera lei rimase asciutta, e la gente pensava male, perché questa non era cosa da prendere sottogamba. Pascal al riguardo non aveva nulla da dire; l'idea di aver figli dalla sua donna lo aveva appena sfiorato: aver figli era molto al di là delle sue aspettative. Del resto, sapeva di aver dato sul suo rustico talamo tutto quello che aveva, ed era in pace.

Con il bel tempo riprese i suoi uffici di balivo qua e là per le terre in cerca degli accidenti che un balivo può sanare. Questo gli piaceva, gli piaceva girovagare per le valli e le gole di Carlomagno in compagnia del vecchio Furnà, in cerca di gente selvatica su cui esercitare cautamente il buon diritto. Pascal a quel tempo si poteva dire che fosse felice.

Sua aveva un piano. Per raggiungere il suo scopo le servivano la complicità di Pascal, anzi, la sua attiva partecipazione, e l'ignoranza di tutti gli altri. Nessuno, neppure Cerina e Ruben, doveva esser messo al corrente di ciò che aveva per la testa: sapeva benissimo che era assieme molto pericoloso, molto stravagante e assai improbabile. Ma Sua era una giovane donna capace di ogni impresa; era nata così, Cerina stessa l'aveva voluta così.

Già le prime volte che avevano cominciato quella specie di gioco serale con il calendario, Sua aveva chiesto a

Pascal ragguagli su come era stato possibile scrivere e raffigurare quel volume. Voleva sapere come si faceva a trasformare le parole nei segni neri un po' appuntiti, un po' tondi, un po' ondulati, fitti come colonne di piccole formiche, che Pascal andava leggendo. Sua non sapeva cos'era la scrittura; nessuno a Carlomagno per tutto il corso della sua lunga storia aveva mai scritto qualcosa, e il balivo non le diede lezioni in proposito: la natura delle loro serate non era idonea a questo tipo di attività, né Pascal si sentiva portato a qualsivoglia insegnamento.

Semplicemente, le aveva raccontato quello che sapeva sulla scrittura dei libri: i piccoli caratteri fusi nel piombo, i telai dove venivano composti nelle righe e nelle colonne che ora avevano sottocchio, le macchine pressatrici, l'inchiostro e la carta. Tutto qui, ma quanto bastava perché Sua si convincesse che avrebbe potuto farlo anche lei. Non era, in fin dei conti, né più né meno che comporre la stoffa di un tappeto o di una tovaglia al telaio? Bastava avere bene in testa il disegno e sapere come muovere le mani nella macchina.

Si trattava semplicemente di trovare l'occorrente. Questo era il piano di Sua: andare in uno dei paesi dove Pascal le aveva detto di aver visto stampare libri, fornirsi dell'occorrente e comporre il suo. Poi, lei e la sua gente, i suoi monti e i suoi lupi, i suoi fiori e i suoi ruscelli, i suoi uccelli canterini e i suoi pensieri, avrebbero avuto il loro Libro.

Bisognava solo mettersi per la strada, lei e il suo uomo.

Per questo le serviva il permesso di Carlomagno; il fatto che non si fosse ancora ingravidata era quello che le serviva. Rarissimamente la gente del suo paese usciva dai confini a lei assegnati dai secoli dei secoli, non c'era nessuna buona ragione innanzitutto per farlo, e poi quelli di Carlomagno si trovavano a disagio lontani dalle gole e dalle paludi; sapevano di essere esposti senza alcuna protezione a ogni sorta di pericolo. Fuori dalle loro terre diventavano ancora più scontrosi, e conseguentemente ancora più antipatici; non faceva un gran bel vedere uno di Carlomagno lontano da casa sua.

Pure qualcheduno viaggiava: chi aveva bisogno di vendere le sue cose, i pochi che avevano l'animo dello spione e vagavano qua e là lungo la Via per il piacere di tornare a riferire delle cose tremende che vi succedevano, e i pellegrini, naturalmente i pellegrini.

Carlomagno aveva un unico pellegrinaggio ed era molto speciale. Tanto speciale che bisognava risalire indietro almeno di una generazione per trovare chi l'avesse compiuto. Sua aveva saputo di un uomo e una donna morti già da un pezzo. Il luogo stesso del pellegrinaggio era avvolto nell'indeterminatezza delle leggende. Si trattava nientedimeno che della visita alla navicella di san Giacomo, quella che aveva portato il cugino del signor Cristo e Maria di Magdala a Carlomagno, e da quelle spiagge se n'era partito, guidata dall'apostolo che intendeva spingersi a predicare fino ai confini del mondo. Nel punto dove s'era fermato, i pellegrini accorrevano, per chiedere a quel legno un poco dello straordinario potere di cui si era impregnato durante la lunga permanenza a bordo dei due santi.

Ciò che a Carlomagno si sapeva con certezza era che per raggiungere il luogo santo bisognava seguire a ponente la Via fino al suo termine; occorrevano mesi di cammino per arrivare a un piccolo colle sul mare dove splendeva intatto il naviglio di Giacomo. Lì si poteva fare voto per l'unica disgrazia che quella gente temeva al punto di azzardarsi in un cammino così arduo: la sterilità. Che era cosa rarissima in Carlomagno: da quando la secchia di Maria di Magdala aveva resuscitato il popolo e l'aveva fortificato, ben poche erano le donne che non generassero.

Nel fondo dell'animo di ognuno era ben presente l'orrore che questo potesse capitare, rigettando Carlomagno nella nera notte dell'estinzione. Una coppia di sposi sterili aveva tutta la solidarietà necessaria purché trovassero il modo di guarirne; il loro insuccesso era una piccola crepa che si apriva nelle fondamenta della leggenda di Carlomagno.

Sua aveva escogitato bene ogni cosa: chiese e ottenne dall'adunanza di recarsi con il balivo suo sposo a chiedere la grazia di un figlio a Giacomo, cugino del signor Cristo. Cerina la levatrice non si frappose al desiderio della figlia, pur sapendo bene che Sua era una donna feconda almeno quanto era stata lei, e che il mulattiere, come si ostinava a chiamare il balivo, era tornato, grazie alle sue lavande, un uomo sano. Cerina capiva in cuor suo che la figlia stava almanaccando un disegno e che a questo era insensato opporsi; non c'è barriera che possa fermare senza distruggerla una vita che intraprende il suo primo cammino. Sentiva anche che il desiderio della figlia era per lei indecifrabile; peggio, intravvedeva con lo sguardo acuto del suo cuore una nebbia di dolore che stava avvolgendo lentamente i due sposi.

C'è un mistero in questa faccenda e questo mistero io non riesco a risolverlo, ora come ora. Sono troppo stanco, davvero."

Che ore erano? L'una, le due del mattino? Quanto avevo bevuto? Cristo, mi sentivo lo stomaco come se dentro mi ci avessero varato delle scialuppe e queste avessero incominciato a muoversi a più non posso per superare la risacca che mi gorgogliava fino alla gola. Nella sala il fumo delle sigarette, unito alle esalazioni dei liquori, aveva formato un banco di nuvole azzurro-peciose della consistenza di una polentina.

"Quale mistero?"

"Dio, Saverio, non possiamo mica stare qui fino a dopodomani. Andiamo, che cazzo di mistero non sai risolvere? Te lo risolviamo noi se non ce la fai da te."

Nessuno che si rendesse conto dello stato in cui mi trovavo: possibile che non ci sia un po' di pietà? Eh? Da quante ore sono qui che sto raccontando? E devo ricordare e devo inventare e tutto il resto, tutto di fretta, tutto mentre sto parlando.

"Dategli da bere, non vedete che ha la bocca asciutta? Dategli della birra bella gelata che così si riprende. Forza Saverio, che mi sa che siamo alla fine ormai."

"Allora qual è 'sto mistero?"

Tanto valeva continuare a buttare giù birra e resistere, resistere fino alla fine, sempre che ci potessi arrivare abbastanza in fretta da sopravviverle.

"Cazzo, è questo il mistero, bello grosso anche: perché Pascal ha accettato di seguire Sua in questa pazzia del libro e del pellegrinaggio? C'è una ragione plausibile per cui abbia detto di sì quando la sua donna glielo ha chiesto? Perché prima o poi lei glielo ha dovuto pur dire. Cosa è successo nella testa di Pascal per cui ha assecondato quella che pur gli doveva sembrare la più grande sciocchezza della sua vita? Io non riesco a immaginarlo. Punto e basta."

"Era innamorato..."

"Forse. Ma vi dimenticate chi era Pascal, vi scordate della sua vita. Ho detto che assomigliava a un gatto selvatico, giusto? Per quanto fosse innamorato – e il suo era l'amore di un uomo provato che soppesa con meraviglia la sua buona fortuna – il suo istinto di sopravvivenza non avrebbe mai permesso a un sentimento di soverchiarlo, di fargli perdere del tutto la coscienza delle cose. Perché allora è partito con Sua? Io non lo so e non posso andare avanti nella storia."

"I vecchi gatti intelligenti sanno quando arriva il momento che devono finire di vivere. E allora, come ci si aspetterebbe da loro, fanno la cosa più saggia per quella circostanza, la cosa che altrimenti sembrerebbe la più stupida: scendono sulla pista della loro ultima caccia per spendere bene le energie che sanno di avere ancora."

Il bicchiere che avevo in mano mi è schizzato via come se si fosse trasformato in un ranocchio vivo. A sentire quella voce la sbornia mi si è liquefatta, e adesso mi colava giù dal cervello in rivoli gelidi. A parlare era stata Fatiha, un lungo discorso anche, per le sue abitudini; un bell'intervento con scopi risolutori dell'impasse in cui ci trovavamo noi del Nabil.

Dov'era? Quando era entrata? Chi l'aveva fatta salire nel sancta sanctorum dei libertari di Alessandria, la pericolosa rivoluzionaria?

"Fatiha!" mi sono esibito in un gridolino gorgogliante da ubriaco, "Fatiha!". Finalmente Fatiha, proprio qui in questo buco di mentecatti, sei venuta a prendermi. Dal muro gommoso di fumo non è venuta nessuna risposta, e io non riuscivo a vederla tra le facce evanescenti che avevo intorno.

"La ragazza ha ragione." Dunque c'era una ragazza, e chi poteva essere se non lei? "Pascal sa che non può tirarla troppo per le lunghe: è uno che ha il destino segnato. Tanto vale buttarsi in qualcosa di grande, di pazzo davvero. Cosa c'è di meglio che accontentare il sogno della sua donna? Oltretutto è un sogno grandioso, no? O abbiamo capito male, Saverio?"

"Ma quella di Sua è un'idea ingenua e basta," dico io.

"Ingenua? E basta?"

Cristo se era lei. Dove sei? Vieni fuori Fatiha.

"Non c'è ingenuità in chi pensa che un popolo possa esistere davvero solo se c'è qualcosa, come un libro appunto, che lo racconti agli altri. Non concordi, Saverio?" Beh, Ruben il tipografo se ne intendeva di libri; chi poteva saperlo meglio di lui?

"Va bene, d'accordo." Era il mio destino arrendermi alle evidenze degli altri. "Allora Sua si mette in cammino con la certezza di realizzare il suo grande progetto e Pascal invece con la certezza che quello sarà, in tutti i sensi, il suo ultimo viaggio, vada bene o vada male."

"Già."

"Ecco, sì."

E se sbaglio, Fatiha? Immagino che poi non mi vorrai più. Vedi a che rischio sono costretto andando avanti?

"Allora partono lui, lei e il mulo Baes. Prendono la via e si dirigono a ponente. Carlomagno ha dato il viatico ai due sposi: è un avvenimento così importante, così eccezionale, che ognuno ritiene di doverli accompagnare almeno per un breve tratto di strada perché non si sentano soli, e per poterli guardare a lungo e con attenzione: non saranno gli stessi quando torneranno, così forse pensano. Il prete Villelmo canta con il meglio della sua voce gli inni più spettacolari, il casaro Furnà si dispera per il rifiuto di Pascal di portarlo appresso come scudiero e protettore contro gli infiniti disagi della strada. Quanto durerà quel viaggio? Nessuno lo sa. Solo Cerina sente con precisione che durerà più della stessa vita di sua figlia.

Pascal sa dove andare. A ponente, e poi verso nord, oltre le montagne, per i passi tenuti un giorno dai soldati di Luigi e l'altro da quelli dell'Imperatore. E ancora più su, nei marchesati savoiardi, verso Saluzzo. Lì ci sono valli a ridosso dell'antica via per il lago di Lemano dove praticamente in ogni villaggio c'è una piccola officina di stampa, un crogiuolo per la fusione dei punzoni, qualche tino per la preparazione della carta. Laboratori per lo più tenuti segreti, nascosti nelle carbonaie e negli essiccatoi, oppure in continuo movimento tra un cascinale e l'altro. Quelle valli sono la culla ben protetta delle peggiori eresie, ed è da quei villaggi che si propagano per le terre cattoliche le stampe che l'imperatore e il papa non si stancano di maledire e d'incendiare. Stampe e stampatori, s'intende.

Pascal sa queste cose perché ha servito ben due volte il granduca di Savoia nelle sue campagne contro gli eresiarchi delle valli. Si ricorda di averne lasciato scappare più d'uno di quei montanari che arrancavano su per i sentieri innevati che portavano verso il Lemano, carichi all'inverosimile delle loro balle di libri proibiti. Strano, pensa, che avesse più tenerezza per i contrabbandieri di libri, lui che non si poteva davvero considerare un letterato, che dei vecchi e delle donne che aveva schioppettato senza pietà. Strano e significativo, visto con gli occhi di adesso.

Il mulo Baes andava leggero lungo la Via sotto il dolce peso di Sua; l'odore della ragazza lo rendeva mite e cordiale, e le mani di lei tenute ferme sulla sua corta criniera gli scioglievano i muscoli in un'andatura cavalleresca.

Hanno incontrato Xavier a quattro giorni di cammino da Carlomagno. Il giovane prete seguace del basco di Loyola predicava sulla piazza di sant'Elmo, un piccolo paese di fiume. Stava ritto su uno sgabello e aveva al fianco due bidelli armati di alabarda e lo stendardo della Santa Crociata. Era a capo scoperto, la tunica tutta inzaccherata di fango, e teneva saldamente le mani sui bracci di una grande croce di legno, come afferrasse l'elsa di una spada. Parlava con voce alta, forte e ricca di sonorità castigliane che davano al suo discorso un fascino particolare; parlava lentamente, facendo una breve pausa tra un concetto e l'altro perché la gente si potesse soffermare a riflettere. Erano in molti ad ascoltarlo, il podestà in prima fila con le sue insegne, ma per lo più gente comune, uomini e donne del fiume, qualche ragazzetto, e tutti parevano seguirlo con estrema attenzione.

Doveva essere il primo predicatore, dopo secoli, che si presentava a quella gente senza metter fuori il banco per la vendita delle indulgenze, senza essere ubriaco, avendo bell'aspetto e modi casti. I due sposi erano arrivati troppo tardi per capire di cosa stesse parlando, ma furono ambedue colpiti dai modi di quel giovane: Pascal riconobbe la forza di un combattente focoso ma accorto, un esemplare quasi perfetto di quel genere di guerriero che non corre la ventura per il soldo, ma per fame e sete di guerra; Sua rimase estasiata dai modi della sua lingua: le parve di ascoltare una voce che defluisse direttamente dai caratteri di un libro, tanto le pareva bella e singolare.

Alla fine della predica, Xavier pose la croce al centro della piazza e con la forza delle sue braccia la piantò saldamente nel fango. Naturalmente Pascal non poté riconoscere in lui il prete annunciato dal marchese, ma rivolse a Sua una frase che lì per lì a lei parve incomprensibile. Le disse: 'Quel ragazzo puzza già delle battaglie che ha intenzione di vincere. La sua bravura non mi piace; altri come lui sarà bene non incontrarne troppo spesso lungo la strada.'

Sua guardava il mondo e si meravigliava delle sue singolari fattezze. Osservava ogni cosa: gli orti di ulivi che versavano in argento intere colline, le spiagge di scoglio sul mare, le vigne coltivate in fortezze di sasso, i paesi splendenti di mille finestre, e gli alti campanili delle chiese abbaziali, magnifiche come castelli. Ma soprattutto vedeva molto mare, e onde che si frangevano senza riposo sulle rive.

'Il mare da dove è venuta Maria di Magdala,' esclama al cospetto della riviera di Intramura 'Il mare, marito mio, mi sembra la cosa più bella di tutto il mondo. È stata la peggiore crudeltà contro Carlomagno privarci di questo bene.'

E poi volle bagnarsi nell'acqua tiepida dove piccoli granchi le solleticarono il piede fuggendosene via, e volle anche berla, nonostante Pascal la esortasse a non farlo. Così che Sua scoprì, vomitando sulla sabbia morbida e bianca come una coltre nuziale, la naturale amarezza del mare e conseguentemente aggiunse prudenza alla sua ammirazione.

Si fermavano a dormire nelle locande, se ne incontravano, oppure chiedevano asilo in un fienile o in una stalla, ma per passare la notte o trovare da mangiare dovevano comunque allontanarsi dalla strada. Sembrava che sulla Via le genti non osassero soffermarsi abbastanza per costruire neppure una tettoia, ed era così: la Via doveva essere tenuta sgombra per il transito delle armate, per l'andirivieni delle bande dei duchi e dei principi dell'Imperatore, gente che prendeva, non pagava, non restituiva.

Dall'alto dei colli i paesi vigilavano sulla Via a una distanza giusta perché i villani potessero decidere con calma se scendere a vendere e comprare, oppure rinserrarsi, e far fare alla soldataglia almeno la fatica della salita e il disturbo di sfondare qualche muro o qualche bastione di terra. La gente che passava sulla Via andava di fretta e non aveva voglia di guardare in faccia nessuno.

Ovunque si fermassero per passare la notte, procuravano di mettersi discosti da altri viandanti. Né l'uno né l'altra avevano simpatia per le persone che incontravano; Pascal per inveterata prudenza, Sua per la vergogna e il timore che le procuravano: c'era sempre un non so che di torvo e acre nelle facce di quegli stranieri.

A notte fonda Sua svegliava Pascal. Il balivo accendeva una piccola lanterna cieca e rileggeva alla sua donna qualche brano della Bibbia. Erano i racconti che più l'avevano colpita, quelli a cui intendeva porre la mente quando avrebbe scritto i suoi. Pascal teneva quel libro in fondo al sacco della biada di Baes e ben presto venne così a sapere del forte odore del mulo. "'Speriamo che se lo mangi un giorno o l'altro'", si diceva Pascal, che anelava a poter correre un pericolo in meno.

"Una cosa ora io non vi posso raccontare."

"Eh?"

"Perché?"

"Cos'è" sta' roba che non vuoi raccontare?"

"Se vogliamo arrivare alla fine, prima di morire tutti quanti annegati di fumo e di birra, non posso dirvi tutto quello che è successo nel loro viaggio attraverso la strada del sale che porta oltre gli Appennini. Né quello che succederà quando Pascal e Sua arrivano alle valli del Pinerolo".

"Ma almeno cerca di dircelo in due parole."

"D'accordo, ma sarebbe stata una gran bella storia.

Dunque soggiornano nei villaggi dove si raccolgono i librai clandestini che stampano i testi riformati, le traduzioni proibite della Bibbia. In uno di questi villaggi, apprendono l'arte della fabbricazione della carta e le tecniche di stampa. Ripartono con un sacchetto di caratteri di piombo e un piccolo telaio per comporre le pagine e lungo il viaggio di ritorno Pascal insegna a Sua a leggere di modo che possa poi comporre il suo Libro.

E giunti a poco meno di un giorno di cammino da Carlomagno, incontrarono il prete Villelmo. Il vecchio pievano si trascinava per la strada miseramente. Aveva i piedi nudi e una cappa gialla lo copriva malamente. Si guardava intorno con gli occhi spiritati di un febbricitante, e non riconobbe i due sposi quando questi si fermarono ad attenderlo. Li incrociò e tirò di lungo.

'Pievano!' Pascal lo trattenne per quella sua strana casacca. 'Pievano, dove vai conciato in questo modo?'. Ma già prima di toccare la stoffa ruvida il balivo ha capito di cosa si tratta. E d'impulso stringe forte il prete per le spalle, lo guarda negli occhi e vede che non stanno guardando nulla. Cerca di scuoterlo con delicatezza e quasi sussurrandogli all'orecchio gli chiede: 'Chi è venuto al paese, chi è venuto Villelmo?'. Villelmo borbotta cose misteriose nella lingua che a Carlomagno dicevano fosse il latino, la lingua della sua dottrina; si torce le mani e scrolla le spalle, ma è arrendevole alla pressione di Pascal e si lascia trascinare sotto un albero poco discosto dalla strada. Lì si accoccola per terra, muto.

Sua lo guarda dall'alto del mulo Baes; è la prima volta che vede lo smarrimento e la desolazione sulla faccia tonda e sempre allegra del pievano. Sgroppa svelta e gli si avvicina, gli prende la faccia tra le mani e se la porta al grembo, come si fa con i bambini; e come si fa con i bambini affranti lo ninna dolcemente: 'Pievano, pievano, pievano, cos'hai pievano mio, cos'hai?' Villelmo piange in silenzio e un filo di bava giallastra gli cola sul mento. Pascal conosce anche la ragione di quella bava: ha visto molte persone perdere bile in quel modo, così come ha visto molta gente, sbavante o meno che fosse, portare la tunica gialla. 'Chi ti ha fatto del male, Villelmo, quando è stato?'

Ma il vecchio non sa che blaterare nel dialetto della sua teologia: 'Confiteor domine... ahi! de profundis me dixi confiteor, ahi. Venit diabolus ad me et ora et nunc et in perpetuo....'. Sua è spaventata e chiede in silenzio a Pascal qualcosa che possa dare conforto al suo vecchio e buon pievano, ma Pascal già sa che non ci saranno conforti di nessun genere di lì in avanti. Carica il vecchio sul mulo, lo lega con la cavezza alla sella, e prende Sua saldamente per mano.

Lasciano la strada e veloce quanto è possibile si incamminano verso la montagna. Salgono il lungo crinale che porta alle cave di marmo più alte, le cave più antiche. Camminano fino a sera; abbandonano i sentieri, si inerpicano su per le rupi, salgono ancora. Poi, da una fessura di roccia sottile come il taglio di un coltello, arrivano a una piccola cava abbandonata. È lì, in quella specie di tana, che il casaro Furnà ha portato un giorno il balivo per fargli conoscere il sito sicuro di un eventuale nascondiglio. Un giorno, non si sa mai. Mangiano e bevono il poco della bisaccia e della fiasca; il pievano beve, piange e sbava, ma non può mangiare perché ha la bocca che è una crepa nera di sangue. Allora Sua sminuzza per lui il pane e il formaggio e dolcemente lo imbocca, mentre Pascal digrigna i denti dallo spavento.

La notte è passata senza un fuoco ed è stata una notte fredda.

Alle prime luci del mattino Pascal prende Sua con sé e la porta a un pozzo di cava nascosto tra i pinastri. Si fa aiutare a legare ben stretta la sacca dei caratteri e quindi la cala, lasciando che la cima della fune avanza quel tanto per poterla assicurare a un robusto ceppo che sporgeva dall'orlo del pozzo. Nessuno avrebbe mai visto qualcosa se già non sapeva dove cercare. Solo a questo punto Sua prende Pascal per il braccio e lo costringe a guardarla: 'Parlami di quello che è successo, marito mio.'

E Pascal dice a Sua che non sarebbero potuti tornare al paese, che, anzi, avrebbero fatto bene a salire ancora più su nelle montagne e cercare di arrivare in qualche paese abbastanza lontano da Carlomagno, e da lì trovare la forza per andare ancora oltre, forse tornare alle valli del Pellice, forse raggiungere il lago Lemano. E quando lei gli chiede: 'Perché?', lui le risponde che in Carlomagno doveva essere arrivato un prete, forse proprio quel giovane prete che lei aveva già visto nel paese di Sant'Elmo – Sua allora ripensa a quell'uomo e alla sua bellissima e misteriosa parlata – e quel prete ha il compito di sradicare le eresie e ogni pensiero difforme con ogni legittima costrizione, così come era successo in ogni regno dell'Impero.

Le ricorda del signor Lutero e delle cose dette tra loro intorno al calendario che lo raffigurava – Pascal avverte allora una fitta allo stomaco: sconsideratamente, partendo aveva lasciato il calendario nella cassa della sua camera – e le fa notare la casacca che indossa Villelmo: quello era il segno che gli eretici colti nel fallo della loro eresia dovevano portare per penitenza. Questo significava che in Carlomagno c'erano stati processi e punizioni, quindi non c'erano solo preti, ma soldati e scabini e bidelli e ogni sorta di autorità preposta a quelle cose.

Non le vuole dire che chi veniva messo al tormento della ruota ne usciva con il fegato rotto, e prendeva a sputar bile come il pievano, né che quel tormento, come svariati altri, era un buon modo per condurre i peccatori alla cristiana confessione delle colpe e al pentimento. Non serviva dirle queste cose perché Sua non le comprendeva; sente invece il dolore intorno a sé, lo sente così vicino che può dire che odore ha; sente la paura del suo uomo, la disperazione del pievano. Ma la ragione, la ragione di tutto questo dove stava?

Fanno ritorno alla loro tana, trovano Villelmo che sta ritornando in sé. Non perde più bava e sta seduto tranquillo; i suoi occhi ancora lucidi di febbre riconoscono i due sposi. Per questa ragione, per la ritrovata coscienza, scoppia a piangere, e tra i singhiozzi racconta qualcosa dei tormenti suoi e di Carlomagno.

Era dunque venuto questo prete di Spagna dal nome, aspro come il fiele, di Xavier con un vasto seguito di soldati e notai, una cassa di bolle e patenti e il coro di certi pretazzi di Sarezzana, che gli stavano dietro come cani affamati. I soldati, una dozzina di villani scalmanati, ce li aveva messi il marchese, colui che doveva difendere Carlomagno, avendolo solennemente giurato non più di un paio d'anni prima. Non c'era stato modo di ragionare con il prete castigliano. Aveva voluto interrogare il pievano, e benché Villelmo fosse stato paziente e utile, e avesse spontaneamente ammesso le sue mancanze in fatto di dottrina e di morale, questo giovane presuntuoso ne era rimasto scandalizzato fino alle lacrime.

Poi aveva voluto interrogare anche il popolo, e a quel punto era avvenuto l'irreparabile. Perché il popolo non intendeva farsi interrogare da quello straniero che diceva di essere venuto per conto del signor Dio e si presentava nei campi e sulle cave, e peggio ancora nelle case tra le donne e i bambini, seguito dagli archibugieri. Inutilmente Villelmo aveva cercato di far ragionare quei bestioni. Quando poi il castigliano aveva voluto impossessarsi della capanna di san Giovanni per spodestarla dei suoi antichi riti, ci fu battaglia di schioppi contro sassi, di alabarde contro bastoni. C'erano stati morti da una parte e dall'altra, ma alla fine erano stati gli uomini del marchese ad averla vinta, e il prete Xavier era entrato trionfalmente nel cuore dell'eresia, così aveva chiamato quella povera capanna.

Di lì è cominciato un mese di dolore. I capifamiglia venivano razziati a cinque e sei per volta e costretti nei più orrendi tormenti; il prete cercava di farli ragionare di cose che non conoscevano, cercava di strappargli parole che nemmeno sapevano dire. Le dicevano alla fine, storpiate, buttate giù a ogni giro di ruota, a ogni passata di fune. Le dicevano, quelle parole, e subito se le rimangiavano, da quelle gran bestie orgogliose che erano.

Infine c'era stato un concilio dei padri. Carlomagno era piagato a tal punto che bisognava prendere al più presto una decisione che servisse almeno a sopravvivere, a evitare che toccassero persino i bambini. Abiuriamo le nostre sante leggende, sputiamo sulle nostre canzoni, confessiamo ogni cosa che farà loro piacere, si erano detti, se questo serve a darci un po' di respiro e ad allontanare quei diavoli dalla nostra terra. Poi si vedrà.

Ed era chiaro a tutti che il grande inganno era stato quello di ricercare la loro prima servitù, di accordare la fiducia a quel marchese che ora affittava i suoi uomini al prete Xavier. Abbiamo fatto un grande errore, abbassiamo la cresta di fronte a questi fetenti e vediamo di scrollarceli di dosso; questo hanno deciso i padri. Ma l'ira avverso il marchese era grande.

E quando gli scabini che frugavano da padroni per le case hanno trovato nella stanza del balivo Pascal delle carte grandemente eretiche, gli stessi padri lo hanno accusato come il massimo corruttore delle loro anime. 'È venuto tra noi e si è messo a farci ammattire con le sue mene eretiche. È quell'uomo che ci ha obbligati all'insubordinazione con le parole e con le minacce. Quando ha fiutato l'arrivo dell'autorità, se n'è fuggito, rapendo con sé, come ultimo danno contro di noi, una nostra amatissima figlia.' Avevano patito troppo loro, questo pensavano; se qualcuno doveva ancora farlo, meglio che fosse lo straniero, il simbolo vivente della loro disgraziata servitù. Chissà se sarebbe mai tornato, del resto.

Chissà se qualche buon uomo non sarebbe riuscito in qualche modo a sviarlo dal tornare. I padri erano accecati dal dolore e dalla rabbia, stupiditi dalle prediche e incattiviti dai tormenti. Villelmo stesso non aveva contrastato con sufficiente energia quel tradimento. Per questo ora piangeva davanti a loro, e chiedeva il perdono di un torto che neppure un santo avrebbe perdonato.

Ma capiva Pascal cosa avevano patito in Carlomagno? Capiva Pascal a quali cose bestiali può trascinare la cattività? E Villelmo piangeva e singhiozzava senza ritegno. E come se questo potesse in qualche modo alleviare il torto di Carlomagno, il pievano raccontò del casaro Furnà. Lui si era opposto alla decisione dei padri e l'aveva fatto nel suo vecchio stile. Si era presentato a loro con un coltello e davanti a tutto il popolo si era tagliato via le ultime dita che si era concesso di avere. E ci aveva anche sputato, sopra a quei pezzi di carne e ossa che sembrava si divincolassero nella terra in mezzo a loro come serpi, e aveva sputato sopra la gente. E tanto poi aveva urlato e imprecato sanguinando per le strade del paese che era stato arrestato e incatenato nella sua stessa casa. Lo sapeva chiuso lì, a morire in silenzio.

E Pascal capisce, e non trova da rimproverare nulla al pievano e nulla alla gente che lo ha tradito in nome di un po' di vita da vivere ancora. Quanti tradimenti ha già conosciuto, quanti ne dovrebbe addebitare a se stesso.

Riporta Villelmo da dove potrà riprendere la sua strada in cerca magari di una nuova pievania, se ne troverà mai una abbastanza lontana da Carlomagno da non aver saputo che quel vecchio prete, dai canti così sonanti e di così tanta dottrina di greco e latino, è scampato alla morte solo perché porti in giro se stesso come eterna vergogna. Pascal spera che potrà abbandonare presto la sua casacca gialla, perché sa che fino ad allora gli sarà difficile anche solo poter avere qualcosa da mangiare nel mondo dei buoni cristiani.

Poi carica la sua giovane sposa sul mulo e riprende la via delle montagne più alte.

Li hanno presi la mattina del secondo giorno, di buon'ora, mentre arrancavano su un crinale roccioso, cercando di valicare verso le terre dei Granducati. Pascal aveva avuto anche l'accortezza di fasciare gli zoccoli di Baes con degli stracci, perché l'eco del loro cammino sull'acciottolato non si propagasse per le gole. Ma per le scolte di Carlomagno non è stato difficile individuare la loro via di fuga, seguirne le tracce – fronde smosse, pallottole di sterco – e prenderli infine quando non c'era modo che potessero reagire, mentre affardellavano le loro poche cose alle prime luci dell'alba. Erano tre o quattro uomini dei più esperti di quei luoghi che accompagnavano la soldataglia capitanata da Xavier in persona.

Quando se li è visti parare davanti, sbucati dalla sterpaglia tutt'intorno, Pascal ha fatto cenno a Sua di farsi un poco discosta e con un calcio ha spinto lontano da sé l'archibugio che stava sistemandosi in spalla. Non c'era bisogno di fare pazzie: il tempo delle pazzie si era definitivamente esaurito quel mattino. Per il resto non sono state necessari né presentazioni, né chiarimenti, solo un breve scambio di occhiate tra il prete e il balivo. Poi Pascal, non richiesto, ha consegnato a Xavier la patente del suo mandato perché fosse certificata senza dubbio alcuno la sua identità. Il castigliano se l'è ficcata in una tasca senza neppure guardarla: non una parola tra i due, non una parola tra tutti su quella costa rocciosa nello splendore di un limpido mattino di montagna.

Solo Sua, annichilita dallo stupore, cercava timidamente di avvicinare i suoi compaesani, ma questi procuravano di starle il più possibile alla larga; come cani che avessero appena preso un bel po' di bastonate, si aggiravano in tondo con la testa insaccata nelle spalle. Il prete non ha neppure voluto che i due prigionieri fossero incatenati, ha solo fatto in modo che il cavallino che montava tenesse il fianco costantemente premuto contro il fianco di Pascal.

E mentre il corteo si incamminava per fare ritorno a Carlomagno, Pascal è riuscito a sfiorare con la mano quella della sua donna; un attimo appena, nemmeno bastante per aggiungere a quel tocco una parola, uno sguardo. Gli ultimi, come lui pronosticava.

E così è stato. Giunti al paese i due sposi sono stati divisi, la donna rinchiusa nella capanna di san Giovanni il Battista, l'uomo inceppato nell'angolo di un fondaco che era servito da alloggio per Xavier e i bidelli e da sede delle sedute di interrogatorio. Nessuno dei due, all'atto di venir separati, ha avuto cuore per un addio, anche fosse stata una sola parola.

Per essere giudicato delle sue gravissime colpe, Pascal fu tradotto a Roma a piedi, in un viaggio estenuante che durò quasi un mese. Gli fecero percorrere tutta la Via, così come accadde agli antichi Apui quando Roma volle offrire la loro sconfitta alla vista di tutte le genti dell'Impero. Sarebbe stato facile e consueto imbarcarlo in qualunque punto della costa tirrenica e consegnarlo a Tor di Nona in non più di cinque giorni. Arrivò piagato, storpiato, in preda a una forte febbre polmonare. Fu quella nei suoi confronti un'inutile tortura, un accanimento non necessario, non richiesto da alcuna legge o regolamento.

Ma Xavier aveva voluto così per ragioni superiori a quelle umane, il suo era un indefettibile bisogno di agire per il bene del condannato. Sperava Xavier di avere in questo modo il tempo necessario per convertire il balivo, per farlo recedere dalla sua sorda resistenza alla fede, al bene supremo dell'obbedienza a Dio.

Il prete camminava al suo fianco. Seppur senza l'impaccio della catena, soffriva con lui la polvere e la pioggia, i sassi e il fango; e gli parlava, amorevolmente gli spiegava la profondità delle sue colpe e la dolcezza della loro remissione per opera della conversione e della penitenza. Per tutto il tempo che è durato il suo martirio di prigioniero viandante, Pascal non ha detto una parola. Il suo silenzio era così agghiacciante che più di una volta il prete aveva disperato di conservare la serenità necessaria a terminare il viaggio senza infierire sul prigioniero, o su se stesso.

Quando infine lo ha consegnato agli uffici dell'Inquisizione romana, nell'atto di stendere la sua relazione al Superiore dell'Ordine – un franco e spietato esame di coscienza, così come gli era stato insegnato – non ha potuto scrivere un solo rigo che riportasse una dichiarazione, foss'anche una bestemmia, del reo di cui aveva condiviso ogni minuto di un lungo mese. Era un fallimento per il quale prima o poi avrebbe dovuto sopportare un adeguato castigo.

I due mesi successivi di interrogatori, le costrizioni e le torture che si erano rese necessarie, non hanno per nulla mutato il comportamento di Pascal, in particolare l'ostinato mutismo circa le ragioni e le circostanze della sua insubordinazione alle leggi di Dio e dell'Imperatore. Neanche quando gli furono prospettate, se non addirittura posate sulla lingua, le molte possibili scusanti del suo comportamento e le conseguenti attenuanti.

Pascal ha redatto la sua confessione in una notte, senza chiedere nulla di più della carta e dell'inchiostro, oltre, per praticità, a una traccia già pronta a cui conformarsi. Per questo Xavier è rimasto molto turbato quando, ormai alla fine, nell'atto irreparabile di firmare la sua confessione, Pascal lo ha chiamato per nome: 'Xavier, lasciami andare'. Mai era capitato che gli si rivolgesse direttamente, chiamandolo con il suo nome di battesimo o in qualsiasi altro modo, mai che si fosse lasciato andare a qualcosa che assomigliasse a un'implorazione.

E basta, basta e basta. Pascal lo bruciano l'indomani, Il rogo e tutto quanto ve lo ha già letto Ruben. Non c'è proprio più niente da raccontare finalmente!"

Erano le quattro, le cinque, le sei del mattino? E chi lo sapeva? Avevo fuoco bagnato nello stomaco e ricci di mare che mi stavano appiccicati al bordo degli occhi a bersi quel poco di umidità che sarebbe potuta diventare lacrime. Non ragionavo più, letteralmente; avevo parlato per l'ultima mezz'ora spinto unicamente dalla stessa rabbia disperata di un ciclista che non vuole darla vinta alla salita e pedala contro se stesso, disposto a consumarsi pur di finirla di patire.

Nessuno nella stanza fiatava: dovevano riprendersi dall'emozione, o erano tutti addormentati, o che altro?

Lei, da non si sa dove là in fondo alla stanza, era ben sveglia invece, altroché, se aveva ancora qualcosa in serbo per farmi ammattire:

"E Sua?".

"Già, e Sua?", le rifà il verso qualche pappagallo.

"Sì, Sua. Dove è finita? Perché lei non brucia?". Fatiha è una socialista rivoluzionaria, peggio, una comunista; sa essere dura di denti quando non vuole mollare l'osso. Del resto non era stata addestrata a fare domande?

Sua? Io di Sua non ne sapevo proprio niente. Cioè, niente fino a un attimo prima, ma adesso che Fatiha me lo chiedeva, qualcosa mi stava passando per la testa, ma non esattamente una buona idea: una follia da ciclista in debito di ossigeno, o in coma ipoglicemico, o in preda a tutti e due gli strazi.

"Sua è volata via."

Colpi di tosse, sedie che cigolano, bicchieri che tornano a tintinnare.

"Volata?"
"Ah!"
"Uh!"
"Madonna Eva, cosa dici Saverio?"
"È volata via o qualcosa del genere, insomma. Sì, la seconda notte di prigionia Cerina è andata a riprendersela. Volando, passando attraverso la toppa della serratura, sgusciando dalle fessure del pavimento, in qualche modo Cerina è riuscita a portarla via, nella palude."
"Ma non è possibile, dài!"
"Oh dio, ma cosa volete saperne voi di quello che era possibile o no a Carlomagno. Eh? È andata così e basta. Cerina non l'avevano mica mai presa; Cerina non si fa prendere, lei. La moglie del decano della palude è con il suo uomo inforrata tra i bozzi dove nessuno ha voglia di andare, nemmeno in nome di Dio. Le rane parlano a Ruben, Ruben parla a Cerina; sanno ogni cosa per tempo. E sanno muoversi quando gli altri stanno fermi, e dormire quando gli altri vegliano. Il dolce Ruben e la dura Cerina nessuno li prenderà mai. Non c'è una predica o una forca che possa averne ragione: dovreste ben saperlo voi, che venite di là.

E Cerina la levatrice, la medicona, l'imbalsamatrice e la profetessa, la cantatrice, riesce anche a volare e a scardinare i catenacci. Così Sua se n'è andata la seconda notte in groppa a sua madre, in groppa a un demonio, fate voi. E Pascal non può vedere quello che succede, anche se da dove è rinchiuso lui può ben aver sentito il fruscio di Sua che se ne va nel mezzo della notte; è un rumore assai lieve che pure tutti hanno udito in Carlomagno, bidelli vigilanti e paesani spauriti. Nel suo sonno leggero anche a Xavier è sicuramente pervenuto quel sottilissimo soffio, e prima di riprender sonno avrà pregato affinché il Maligno non si avvicinasse troppo.

Comunque l'indomani qualcuno ha sicuramente trovato il modo di avvisare Pascal di quella scomparsa, e il balivo – quello che era stato il balivo di Carlomagno, il primo balivo della sua servitù – ne ha gioito così profondamente che avrebbe ballato una qualche spropositata danza di soldato, se solo i ferri glielo avessero permesso. Era certo Pascal che Sua non avrebbe potuto resistere a quello che l'aspettava. Non avrebbe capito nulla di tutto il dolore, di tutta la dottrina, di ogni cosa che l'avrebbero costretta ad ascoltare e patire. Sarebbe stata la prima a morire dei due e la sua sarebbe stata la morte più atroce. Accucciato per terra, cercando di opporre la minore resistenza possibile alla catena che lo mordeva, Pascal, prigioniero che già puzzava di carne bruciata, poteva dirsi felice.

E Sua ha vissuto per tutto un lungo anno nei capanni di canna sparsi nei recessi ignoti della palude. Dormiva, come Ruben e Cerina, sul sacco delle proprie robe, e si cibava di pesce crudo e miglio selvatico, né più né meno come i poveri discepoli del signor Cristo di Palestina. Già prima dello scadere dell'anno, allattava un bambinello bruno e robusto che qualche volta la turbava per il suo placido accanimento nel non frignare; mai una lacrima, neppure quando le toccava staccarlo dalla poppa.

Cerina spiegò come questo dipendesse dal fatto che il figlio di sua figlia era nato con la camicia; infatti, nel portarlo alla luce, Cerina lo aveva estratto dal ventre di Sua ancora avvolto nella placenta. Questo era un segno: che fosse di fortuna buona o grama dipendeva da stelle che ancora non si erano presentate al cielo visibile.

Sua diede a quel bambino il nome di suo padre e dunque, prima dello scadere del terzo mese di vita, Ruben il decano lo battezzò Pascal con l'acqua di una gora profondissima e pura. Il seme del suo uomo era seme fecondo e Sua aveva voluto impregnarsene lungo la strada che li riportava a Carlomagno, perché, così credeva, quella che avrebbe di lì a poco intrapresa era un'attività che ben si conciliava con un bambino ruzzante tra i piedi. Doveva costruire un libro lei; un duro lavoro da svolgere con pazienza nel chiuso di una stanza per giorni e mesi, e un figlio sarebbe stato il suo allegro riposo.

Seppure lei già lo sapesse, non volle mai dire a Pascal che era gravida di lui: non intendeva offendere la sua prudenza – una ruga sottile tra gli occhi, che solo per pochi attimi i suoi giochi avevano il potere di sciogliere, raccontava a Sua la prudenza del suo uomo – né, del resto, intenerirlo troppo finché fosse durato quel viaggio non certo facile e leggero. Quando, arrivati a Carlomagno, furono arrestati e divisi, lei sperò che Pascal non avesse potuto neppure immaginarselo quello che lei covava.

Al termine dell'anno, Ruben reputò che tutti e quattro avrebbero potuto tornare ad abitare la casa avita senza particolare timore. I soldati del marchese e i bidelli dell'Inquisitore se ne erano andati da tempo, e Carlomagno giaceva assopito sotto l'immota coltre di cenere della fede restaurata, cercando di non ricordare. Compresi il nuovo pievano e il nuovo podestà, ambedue forestieri, che scemavano lentamente il loro zelo cercando di accomodarsi senza troppo sacrificio in quell'ostico paese.

Già si erano diradate le loro visite serali nelle case per sincerarsi, come l'obbligo dell'ufficio loro richiedeva, che nessuno praticasse obbrobri di alcun genere contro la vera fede. Tutta Carlomagno indossava ancora la tunichella gialla dei penitenti, ma quegli indumenti erano ormai talmente luridi che prima o poi si sarebbero consumati e dissolti da soli.

Ciò che invece perdurava e dava a vedere che sarebbe sempre durata, era la grande croce di legno confitta al centro del recinto comiziale, la croce che volle piantare Xavier al termine della sua Missione. A Carlomagno non aveva potuto però compiere il gesto, assieme così virile e pietoso, di impiantare la croce con la forza delle sue sole braccia: il recinto era lastricato di solida pietra di marmo, e si dovettero adoperare in parecchi per scavare un buco adeguatamete profondo, e costruire un basamento abbastanza solido.

Niente in effetti era abbastanza solido nella riconquista alla fede di quella gente, pensava saggiamente Xavier, e così si risolse a compiere un altro gesto, un atto che deprimesse definitivamente la superbia pagana di Carlomagno. Fu quindi arso davanti a quella croce, al cospetto di tutto il popolo, il ritratto del Giovane di Palestina, quella tavola di legno dipinto che si adorava nell'antica capanna votata a san Giovanni dai secoli dei secoli. Nessuno poté piangere e urlare, ma nel corso della stessa notte qualcuno è riuscito a trafugare una manciata della cenere rimasta, e con quella in saccoccia si è dato a correre, correre e correre, finché al mattino non è arrivato agli acquitrini; lì ha gettato la cenere in una delle vie d'acqua che defluivano al mare. Che almeno quello che rimaneva del dolce viso del ragazzo tornasse da dove era venuto.

Insediata di nuovo nella sua casa, Cerina ha potuto tornare a praticare le sue arti di levatrice, anche se solo nelle cascine più fidate, e Ruben è tornato a pescare e a vendere il suo pescato, a declinare il corso delle correnti e a parlare liberamente con le creature dell'acqua, anche se non si è mai presentato al cospetto del podestà forestiero per rivendicare la sua autorità di decano: segretamente lo era ancora per tutti.

E Sua aspettò ancora un anno, guardando il suo figliolino mettere i denti e cominciare a fare passetti, ascoltandolo lallare e cincischiare le prime parole; poi si è messa sola soletta in cammino verso la montagna. Fu, come si aspettava, un viaggio faticoso, a piedi questa volta e non a dorso del mulo Baes, lungo i crinali impervi che la portavano all'antica cava abbandonata, dove il suo uomo aveva nascosto il grosso fagotto nel pozzo.

Lo ha trovato. Ha sciolto i lacci della pelle e ha contato ogni cosa: i sacchetti di tela con i caratteri, le listelle e le forme per allinearli e comporli, la soda e la saponaria per macerare gli stracci per la carta, le polveri per sciroppare l'inchiostro; tutto quanto.

Il viaggio di ritorno fu ancora più lungo sotto il grande peso, ma Sua non se ne dava pensiero; camminava di notte e mangiava la frutta selvatica e le erbe dei fossati pur di non farsi notare. Giunta a casa, ha stracciato tutte le sue vesti più fini e le candide lenzuola, e quindi ha lasciato che macerassero per il tempo dovuto in un grande mastello. Quindi ha preso a portare con sé il suo figliolo presso un ruscello calmo e nascosto, dove ha cominciato a preparare la carta. Ne ha stesi al sole ad asciugare dieci e cento di fogli, prima di constatare che potevano essere abbastanza per incominciare. Poi ha convinto il padre Ruben a costruire un piccolo torchio, non dissimile nel meccanismo da quello che allora si usava per torchiare il mosto dell'uva.

Ruben piallò, segò, bulinò, martellò per un mese e più; sbagliò più di una volta e Sua lo corresse ogni volta ridendo, perché era ormai chiaro a lei e a tutto il firmamento che ogni notte interrogava, che prima o poi sarebbe divenuto uno splendido torchio, robusto abbastanza per pressare anche mille fogli di carta.

Così venne l'autunno e Sua aspettò il primo gelo, e quando questo venne, aspettò ancora paziente che si sciogliesse, finché un mattino Ruben tornò dagli acquitrini cantando la canzone degli amori dell'alcione, la canzone che a Carlomagno annuncia l'estate del martin pescatore. Allora Sua prese il bambino tra le braccia e pianse un poco nascosta tra la sua tenera carne; solo un pochino, perché il piccolo Pascal non si spaventasse.

Pianse solo il tempo necessario perché la nostalgia del suo uomo, quel vecchio soldato ritroso che si era preso il primo giorno degli amori degli alcioni di tre inverni passati, la smettesse di continuare a bruciarla. Poi aspettò che facesse notte.

E al lume della lanterna cieca che aveva ritrovato assieme alle altre cose nel fagotto alla cava, pose davanti a sé i sacchetti dei caratteri e cominciò a pescare qua e là. Prima del mattino c'erano sulla forma già parecchie righe di piccoli segni che brillavano debolmente sotto la luce. Provò a rileggere, e faceva una gran fatica:

> Per mano dei servi di Roma il signor Cristo patì sul Golgota un grande tormento e alla fine del suo sangue gli sgorgò dal costato un secchio di limpida linfa che fu raccolta ai piedi della croce di legno che era il suo tormento. Maria di Magdala tenne nascosta con sé quella secchia ricolma di liquore divino, e quando il Figlio si

scosse dal corpo il fango della sua morte per volare lontano nel regno della pace, lei era presso la sua tana ad aspettarlo. "Va' - le disse - va' via da questa terra di perseguitati. Salderò io dopo il conto del sangue dei miei fratelli e delle mie sorelle, dei miei figli e delle mie figlie." Maria partì per nave e aveva con sé soltanto la secchia. Seduta accanto alla secchia placava le tempeste del mare stillando una goccia di linfa sull'onda. E non sentiva mai su di sé la mano del gelo, né la pioggia le toccava le vesti, e dal suo corpo era tenuta lontana la fame e la sete. C'era con lei san Giacomo e il santo, in piedi sull'alta prora, parlava del Figlio ai delfini e alle balene e alle murene; e i pesci del mare ascoltavano e portavano negli abissi sotto forma di piccole ampolle di aria la storia del signor Cristo. A quelle novelle gli abissi gemevano e la rabbia che buttavano fuori si trasformava in terribili flagelli per le navi di Roma, che si schiantavano sugli scogli e sprofondavano nelle sabbie. E la nave di Giacomo e Maria navigava e teneva sempre la stella di tramontana davanti al pennone, e sempre la spingeva il maestrale, mentre la sua scia era per la città di Roma e per la sua superbia tormento di fuoco e di pietra, di febbre e di peste, di eserciti e obbrobri.

"E adesso basta, fine".

"Ah!"
"Ah!"
"Oh!"
"Hai proprio finito Saverio, puttana Eva."

Dalle finestre spalancate la luce biancocammello del primo mattino risucchiava i vapori densi della sala, così che il Diwan Nabil stava riprendendo un aspetto terreno. Stiracchiandosi, borbottando, inciampando, la gente se ne stava andando, scivolando via oltre la porta come fosse parte della nuvola di fumo. Uno dei figli sospingeva con fatica il vecchio e grosso Fernando che continuava a borbottare – chissà perché – "Cosa dicevo io, cosa dicevo?". Amos mi ha dato l'ultima strizzatina al braccio e se l'è filata via in fretta; suo fratello Ruben invece, gesticolando con il fascio di fogli ormai tutto cincischiato, cercava di raggiungermi scansando sedie e tavolini.

"No! – gli ho intimato allargando le braccia disperato – no, un altro giorno, non ora, ti prego!". Dovevo avere una bruttissima faccia, perché ha desistito senza fiatare e con un cenno d'intesa se n'è andato anche lui.

Nella sala deserta, tra gli avanzi sudici e puzzolenti di quella terribile nottata, seduta su una sedia appoggiata alla parete in fondo, splendeva Fatiha in tutta la sua bellezza. Mi guardava diritta, annuendo quasi impercettibilmente con la testa, così che la sua grande treccia, sciorinata sulle spalle, sul seno e tutt'intorno a lei, sembrava titillata da un folletto interiore. Sorrideva anche? Difficile dirlo, non ero nelle condizioni di vederci troppo chiaro. Forse ho impiegato diverse ore per raggiungerla, ma alla fine ce la devo aver fatta, perché il viso che ho preso tra le mani era certamente il suo: come potrei sbagliarmi?

Ho tenuto dunque il suo viso tra le mie mani e le ho baciato la fronte; non nego che quel gesto, così singolare in un amante fervidamente innamorato, mi sia stato dettato anche da prudenti considerazioni circa la mia effettiva stabilità nel caso di manovre più ardite.

Fatiha ha saputo apprezzare la mia buona volontà. Ha tenuto buona buona la sua faccia tra le mie mani per molti minuti, senza scostarsi, senza annuire e senza negare, lasciando che il suo buon odore mi penetrasse lentamente in tutto il corpo, e come un suffumigio purificatore mi dilavasse da tutta quanta la sporcizia di quella notte, e poi da quella dei mesi passati, e infine da ogniqualsivoglia lordura e intossicazione di tutti i miei anni.

Quando infine ho aperto bocca per parlare, mi sono accorto che non è che fossi in vena di dirle granché.

“Stai bene? Hai fame?”, le ho chiesto. Era meglio che prendessi subito io l’iniziativa di fare domande.

“Un po’, sì.”

“Andiamo a casa da me, che preparo qualcosa.” Ero così ubriaco che avrei potuto offrirmi di preparare da mangiare per tutto l’esercito del Sinai.

Ora è di là che dorme. Dorme a pancia in giù, con la treccia sparsa per tutto il letto e una mano sotto il cuscino. Io lo so perché tiene la mano in quel modo: per essere pronta ad afferrare il revolver in caso di necessità. Ma sotto il mio cuscino non c’è nessun revolver, non ce ne sono mai stati, credo. Ora dorme, ma prima no: prima facevamo l’amore.

Gran bella cosa l’amore: è l’unica vera sosta dal vivere che l’umanità conosca; è un attimo di pausa prezioso che ognuno può permettersi; chiunque tu sia, qualunque cosa tu faccia. Mentre dunque ci trastullavamo riposandoci dalle nostre vite, Fatiha, come al suo solito dando a vedere di parlare di qualcun altro, mi ha detto che è stata definitivamente esonerata dal servizio militare nella sua organizzazione, e che ora cercherà finalmente di fare la levatrice; o forse la storica. Dipenderà da molte cose piuttosto banali quello che deciderà di fare, mi ha anche detto.

Però, mentre facevamo l’amore, ho avuto modo di osservare a lungo il suo ventre. Non ho dubbi: nel bel mezzo della sua pancia è cresciuta una rotondità estranea, una cupoletta di tenera ciccia, una prominenza del ventre che ha l’aspetto di un nascondiglio; come se, non so, ci tenesse nascosto un porcellino d’India, lì, dentro di sé. A questo punto, con la confusione che ho in testa, io non so fare più nessun tipo di calcolo, tantomeno quelli che servirebbero per stabilire, ad esempio, se Fatiha è gravida di me: sono successe troppe cose in questi mesi, anche se a un occhio profano può sembrare che non sia successo niente di particolare.

Quindi, nel caso che si trattasse di un bambino, non potrei dire se è stato concepito da me o da un altro. Temo che non sia comunque una cosa che interessi Fatiha. Quella è capace di andarsene domani anche se aspetta un figlio mio, oppure di restare per un qualunque motivo suo. Io vorrei tanto che restasse, a costo di preparare cibo per tre fino al resto dei miei giorni. Cos'è che mangia un bambino, a proposito? Dico, a parte il latte di sua madre; prima o poi finirà, o no?

Mi pare sinceramente che a questo punto tutto possa funzionare in qualche modo, che ogni strada stia per arrivare alla sua meta e ogni cosa acquisti finalmente un suo senso.

C'è un'unica cosa che non torna e non tornerà mai: voglio dire il vecchio, il poeta. Lui è morto, e basta. Non c'è verso che qualcosa funzioni per lui adesso, non c'è alcuna speranzosità per quel folletto, ci sia o no un'altra vita o un altro posto dove lui ora può trovarsi. Io spero che essendo un *ginn*, uno spiritello in intima amicizia con il suo dio, se la sia cavata in qualche modo e ora se la stia spassando. Ma qui da noi non c'è più, questo è il punto.

Peccato, perché a lui ci penso spesso. Che possa sembrare verosimile o no, è un fatto che quello che sono adesso dipende in gran parte da un libro che ho trovato nella vecchia bottega di mio padre, un paio di poesie che ci ho trovato dentro e un biglietto che il loro autore mi ha consegnato in misteriose e straniere circostanze. Quello che sono e quello che non riesco a essere. So benissimo quante cose mi mancano per fare di me un uomo a posto, un buon esemplare del genere umano. In particolare mi è mancato, e non troverò mai la forza per farmelo venire, lo slancio necessario per trovare il porto sepolto, il mio porto naufragato in fondo al mare.

Per questo penso molto al vecchio poeta, perché lui, forse, ci è riuscito. Forse per un pelo, un attimo soltanto. Poi magari è andato tutto a rotoli; anche lui ne deve aver fatti parecchi di sbagli. Quando mi ha dato quel biglietto, la carta di Pascal come ben sapete, forse intendeva compiere il gesto disperato di passarmi il testimone.

A me, figurarsi. E infatti le cose sono andate come sono andate.

Un pettirosso da combattimento.

# Ex voto

La storia che ho finito di raccontare vive con me da parecchi anni. Come spesso succede, all'inizio era tutta un'altra cosa, voleva essere tutta un'altra storia; poi, piano piano, si è fatta come voi l'avete letta. Delle sue origini conserva molte cose, spesso sommerse, ma nessuno tra quelli che ne hanno ascoltato i miei primi racconti saprebbe riconoscerla. Chissà, qualcuno tra loro sarà deluso dalla piega che col tempo hanno preso le cose.

Ciò che di visibile è sicuramente rimasto è un uomo: Gian Luigi Pascale, il bruciato vivo. È cominciato tutto da lui; come nel racconto ogni cosa ha avuto inizio dalla nota spese – autentica – del suo rogo. Quel documento io l'ho trovato in un libricino che racconta un'altra storia, distante, ma non poi molto, dalla mia. La vicenda di un predicatore che da Ginevra si spinge fino alle Calabrie, nel bel mezzo del XVI secolo, per predicare la sua fede. La fede dei valdesi. Un uomo molto coraggioso, Gian Luigi Pascale, un uomo da bruciare.

E se è vero che l'autore di un libro non è mai solo e semplicemente quello che appare nel frontespizio, io devo riconoscere innanzitutto come coautori, e spero che non ne siano offesi, i fratelli della comunità valdese delle valli del Pellice, tutte quelle persone che pazientemente e dolcemente mi hanno parlato delle loro storie, mi hanno spiegato, mi hanno ascoltato. Loro, perseguitati per quasi mille anni e a migliaia bruciati e torturati, hanno voluto bene a un miscredente, tanto da offrirgli il meglio: la loro fraternità.

E altri ancora hanno scritto questo libro con me, ed è bene che vengano ricordati con nome e cognome perché io per primo me li stampi bene in testa, ora che è tutto finito e incomincia l'inevitabile distacco da questo mio lavoro ormai passato.

Grazie a: Tom Benetollo, Remo Ceserani, Enrico Formica, Franco Fortini, Paola Grillo, Domenico Maselli, Flavio e Maria Mongelli, Ida Mori, Carlo Ossola e la gente della mia casa editrice, ovviamente, quelli dell'officina.

E poi due ragazze. Una si chiama Grazia; lei è una persona molto importante, al vertice delle faccende letterarie. Eppure mi ha dedicato tempo e lavoro bastanti a scriverselo lei un libro, uno per conto suo; e sono certo che sarebbe venuto anche più interessante. Grazia vuole molto bene alla mia storia e a me, e noi ne risentiamo in meglio. Poi Soni. Soni era tutta un'altra cosa, non certamente una letterata, ma ha fatto quello che né io né Grazia potevamo fare: ha reso questa storia e il suo autore inaspettatamente speranzosi. Ora che non c'è, non sarà tanto semplice trovare a quello che verrà un lieto fine purchessia.

Vi bacio.

# Indice

*Stampa Grafica Sipiel*
*Milano, aprile 1997*